O INVERNO E DEPOIS

CB047278

LUIZ ANTONIO DE ASSIS BRASIL

O INVERNO E DEPOIS

L&PM
EDITORES

Texto de acordo com a nova ortografia.

Capa: Ivan Pinheiro Machado. *Ilustração*: iStock
Preparação: Marianne Scholze
Revisão: Lia Cremonese

CIP-Brasil. Catalogação na publicação
Sindicato Nacional dos Editores de Livros, RJ.

B83i

Brasil, Luiz Antonio de Assis, 1945-
O inverno e depois / Luiz Antonio de Assis Brasil. – 1. ed. – Porto Alegre, RS: L&PM, 2016.
352 p. ; 21 cm.

ISBN 978-85-254-3438-8

1. Ficção brasileira. I. Título.

16-35201 CDD: 869.3
 CDU: 821.134.3(81)-3

© Luiz Antonio de Assis Brasil, 2016

Todos os direitos desta edição reservados a L&PM Editores
Rua Comendador Coruja, 314, loja 9 – Floresta – 90.220-180
Porto Alegre – RS – Brasil / Fone: 51.3225.5777 – Fax: 51.3221.5380

Pedidos & Depto. Comercial: vendas@lpm.com.br
Fale conosco: info@lpm.com.br
www.lpm.com.br

Impresso no Brasil
Inverno de 2016

Na noite de 12 de junho de 1972,
eu era um jovem violoncelista da Orquestra Sinfônica de
Porto Alegre.
Janos Stárker ocupava o pódio de solista convidado.
Muito à distância, ele me lançou um olhar encorajador.

Este livro é um agradecimento a Janos Stárker.

Live for each second without hesitation.
Elton John, em
"And I Guess That's Why They Call It the Blues"

Sobre todo creo que no todo está perdido.
Jorge Drexler, em
"Al otro lado del río"

1.

A esteira de bagagens nº 2 do aeroporto de Porto Alegre gira há mais de quinze minutos. Os ruídos cavos do seu mecanismo são como o estertor de um monstro subterrâneo.

Julius já recolheu o estojo com o violoncelo e sua primeira mala. Falta a outra, a mais importante. As pessoas pegam suas bagagens e se dispersam. Dentro em pouco a sala estará deserta.

Ele traz nas narinas o cheiro quente e doce do combustível de avião. Apesar do bom tempo em rota desde que partiram de São Paulo, a turbulência acompanhou-os a partir de Curitiba. O repugnante sanduíche a bordo e o pouso com forte vento cruzado, que quase levou o 737-800 para fora da pista, acabaram por arrasar seu estômago.

Além da persistente náusea, ele tem sono. Não gosta desse estado próximo da embriaguez. Precisando chegar cedo em Porto Alegre para a longa viagem rodoviária que agora o espera, acordou de madrugada para apanhar o primeiro voo possível em Guarulhos. Para ele, a parte aérea da viagem termina aqui. A rota deste avião, entretanto, tem o destino final em Santiago do Chile, com escalas em Montevidéu e Buenos Aires. Tal itinerário, apenas uma conveniência de mercado, desempenhará, todavia, uma fundamental importância nos próximos dias de Julius.

Mas, enfim, agora está em terra firme e as pernas, estáveis. Isso já é um pequeno prazer. Abre o sobretudo e leva a mão sobre o bolso externo do blazer, apalpando-o, à procura do celular. Ficou de mandar uma mensagem para Sílvia quando chegasse. Mas chegasse onde? A Porto Alegre ou à Fronteira, lá na estância? Decide enviar da estância, depois da viagem de carro, sempre sujeita a percalços na estrada. Além disso, Sílvia deve ter acompanhado o voo por algum aplicativo e, assim, já verificou o pouso no horário em Porto Alegre. Agora ela deve estar na garagem do edifício, pegando o carro para ir ao escritório de assessoria jurídica em que trabalha e onde atuam treze advogados vistosos, num décimo segundo andar da Avenida Paulista, a que ela chama, com leve ironia, de *minha prisão de mármore*. Ao chegar ao escritório ainda deserto, irá para sua sala exclusiva de contadora-chefe, com ar-condicionado e uma reprodução já desbotada de *A grande onda*, de Hokusai, e ainda gravuras de artistas brasileiros, um lustre belga com design contemporâneo que ela detesta, e, sob os pés, um Tabriz floreado que ocupa quase todo o piso. Instalada em sua mesa, antes de começar o dia, ela adora contemplar o tapete, que transmite boas influências do Oriente. A sala já foi redecorada várias vezes, seguindo as mudanças do gosto geral. Tratando com números, alternando-os com telefonemas, ela trabalha nessa sala, *nine to five*, há quase vinte anos. "*Situação curiosa*", ela diz, com um ar meio irônico, ou quando está um pouco bêbada, "*ser chefe de apenas duas estagiárias. Mas ter uma placa na porta que diz 'Contadora-Chefe' impressiona os clientes e avisa que eles não escapam sem pagar os honorários.*"

Ao pensar nisso, ele se surpreende por uma repentina presença de Sílvia, próxima de uma nostalgia difusa, por seus ditos e o modo como ela os profere, e ainda por tudo que a define, como esse emprego na prisão de mármore, o gosto pelo tapete Tabriz, o modo distraído como dirige o carro e a solenidade com que aperta o botão do elevador. Tudo é tão forte que ele precisa sofrear uma perturbadora onda interna, pois aquilo que o prende a Sílvia não é apenas o costume, seja esse o nome, mas uma elaboração caprichosa de ambos no decorrer dos anos que nenhum dos dois conhece por inteiro, mas sabe ser maior do que eles, e talvez imerecida.

Ele torna a observar a esteira, na esperança de que logo desembaracem sua outra mala para que consiga seguir viagem, a propósito, a mais longa que já terá feito por via terrestre na idade adulta. Como menino fez, sim, mas dela ficou uma imagem por frações desarticuladas, o grande pampa correndo nas janelas da Rural Willys de três marchas do pai, no rumo de Porto Alegre, vindos da Fronteira, a mãe se fingindo em prantos, mais algumas paradas para Julius vomitar – sempre o estômago! –, *fazer xixi*, tudo isso com o barulho infernal do motor de seis cilindros misturado ao cheiro de banana, maçã verde, graxa e da naftalina que vinha das malas. Afora a música, ele pode esquecer de muita coisa, menos os cheiros, os verdadeiros marcadores dos capítulos mais importantes da sua desarticulada biografia.

Nos grandes monitores das TVs da sala de desembarque, todas com a mesma imagem da CNN, aparece Barack Obama apertando a mão de Angela Merkel e, na barra inferior da tela: Speaker of Chechen parliament blames Obama and Merkel for today's attack. Ele tem um sobressalto: não esqueceu as cordas extras do violoncelo? Não por dispendiosas e raras, mas pela absoluta impossibilidade de as encontrar no lugar remoto para onde vai. Mesmo em São Paulo é muito complicado consegui-las. Precisa se acalmar: traz à memória o dia anterior, à tarde, quando arrumava a bagagem. Ah, sim. As cordas Thomastik para violoncelo, tão germânicas como Angela Merkel, que agora fala num microfone mais alto que sua estatura, ele as colocou na repartição superior do estojo; enxerga a si mesmo, num replay, ajoelhado na sala de estudo do apartamento afastando o gato, Bemol, que quer entrar no estojo, ele enxerga a si mesmo, sim, colocando-as na repartição de veludo, oito envelopes, junto a uma peça nova de breu Andrea para o arco. Pode ver seus dedos abrindo a lingueta da repartição e depositando ali as cordas. Oito envelopes, portanto um par de cordas para cada uma das quatro que estão no seu Baldantoni, as quais, agora, podem arrebentar à vontade.

Sente um alívio fugaz, agora substituído por uma apreensão, de início tênue, mas logo perturbadora, que viajou com ele e apenas aguardava sua vez para inquietá-lo. Acompanhando o giro das bagagens e o movimento dos últimos passageiros, uma cena rotineira que ignora seu desassossego, busca focar-se no pressentimento que insiste em macular o instante da chegada. Ele já sabe do que se trata: distantes, na remota estância, esperam por ele duas realidades em conflito. Uma é cheia de prazer, apenas prazer, à qual dedica uma expectativa alvoroçada, infantil: é a solidão no silêncio do campo, sem interrupções, para estudar o primeiro movimento do concerto para violoncelo e orquestra de Antonín Dvořák, a fim de executá-lo com a Orquestra Municipal de São Paulo e, com isso, honrar um pacto – a que ele às vezes chama de *promessa* – que o atormenta em intervalos irregulares há trinta anos. Para isso veio, para estudar com calma e, daqui a três meses, se apresentar com a melhor qualidade de que é capaz. Mesmo um músico experiente precisa se concentrar, em especial os chamados *de fila*, como ele, quando decidem se elevar a solistas, nem que seja para apenas o primeiro movimento de um concerto. Assim, estudar será um dever, mas, ao mesmo tempo, uma grande aventura musical. Há pouco experimentou um prazer singular em meio ao enjoo e ao amortecimento quando dedilhou, com a mão esquerda apoiada sobre o tampo da mala, a vigorosa frase da primeira entrada do violoncelo.

A outra realidade que o aguarda é uma pessoa, da qual ele sabe da vida por uma sucessão de fotografias e informações erráticas, e que adivinha curiosa, perscrutadora, jamais indiferente. É Agripina Antônia, chamada de Antônia, a meia-irmã. Com sua agência de viagens em Pelotas, a pouco menos de duzentos quilômetros, ela pode *aparecer* na estância. Meios-irmãos, ainda mais sendo o resultado de *paterno adultério* – na fórmula dos tribunais que ele pouco entende, mas com a qual os advogados tiveram de lidar nos imbróglios processuais –, pairam numa região de afeto

variável, que precisa ser cultivado para existir. Pois se irmãos-
-irmãos têm assegurados os alicerces desse afeto, já a atenção mútua
que se devem os meios-irmãos exige cuidado em dobro a quem
se acha em débito com a nobreza de seus próprios sentimentos.

Como ele fará se Antônia *aparecer* de fato, e não lhe
for apresentada? Por decisão dele – que também decretou um
férreo interdito familiar ao assunto – nunca se falaram, nem se
telefonaram, nem se corresponderam, e ele não poderá parodiar
Henry Stanley ao encontrar o doutor Livingstone em plena selva
africana e dizer: "*Bom dia, você é Antônia, eu acho*." Bem: até
chegar à Fronteira, terá muito tempo para refletir sobre essa hipótese. A viagem de carro levará seis horas, no mínimo. Absorto
por essa vaga esperança, ele transita para a paz daqueles que dão
por encaminhado um dilema, logrando, portanto, dedicar-se
a outros assuntos. Nada irá prejudicar seu estudo, para o qual
estabeleceu um horário que o ocupará desde o amanhecer até a
noite, com pausas para descanso em que poderá, por exemplo,
passear a cavalo ou assistir ao pôr do sol no pampa, uma das
imagens românticas de que gosta.

Nas TVs do aeroporto agora aparece o rosto hirto e o
olhar duro de Putin fixando o nada, a boca apertada num ricto
nervoso, e na barra inferior lê-se: Putin removes threat of military
intervention after ceasefire. "Até onde vai isso?", Julius pensa,
numa atenção superficial aos monitores, que agora transmitem,
de maneira confusa, imagens de baixa resolução, decerto da
guerra anterior, de uns vinte milicianos com metralhadoras se-
miautomáticas, pistolas e bazucas, os quais ocupam um pavilhão
de esportes destruído por bombas e tomam posição nas janelas,
abrindo fogo cerrado contra dois carros de combate que levam
soldados no capô e dando risadas, como se aquilo tudo fosse um
videogame. De repente, um soldado do primeiro carro tomba
para a frente, atingido por um tiro que vem do pavilhão de esportes, ao mesmo tempo em que o outro carro recebe na lateral

um possante disparo de bazuca, colide com a traseira do primeiro carro, ambos se desgovernam, caem numa vala e logo são cercados por vários dos milicianos, que entram em luta corporal com os soldados enquanto outros fazem fogo para dentro das carlingas. A cena corta para um helicóptero que se projeta em direção ao solo, explodindo em meio a um pavoroso cogumelo de chamas.

Julius é despertado pela abrupta suspensão do ruído da esteira. Ele olha para lá e sente um arrepio no cimo da cabeça: a esteira está parada e vazia.

Preparou-se para tudo, para a perda do voo, cancelamento, atraso, desvio para aeroporto alternativo, até para um desastre com o avião. Menos para isso. Custa a entender, não a ausência da mala, mas seu próprio estado, que deriva para as soluções mais delirantes como saltar para a esteira e ir com ela até o exterior do terminal para pegar a mala, talvez caída na pista. A outra, a inútil, com as roupas de inverno e um livro – presente de última hora de Sílvia para ele ler na estância –, essa já está com ele, junto ao estojo do violoncelo e a maleta de cabine que contém a antiga partitura do concerto para violoncelo de Dvořák e a estante dobrável de metal.

Ele se imagina observado por alguém atrás das divisórias envidraçadas, e a figura que faz de si mesmo é lastimável: um senhor de meia-idade, alto, magro e curvado, de óculos amarelos, voltado para a esteira vazia, sem acreditar que aquilo possa estar acontecendo. Lembra-se de uma bobagem; essas bobagens lhe ocorrem nos momentos mais inoportunos. Um colega da orquestra costuma dizer, quando estão em salas de desembarque: *Já repararam como sempre há alguém que é o dono da primeira mala que aparece na esteira? Mas isso já aconteceu com vocês? Já aconteceu com alguém que vocês conheçam?* Apesar de o colega repetir isso a cada vez, o nonsense da situação faz todo mundo rir. Agora, neste preciso instante, Julius se consideraria afortunado em ser o último a pegar a última bagagem.

Precisava que Sílvia estivesse aqui. Com seu estilo implacável, ela já teria descoberto a mala, escondida em qualquer recanto do avião ou do aeroporto.

Ele lamenta sua atitude de não aceitar a sugestão dela, de jamais colocar o mais importante em bagagem despachada, a que vai no porão da aeronave junto, pensa ele, às gaiolas dos cães dopados e, quem sabe, de algum esquife. Mas o que poderia fazer? Impossível levar tudo aquilo a bordo.

Passado o tempo de espera que deu à sorte, e já se sentindo vítima de uma perseguição mitológica, vai à placa de aço escovado com os dizeres *complaints/reclamações*. A atendente lê um folheto ilustrado, à espera de algum retardatário. Ele é o retardatário.

Com a desolação já transformada no mau humor genérico com que enfrentamos as burocracias, ele pede o formulário e registra o desaparecimento de uma mala Rimowa com muito uso, tamanho grande, rígida, de alumínio canelado, com quatro rodas, contendo cinco ou seis livros usados, uma partitura musical nova, uma câmera fotográfica Nikon usada – não sabe o modelo –, um MacBook, um monitor LED Samsung de 27 polegadas, DVDs e CDs, e duas caixas de som, tudo isso com algum uso. A atendente quer ajudar, um pouco divertida com este rol de coisas que mais parecem um misto de escritório e estúdio itinerante, e ele responde, com uma impaciência que beira o rancor, que sua mala não, não tem qualquer identificação externa ou interna, apenas o adesivo *Fragile*.

– Assim fica difícil, senhor. – A atendente retoma seu tom profissional e examina a mala que ele tem ao lado: – Nessa, por exemplo, o senhor pôs uma etiqueta de identificação. Pôs etiqueta também nesse estojo de contrabaixo. O senhor tem aí o talão de despacho da bagagem? O senhor sabe que a rota do seu voo tem mais dois aeroportos, antes de Santiago do Chile? Achar a mala em curto tempo vai ser difícil, senhor.

Mais difícil ainda, ele conclui para si mesmo ao entregar o talão, que a devolvam numa estância ao fim de uma estrada de terra a qual começa na rodovia que leva à linha divisória internacional. Ele deixa registradas e explica à atendente todas as indicações de como chegar lá – *e a estrada de terra termina numa porteira, e lá começa a estância* –, bem como o nome da cidade mais próxima e o número do seu celular. A funcionária faz uma cara de quem não acredita que um cliente espere receber a bagagem a centenas de quilômetros do aeroporto e no meio do campo, mas lhe entrega um cartão com o telefone, caso ele queira informações. Julius observa que ela dirige um olhar rápido e intrigado para o estojo do violoncelo. É sempre assim: ninguém sabe o que aquilo significa. Não é um contrabaixo, porque menor, e nem um violão, porque maior. Ademais, sempre que olham interrogativos para aquele volume, ele tem a impressão – hoje é o dia de ser estúpido – de que dilapidou a existência dedicando-se a esse instrumento, pois não há nada de respeitável em desbaratar uma vida com algo que as pessoas nem sabem o que é.

– Só isso, senhor? – a atendente já assumiu um tom cordial e distante. – O comandante deve ter informado que o tempo está bom e a temperatura é de quatro graus centígrados. Bem-vindo, e boa estada em Porto Alegre.

Ele ia retrucar, áspero: "Como, boa estada em Porto Alegre, minha senhora? Como *Porto Alegre*, se acabei de escrever no formulário que estarei lá na divisa internacional?", mas prefere guardar para si a vaidade desse triunfo ante a desatenção alheia.

"Nada vai me impedir de seguir viagem", ele decide para si mesmo.

Seus pensamentos mais categóricos vêm assim, expressos em frases mentais: para os neurolinguistas e psicólogos, isso seria uma tese acadêmica e um tema longe de estar esgotado, mas para ele é uma disciplina cruel que acena para o inferno e às vezes lhe tira o prazer de estar vivo, pois nem sempre essas frases expressam a verdade ou não a expressam por inteiro, o que resulta no mesmo.

Algumas pessoas o julgam um pouco tolo, vendo-o abstraído durante uma conversação. Ele apenas está no trabalho crucial de articular seu pensamento, palavra por palavra, antes de falar. Nos dias em que isso ocorre com maior intensidade é um homem infeliz, e vai dormir cedo para se entregar aos sonhos, nos quais se liberta do despotismo da sintaxe e do léxico. Afora isso, se considera um homem monótono, e mesmo seus sofrimentos são aqueles de nossa humanidade, aos quais somam-se a certeza da morte, uma vida sexual sem atrativos nem esperanças e alguma tendência à irritação, como esta, por extraviarem sua mala.

Põe às costas, como uma mochila, o estojo em fibra de carbono, que segue a chamar assim, *estojo* – ao contrário dos músicos jovens, que preferem chamar de *case* –, e com a outra mão puxa a mala de rodinhas sobre a qual colocou a maleta de cabine com a partitura que usará para estudar. A isso está acostumado, também. A maleta, a mala, o estojo-mochila e ele formam uma coisa única e movente, na funcionalidade do caracol e sua concha. Não fosse a bagagem perdida, tudo estaria bem. Mas deixará o nervosismo de lado por uma questão de sobrevivência. Tem muito a fazer agora. Pensará depois no estrago que seria uma perda definitiva da Rimowa. Abandona a ideia de aguardar a devolução em Porto Alegre. Ele se imagina, com pavor, num hotel escolhido apenas pela proximidade do aeroporto, cumprimentando porteiros e olhando o movimento dos carros pela janela, apenas para esperar sua mala – e por quanto tempo? Isso só tornará pior o que ele experimenta neste momento. E, além disso, ele tem todo o direito de exigir que devolvam a Rimowa onde ele estiver, nem que seja na lua. E não é impossível que encontrem a estância Júpiter; com esse nome que destoa de tudo, mais uma das escolhas de seu pai, o Latinista, a estância será conhecida em toda a Fronteira e além. Ele se entrega mais uma vez a uma retórica própria, em que as atenuantes das situações desagradáveis surgem à medida do necessário, e sempre proporcionam uma momentânea tranquilidade. "Vamos adiante, Julius, essa mala vai aparecer."

Ao sair da sala de desembarque, é difícil não erguer o olhar de esteta: falavam sobre o novo aeroporto, construído ao lado daquele outro, minúsculo, de onde partiu há mais de quarenta anos pela mão dos pais e da empregada, e do qual ele tem presente o forte odor de Lysoform dos banheiros. Este *novo* já se tornou pequeno para os dias de hoje, mas é bonito, no limite do kitsch, com uma luz suave provindo da claraboia, com o brilho do granito, com os simplórios murais em pastilhas vitrificadas. Sem visão para fora, transmite uma ideia de cápsula que, com algum exercício de sensibilidade para as artes aplicadas e conhecimento de bricabraque, poderá lembrar um porta-joias ornamentado com esmaltes coloridos.

Sente-se bem nessa contemplação, que entende como uma espécie de boas-vindas que o Sul oferece e um prenúncio de que tudo vai dar certo, e de que vão encontrar a mala.

Mas agora precisa descobrir, dentre as pessoas que tagarelam, o motorista da locadora contratada por Sílvia. Logo ele vê um pequeno cartaz impresso onde escreveram seu nome, como sempre de maneira errada. Segura-o um homem atarefado, de crachá e boné de jogador de beisebol com o logotipo da locadora de carros. Desde jovem, Julius associava as pessoas a algum ator ou atriz de cinema; assim, o homem, por sua estatura e seu sorriso, é Mickey Rooney de *Baby Face Nelson*, e vem ao seu encontro:

– Seu Júlio? Adivinhei, porque o senhor tem barba grisalha, é alto e de óculos com armação amarela. Foi fácil achar, com esses óculos. Me esqueci de cumprimentar. Bom dia, seu Júlio.

– *Julius*. Bom dia. – Talvez por cortesia não incluíram o *meio careca* da descrição que Sílvia enviou.

– Meu nome é Adão, mas na empresa me chamam de Jarbas por causa do programa humorístico da TV. Viagem comprida pela frente, seu Júlio, oito horas de asfalto.

– Oito?

– E mais o trecho sem asfalto. Temos de sair logo para não pegar a noite na estrada. No inverno os dias são curtos. Bom que o senhor chegou cedinho. Me deixe ajudar com essas bagagens. Vejo que o senhor leva um violão aí. É só isso?

– Tenho outra mala, de alumínio, mas foi extraviada no voo.

– Xi. Mas quem sabe eles acham e mandam entregar? Às vezes demoram quatro dias, uma semana. Às vezes, duas. Às vezes, nem acham. Vamos. – A canhestra amabilidade de Mickey Rooney, no meio daquela perturbação, faz Julius sorrir. Ele só espera que este homem lhe permita viajar em silêncio.

Pouco antes de sair do prédio do aeroporto, passam em frente à porta aberta de um banheiro. O odor, agora, é de Limpex Aroma Floral. Conhece esse cheiro, usado nas limpezas semanais de seu apartamento e que ele detesta, mas não tem a desumanidade necessária para reclamar com a antiga faxineira, agora já meio surda pela velhice, meio cega e, talvez, sem olfato.

Ultrapassam a porta automática e estão na rua. O dia mal principia a se firmar, apresentando o sol de inverno do Sul. Julius inspira o ar fino da manhã, que enche seus pulmões de um frescor saudável, espantando o sono e a náusea. Ele retém esse ar até o possível. É surpreendido pela vida que entra em seu corpo e o renova. Expulsa o ar e inspira de novo, de maneira lenta, profunda. O vento cessou, e o céu apresenta o brilhante azul-cobalto das iluminuras, igual ao de Lisboa em janeiro, sob os frios ventos boreais.

Ele entra num território novo. Mais do que nunca faz sentido a frase de Lope de Vega que ele repete: *Vienen a ser no-*

vedades las cosas que se olvidaron. Gosta de ter tomado a decisão de viajar ao Sul. Surgem inesperadas experiências, como este momento de apenas *estar*, no desfrute de uma geografia que lhe foi subtraída na infância. Arrepende-se da longa ausência? Não, por certo. Se as viagens ao Sul lhe fossem banais, não haveria mais o que descobrir. É com nova excitação que encara a viagem, que apenas começa.

Dá duas voltas ao pescoço com o cachecol artesanal cinza, de lã, comprado na Feira de Natal de Würzburg. Seu sobretudo Werther, que faz doerem os ombros de tão pesado, também foi comprado em Würzburg. Suas indestrutíveis roupas de inverno foram compradas no tempo de estudante na Escola de Música de Würzburg. Orgulhoso por manter o mesmo peso desde que atingiu a idade adulta, essas roupas ainda servem em seu corpo. Preveniu-se para todos os invernos no Hemisfério Norte, e é estranho usar essas roupas no lado oposto do mundo.

À distância, vê o perfil arquitetônico, vertical e pardacento da cidade. Não, não ficaria nem um dia lá, nem que fosse no melhor hotel.

– Desculpe, seu Júlio. Temos que seguir. O carro está no estacionamento descoberto, lá adiante. A minha empresa cancelou o contrato com a firma do estacionamento coberto, por isso vamos ter que caminhar um pouco bastante, ok?

Abençoado cancelamento de contrato, pois o que Julius mais quer é caminhar.

Pela foto impressa em papel rígido que tem no bolso da calça, a casa da estância, que a família – mãe, pai e ele – abandonou de modo melodramático há décadas, permanece íntegra em meio ao pequeno bosque de plátanos que cresceram a partir de mudas providenciadas pelo Latinista, como chamavam seu pai na cidade por sua obsessão pela língua latina. Embora bizarros naquele ambiente, plátanos representavam para o pai um vestígio de civilização inserido no cenário primitivo da Fronteira. A casa, na verdade um sobrado, foi construída no tempo do Primeiro Império pelo seu trisavô, ou tataravô, ou ainda mais do que isso. É glacial e inóspita, mas significa a paz de que precisa para encontrar a concentração necessária para estudar o concerto de Dvořák, o que irá levá-lo a recuperar sua estada em Würzburg.

Essa história precisa ser trazida à lembrança com liberdade, para que ele forme o quadro completo das circunstâncias que resultaram na sua atual decisão de executar esse concerto.

Os fatos da memória, contudo, surgirão num conjunto em que tudo acontecerá ao mesmo tempo, tal como a vida confusa das galáxias. Se conseguir comandá-los dentro de si, estarão justificadas as razões desta viagem que o levará ao coração do pampa, à Fronteira, ao lugar mais ermo que conhece e, talvez, à essência do homem que é ou deseja ser.

Acompanha Mickey Rooney em direção ao estacionamento da locadora, percorrendo um trajeto bem mais longo do que imaginou. As solas de borracha de suas botas rangem no piso. No instante silencioso da manhã, esse ruído parece aumentado por um amplificador. Mickey Rooney segue, imperturbável, até que soa no seu celular o famigerado *Für Elise*.

– Dá licença? – diz Mickey Rooney, parando – É da firma. Eles sempre me acham.

Julius de novo aspira o ar, que agora traz um brando aroma de lenha queimada. Não fosse o extravio da Rimowa, ele poderia estar de bom ânimo.

Daqui por diante, e sem a mala, portanto sem as gravações em áudio e vídeo do concerto de Dvořák, nas quais esperava se inspirar, é ele e sua arte e, com a arte, a esperança de, como se diz e todos desejam sempre, ser feliz. Para isso, conta apenas com sua boa memória musical e com a antiga partitura que estudara até a exaustão em Würzburg, esta sim bem protegida na maleta de cabine. Desde que voltara ao Brasil, jamais abriu essa partitura, e tinha motivos sérios para isso.

Uma vez chegou a desembrulhá-la de sua requintada embalagem. Ficou a olhar para a capa, examinando como o tempo começava a amarelá-la e como os fungos já haviam deixado pequenas manchas na superfície, semelhantes a salpicos de café, que ele também começava a ver no dorso de sua mão. Naquele momento, dera-se conta de quanto tempo havia passado. Não estudou. À noite, disse a Sílvia que iria sair um pouco – e ela não ergueu o rosto do computador, olhos fixados numa tabela de várias cores, murmurando qualquer coisa agradável – e logo vagava pelas ruas próximas, com as mãos nos bolsos. Olhava os painéis iluminados e o pouco movimento dos carros. Voltou além da meia-noite. Tornou a embrulhá-la, guardou-a num lugar secreto, e lá ela ficara até o dia anterior, quando a pôs na pasta.

Mickey Rooney termina sua conversa com a empresa, desliga o celular, guarda-o, esfrega as mãos.

– Eles me mandaram voltar para Porto Alegre amanhã de manhã cedo. Largo o senhor no seu destino, durmo um pouco e já tenho de dar meia-volta. Culpa do capitalismo. Vou dirigir mais de mil e quinhentos quilômetros em vinte e quatro horas. Opa, está frio. Está sentindo? – Bate com força os pés no chão. – É o vento Sul, o minuano. É o inverno. Vamos adiante. – Estavam, todavia, quase no fim da caminhada. Depois de poucos minutos, ele diz: – Mas olhe: é nesse carrão que vamos viajar. Hyundai zero quilômetro, de luxo, bancos de couro. O senhor não entende de carros, não é? Mas me deixe acomodar esse estojo no banco de trás. A mala e a sua maleta eu coloco no bagageiro. O senhor já pode entrar, e por favor ponha o cinto de segurança.

Julius tira o sobretudo, dobra-o com esmero pelo lado avesso, coloca-o sobre o estojo do violoncelo e entra no carro. É forte o cheiro de couro. Que a alergia se comporte. Senta-se, fecha a porta, põe o cinto de segurança. Precisa dizer alguma coisa simpática para esse homem.

– Minuano, então, Jarbas?

Mickey Rooney se acomoda e liga a ignição, a que o carro responde com um rumor profundo e sofisticado. Começa a manobrar.

– Sim, seu Júlio, uma noite de vento minuano é mais fria que o freezer da minha casa.

Foi numa noite de minuano que Julius nasceu na casa da estância, tal como nos romances. Parto extemporâneo, bebê de oito meses, a mãe foi atendida por uma parteira do campo, que tinha cem anos. Isso, que ele gosta de repetir, acrescenta um detalhe épico a sua biografia. No decorrer do tempo ele foi acrescentando pormenores imaginários, como a morte da parteira no dia seguinte e o fato de que naquela noite se congelara o bebedouro dos pintassilgos. O resto do que aconteceu: levado na Rural Willys junto com a mãe ao hospital da cidade, ambos se recuperaram e vieram para a estância depois de poucos dias. Ele retornou forte, e a mãe, sem desejo algum de ter outro filho.

Aos três anos, ele sabia dizer *dulce de leche, galletitas* e falava com os animais.

Aos quatro, manejava um vocabulário híbrido, capaz de designar tudo que existia no pampa. Ensinado pela mãe, uma eterna desconcentrada, aprendeu a ler de forma anárquica. Aprendeu também a decifrar os números com perfeição, embora ficasse de fora desse conhecimento a aritmética, que o aborrecia como o pior suplício a ser infligido a uma criança, conceito que mantém até hoje. Conseguia ler, porém, as datações por anos. Lia o 1969 que estava no calendário de parede e, no ano seguinte, o 1970, e sabia que os anos 1800, de que falavam tanto em casa ao se referirem a um antepassado heroico, situavam-se no alvorecer do mundo. Ele era precoce, mas de um estilo errante, e com uma emotividade capaz de sofrer até o desespero pelas pequenas dores da vida e passar ao largo das grandes. O Latinista ensinou-o a ler a palavra RO-MA escrita numa cartolina, com o que se deu por satisfeito.

Por esse tempo, aprendeu a cavalgar e a vencer os filhos dos peões que, em geral, lhe facilitavam a corrida.

Aos cinco anos, ganhou brinquedo: um pequeno violino de plástico, branco, mandado por sua tia Erna. O pai o trouxera na volta de uma viagem a São Paulo, reclamando do trabalho que tivera para não quebrá-lo. Era em quase tudo igual a um violino de verdade, assim diziam. Com aquele violino, sabendo que o arco quando esfregado nas cordas produzia um som diferente de um ruído, ele imaginava tocar todas as músicas ouvidas na rádio Sodre, de Montevidéu, que seu pai escutava. Uma vez improvisou, e era na época do Carnaval – ele sabe porque estava vestido de samurai –, uma apresentação para um visitante desconhecido, um senhor gordo que suava muito e se abanava com um chapéu negro. E Julius tocou alguma coisa a que deu o nome de *ópera*, porque ópera significava, para ele, tudo que era música da rádio Sodre. Quando terminou, o homem largou o chapéu na cadeira ao lado, bateu palmas e depois voltou a se abanar. Hoje ele se espanta de sua memória infantil, tão seletiva. Pode reconstituir algumas cenas com a limpidez de uma fotografia, como, por exemplo, a visão da fita de cetim azul-noite que envolvia o chapéu daquele homem e o estalido seco que o chapéu fez ao ser largado na cadeira.

Depois dessa cena, os pais diziam, distraídos, que o filho tinha um *dom* para a música, embora isso não os impedisse de mandá-lo ficar quieto nas horas da sesta e, mais tarde, em todas as horas do dia.

Aos seis anos e meio acompanhou os pais, que viajaram daquela maneira caótica e definitiva para São Paulo. Só lhe permitiram juntar os brinquedos e, assim mesmo, ficou para trás o adorado violino. Aquela viagem foi um acontecimento do qual ele se recorda com dor e angústia.

Em São Paulo, as palavras foram substituídas por outras, da metrópole, dos livros escolares, da agitação das ruas. O sotaque do campo se nivelou ao falado pelos locutores da rádio e da TV, que deram a partir daí um padrão fonético a todo o país.

Aos oito anos, a tragédia: os pais morreram num acidente de carro quando a minúscula família descia para o fim de semana na Praia Grande. Ele, no banco de trás, teve hematomas leves pelo corpo e um corte no queixo, suturado com apenas dois pontos. Ficou algumas horas atordoado na enfermaria, pensando na morte dos pais sem entender que ela era para sempre. Até hoje nenhuma morte lhe parece definitiva, mesmo que ele esteja ante um cadáver. Os pais, ainda que devotados a outras coisas que não fossem ele, teriam de voltar – para o bem e para o mal –, num momento sempre adiado. Era sua forma de não sofrer, que ele estendeu às demais situações da vida.

Assim, com um curativo, foi recolhido pela tia Erna, pequenina e magra, irmã de sua mãe, antiga funcionária administrativa da Orquestra Sinfônica Municipal de São Paulo, pianista amadora, solteira por falta de opções e, por isso, vítima da clássica maternidade irrealizada, que a transformara em protetora das almas carentes. Ela impediu o sobrinho de acompanhar o velório e o sepultamento, e fez bem. Ele não quereria ter a assombrá-lo, até hoje, as liturgias da morte e o odor das velas mesclado à fragrância mole da exalação das flores.

No ano seguinte, tia Erna passou a lhe dar aulas no Essenfelder-armário de 1949 que tinha em casa. Ela era bastante esperta para reproduzir os ensinamentos do temido Wolfgang Bauer, responsável por uma geração inteira de pianistas de São Paulo. Foi o melhor que poderia acontecer a ele. Tocar piano é o caminho imperativo dos que desejam se dedicar a qualquer outro instrumento. Estudou com esmero no velho Essenfelder, com seu teclado de marfim amarelo como unhas de fumante e o cheiro de pó. Mas tinha boa manufatura, e a sonoridade era suficiente para um iniciante. Com ele, Julius preenchia todo o tempo disponível entre as aulas no Colégio São Luís, onde os jesuítas ensinavam, além dos conteúdos obrigatórios e do método de examinar os problemas da vida, o sentido do pecado original, o latim e o pavor de Deus. Logo se cansou disso e soube que seria músico, e não sentia mais atração por nada específico ensinado no colégio.

Para as outras coisas além da música ele desejava ser um diletante aplicado. Com isso, alcançava a necessária liberdade para ler ao acaso obras de História Universal, artes plásticas, romances e livros de poemas. Leu Hermann Hesse e Tagore até cair fulminado pelo sono. Impressionou-se com as lágrimas do desventurado Werther, perguntando a si próprio como isso seria possível. Por essa época começou a usar óculos, escolhendo uma pesada armação de tartaruga.

Hoje possui alguns quadros originais e até uma boa cópia de um Turner, realizada ainda no século XIX, que comprou numa viagem a Londres. Tornou-se um sábio por retalhos e sem costuras, como viria a dizer para justificar sua fragmentação intelectual. Houve um tempo em que ia ao cinema todos os dias, e decorou os nomes dos atores. Mas aprendeu piano com uma facilidade que a tia classificou de sobrenatural, e logo transpunha baladas românticas dos Beatles. O piano se tornou um aprendizado útil, e ele irá usá-lo num episódio importante de sua vida, e que está por acontecer dentro de poucos dias, na Fronteira.

O instrumento escolhido para sua carreira profissional, contudo, foi o violoncelo.

Conheceu a beleza desse instrumento no Teatro Municipal, quando uma russa de dezoito anos interpretou o dolente concerto de Lalo. Foi anunciada como prodígio e entrou no palco vestida de mulher feita, com um traje soirée frente-única, de seda verde-folha, que não fazia perceber qualquer anágua por debaixo, e erguida em refinados sapatos de verniz, com saltos que alongavam sua figura. No início do concerto, ele foi atraído pela solista, que travava uma requintada luta corporal com o violoncelo, capturando-o entre suas pernas rijas, perdendo-o logo para recuperá-lo com gestos que comportavam as interpretações mais libertinas. A leveza da seda e o verde conferiam um volume vegetal e vibrátil àqueles músculos. No passar dos minutos, a instrumentista masculinizava demais sua luta, que já se transformara num *catch-as-catch-can* bravio. Não era o que ele esperava daquele espécime soberbo da recém-descoberta raça feminina, e seu interesse derivou para o timbre do violoncelo, próximo da voz humana, capaz de ir das profundezas do baixo-barítono às mais agudas circunvoluções perdidas nas culminâncias da clave de sol. O violoncelo bradava, chorava, se entregava ao riso, e ele logo quis aprendê-lo porque, sem o saber, esse instrumento preenchia, com seu prodigioso leque expressivo, todos os matizes de sua alma órfã.

Com a ajuda de um conhecedor, tia Erna comprou para ele um violoncelo Baldantoni, de 1836, gastando a metade de suas economias. Ela disse que nunca iria comprar para ele um violoncelo novo, desses pintados à pistola, quando o enxergou encantado com a madeira de veios caprichosos e tateando a lustrosa superfície de verniz. Nem tia Erna nem ele sabiam que aquele seria o instrumento da sua vida.

Seu primeiro professor foi um músico da última estante da Orquestra Municipal, um colombiano, um ancião que o ensinou como pôde. Começou pelo caminho natural naquele tempo: o método de Dotzauer, e depois os 113 estudos para violoncelo do mesmo Dotzauer, que o professor exigia como se fossem obras-primas da música. Às vezes, parava a aula para dizer, erguendo o dedo descarnado e trêmulo:

– Afora estudar Dotzauer, tudo é inútil para um violoncelista, meu filho, aliás, tudo nesta vida é inútil e, por mais que façamos, tudo é inútil.

Essa frase o acompanha desde então, embora as evidências a contrariem. Sempre se fascinou pelos ditos categóricos, ainda que disparatados.

Dominou as principais posições do instrumento em um ano. Os estudos eram seguidos com minúcia pela tia Erna que, livre da função de professora e agora aposentada do serviço público, acompanhava os progressos do sobrinho com a atenção dividida entre a música e o crochê, aos quais podia se entregar com todo o tempo do mundo. Como não entendia nada de violoncelo, procurava ajudar de outra maneira, erguendo a cabeça e franzindo a testa quando percebia uma desafinação. Ele tocava Dotzauer com um olho na partitura e outro em tia Erna. Gostava de vê-la, pequenina e dobrada como um bichinho, a cada dia mais enrugada, movendo as pequenas mãos no domínio das agulhas e perdida em suas recordações, mas ainda com ouvido suficiente para corrigi-lo.

Foi ao final da puberdade que descobriu: ante uma situação importante, pensava por frases mentais, mecanismo também necessário quando tinha de dizer algo importante. Não houve um momento específico em que seu cérebro passou a operar dessa forma, mas foi nítido o instante no qual soube que esse mal já o supliciava havia tempos, talvez anos. Foi quando Dora Hartman, coberta de sardas, também aluna de violoncelo do mesmo professor e destinada a uma carreira internacional, convidou-o a ir à casa dela, onde estava sozinha, para, num ritual brejeiro e subliminar daquela época, *ouvir discos*. Quando o eufemismo se desfez e ela o seduziu tendo ao fundo *Please please me*, ele soube que nunca tinha passado por algo sequer parecido com aquela experiência, e queria mais, estava encantado pela descoberta e amava. Queria dizer isso para Dora Hartman, mas empacou, em pânico. Coberto de ridículo, porque Dora o observava, ele procurava as palavras, elas vinham, ele as engolia, e elas voltavam desnaturadas, e pior: não se organizavam. Dora olhava-o, intrigada e risonha; esperou um pouco, passou a mão pelos cabelos dele, beijou de leve os lábios, disse que não precisava falar nada. Ele conseguiu organizar uma frase mental: "Nunca,

nunca senti isso, eu amo Dora até o fim da vida". Ia falar, mas parou. Como ia se referir a Dora como *Dora*, e não *você*? Sorriu, para disfarçar. Ela retribuiu o sorriso, ficou tensa ante alguma conclusão interior, desistiu, ligou a televisão na telenovela e foi fazer pipocas na cozinha.

E assim terminou, sem ter começado, o primeiro caso de amor da vida de Julius. Já em casa, diante da tia Erna, que cabeceava de sono, e ante os estudos de Dotzauer, ele fixava um vaso com samambaias. Já usara, sim, o recurso das frases mentais centenas de vezes, mas não se apercebera disso. Seu estado de espírito, abalado com o que acontecera com Dora Hartman, com esse mal-entendido sem remédio e com a certeza de sua condenação ao suplício, voltou-se para os *Estudos*, observou com afeto a tia e pegou o arco que repousava na estante metálica. Estudou, paciente, até tia Erna acordar e perguntar se ele queria um café. Jamais alguém acreditou por inteiro quando revelava seu problema, nem Constanza Zabala nem Sílvia. Desistiu de falar sobre o assunto e, se perguntavam, dizia ser um mal crônico, esquisito e suportável. Como há muito deixou de comentar, ninguém mais pergunta.

Depois do intervalo dos estudos musicais em Würzburg, de onde voltou esgotado e triste, certo de haver cometido erros, ingressou na Orquestra Sinfônica Municipal de São Paulo; depois de quatro anos casou-se com Sílvia, depois se descobriu estéril – tudo o mais, e até hoje, em São Paulo, no bairro de Pinheiros. Chamou tia Erna para viver com eles. Desmemoriada, seus guardanapos de crochê já eram delírios coloridos que ela guardava com orgulho, alisando-os com suas mãos pequenas e transparentes. Ficou enferma e foi levada ao hospital. Uma tarde, chegando para visitá-la, ele pressentiu que a morte estava ali, como uma respiração sinistra junto às paredes do quarto. Aproximou o rosto de tia Erna. Ela parecia ter recuperado por instantes a lucidez e disse, baixinho: *Eu de manhã olhei a árvore do pátio do Hospital. Essa árvore vai me seguir pelos séculos dos séculos.* Não foram suas últimas palavras, mas as que ele preservaria na memória, aplicando-as em várias circunstâncias. Quando pensa na metamorfose sofrida pelos objetos quando vistos por um moribundo, ele se assusta com a possibilidade de que, com ele, essa imagem destinada à eternidade venha a ser uma suja lâmpada do teto ou uma tela de TV apagada. Por isso ele seleciona o que vê, procurando as coisas belas, e se desola ao pensar que essa pode ser sua única originalidade.

Agora, em plena viagem, ele lança em volta o olhar. O carro já ultrapassou as sucessivas pontes sobre as ilhas fluviais, e a estrada adentra os primórdios do pampa, anunciados pela horizontalidade da paisagem. Geou muito durante a noite, estendendo pelos relvados uma paz imóvel e branca. Nem o sol, já alto, conseguiu desfazer esse cenário. Baixas temperaturas, além de propiciarem essas paisagens de leveza irreal, induzem a um recolhimento próximo da transcendência religiosa.

É mesmo uma viagem estranha, esta de carro, e tão longa. Suas viagens são apenas para apresentações da Orquestra, no Brasil e no Exterior, e tudo é percorrido de avião e, depois, em vans que levam os músicos para o hotel e os buscam uma hora antes do concerto, depois os devolvem exaustos ao hotel, de onde os recolhem na manhã seguinte para levar todos ao aeroporto. Pouco tempo para pensar.

A estância Júpiter, intacta em meio aos tumultos da vida, era, contudo, uma imagem cada vez mais vaga, mas ele nunca insistiu em tê-la muito presente; ela que ficasse lá, como um refúgio disponível, com aquele fogo imortal aceso pelo antepassado famoso, que arde no galpão há 150 anos e não pode se apagar sob pena do fim do mundo. É uma lenda, mas, como acontece a todas as lendas, melhor aceitá-la até que os fatos a desmintam.

Duas vezes por ano, o eterno Administrador envia, junto a uma desfocada fotografia da casa, o balanço financeiro de arrendamentos e, até alguns anos, antes de ser proibido disso, uma foto de Agripina Antônia, com quem Julius divide débitos, créditos e outras coisas que sempre evitou entender; primeiro, delegou à tia os assuntos da estância e, depois que ela mergulhou em definitivo nas trevas do Alzheimer, entregou-os a Sílvia, com a recomendação de que nunca falasse nada acerca da meia-irmã. "*Nunca vou entender esse tabu; aliás, não entendo você nunca falar do passado, isso só prejudica você*", Sílvia dissera numa sumária conversa enquanto o elevador descia. Como chegavam ao térreo e à rua, ele não precisou responder. Desde então, é tudo mistério, que ele conserva como uma das coisas que são por inteiro suas.

As antigas fotos de Antônia de que ele tem memória revelavam, a cada vez, a imagem de uma pessoa diferente, e não apenas pela passagem do tempo: primeiro uma criança de perfil, montada num cavalo, e o cavalo segurado pelo freio por um peão vestido à gaúcha que fixa a máquina fotográfica, as pálpebras apertadas pela luminosidade solar; depois, uma menina de uns oito anos, de corpo inteiro e sozinha contra uma parede escura, metida num vestido de *petit-pois* negros sobre fundo branco, com meias-soquetes e sapatos rasos de presilha sobre o peito do pé. Nessa foto, a máquina se aproximou, e era possível perceber um olhar estagnado, medroso; depois, Antônia já aparece adolescente. Aqui, já com a tecnologia a cores, Antônia está no pátio do colégio das francesas de Pelotas, talvez num intervalo das aulas, junto a colegas, a imensa e maligna boca de Fanny Ardant, de *La femme d'à côté*, aberta num riso em excesso para a máquina, os lábios tingidos pelo batom púrpura, exorbitando no uso dos cosméticos, tolerados pela já frouxa disciplina das freiras. A ousadia juvenil, ali, descaía para uma decepcionante vulgaridade, o que se completava pelo modo como punha a mão direita no quadril, projetando os seios entrevistos pela fenda nos botões superiores da blusa negra, que caía sobre as calças jeans e, ainda, pelo cigarro entre o indicador e o médio da mão esquerda.

Decepcionante, a palavra que ele remoeu por várias horas. Quando o avião sobrevoava o Atlântico rumo a Frankfurt, ele, ao ver o riso de uma comissária de bordo que atendia a um passageiro na poltrona da frente, soube que classificara o ar de Antônia como *decepcionante* por um motivo próximo da canalhice. Desdizendo a suposta falta de preconceitos dos artistas, ele assumia os valores do patriciado rural de que se originava. Ninguém que tivesse seu sangue, ou metade dele, poderia ser indecente daquela forma. Ao pegar o trem para Würzburg decidiu esquecê-la, sabendo que com isso desejava esquecer sua própria baixeza, e o conseguiu durante toda a estada na Alemanha, ocupado com seus estudos e seus dramas. Nunca pedira informações a respeito da meia-irmã. No retorno ao Brasil, todavia, tia Erna entregou-lhe um envelope com várias fotos de Antônia, que ele não quis ver. Tia Erna, ele logo comprovou, expandia seu sentimento maternal também a Antônia, e ele sabia que elas trocavam cartas, mais frequentes depois que Antônia perdera a mãe, vítima de um câncer de pâncreas. Talvez Antônia soubesse o que acontecia com o irmão. Tia Erna chegou a pedir a ele para escrever, como ela disse, "*alguma coisa para aquela pobre criatura, tão só em Pelotas*", uma cartinha que fosse, a que ele se recusou. Depois de uma semana, todavia, abriu o envelope e examinou as fotos. A decepção se transformou em desassossego. Derivou o olhar para a janela, procurando dar significado a qualquer coisa que enxergasse. Na calçada defronte um senhor de bengala atrapalhava-se ao atravessar a rua. A faixa de pedestres estava a vinte metros, e o senhor a olhava como a um oásis, mas avaliando se teria forças para caminhar até lá. Pessoas de muita idade não podem sair sem que alguém as acompanhe. Por fim, decidiu atravessar fora da faixa de pedestres. Ergueu a bengala, como uma espécie de advertência ou bandeira de paz, e os carros pararam. Julius acompanhou aquele movimento até que, com alívio, viu que o senhor conseguira atravessar. Se não tivesse ousado, ainda estaria na mesma calçada, com medo. "Às vezes, sim, é preciso transgredir", ele pensou, "para cruzar uma rua, um rio, uma vida."

Voltou para as fotos. A fisionomia de Antônia aprofundava sua futilidade, e o pior: se antes ela nada tinha a ver sob o aspecto físico com ele, as últimas fotos traziam, de maneira perturbadora, a marca que reconhecia em si e nos familiares, aquelas pálpebras que nunca se abriam por completo e o rosto oval. Essas pálpebras e esse formato de rosto eram propriedade exclusiva de sua estirpe, como um brasão familiar.

Para não ofender a tia, não jogou fora as fotos. É verdade que, se nunca escreveu, também nunca manifestou, ainda que de maneira oblíqua, que não queria vê-la. Terá, contudo, de passar pelo dilema de gostar ou não gostar de Antônia, caso ela apareça na estância; gostar será optar pelos longos diálogos e pelos inevitáveis debates entremeados de conselhos, recriminações, lágrimas, risos de escárnio, injúrias, tudo o que ele não quer neste momento. Se ela levou a sério os estudos da escola das freiras francesas, terá cultura literária suficiente para estilizar suas emoções e descrevê-las em suas nuances. Enfim, para se tornar perigosa. Não gostar de Antônia será um caminho menos trabalhoso e, a bem dizer, natural, pois meios-irmãos serão sempre litigantes de alguma forma. Agora, ele se repreende por negar a si mesmo, por tanto tempo, esse assunto. Vê-se regressando ao ponto inicial, e nada pior do que esses câmbios de humor que apenas conduzem à desagradável ideia de que, neste momento de concentração no estudo, ele não tem qualquer espaço interior para nele acrescentar uma meia-irmã.

Mickey Rooney, depois de tentar sem êxito uma conversação sobre o jogo da véspera, liga o rádio numa emissora com notícias entremeadas por propagandas.

– Gosto de notícias – diz. – É bom saber o que acontece no mundo. O chato são essas propagandas. Mas no nosso sistema a rádio tem de viver de alguma coisa, não é?

Não quer ser desagradável com Mickey Rooney. Uma resposta se impõe, *sim*, mas não arrogante, apenas no tom certo para explicar que dá muita importância aos comerciais como forma de sustentação da atividade econômica das rádios:

– Sim – diz. E depois de cinco segundos: – Também acho. – E, em seguida: – Me diga uma coisa. Você já viajou para a região para onde nós vamos?

– A Fronteira? Já, conheço bastante.

– Em pouco tempo a gente está no Uruguai.

– Claro – Mickey Rooney não entende o comentário de Julius. – Dependendo de onde se está, é só atravessar um rio. Do outro lado está o Uruguai. Mas isso o senhor deve saber. O senhor quer ir ao Uruguai?

Julius pensa um pouco.

– Talvez, não estou certo – diz, dando por terminado o assunto.

E se volta para si mesmo.

Desde o retorno da Alemanha, a estância Júpiter se resumiu às idas à agência do Banco do Brasil da rua Teodoro Sampaio e, depois, aos acessos à internet para transferir o dinheiro para a conta conjunta, o que também Sílvia assumiu como tarefa sua. Ele, hoje, experimenta um intermitente desagrado por essa situação parasitária, tanto em relação aos ganhos que vêm do Sul quanto ao auxílio de Sílvia. Os salários da orquestra, por sugestão dela, ele os destina a um fundo de pensão privada, embora seja sempre levado a cultivar a ideia de que morrerá antes de começar a receber os rendimentos. Como fazem todas as pessoas, gosta de brincar com a morte quando está entediado.

Terá, agora, um olhar de homem feito sobre a *estância*, como os parentes a designam ao modo espanhol-platino, embora sabendo que, em outras latitudes nacionais a chamariam de *fazenda*. Mas é *estância*, pois assim sempre disseram os pais e avós, e em toda a Fronteira assim se diz. Ele, contudo, nunca teve ideias messiânicas sobre a propriedade, ao estilo do Jacinto de Tormes ou do velho Tolstói. Bastava a renda semestral. Precisa da estância, agora, para uma finalidade bastante rara.

A partir de uma tosse seca de Mickey Rooney, cai de volta na sua situação atual e na causa imediata de estar realizando esta viagem.

Uma semana antes do pouso em Porto Alegre, a Orquestra ensaiava Debussy, *La mer*. O maestro se interrompia, num silêncio histérico, antes de explodir em insultos à primeira trompa, que não conseguia interpretar o *tempo* que ele determinava. Em Debussy, o *tempo* é sempre uma caprichosa aventura, portanto o maestro deve ter a orquestra na mão, num exercício exaustivo capaz de estropiar os nervos de todos. A colega de estante, amazonense, solteira por períodos, sempre apaixonada por Julius e tolerada com bom humor por Sílvia, sussurrou, sem tirar o olho da estudada performance do maestro:

– Ir para aquele fim de mundo, e no inverno. Você vai só? – A colega vigia todos os seus atos para descobrir qualquer interesse além dela, o que consideraria uma traição. – Lá vive alguém?

Como sempre nesses casos, foi lacônico.

– Lá vive um capataz. E mandei avisar o Administrador da minha ida. Ele deve ter providenciado tudo.

A colega não se conformava:

– Mas você não está mais na idade das loucuras. E vai gastar uma licença nisso, um tempo que depois vai faltar na aposentadoria. Fique aqui, que você pode estudar da mesma forma. – Aproximou-se. – Eu posso ajudar.

Ele já escutara algo parecido de outros colegas. Também da administração da Orquestra. Já escutara aquilo de Sílvia, junto com a observação "*e você vai se deparar com Antônia, fique sabendo*". Já escutara aquilo de si mesmo.

– Mas, se eu não fizer essa loucura – disse à colega –, não consigo tocar Dvořák. A aposentadoria não me importa. Terei uma pensão privada.

– Mas por que você tanto insiste em tocar esse concerto?

– É longo assunto, é o cumprimento de um pacto, uma promessa, não vale a pena explicar. Lembra da apresentação da Orquestra MÁV, de Budapeste? Atenção, que o maestro pegou a batuta e vamos ter tempestade no mar de Debussy.

– Não sei como você consegue fazer piada, nessa sua situação. E o que tem a Orquestra MÁV?

– Concentre-se.

O concerto para violoncelo de Dvořák exige muito estudo. Se Georges Simenon necessitava de vários dias de reclusão para escrever uma novela, não era loucura se afastar de tudo para estudar esse concerto. A apresentação, vespertina, será no encerramento do projeto *Primavera da Música*, no Teatro Municipal. E essa peça está um nível acima de suas possibilidades emocionais, que ele julga serem apenas técnicas.

Mas, se conseguir tocar esse Dvořák, sua vida ganhará sentido.

– Não seja tão teatral – disse Sílvia, uma frase que ele mesmo, um dia, dissera a alguém em Würzburg.

Ele observa um bando de andorinhas. Voam para o Norte, em busca do calor. Dentre suas manias de conhecimento universal, a ornitologia é uma. Agora começa, ao lado da estrada, a sucessão de pequenos comércios funcionando em construções de improviso onde vendem cachaça, mel, mudas de plantas, reproduções do Cristo do Corcovado com lábios carmim, cavalinhos de brinquedo, cisnes, cata-ventos com hélices de papel, grutas de Nossa Senhora Aparecida, vasos de cerâmica, tapetes de couro mal curtido. Ele se pergunta se há compradores para tantas quinquilharias.

Ao meio-dia param num restaurante à beira da estrada, onde há vários caminhões e ônibus estacionados. Ainda não tem fome e tira um chocolate do bolso para trincar. Sai do carro enquanto Mickey Rooney entra no restaurante. Um forte cheiro de fritura, misturado ao ácido dos sanitários, afasta Julius dali.

Olha para o celular, para ver se há alguma mensagem. Não. Sílvia não se preocupou em saber se ele estava bem. Mas é apenas o sentido objetivo de sua mulher. Se a imprensa não noticiou acidente com morte no Rio Grande do Sul, não há razão para saber mais. Há outra mensagem, é do sobrinho-gênio de Sílvia, perguntando se ele conseguiu conectar pelo *bluetooth* as caixas de som. Responde que sim, tudo bem, pensando, todavia, que nestas horas a Rimowa pode estar em Montevidéu.

Vê sua sombra junto à do carro. É meio-dia e, assim como acontece no inverno do paralelo 30 Sul, ela se estende como se fosse ao crepúsculo. Ele gosta disso, dessa extensão de sua figura. Confere-lhe segurança, a mesma que ele desejava ter em Würzburg em meio às oito semanas finais de sua estada, nas quais viveu uma exaltação de prazer, desastre e cólera. Junto vêm, incontroláveis, fragmentos de paisagens, uma viela, uma pensão, uma ponte sobre o Main, o som do *The Cure* a todo volume, uma piscina pública iluminada tal como um gigantesco aquário em meio à neve e à noite, pingos de gelo derretido escorrendo de fachadas barrocas e, mais do que tudo, maior do que tudo, o corpo flexível de ginasta, o rosto tenso e os olhos vidrados de lágrimas de Constanza Zabala.

2.

Houve também o sol de certo meio-dia de inverno em Würzburg, quando sua sombra se alongava sobre os cristais da neve rala.

A quem está aberto às imagens do passado, uma sombra é suficiente para despertá-las; mas o que irrompe na consciência de Julius não é o que esperava.

Ele viera ao Sul para recompor em paz o quadro de seus estudos alemães do concerto de Dvořák, para escutar as gravações – se a maldita linha aérea se dignar a devolver a Rimowa –, para se concentrar nas aulas de Bruno Brand e nas anotações que esse professor fizera na partitura que está na maleta.

Veio para estudar, mas logo percebe a cilada que armou para si mesmo.

Sim, foi bastante ingênuo ao imaginar que pudesse escolher a natureza e a qualidade de suas lembranças. Agora, porém, que essa fenda começa a se rasgar no solo instável do presente, ele experimenta a volúpia da memória de um amor à beira da tragédia, nunca esquecido, mas que ele precisa reduzir apenas à degustação de um fruto cujo tempo já passou.

"Ou não" – ele se assusta com esse pensamento, ante a clareza com que se lembra de tudo.

§

Estava em Würzburg.
Era 1986, janeiro.

Depois de um mês de brumas que desvaneceram a cidade atrás de uma cortina leitosa, reveladora apenas dos pináculos das torres, nevara um pouco durante a noite, mas a partir das dez horas o dia se tornara límpido e ainda mais frio do que na véspera. Uma fina camada de neve se depositara sobre os telhados, e ali, no entorno aquecido das estruturas das chaminés, havia ourelas de calor. As pessoas saíam à rua e paravam como estátuas nos bancos públicos, os rostos erguidos para o sol. Algumas usavam óculos escuros. As mães apresentavam o inédito dia aos seus bebês nascidos no outono. Mas o sol, que nos trópicos sempre é calor, ali era apenas luz.

Pegou o estojo do violoncelo pela alça – ainda não existiam os práticos estojos-mochila – e saiu do prédio da Schule für Musik, a Escola, atravessou em diagonal a Praça Rosenbach – ele sempre se recusara a pronunciar Rosenbachpark –, ao lado da Escola, em direção ao seu apartamento. Numa pequena mala levava suas partituras, anotações de aula e alguns livros.

Depois de uma caminhada curta, em que passou ao lado do claustro da igreja Neumünster, com uma parada para comprar um cachorro-quente de rua, foi se sentar num dos bancos da promenade que margeia o rio Main, próximo ao desativado moinho fluvial. Era seu lugar preferido e, com um pequeno desvio, ficava no caminho de casa. Ali desfrutava de uma vista única da Alte Mainbrücke, A Ponte, intransitável no verão, com os turistas que empunham pela haste seus cálices de vinho branco da Frankônia e bebem-nos como quem bebe água, mas que agora atraía apenas os habitantes locais, que podiam usufruir em paz a paisagem de sua própria cidade. E ainda, ao fundo do panorama que estava nos cartões-postais, havia a fortaleza dedicada à Virgem, soberana no alto de Marienberg, a Montanha de Nossa Senhora, com todas as suas conotações simbólicas e estéticas. Na encosta coberta pela neve apareciam as pontas negras das videiras, que desciam perfiladas e paralelas até o rio. Elas aguardavam maio.

Era uma beleza de que ele, contudo, não conseguia se apropriar. Algo devorava seu espírito e, caso acreditasse nela, também sua alma.

Por um momento desejou ser mais um habitante de Würzburg, porque uma coisa é sofrer no estrangeiro, outra é sofrer na cidade em que se nasceu, onde o conhecimento íntimo do ar, das ruas e praças e do próprio ritmo do tempo colaboram para amenizar a dor.

Dor: não era bem isso que sentia. Sua cabeça vinha numa agitação em que se misturavam o pesar, a impotência e a cólera, mas em que a derrota era o sentimento mais forte.

Contudo, a presença do rio, ainda que congelado até quase o centro de sua superfície, restituía algo da paz de que precisava. Aquele correr de água fluida era a prova de promissora vida sob o gelo.

Tratou de comer o cachorro-quente bávaro, desembrulhando-o da embalagem de papel-alumínio. Preferia o cachorro-quente ao renomado malcheiroso *currywurst*, que liquidava por dois dias suas papilas gustativas. Pousou no banco a pequena bandeja de papelão, quadrada, o pãozinho redondo com quatro gomos no topo, a salsicha retilínea que extravasava a bandeja e o potinho plástico triangular com o ketchup, numa desarmonia geométrica que o distraiu. Mais uma vez se repetia o esquema: em situações de crise, ocupava-se com minúcias, às quais dava importância tão capital quanto fugaz. Mastigando, sentindo a boca salivar com o avinagrado do ketchup, voltou-se na direção contrária à do sol e seguiu com o olhar sua sombra e a sombra do estojo do violoncelo. Ambas percorriam a promenade, longas e delgadas sobre os cristais da neve, e desapareciam entre os arbustos que a separavam da avenida. Eram sombras que, no início semelhantes, em razão dos ombros e das cabeças de uma e de outra, quando se alongavam, eram quase idênticas. Julius pensou na afinidade simbiótica entre ele e o seu instrumento, algo que até as sombras comprovavam.

Concluído o almoço, depositou no lixo o que restara, culpado por envenenar o organismo com os apressados lanches de rua que causavam uma formidável ardência no estômago, depois transformada num peso e, logo, em dores de barriga. Mas para que se preocupar se já estava a um passo de regressar para o Brasil? Pegou o estojo do violoncelo e caminhou em direção à Ponte.

Repetindo um modelo da Europa Central, ao longo dos parapeitos da Ponte há pequenos terraços salientes de geometria poligonal; em cada um desses, foram erigidas estátuas de santos com quatro metros de altura, algumas ladeadas por bancos de pedra. Os terraços, refúgios que não atrapalham a circulação dos turistas e seus cálices de vinho branco, no verão se transformam em palco para os estudantes da Escola, que ali se exibem em troca de moedas. Ele mesmo ali se apresentara com alguns colegas, tocando em agrupamentos improváveis, mas sempre aplaudidos com entusiasmo. "É o efeito do vinho", comentavam entre si, com a consciência pesada por não terem apresentado o melhor de suas capacidades. Mas aquilo tudo, agora, acontecera num passado tão distante como o da infância.

Contornando o velho moinho, subiu a escada de dois lanços até a Ponte rumo a um desses terraços, onde haviam erigido a imagem de S. Kilian, o aterrador patrono da Francônia, com sua ameaçadora espada de ouro decapitando os fracos e com sua mitra pontuda como uma lança a furar as nuvens.

Fora lá por um motivo. Gostava de ver os temerários que se arriscavam a patinar junto ao gelo consolidado às margens do rio, desafiando os avisos das autoridades. Gostava de assistir daquele ponto a essas perigosas audácias, pois ninguém era preso nem quebrava uma perna ou morria afogado nas águas do Main. Dessa vez, os patinadores ainda não haviam chegado.

Pena. Isso poderia distraí-lo. Afastou a neve do banco de pedra junto à estátua de S. Kilian. Pôs o estojo do violoncelo ao lado, sentou-se. Antes o ar estava parado, mas agora um enregelante vento do Norte espantava os transeuntes.

Queria examinar sua turbulência interior, tal como aprendera com os jesuítas. Era sua forma de sintetizar os piores problemas, um método que, se não os resolvia, pelo menos os deixava mais nítidos e, portanto, favoráveis a uma solução. Formando frases mentais, começou. Primeiro: depois de quase dois anos de estudos na Escola, firmara o juízo de que estava numa das mais eminentes instituições de ensino musical do mundo, lugar, ainda assim, de muitos ex-futuros-virtuosos, por conta da evasão de um número razoável de alunos, resultante do desespero ao descobrirem que havia um vazio gigantesco entre suas esperanças e a realização de uma carreira de sucesso. Esses coitados vegetavam por um tempo, entregues à depressão, assistindo na última fila aos recitais de seus colegas e, de um dia para o outro, pegavam o trem na Hauptbahnhof e imergiam no anonimato de onde vieram, e ali dariam aulas de música até se aposentarem. Ele ouvira falar de um caso de suicídio por esse motivo. Segundo: mesmo antes do fiasco ocorrido havia dois dias, por um ardil de seu execrável professor, fato que precipitara a decisão de regressar ao Brasil, faltando apenas cancelar o concerto de Schumann, constatara que um amador – como ele passara a se considerar – não teria a menor oportunidade perante os colossos de determinação que entregavam as almas ao demônio para superarem seus concorrentes reais ou imaginários, abrindo mão da paz para dedicarem todos os seus dias, suas horas, seu sangue e seus ossos à prática do instrumento. Terceiro: pela observação de seus colegas e da vida musical europeia, descobrira que o aluno de qualquer escola de qualidade era forçado a se confrontar com suas imperfeições de caráter, que ali apareciam em estado primitivo, e alguns se entregavam ao carreirismo mais abjeto, articulando estratagemas que lhes propiciavam saltos na profissão. Tudo isso acontecia porque à frente havia a fama, o dinheiro, a vida em hotéis e aeroportos, a adulação dos empresários, os louvores dos jornais e dos regentes de orquestra, o livre acesso aos gabinetes das autoridades, a liderança de campanhas humanitárias na África – mas quase sempre ao preço de relações humanas intermitentes, pontuadas por abandonos e traições e, de resto, por uma infindável solidão. Durante o tempo na Escola, convencera-se disso e, tudo acelerado pelos últimos episódios, batia em retirada. Sem o talento de solista que um dia imaginara ter, seu futuro agora era cancelar a matrícula, retornar e assumir um lugar em boa orquestra no Brasil, talvez com a honra de uma primeira estante ou, até, de solista-chefe do naipe de violoncelos. Começava, aos poucos, a sentir a estranha paz dos que chegam à conclusão de que, se a queda no precipício é iminente, a maneira para acabar logo com a agonia é projetar-se nele.

Uma história inevitável o empurrara para essa situação: ainda no Brasil, depois de aprender tudo o que o velho violoncelista adepto de Dotzauer poderia ensinar, ingressara na universidade, completando o curso com um professor bávaro, ex-aluno de Casals, que o levou a outros métodos de aprendizagem, execrando Dotzauer e apresentando os estudos de Piatti e, ainda, os de Popper e seus 40 Estudos de High School para cello, embora Julius mantivesse decorados inúmeros estudos de Dotzauer, aos quais voltava sempre que estivesse falho de maior inspiração ou para se preparar para algo maior e melhor. Enquanto isso, como pianista ou executante de vibrafone, instrumento em moda nos salões de baile e programas de TV, participava de improvisadas orquestras de casamentos e bailes de debutantes para ganhar algum dinheiro e se tornar menos dispendioso para tia Erna. Orquestras semiprofissionais são a maior carnificina a vitimar um músico, e antes de se perder abandonou-as por um contrato temporário na Sinfônica Municipal de São Paulo. Adaptou-se logo à rotina de uma orquestra profissional e fez amigos entre os músicos. Para quebrar a previsibilidade dos ensaios e concertos, juntou-se a colegas das cordas e um pianista para criar o Quinteto Tietê, com apresentações em igrejas nos domingos à tardinha, mas também no Municipal, onde fizeram cinco recitais. Gravaram um disco que foi bem elogiado pelo crítico de música do jornal *O Estado de S. Paulo*, embora ele tenha apontado a necessidade de maior amadurecimento sonoro e compreensão mais acurada do segundo movimento de Brahms. O Quinteto Tietê durou duas temporadas, encerrando suas atividades por falta de apoio e pelo desfalque do primeiro e do segundo violinos, um casal de romenos que se divorciaram, retornando para a Europa. Concluiu que o melhor era pensar em um projeto solo e começou a estudar o primeiro movimento do concerto em Dó maior, de Haydn. Quando achou que estava pronto, pediu e foi atendido, apresentando-o num dos Concertos para a Juventude. Embora não tivesse gostado da própria interpretação, o público recebeu-o bastante bem. Durante o intervalo, pensava por que não se agradara da interpretação. Não era nada que se referisse a erros de notas, porque esses acontecem e, no seu caso, não chegaram a comprometer o todo. Era a distância entre ele e Haydn que o preocupava. Ele tocara como um músico razoável, mas estava a léguas das interpretações que escutava nos discos, repassadas de sentimento, técnica e profissionalismo. Detestou a si mesmo ao pensar que "Haydn é para um executante europeu, numa sala europeia, para um público europeu". Resumindo a inequívoca verdade: sua execução fora amadora, superficial, escolar. Alguns colegas o felicitaram, dizendo que tinha grande futuro, e o aconselharam a ir para a Europa, para uma boa escola na França, ou para o Mozarteum de Salzburg, ou para os Estados Unidos, para a faculdade de música da Boston University ou, pensando mais alto, na Julliard, de Nova York – as instituições em que eles gostariam de ter estudado. O professor, mais realista, sugeriu a Escola de Música de Würzburg, que ele frequentara durante a guerra, escapando por milagre da morte no bombardeio inglês de 16 de março de 1945, que pôs em ruínas mais de noventa por cento da cidade. Essas sugestões de estudos no Exterior aconteceram antes de Julius se tornar um dos proprietários da estância Júpiter que, por essas vias tortuosas de heranças, renúncias, mortes, testamentos inválidos, processos eternizados e partilhas, e sem que fizesse nada para isso, caíra em suas mãos, pelo menos a metade, como um prêmio de loteria. A outra metade, pelos mesmos caminhos, ficou como propriedade de Agripina Antônia.

A partir daí, o dinheiro era a facilidade semestral que pagava tudo. Poderia dissipá-lo em asneiras ou guardar para a velhice, mas se decidiu por suspender o contrato com a Sinfônica e dedicar todo o tempo para se preparar a uma candidatura a Würzburg. Em tempos pré-internet, mandou vir prospectos coloridos e ficou impressionado pelo prédio da Escola, de arquitetura modernista, todo de vidro e concreto, inaugurado em 1967. O professor se espantou com as sumidades que agora ali ensinavam.

Sem alarde, preparou por um ano as provas de admissão, às quais concorrem jovens de todo o mundo. Tia Erna o incentivou, mudando os hábitos para que ele pudesse estudar, caminhando em segredo pelo apartamento e, pela anterior vivência administrativa e usando o tempo disponível da aposentadoria, assumindo todas as questões que implicavam a gerência das contas do sobrinho.

O propósito de quem se candidata a uma escola europeia de qualidade é ser solista, e ele queria ser solista. O professor reviu com ele as peças musicais que poderia apresentar nas provas específicas de violoncelo e, juntos, estudaram o primeiro movimento do concerto em Lá menor de Schumann, o primeiro e o segundo movimentos da sonata número 2, em Ré maior, de Mendelssohn, e movimentos avulsos das suítes de Bach para violoncelo solo. O professor não tinha muita esperança, mas Julius, afinal, propôs sua candidatura, que foi aceita. Viajou a Würzburg e fez as provas para o bacharelado, que compreendiam, além das específicas do instrumento, ainda leitura de primeira vista – colocaram-lhe à frente a *Danse orientale*, de Rachmaninov –, testes teóricos e práticos, escrita musical e aptidão para execução do piano como segundo instrumento. Ultrapassou tudo isso com desempenho regular, embora insuficiente para classificá-lo para classes mais adiantadas. Teria de começar do zero. Esse *começar do zero* colocava-o na mesma classe de candidatos que já apresentavam recitais ou concertos com uma performance muito superior à dele. Constatou, apenas pelos poucos dias das provas, o que era uma renomada escola de música e o extraordinário grau de exigência em relação a seus alunos. Mas isso não o abateu e, se precisava começar o aprendizado pelo nível básico, bem, iria fazer isso. Tinha sido bastante simplório ao pensar que as coisas pudessem ser diferentes.

No retorno ao Brasil para preparar a mudança, muitos que o haviam incentivado, esses mesmos, consideraram a aprovação um milagre e passaram a tratá-lo como a presença visível de um mundo de refinamento e profissionalismo. Ele desfrutou por vários dias dessa notoriedade, acertou com tia Erna suas questões. Em finais de agosto, rumou para a Alemanha. Tia Erna se mostrara estoica ante a partida do sobrinho. Não quis se despedir, e ele entendeu isso como a maior prova de afeto.

E agora ele estava ali, naquela cidade bela, bombardeada, reconstruída e ultracatólica, na famosa Ponte, em meio àqueles santos que não lhe diziam nada, naquele dia do inverno do Hemisfério Norte, que as pessoas fingiam ser verão, naquele discutível sol do meio-dia e suas sombras alongadas, depois de comer um assimétrico cachorro-quente bávaro e seu ketchup picante; estava ali ainda sob o domínio das conclusões a que chegara e que indicavam apenas um caminho: a agência de viagens AKW. Viera iludido a Würzburg, e o tempo se encarregara de mostrar o quanto essa ilusão estava fundada numa perspectiva de que sua juventude e talento iriam se encarregar de preencher as imensas lacunas de sua formação. Outro erro fora subestimar o fato de ser o único brasileiro na Escola; ele não era apenas um aluno, mas um aluno que vinha de um país sem tradição de música de concerto e do qual conheciam apenas o Villa-Lobos da *Bachiana Brasileira número 5* e a Protofonia de *Il Guarany*. Em geral, respeitavam sua nacionalidade; entretanto, ele fora vítima de uma discriminação grotesca por parte de um professor, o suficiente para apressar tudo. Agora, ele já se enxergava abrindo a porta de vidro da AKW, entrando, pendurando o grosso casacão no cabide coletivo, tirando o gorro de tricô, as luvas, sentando-se junto a uma das mesas de atendimento. Compraria uma passagem Frankfurt–São Paulo. Chegaria ao Brasil justo no período fora de temporada, o melhor momento para novos contratos. Esfregou as mãos e levou-as em concha junto à boca, aquecendo-as.

Desde que se sentara ali escutava uma frase musical, daquelas que, de tão conhecidas, se confundem com o silêncio, tal como acontece com "La vie en rose" ou "Love me tender". Em meio às ideias sem tréguas, ele escutava essa música pacificadora e bela como um contraponto que se harmonizava com o céu aberto. Sem se dar conta, ele a seguia nota por nota, acompanhando a previsibilidade da linha melódica.

De súbito, por uma passagem menos feliz, um Ré grave depois de uma sucessão de fusas descendentes, ele se deu conta de que sim, ouvia aquela música, e que alguém a tocava ali perto. Olhou.

No pequeno terraço dedicado à imagem de São José e seu Filho, ao outro lado, em visão oblíqua, reconheceu Constanza Zabala.

Estava a vinte metros, mas ele a identificara pela cor dos cabelos mal contidos pela touca de lã. Ela tocava no clarinete o segundo movimento do *Concerto* de Mozart, acompanhada em playback pelo som de um rouco toca-fitas. Não imaginava que ela pudesse se interessar por Mozart, e ainda mais por esse movimento de concerto, tão etéreo, que conduz a um páramo de sobre-humana beleza.

Conhecia Constanza desde que ela chegara muito atrasada das férias de verão de 1984, já estudante veterana enquanto ele apenas começava o curso. Já interessado, passou a vê-la na plateia ou no palco das audições de alunos, nos corredores e escadas da Escola – que ela subia de dois em dois degraus –, nas ruas de Würzburg, no Centro de Convivência da Escola, no restaurante frequentado pelos alunos. A partir de certa ocasião, pensou enxergá-la em todos os lugares. Mas gostava sobremodo de vê-la no Centro de Convivência, um ambiente com folhagens, teto solar e imensas paredes de vidro, situado no meio do quadrilátero esquerdo da Escola. Concebido pelos arquitetos como um lugar onde ocorreriam apenas elevadas trocas de ideias sobre música, na prática também era um lugar de difusão das notícias da Escola, verdadeiras ou inventadas. Ali, em meio a jovens do mundo inteiro, orientais próximos e extremos, africanos, norte-americanos, europeus, latinos, alemães da DDR, Constanza Zabala se destacava pela cor de seus espantosos cabelos tingidos de ruivo – uma irreverência das libertinas de Klimt –, que ela usava à moda das perucas barrocas, e num segundo momento, mas com a mesma intensidade, por seus olhos cinza-azulados que decerto trouxera intactos da infância, um pouco assimétricos, com cílios que pareciam extravasar o rosto. Do lado de fora do Centro de Convivência, através das vidraças, ele podia observá-la sem ser notado, e assim se fixava em seus movimentos graciosos ao passar de uma cadeira para a outra ao sabor dos pedidos dos colegas. Ele a enxergava também na cantina das máquinas dispensadoras de refrigerante, rindo alto de alguma bobagem que dissessem ao seu ouvido. Outras vezes a via sentada em um banco da Praça Rosenbach, sempre no mesmo banco, ao centro de um círculo de buxos da mais acurada topiaria, quieta e meditativa, as mãos enfiadas no grosso casacão, atenta aos movimentos da copa nua de um poderoso carvalho-inglês. Descobriu que ela tinha o hobby de tirar fotografias numa antiga Kodak Retina, e não era raro que fotografasse a Praça Rosenbach em diferentes perspectivas.

No início do último verão, a vira radiante e livre a pedalar pela Estrada Romântica, de short e tênis, cabelos ao vento, e eis que ela se transformava, ali, numa exaltação de tudo que pode haver de mais desejável numa mulher com todos os órgãos na plenitude da sua vitalidade.

Tivera com ela dois encontros pessoais e rápidos, mas bem diversos um do outro. Na primeira vez, ela se deteve no patamar entre o primeiro e o segundo piso da Escola e o aguardou subir. Tinha um brilho de suor na testa, toda ela vibrante e, em definitivo, fatal e totalmente irresistível.

Dissera se chamar Constanza Zabala – o que ele já sabia –, era uruguaia e aluna de clarinete da classe do Dr. Breuer. Isso também ele sabia.

Ele se apresentou, procurando ser casual, ao que ela disse:

– Que raro, você é o único brasileiro aqui – para logo pedir as horas e um cigarro.

Ele informou que eram duas da tarde, não fumava e não recomendava esse hábito a clarinetistas, ao que ela erguera os ombros, fazendo uma expressão autoindulgente, que ele entendeu como significando que tentara duas mil vezes largar o cigarro, mas que o vício era maior do que ela mesma. Entendeu mal, pois nunca ela havia tentado coisa alguma.

Por essa fragilidade de criança contraposta à violência carnal que irradiava de seu corpo e ao perfume da água-de-colônia Farina Gegenüber, em que ele identificara baunilha e ervas secas, ela animara por bom tempo os devaneios eróticos de Julius. Sonhou com ela, tal como nas paixões românticas. E aquele nome, Constanza Zabala, trazia o fascínio da fresca repetição da vogal *a*, concedendo-lhe a sonoridade arejada de janelas abertas ao vento. Ele repetia, em voz alta e bem articulada, o nome C o n s t a n z a Z a b a l a.

A partir de certo ponto, não sabe dizer quando, passou a enxergá-la com o desagradável Boots.

Boots – Miguel Ángel Sosa, na verdade – era também uruguaio e pianista-acompanhante de grande parte dos alunos.

A intricada rede de relações internas de uma escola de música aparece mais nítida quando há estudos e recitais em que a partitura exija mais de um instrumento. Isso faz com que os alunos se acompanhem uns aos outros, trocando de posição segundo a necessidade. Um violinista pode ser acompanhado por um saxofonista que, no momento, atua como pianista; em outra audição, esse pianista toca saxofone acompanhado por um clarinetista que faz as vezes de pianista. As composições são tão variáveis que uma pessoa, desconhecedora desses arranjos, pode pensar que entrou numa instituição-pandemônio.

Na Escola, entretanto, havia uma maior incidência sobre alguns alunos como acompanhantes, e Boots era um desses.

O apelido decorria de estar sempre vestido como se saído de um *western*, com suas botas de salto decoradas com desenhos bizarros em pirogravura colorida. Tinha tantos inimigos quanto permitia sua escassa juventude. Era requisitado por sua competência. Falavam que era o melhor acompanhante *do mundo* e que muitas vezes salvara concertos do desastre, mas era dessas pessoas em que há uma estranha falta de sintonia entre o intelecto e as emoções. Um ano antes de Julius chegar a Würzburg ocorrera uma cena de vale-tudo em frente à Catedral de S. Kilian, na qual Boots pôs a nocaute um colega que foi levado ao hospital da Cruz Vermelha de Würzburg com uma fratura de costela. Desdramatizaram o caso e a vida seguiu.

Ele preferia não ver Constanza na companhia de Boots e, como isso se tornava cada vez mais difícil, passou a evitá-la; havia, porém, algumas ocasiões solitárias em que Julius poderia se aproximar e, sob qualquer pretexto, iniciar uma conversa. E tentara, na Praça Rosenbach.

Foi no final do outono, e Constanza estava só no seu banco, dentro do círculo perfeito dos buxos amarelecidos, dessa vez sem fotografar. Ela fixava o vazio. Os cabelos ruivos saíam por debaixo do gorro, enovelavam-se nas dobras do cachecol azul e alastravam-se pelos ombros. Ela segurava um livro de Gabriela Mistral, e o indicador marcava uma página. Ao se aproximar, ele já notara que algo nela mudara, e para pior, mas ele já não podia recuar sem chamar atenção. Ela o recebeu com indiferença, mas sem hostilidade; era apenas o abandono a si mesma que a deixava indisponível para qualquer assunto.

– Peço desculpas, brasileño – ela disse com um sorriso fugaz, mas atencioso –, ando meio triste, e o que me consola é estar sozinha na Praça. – Mais tarde, ele soube que, tal como ele, ela dizia sempre *A Praça*, em vez de Praça Rosenbach.

Ele entendeu, se despediu e, a partir desse dia, soube que Constanza construíra, para habitar, um universo pessoal instável, ora hermético, ora radiante e luminoso, mas jamais monótono. Pelo sim, pelo não, antevendo os sofisticados esquemas de temperamento que teria de enfrentar ao incluí-la em sua própria história, ele decidiu se afastar, suprindo suas premências através de raros encontros com outras colegas, amigas locais de colegas, até com uma desconhecida ocasional, sempre satisfatórios enquanto duravam, mas que, no final, ficavam reduzidas a vestígios em seu apartamento e quase nada em sua memória.

Mantivera *uma ligação* – como ele chamara, por não achar outra palavra – de duas semanas com uma balconista da

Wöhrl, onde fora comprar uma camisa. Ela o levara a conhecer lugares curiosos de Würzburg, frequentados por uma gente underground e simpática, mas logo aquilo se tornou inconveniente, porque ele tivera o pouco bom senso de negligenciar os estudos – do que se dera conta a tempo de terminar o caso sem achar que perdia algo importante. Ao vê-la sozinha na rua, sentia certo remorso, que foi logo substituído pelo alívio ao descobri-la acompanhada por um homem mais velho, e pareciam conformados um com o outro.

Demonstrando uma resiliência admirável, Constanza Zabala recuperara a jovialidade depois do encontro na Praça, até certa alegria, mostrando de novo a exuberância que a instituíra como exemplo da fêmea ideal. É bem verdade que ele não a enxergara mais com Boots, e talvez esse fato tivesse algo a ver com isso – e tinha.

Agora, na Ponte, ele a reencontrava, e descobria que Constanza, além de ser uma esplêndida mulher – porque todas as mulheres que se apresentavam em público se tornavam por esse fato esplêndidas, e esplêndidas significava inacessíveis –, com estudo ela poderia corrigir seus problemas técnicos e se tornar uma boa solista.

Numa tarde da infância ele se apaixonara pelas inacessíveis trapezistas de um circo, por suas musculaturas de pernas fortes, pelas malhas com rasgos mal cerzidos, pelos ombros de operário, pelas manchas na pele. Giravam nas alturas e no perigo, esplêndidas, e a iminência da queda fora um despedaçar dos nervos do qual, ao fim da apresentação, ele ressurgiu mudo, aniquilado de prazer. Era o que sentia naquele momento em que observava Constanza Zabala.

Ele foi até lá. De início, simulou se interessar pela paisagem de Würzburg. Depois, sentou-se num banco. Pôs o estojo do violoncelo ao lado. Tal como ficam as mulheres altas a partir da adolescência, Constanza tinha os ombros um pouco encurvados.

Ele reconheceu as polainas, já pardas da neve enlameada, com motivos do artesanato indígena – depois soube que eram dos índios charruas –, que caíam sobre botas de solas finas em demasia para o inverno centro-europeu. Ao lado, a mochila de lona e uma caixinha para as moedas.

Constanza fitava-o de viés. Sim, ela, desde o início, já se havia apercebido de sua inútil estratégia de invisibilidade. Ele se deliciou ao rever aqueles olhos cinza-azulados, com aquela leve e sensual assimetria. Se pensasse um pouco mais no assunto, e considerando sua formação ortodoxa, saberia que essa falha anatômica poderia sugerir a existência de outras falhas, talvez um despudor contido pronto a se revelar ao menor estímulo.

Ela parou de tocar. Voltou-se para ele. Disse, em espanhol:

– Estou com os dedos congelados, brasileño. Estou com os pés congelados. Vou morrer de frio e serei enterrada num bloco de gelo no cemitério de Würzburg.

Ele não gostava quando lhe diziam *brasileiro*, pelo eco de exotismo e autoritária condescendência com que revestiam a palavra. Mas este *brasileño* soou como um pedido de ajuda a um habitante, igual a ela, da remota América do Sul. E Constanza tinha algum senso de humor, o que, segundo ele, não era a maior qualidade das mulheres.

– *Es tut mir Leid, aber...* – ele disse, num tom de censura. Os alunos da Escola eram induzidos a falar apenas em alemão entre si. – Lamento, mas... você não deve gastar seu tempo e a saúde. Não estamos em agosto. Não há turistas em Würzburg.

– Sempre pode aparecer algum – Constanza disse, já em alemão. – Preciso de dinheiro. – Olhou para os dois lados da Ponte e, de maneira ilógica, ao longo do rio, como se de lá pudesse vir, patinando sobre o gelo, um turista com bermudas, sandálias e sua máquina fotográfica, disposto a deixar uma moeda de um marco na caixinha. – Mas você tem razão. Isto aqui está um deserto.

A falta de dinheiro era o quadro normal dos estudantes da Escola. Em geral, isso derivava do mau planejamento no uso das bolsas de estudos, mas, no caso de Constanza, nada dizia que essa era a causa. Seu único vício era o cigarro, porque nunca a enxergara bebendo nas festas da Escola. E suas roupas eram sempre as mesmas. Além disso, as ruínas financeiras costumavam acontecer aos alunos homens, que desfalcavam seus recursos nos bares de música ao vivo ou nas dispendiosas passagens de trem para cidades mais agitadas e próximas, como Frankfurt ou Stuttgart, onde amanheciam nas ruas bebendo cerveja barata e pedindo dinheiro aos transeuntes para a passagem de volta. No geral, as mulheres da Escola eram econômicas, e acabavam socorrendo seus colegas com empréstimos de ocasião; assim, a falta de dinheiro de Constanza se constituía numa raridade. Agora ele entendia o pedido de cigarro, na Escola.

Nesse entretempo, Constanza desligara o toca-fitas, acomodara-o na mochila, guardara o clarinete no estojo e recolhera a caixinha vazia. Nesses movimentos, despendia o mesmo voluptuoso aroma da água Farina Gegenüber. Ela mostrou as mãos arroxeadas. Ele se levantou, tomou-as e levou-as junto à boca. Bafejou-as, primeiro uma, depois a outra. A cada vez que aspirava, vinha junto o odor de cigarro impregnado nos dedos. Uma clarinetista que fumava era de fato um perigoso caminho para a impossibilidade profissional, mas desta vez ele não quis lembrá-la disso.

– Obrigada – ela disse, calçando as luvas. – Só um latino-americano tomaria essa liberdade. Lembra do meu nome? Constanza Zabala.

Ele se lembrava, claro. Já tinham conversado por duas vezes. E o nome dele era Julius.

– Ah, sim, Julius, isso mesmo. Julius. Julius, você pode me emprestar duzentos marcos? Só até o fim do mês, quando depositam a bolsa de estudos. – Depois, imitando uma criança mimada: – Eu preciso muito, muito.

Para ele, atender ao pedido seria uma forma de captar a simpatia de Constanza – e talvez algo a mais. Era do que ele precisava, naquele momento em que a ideia de futuro era uma nebulosa que, ao se dissipar, apenas revelaria, ao fundo, a imagem do Brasil e uma estante de violoncelos numa orquestra sinfônica. Constanza poderia ser uma companhia cheia de promessas para aquela noite que antes adivinhava cheia de insônia e arrumação de suas coisas em caixotes a serem despachados para São Paulo.

– Acho que posso emprestar os duzentos marcos, mas precisamos ir ao meu apartamento, logo ali, depois da ponte.

– Ah, você vive num apartamento? Eu vivo numa pensão bem pobre, e meio clandestina. Em que rua?

– Numa travessa, na Katzengasse.

– Travessa dos gatos? Que graça.

– Mas não se iluda, é bem pequeno, num terceiro andar e sem elevador. Mas é um prédio novo, construído em cima de um que veio abaixo no bombardeio, muito bem aquecido, e lá eu tenho uma garrafa de vinho. – Ele não se reconhecia fazendo esse convite a Constanza, logo a Constanza, esse convite-relatório que beirava a vulgaridade de um Don Juan. Era nisso que resultava quando dizia coisas sem passar pelo filtro mental. – Algumas garrafas. Duas caixas. Vinho Domina, daqui da Francônia. Aquele das garrafas bojudas e redondas, gosta? – Procurou emendar o possível estrago em sua imagem: – O vinho de que Mozart gostava. Aliás: o nome, Constanza...

– ...é o mesmo da esposa de Mozart. Todos na Escola Nova me falam disso. Mas, no meu caso, é uma homenagem a uma tia-avó, que tinha bigodes.

Riram. Ele disse:

– Vamos.

Constanza, com sua simples presença, fazia com que ele esquecesse tudo que envenenava seus últimos dias. Resolveu ser mais gentil do que o insultuoso *vamos?* e, porque passavam pela frente, perguntou se não gostaria de entrar no café-restaurante do extremo da Ponte. Ela olhou para o café, olhou para a rua para onde se encaminhavam e disse para seguirem adiante. Foi um simples movimento do olhar, mas uma decisão auspiciosa, e ele não insistiu.

– Esta cidade – ele disse por falta de assunto –, você sabia que foi posta em escombros num único dia, no fim da Segunda Guerra? Por essa razão as igrejas têm tantas paredes apenas pintadas de branco e há tantas edificações novas em meio às antigas. E também reconstruíram muitas casas de acordo com o plano original de centenas de anos antes. Isso é o mesmo que um cenário. Quando vejo um prédio na aparência antigo, nunca sei se vejo o prédio ou a reconstrução que foi feita dele, tijolo por tijolo.

– Ouvi falar desse bombardeio, todo mundo fala nele.

– Uma coisa terrível. Morreram milhares de pessoas. Elas já passaram, mas os vestígios do bombardeio, não. E nas igrejas isso é mais visível. É perturbador não sabermos se olhamos para algo verdadeiro ou falsificado.

– Não noto muito porque nunca entro em igrejas, só quando vamos tocar em alguma delas, e não presto muita atenção na arquitetura.

Ele sorriu: Constanza encantava-o até no modo de ostentar irreverência. Mas ela o seduzia de qualquer forma que ele a considerasse.

Como depois ela derivou o assunto para sua formação musical infantil, realizada ainda no Uruguai, estimulada pela família, ele perguntou se o pai dela não seria daqueles latifundiários barrigudos e ricos, que ficam sentados o dia todo, tomando mate e fumando, a olhar para o campo. Ela riu e disse que sim, mas que o pai jamais iria mandar algum dinheiro extra, ainda mais agora, que só se queixava da fortuna que gastava com os outros filhos e com a plantação de videiras e olivais. Estava tomado pela atual febre das empresas vinícolas. Daí que ela dependia da bolsa de estudos para se manter, como, aliás, a maioria dos estudantes da Escola. Embora Julius não se considerasse muito sagaz, foi possível perceber que aquilo não era bem a verdade. Pararam. Ela completou:

– Mas há outros mais necessitados do que eu, com outros problemas. Drogas, por exemplo. A droga pode incapacitar uma pessoa para a vida. – Ao falar isso, cruzou um sopro de tristeza por seu rosto, uma melancolia secreta que não se referia apenas a uma indeterminada compaixão pelos drogadictos, mas a algo particular, inquietante e, quase certo, ineludível.

Com medo de provocar uma enfadonha digressão de natureza moral sobre o uso de drogas, assunto que não tinha interesse em debater naquela hora, e vendo que já estavam próximos da esquina da Katzengasse, ele concordou com um aceno da cabeça e pediu que seguissem. Falou de seu próprio pai, o Latinista, que escapara do destino de estancieiro barrigudo dedicando-se a traduções de autores romanos e, depois, morrendo cedo junto com a mãe num acidente em São Paulo. Ele, todavia, estava envolvido com a estância na Fronteira, que lhe coube – ele quase disse *pela metade* – por um obscuro processo judicial e chamada Júpiter.

– Que nome raro, estância Júpiter. Júpiter. Isso ninguém esquece – ela disse. – Fica onde, na Fronteira...?

Ele tentou explicar, no pouco que sua noção geográfica permitia.

– Vejo que no pampa apenas um rio nos separa – ela disse. – Mas o pampa é enorme.

Ele disse logo que não visitava a estância Júpiter desde que de lá saíra, por falta de ocasião e de motivos. A casa era um sobrado triste e gelado. No pampa brasileiro não conheciam calefação, quando muito constroem uma lareira, e só na sala maior, como era na estância Júpiter. (*"No meu país é quase a mesma coisa, depois que deixamos de ser prósperos"*, ela disse). Do sobrado ele não tinha boas recordações. Omitiu as circunstâncias menos favoráveis de sua biografia, e a fuga da estância na Rural-Willys. Citou Antônia, mas de passagem, e à pergunta de Constanza respondeu que ela vivia em Pelotas, uma cidade no Sul do Brasil, e tinha sete anos menos do que ele. Deu por finda essa história que se encaminhava mal e usou um tom que ele mesmo percebeu como pernóstico:

– Mas um dia quero sentir de novo o cheiro do campo.

Ela estivera atenta àquilo tudo, mas logo, como se desejando se atordoar, esquecer algum assunto, passou a falar de maneira compulsiva, tendo de vencer as irreprimíveis tossidelas dos fumantes. Emendava os temas a partir de um nexo muito pessoal, passando pela crônica sórdida dos professores da Escola, pelas desagradáveis audições a que tinham de comparecer, pelos melhores fabricantes de clarinetes e pela explicação de um truque, próximo da delinquência, para telefonar para fora da Alemanha sem gastar nada.

Ela era dona de uma voz cantante, cheia de alterações dinâmicas, ora percorrendo os registros agudos como choques cristalinos ao narrar algo alegre, ora os graves, quando séria, ao falar de si. Ele jamais escutara uma voz com tamanha amplitude e que, com o tempo, poderia se tornar hipnótica.

Mesmo com os ombros curvos, Constanza era mais alta quando vista de lado, embora não ultrapassasse a estatura de Julius. O hálito vaporizado expelido por sua boca se adensava numa pequena nuvem que vinha suspensa até ele, procurava-o e entrava em seus pulmões. O perfil de Constanza se situava no limite entre a regularidade e a beleza. Mesmo com suas preocupações estéticas, ele ainda assim evitava as mulheres belas, das quais podia entender a inteligência e o talento, mas não o caráter e a afetividade. No fundo, as mulheres belas o intimidavam. Gostava, todavia, daquela boca exata de Constanza Zabala, desenhada na proporção grega, e do nariz arqueado, quase masculino, terminando em ponta, o que, no rosto frágil, dava um sentido de ingênua insolência ao seu perfil. Não se parecia com atriz alguma. Ela interrompeu aquela contemplação:

– E como é o seu nome completo?

Ele recitou, envergonhado, toda a extensão de seu nome. Constanza repetiu-o como quem quer decorar. – Os brasileños e seus nomes que nunca acabam... Você é um aristocrata do pampa, é claro. – Pensou um pouco. – Aliás: tenho um antepassado que foi o fundador de Montevidéu, no século XVIII. Don Bruno de Zabala. Está a cavalo, duro de bronze, numa pracinha. Engraçado.

– Não sei o que isso pode significar para nós, hoje.

Ela riu.

– Nada, a não ser uma sensação de ruína.

Essas conversas genealógicas, que seus parentes tanto valorizavam, sempre causaram profundo tédio a Julius, e foi com alegria que ele viu a esquina, e logo estavam em frente ao seu edifício vermelho.

Quando entraram no exíguo hall, e depois, ao subirem as escadas, ela na frente, já ágil e curiosa, galgando os degraus de dois em dois com suas pernas atléticas, ele escolhia o que falar para não desmerecer a imagem que tentara construir de si mesmo durante o trajeto. Logo ela chegava ao terceiro andar, onde o esperou, rindo e arfante. Disse:

– Ei, você precisa de exercício.

– Não – ele respondeu, apontando para o estojo do violoncelo que carregava escada acima – eu preciso é tocar um instrumento pequeno e leve, que possa levar na mochila, como o clarinete.

Ela riu alto, e ele pôde ver sua perfeita arcada dentária. Era a primeira vez que Constanza ria apenas para ele, por algo provocado por ele, o que dava a ele uma repentina importância. E foi com um gesto que revelava uma falsa reprimenda que Constanza disse:

– Você precisa de natação. Há uma piscina pública aqui perto. Eu vou lá às segundas, quartas e sextas-feiras, bem cedo.

– Pode ser, mas não acha que movimentar o arco do violoncelo é um bom exercício?

– Seu preguiçoso.

Ao entrar no apartamento, depois de um *ah!* de prazer pela calefação, ela largou a mochila numa cadeira, tirou as luvas, o agasalho pesado, tirou a touca, desembaraçou os cabelos e girou o olhar por tudo que ali estava, tudo em seu lugar, com exceção de dois caixotes de papelão vazios num canto, recolhidos nos supermercados da redondeza.

– Preparando viagem?

– Sim – ele disse, disfarçando o aborrecimento por ser apanhado naqueles preparativos. Não queria que ela soubesse da viagem. Não agora. – Mas não vamos falar nisso. O resto está organizado, não acha?

– Sim, até isto – ela disse, ao acariciar um guardanapo de crochê no espaldar da poltrona encaroçada.

Ele explicou que aquilo não era escolha sua; fora enviado pela tia do Brasil. Ele costumava se sentar naquela poltrona para ler nos intervalos do violoncelo, ao que Constanza disse que gostava de poesia, isso desde quando adolescente, na escola secundária, quando leram dois livros de Pablo Neruda e um de Gabriela Mistral. Dela, Constanza tinha decorado uma poesia muito bonita, *Hay besos que pronuncian por sí solos la sentencia de amor condenatoria, hay besos que se dan con la mirada, hay besos que se dan con la memoria*, não era bonita?, mas ele, o que ele gostava de ler? Foi examinar a pequena prateleira de livros, *já sei*, ela disse, passando o dedo pelas lombadas dos romances, obras científicas e de filosofia. Ele então era um intelectual?

– Não. Gosto de ler, só isso.
– Há uma coisa que você não pode perder, aqui em Würzburg. Já visitou o túmulo de Walther von der Vogelweide, o menestrel?

Ele disse saber da existência desse túmulo por algum material turístico. Sempre adiava uma visita. Onde ficava, mesmo?

– No claustro da igreja Neumüster. No seu caminho para a Escola. Num folheto que há na entrada, ali tem um poema dele. Eu até sabia todo de cor, aliás, mas me lembro apenas de uma passagem – e olhou para cima, buscando recordar; então disse, demorando em cada palavra, ao mesmo tempo em que desatava o nó do cachecol – *...y nos besamos en los labios, maravillados... y mi boca aún arde.* Lindo, não é? Diga se não é. É uma canção de amor – parou um instante – bastante erótica.

Ficava claro que ela queria atraí-lo para um território que dominava de alguma forma, fosse pelo prazer, ou pelo sofrimento, ou porque vivia imersa nele. Essa não era mais a Constanza que entrara no apartamento e que parecera tão displicente. Por um par de segundos ele se sentiu ameaçado por aquele sentimentalismo e, mais ainda, por aquela percepção visceral da poesia, que não passava pelo crivo da cultura. Havia também os preocupantes silêncios de sua fala, a imporem um ritmo que ela controlava à medida de suas necessidades. Os silêncios o impressionavam mais do que as palavras, criando novas camadas de descobertas desse mistério que era Constanza Zabala.

Mas agora ela já recuperava o tom anterior, interessada por um retrato na parede.

– Dvořák? Todos os violoncelistas adoram o concerto para violoncelo dele. Você não quer tocar o início para mim? O início é uma obra-prima – e cantarolou os oito compassos do primeiro tema.

– Não me peça isso. Quero esquecer esse concerto. – Ele foi até o retrato e retirou-o da parede. Na medida em que o guardava na gaveta, já se arrependia. Preparou-se para ouvir:

– Por quê? – Constanza olhava-o. Havia algo de desapontamento em toda a sua atitude: – Por que você quer esquecer esse concerto tão bonito?

Ele disse o pior que poderia ter dito:

– Há um fato de que não gosto de me lembrar. – Com isso, ficou obrigado a contar sua história desde que chegara a Würzburg, à Escola, e isso despertava pequenas exclamações de Constanza. Ela conhecia os episódios públicos da Escola, inclusive um deles, aquela morte de um professor, que concordaram ser muito comovente. Mas ignorava, como era natural, todo o ocorrido com Julius, cujo relato, depois de contar a falta de talento, agora ia por uma péssima experiência que, a propósito, tinha como protagonista um dos professores de quem ela acabara de contar coisas pavorosas quando vinham para a Katzengasse. Dietz-Eggert.

– O quê? – Constanza fixou-o, alerta. – Dietz-Eggert? Não me diga que você é aluno dele. – Ela não estava apenas surpresa. Estava incomodada, e complementava o que não havia dito. – Muitos acham que o Dietz-Eggert é só um palhaço, mas não sabem das coisas escusas que ele faz. Tente se livrar dele.

Julius explicou que não tivera alternativa, ele e todos os alunos de violoncelo.

– Tente se livrar dele – ela repetiu.

– É o que já havia decidido fazer. Tenho marcada uma apresentação do concerto de Schumann com ele, mas isso não vai acontecer.

– Não?

– Não. Amanhã, depois da aula, vou dizer a ele que o concerto está cancelado, e cancelado por mim. – Quanto a ser aluno de Dietz-Eggert, ele revelou uma circunstância intransponível: – Me tornei aluno dele depois que a minha classe ficou sem professor no nosso nível de estudos. Talvez você não tenha sabido disso, da substituição.

– Soube, sim, mas por alto.

Constanza tirou da bolsa uma carteira do cigarro Camel, e do bolso um isqueiro barato, manipulou-os por um tempo, guardou-os, para logo pegá-los de novo.

Instalou-se um clima de inexplicável estranheza, que ele quis logo superar, comentando que esses desconhecimentos recíprocos entre os alunos e professores e mesmo dos alunos entre si eram inevitáveis, pois resultavam da existência de vários cursos simultâneos e em diferentes níveis, de teoria musical, regência, canto, acordeom, jazz, viola da gamba, pedagogia musical, e isso não favorecia saber quem era aluno de quem. Constanza concordava, agradada por tratarem desse tema neutro; de fato, os alunos só se encontravam nos eventos gerais e nas audições públicas, e mesmo assim se agrupavam por afinidades dos instrumentos ou da nacionalidade ou das regiões da Alemanha de onde vinham. Ela, por exemplo, soubera que ele era brasileiro porque o encontrara uma vez...

– ...na escada, quando você me pediu um cigarro, mas não foi só essa vez. Nos vimos também no Rosenbachpark.

– Ai, minha cabeça. Na Praça. É verdade. Desculpe, desculpe – ela se aproximou. – Sou mesmo uma distraída, uma tonta. E você me negou o cigarro, na Escola.

Ele ficou exultante por Constanza se recordar do encontro, embora ela tivesse esquecido aquelas duas palavras rápidas na Praça.

– Neguei porque não fumo, e mesmo que fumasse não daria cigarro a uma instrumentista de sopro.

Riram.

Constanza se movimentava com desenvoltura pela sala, pegando coisas, largando, comentando; era tão graciosa com o movimento das mãos, era tão vivaz, que ele aceitaria como verdade qualquer coisa que ela dissesse. Sob o olhar dela, todos os objetos da sua conhecida sala passavam a ter vida. Ele percebeu que, sem o saber, estava cercado de coisas surpreendentes, ao contrário da impressão de dois dias antes, quando, ao chegar em casa, vira naquilo tudo um depósito de trastes inúteis, como os de um morto.

Ela pediu licença e entreabriu a janela, olhou para a Katzengasse, que começava a ficar na sombra.

– Ei – disse, rindo – aqui é a Travessa dos Gatos mas não tem gato algum.

Depois, debruçada no peitoril, acendeu um cigarro. Pelas costas, ele antevia um corpo proporcionado, todo corpo e pernas longas, ajustadas na calça jeans.

Ele se acordou para as ações práticas de um anfitrião e pegou na pequena geladeira uma garrafa do Domina e pôs outra em substituição; deixou-a sobre a pia da cozinha e foi ao banheiro, para conferir se estava em bom estado. Tudo em ordem, exceto uma toalha de rosto no chão, com a marca de uma pegada feminina, e que ele jogou no cesto de roupas para a lavanderia. Pegou do armário uma toalha de banho e outra de rosto, pendurou-as. Abriu um sabonete novo e pôs na saboneteira. No quarto, fechou duas malas em que já arrumava suas roupas e colocou-as de pé, lado a lado, junto à parede. Numa precisão de maníaco, endireitou o travesseiro e desenrugou as cobertas. Certificou-se, sem necessidade, se funcionava o relógio de cabeceira pousado junto ao dicionário Langenscheidt. Apagou a luz do teto e deixou acesa apenas a do abajur. Olhou. Agora tudo estava bem. Ao retornar à sala, Constanza já fechava a janela.

– Que frio. Não suportei mais. Maldito vício do cigarro. Por causa dele não consigo melhorar meu tempo na natação. Nem alcançar tudo que eu poderia no clarinete.

Ele se lembrou daquela nota Ré imprecisa, na Ponte.

– No entanto você subiu correndo as escadas.

– É a natação – e, sem notar a incoerência do que dissera, e sem mudar o tom, perguntou quantas alunas da Escola já tinham estado naquele apartamento.

– Uma orquestra inteira – ele riu, surpreso tanto pela pergunta como pela sua resposta. – Não uma sinfônica, mas uma orquestra de câmara. – Ficou mal por dizer tamanha asneira, mas agora não tinha volta. – Sente-se, fique à vontade.

Ela riu também, e se sentou na poltrona. Apoiou a cabeça no guardanapo de crochê. Inspirou fundo, as mãos pousadas nos braços da poltrona. Ela se acomodava. Agora assumia uma atitude reflexiva e calma, e disse para si mesma:

– Como é bom estar aqui – e fechou os olhos –, aqui nada pode me fazer mal. Eu preciso disso, desta paz.

Ela parecia mesmo necessitada de tranquilidade. Num gesto em que havia muito de amparo, ele aproximou a mão do rosto dela e tocou-o de leve, ao que ela reagiu com um sorriso.

Esperou um bom tempo observando aquele perfil, que aos poucos adquiria um quieto sossego. Ele pegou um livro na estante. Tentou prestar atenção à leitura, mas eram tantas as coisas que lhe aconteciam hoje que, depois de quinze páginas da sufocante narrativa do *Fräulein Else*, foi buscar o Domina, abriu-o, serviu um cálice de cristal e um copo de vidro. Veio sentar-se ao lado de Constanza, ela agora num estado de completo repouso. Se Constanza era feliz ali, ele não se reconhecia como aquele homem sem esperanças, pronto a deixar Würzburg e que poucas horas antes perambulava pela promenade. Examinou a si mesmo, para ver se não procurava substituir sua infelicidade por uma pseudoexperiência amorosa que poderia encobrir uma aventura predatória e compensadora. Mas não: sabia que, dentro de si, brotara um sentimento capaz de encontrar sentido em delicados gestos como aquele, de observar, com respeito e devoção, uma jovem mulher que repousa.

Num momento em que ela respirou mais forte, estremecendo o corpo, ele disse:

– Vinho? – ele erguia o cálice em frente ao rosto dela.

Ela abriu os olhos, soube onde estava, acertou a posição.

– Claro que quero. – Pegou o cálice. – Sua casa é mágica. – Olhava em volta. – Há uma paz, aqui.

– Você saiu do ar.

– Mesmo? Desculpe. – Constanza logo recuperava o sentido de alegre observadora: – E você, com um copo de vidro? Só há um cálice nesta casa? Não dá para acreditar nessa história de uma orquestra de alunas.

Nessa tarde, beberam a primeira garrafa do vinho Domina. Ela ia à janela fumar e voltava. Seus cabelos ficaram impregnados com cheiro de cigarro. Sua boca exalava cheiro de cigarro. Nada disso era repugnante.

Ela disse que precisava estudar para o recital dos alunos do Dr. Breuer, que iria acontecer em poucos dias, na Grosser Saal – a Sala Maior. Tocaria o primeiro movimento do concerto de Stamitz. Obra sem muitas complicações, mas precisava repassá-la algumas vezes. E inventara uma *cadenza* mais elaborada, para mostrar do que era capaz.

– Mas esse vinho daqui não vai atrapalhar sua *cadenza* – ele disse. – Vou abrir outra garrafa.

Entremearam o segundo Domina com um pacote de Lebkuchen do Natal anterior. Conversaram, souberam um do outro. Ela então disse que, depois do Stamitz, talvez apresentasse em público a íntegra do concerto de Mozart. Estudava para isso. Estava cansada de primeiros movimentos. Tocar apenas os primeiros movimentos dos concertos era uma agressão à obra.

– De Stamitz para Mozart – ele disse, procurando esconder a inquietação. – É um salto enorme.

– Sei – ela disse, perguntando se ele havia gostado do que escutara na Ponte.

Ele foi franco naquele momento, e lhe disse que havia algumas coisas a melhorar. Tal sinceridade deixava-o com o sentimento de estar agindo com nobreza, e comprovava, em definitivo, que seu interesse por ela ia muito além de uma possível e inconsequente noite de sexo, atingindo a grandeza da solidariedade. Ela concordou e prometeu estudar muito para chegar o mais próximo da perfeição. Mozart era difícil, por certo, embora houvesse outros bem mais complexos do ponto de vista técnico, mas o problema capital era o sentido a dar às notas, que tinham mais de duzentos anos e, no entanto, deveriam valer para o nosso tempo. Havia uma impressionante variedade de intenções interpretativas em cada um dos três movimentos. Se o executante não soubesse entender isso, não podia tocar Mozart. A natureza do clarinete ajudava muito, pois podia ser alegre, lírico e divertido, e com isso não dizia nenhuma novidade.

Ele preferiu não seguir no assunto, que implicaria uma noite de divagações sobre a arte e a vida, e não se achava disponível para isso.

Limparam os farelos da toalha de mesa, puseram os pacotes vazios e as garrafas no lixo, lavaram o cálice e o copo, foram para a sala e, de pé, frente a frente, se fixaram, sérios e em silêncio. Para Julius, era como se entendessem a inesperada importância de um para o outro, e não apenas para aquele momento, mas para a simples função de existir.

Constanza o perscrutava da testa ao queixo, e os olhos se moviam de uma pupila a outra dele, querendo captar sua luz.

Deram as mãos um ao outro, se encostaram as testas, depois os lábios, tocaram-se as línguas e tiraram as roupas já antes de caírem na estreita cama de Julius.

E logo foi a noite.

Na manhã seguinte, Constanza estava com o cotovelo apoiado no travesseiro, enquanto ele contemplava aqueles pequenos seios, agora abstratos e decorativos, por onde corriam pequeninas veias azuis. Ela dizia:

– Assim é, meu querido, em Mozart tenho de estar muito atenta à interpretação. Você sabe: as notas só existem quando são interpretadas, e essa interpretação somos nós mesmos.

– Sim. Mas você vai conseguir. – Para disfarçar sua incerteza, ele se levantou da cama, pôs um cobertor sobre os ombros e foi ver pela janela. – Olhe, recomeça a nevar. A cidade ficará intransitável. – O gosto pela meteorologia levava-o a manter um termômetro grudado por uma ventosa ao vidro externo da janela dupla. – Oito graus abaixo de zero.

Ele percebeu que Constanza se erguera, nua, vindo para o seu lado.

Ela o enlaçou pela cintura, e também olhava.

– Mas é bonita, a neve, Julius. Nada a perturba, é indiferente ao que acontece com os seres humanos.

Ficaram ali, sem se falarem, vendo como aos poucos a paisagem se transfigurava. Pela primeira vez em Würzburg e na vida uma mulher o cingia pela cintura sem exigir nada em troca, e essa foi uma sensação que ele prolongou até sentir que ela, mesmo com o aquecimento, começava a arrepiar-se de frio.

– Você deve se abrigar, Constanza. – Julius deu-lhe um beijo longo, úmido. Depois, com muito cuidado: – É uma pena, mas daqui a pouco preciso ir. *Tut mir Leid.*

– Você sempre pedindo desculpas – ela riu. – Mas eu lhe autorizo a se aprontar. – E ambos riram.

Ele foi tomar banho – tendo cuidado de substituir a toalha por outra, limpa –, escovar os dentes e pôr uma roupa. Ao chegar ao quarto, lembrou:

– Os duzentos marcos.

– Obrigada. Pode deixar na mesa. – Ela procurava pelas roupas no chão e em cima da cama. Tinha uma nudez esguia, e se movimentava com elástica elegância.

– Obrigada, meu querido. Vá logo, mas pense bem no que vai fazer, aquilo de cancelar a apresentação do concerto de Schumann. O Dietz-Eggert é um lunático, mas você não pode comprometer seu nome de aluno na Escola.

– É um canalha – ele disse, espantado com sua própria ferocidade. – Já viu como ele é parecido com Peter Ustinov depois de velho, gordo? Você viu *Morte no Nilo*? Pois é igual a ele. Mas hoje isso terá um fim. Não suporto mais nem um dia.

Ela já fora para o banheiro e tinha aberto o registro. Escutava-se o crepitar da água no piso do box.

– O que você disse? Ainda bem que este chuveiro funciona. O meu está *kaputt* há mais de uma semana. Eu levo a chave e você busca comigo na Escola, está bem?

Ele hesitou se ia mesmo para a aula. Foi preciso que ela viesse, enrolada numa toalha, dar-lhe um beijo:

– Vá – acariciava o rosto dele –, você me acha na aula do Dr. Breuer. *Te quiero mucho, te quiero*. Como você é bonito. Mesmo com esses óculos amarelos. – Riu, se abraçou a ele, depois o levou até a porta. – E agora vá, meu querido. Depois me conte como foi tudo. Não se esqueça de tomar aquele horrendo café da máquina. E agora vou aproveitar esse maravilhoso chuveiro. *Tschüss*!

A repentina referência a uma beleza que nunca estivera nas ideias dele, acima de tudo quando se olhava ao espelho e via apenas as desgraciosas pálpebras familiares, fez com que ele se sentisse melhor para enfrentar a manhã: não havia qualquer possibilidade de seguir com Peter Ustinov tendo ambos na memória, professor e aluno, um fato definitivo, que os lançara num vertiginoso conflito rumo ao rompimento. "Bonito, eu? Será que tem algum sentido?" Se fosse na visão dela, melhor. Já na neblina da rua, ele procurava alguma vitrine ainda às escuras para se ver refletido. Encontrou-a, mas seu casacão de golas altas, o cachecol e o boné o transformavam num ser burlesco, em que ele reconhecia apenas o rosto latino, o nariz forte e a boca que nunca o agradara, por fina em demasia e curta. Mas Constanza era sensível, inteligente, veraz, não mentiria, mesmo porque não precisava, e ele sentiu um efeito de inegável surpresa por ser alvo de uma avaliação tão benevolente e, mais do que tudo, por aquele *te quiero* repetido.

    Parou a caminhada. Estava na Ponte, em frente à imagem de São José, onde na véspera falara com Constanza. O lugar era o mesmo, São José ainda usava sua túnica ondulada por um vento irreal e conduzia seu Filho pela mão. Sentou. Tudo era o mesmo, só que o pequeno terraço agora estava deserto. Ele se viu ali ontem, assistindo à apresentação solitária de Constanza, quando ainda estava submisso a um drama sem solução. Agora, tudo estava leve e feliz. Pela calçada passavam algumas crianças com mochilas às costas, contraídas de frio, falando alto e rindo. Um menino com o rosto arroxeado e o nariz vermelho fixou-o, decerto pensando o que fazia ali sentado aquele homem, com um contrabaixo ao lado, olhando para o santo, sem ser turista, em meio à neblina, parado na Ponte, o lugar mais frio de Würzburg? Julius abanou para ele, juntou os ombros e girou o indicador na têmpora. O menino riu, fez o mesmo gesto e seguiu no encalço dos colegas. De vez em quando se voltava, para ver o louco da Ponte. Julius baixou o olhar para o ponto em que estiveram assentados os pés de Constanza, sobre a neve, em suas botas com solado fino. *Escutou-a* tocando o segundo movimento de Mozart. Quando acontecera aquilo? Ontem, mesmo? Depois dessa noite, o *ontem* estava distante, no limite entre a realidade e a imaginação. Uma pergunta pressionava seus pensamentos: como confiar em alguém que conhecera de fato apenas no dia anterior e que agora tomava banho no chuveiro dele, livrando-se da fusão dos fluidos de ambos? Isso o lançava no cerne de uma característica sua: a tendência a uma ruinosa credulidade. Se não tivesse confiado em Peter Ustinov e suas perfídias, hoje estaria apenas lamentando a falta de talento, e não o fiasco que precipitara sua decisão de voltar para o Brasil na pior das situações possíveis, antevendo uma vida marcada pela banalidade, tudo o contrário do que desejava ao chegar a Würzburg. Agora, no entanto, ele tinha Constanza, e ao murmurar esse nome simples, de ressonâncias renascentistas, experimentou um vigoroso pensamento sexual. Reconstituiu num êxtase o que acontecera depois que foram para a cama: a sensação inédita de seus lábios sugando aqueles mamilos rosados e túmidos, a descoberta do frescor das dobras anatômicas de Constanza, os beijos repetidos, ela na entrega em silenciosa felicidade, ele a possuindo em movimentos gentis mas fortes, diferente de tudo o que já tinha vivido com a *orquestra de alunas* que passara por lá. *Muitas*, sim, deveria ter dito para ser verdadeiro, mas nenhuma com o drama arrebatador de Constanza, que a cada momento o surpreendia.

Mas bem; iria mais uma vez se entregar ao exercício da credulidade, mesmo porque estava sem escolha. Constanza representava sua última ocasião de confiar em alguém. Se ela vivia problemas que ele insistia em não adentrar, mesmo com todas as frases que ficavam no ar, isso não a impedia de amar. "Ela me ama à beira do desastre, talvez a ela também nada mais reste", e esse pensamento lhe pareceu tão literário quanto verdadeiro.

Levantou-se, tomou o estojo do violoncelo e seguiu por toda a Domstrasse, escutando o ruído de lixa sobre madeira provocado pelo rascar das solas das botas em contato com a neve, e isso, que sempre arrepiava seus nervos, hoje era prova de que existia, era alguém que ouvira havia pouco *te quiero*, enfim, uma base de conforto para o que desejava fazer ao chegar à Escola.

Ao passar pela catedral, com suas quatro torres hieráticas, lembrou do claustro da igreja de Neumünster, ali ao lado, e foi em busca do túmulo de Walther von der Vogelweide. Encontrou-o logo, revelado entre os vãos de arcadas em arenito-rosa. Sobre um colossal paralelepípedo de concreto liso, sobre a neve, havia tocantes vasinhos plásticos com amores-perfeitos, a única flor do inverno europeu, petrificadas em gelo, acompanhados de papeizinhos ilustrados com desenhos e assinaturas femininas. Num folheto ali esquecido, que ele limpou da sujeira e de uma folha amarelecida nele colada, leu algumas linhas do poema do qual Constanza recitara um fragmento: *sob uma tília... no campo... estava o nosso leito, onde jaziam flores e ervas. Com as faces ardendo... eu me aproximei daquele lugar de prazer... e nos beijamos nos lábios, maravilhados... e minha boca ainda arde.* Ele nunca fora de se entregar a arrebatamentos líricos, mas esses versos agora ganhavam sentido, pois não vinham de um artista enovelado nas sombras medievais, mas ele os escutara hoje, pela voz de Constanza, que chegava em murmúrios a seus ouvidos. Ele podia sentir o hálito quente de Constanza junto a si. Podia também dizer que algo mudara em seu próprio sentimento, capaz de aceitar uma forma de expressão poética levada ao extremo.

Dobrou o folheto, guardou-o no bolso.

Ao sair do claustro, o estojo do violoncelo quase colidiu com uma senhora idosa, muito fidalga e trêmula, de chapéu negro, envolta num casacão da mesma cor, acompanhada por uma adolescente que trazia um ramalhete de amores-perfeitos matizados de azul e verde. A senhora lhe perguntou, com o forte acento da Lorraine, onde era o túmulo de Walther von der Vogelweide. Ele as levou até lá. A jovem pôs o ramalhete sobre o túmulo, pendeu a cabeça e com os braços caídos e os dedos entrançados, ficou em contemplação. Seu perfil, com um cabelo curtinho vintage que o delimitava, era igual ao das figuras cândidas vistas nos cromos das antigas caixas de bombons.

– Sabe – disse a senhora, falando apenas para Julius, e foi quando ele percebeu nela um agradável perfume seco misturado a cânfora –, chegamos de trem ontem à noite. Minha neta me fez vir ontem de Metz só para visitar o túmulo, e ainda quis vir cedo da manhã, para ser a primeira, e eu lhe faço todas as vontades. O que esse poeta escreveu, de tão importante? Minha neta só fala nele.

– Poemas eróticos – ele respondeu.

A senhora fez um ar escandalizado, mas logo se recuperava.
– Agora entendo. Minha neta está apaixonada, e imagine, por um guitarrista, um americano que ela nem conhece em pessoa, só o viu num show em Strasbourg. – E ao dirigir um instantâneo olhar para o estojo do violoncelo: – Vejo que o senhor é um guitarrista, mas nada contra os guitarristas. Mas me diga: acha que foi melhor poeta do que Vigny, esse Vogelweide?
– Sua neta deve achar, minha senhora. Veja, ela está chorando. – E fazendo um sinal de que não queria perturbar aquele quadro de amor impossível, ele pediu licença e se despediu em silêncio.

Teria tudo para se deixar levar pela emoção daquela cena, mas agora precisava se concentrar em seu ódio estagnado, elaborá-lo como uma obra de arte pronta para desencadear sobre Peter Ustinov. A imagem da bela e apaixonada jovem junto ao túmulo, porém, teve o dom de acalmá-lo, e assim, quando cruzava pela frente da Residenz, já encarava a cena que iria protagonizar como o cumprimento de um dever moral. Sabia tudo o que iria dizer, mas, mais do que tudo, mudara de ideia. Não iria apenas cancelar o concerto de Schumann, mas cometer um sacrilégio.

O prédio da Escola já estava aberto, e vários estudantes chegavam com seus instrumentos. Ele se demorou na *cafeteria*, como chamavam a máquina de café do Centro de Convivência, serviu-se num copo de papel e pegou um dos sanduíches que ali ficavam à disposição, enrolados em pequenos sacos plásticos, bastando pôr oitenta *Pfennigschein* numa caixinha de madeira com a inscrição manuscrita *Danke!* Já havia alguns alunos ali, mas nenhum de violoncelo, de modo que se tivesse de falar com qualquer deles seria uma conversa *inocente*, como sempre ocorria entre colegas que não competiam com os mesmos instrumentos. Por sorte, eles pareciam interessados em si mesmos. Afastou mais uma vez a ideia de que com o tempo poderia se transformar num misantropo, porque não era verdade. Por princípio, ele gostava das pessoas e pronto, sendo indiferente se estivessem distantes ou próximas. Mordiscando o sanduíche, pegou uma *Der Spiegel* e, folheando-a de trás para frente, tentou se interessar por uma entrevista com Helmuth Kohl sobre a divisão das duas Alemanhas, em que o Chanceler previa a reunificação para um futuro próximo e ressaltava seu próprio papel nesse processo. Logo os argumentos de Kohl começavam a ficar repetitivos e megalomaníacos, e a atenção de Julius transitou para o concerto em Lá menor de Schumann – do qual iria cancelar a apresentação –, um dos mais belos, romântico até a medula, com um início prodigioso: o violoncelo, depois da introdução orquestral de três acordes nostálgicos, ataca com uma semibreve tensa, que depois se desdobra numa frase elaborada, em ascensões contínuas em direção às alturas mais agudas, para descer sem interrupção aos graves mais profundos, para logo ascender de novo e lá, altaneira, brincar em filigranas variantes. Exige arte e disciplina de seus intérpretes e, em especial, uma compreensão das potencialidades do instrumento. Ele conhecia bem esse concerto, desde as provas de admissão à Escola. Não o tocava bem, sabia disso, mas não chegava a desfigurar a obra. Uma pena, ele pensava, que esse recital estivesse destinado a ficar apenas nas intenções. Fora Peter Ustinov quem o constrangera e de modo autoritário acertara a data com a secretaria da Escola. Mas ele nunca deveria ter assumido tocar esse concerto, a partir do momento em que se deterioravam suas relações com o professor. Ele vinha para esta aula porque não admitia faltar a um compromisso; mas dentro em pouco estaria livre dele. De vez em quando olhava através dos vidros que permitiam saber tudo o que acontecia no grande saguão e, até, na escada principal. Enfim viu Peter Ustinov entrar no saguão com sua vasta corpulência, acompanhado por Boots, e o primeiro que sentiu foi uma onda de revolta que fez pulsarem os músculos das mandíbulas. Queria acabar com aqueles dois de uma só vez. Esse projeto, sem qualquer utilidade prática, logo ficou impossível, pois eles se despediram ao pé da escada. Ele pegou o violoncelo e subiu no encalço de Peter Ustinov, chegando quase ao mesmo tempo à porta da sala de aula. Peter Ustinov rosnou um bom-dia, olhando para Julius como este levasse algum punhal escondido. Depois, já na sala de aula, tirou da pasta o concerto em Lá menor de Schumann, abriu-o na primeira página e o colocou à frente de Julius, que logo sentiu o bafo da cerveja apodrecida que vinha daquele estômago de ogro. Peter Ustinov se sentou ao piano e abriu a sua partitura. Seus dedos pousavam sobre as teclas como se as esmagassem. Depois de uma suspensão, tocou os três acordes com uma inesperada sensibilidade, quase feminina, e aquilo desconcentrou Julius, que entrou com o seu solo com uma cólera que desfigurava as intenções de Schumann e logo chegava às posições mais agudas, depois de passar por velozes tercinas e sustentando o Si natural superior, uma semibreve inteira, sem o menor *vibrato*, um ultraje que se agravava pelo olhar direto, de franco desafio ao professor. Eis a ruptura desejada. Eis o deliberado sacrilégio.

— Pare! — berrou Peter Ustinov, tirando as mãos do teclado. — Isto não é um violino! É um violoncelo que toca notas agudas, mas nunca deixa de ser um violoncelo. Você está fazendo o violoncelo soar como um violino, e ainda por cima mal executado. E como pode ser tão desleixado com esse Si, quatro tempos, sem *vibrato*? Você está louco, brasileiro?

Era a mais pesada acusação que se pode fazer a um violoncelista, a de ignorar a natureza do seu instrumento, e ele a escutou com alívio, pois justificava, de maneira completa, a sua retaliação.

Ele aguardou por mais:

— Aprenda, brasileiro. O violoncelo é um instrumento viril. Por acaso não há homens, lá nas selvas do Brasil? Por isso é que deu tudo errado com o seu Dvořák, no outro dia.

Ao escutar *Dvořák*, Julius se levantou e assim, com o violoncelo ao lado, disse com subterrânea raiva, de modo que só pudesse ser ouvido por ambos:

– Esta é a última vez que nos vemos, canalha. – E foi guardar o violoncelo no estojo, sentindo atrás de si a respiração forte de Peter Ustinov. Virou-se e empurrou-o contra o piano. Peter Ustinov bateu com o ombro na caixa do piano, cambaleou, se agarrou na banqueta redonda, que girou em seu eixo, desequilibrando-o, mas logo conseguiu se recuperar, evitando cair de todo. Era agora uma figura instável, de joelhos, procurando se apoiar no extremo de madeira do teclado, sem conseguir se levantar, murmurando impotentes obscenidades nas protuberâncias de seus lábios grossos. Tornou-se fraco e vulnerável perante a raiva de seu aluno. Julius sentia o sangue pulsando nas têmporas. Era capaz de qualquer coisa trágica e definitiva. Precisou de um momento para se reorientar. Contou até dez, fechou a tampa do estojo:

– E aviso: da próxima vez não vou ficar só num empurrão. Você é uma vergonha para a Escola. Uma vergonha para a música.

Ao descer as escadas, ele escutava o professor vociferar, apoplético, "vergonha por quê, brasileiro, diga, por quê?". Julius quase se chocou com Boots, que subia as escadas às pressas e lhe desferiu um olhar hostil e interrogativo.

Ainda trêmulo, mas radiante, ele ainda tinha de buscar as chaves com Constanza e, mais do que isso, queria contar-lhe a cena da Escola. Fez o que deveria ter feito. Não fora apenas em função do episódio ocorrido dois dias antes. Era algo muito mais sério, começado desde que Peter Ustinov se tornara seu professor. Ele sempre ouvira falar em implicâncias gratuitas, mas nunca tivera uma experiência direta desse fenômeno infantil. Não queria se fazer de inocente, mas, por mais que se examinasse, não descobria, em si, nenhum gesto, nenhuma palavra que pudesse provocar todo aquele rancor. Mas agora aquilo terminara.

As salas de aula da Escola se abrem para corredores retos que se parecem uns aos outros. Mesmo com as portas duplas fechadas, os sons se confundem, como na algaravia de uma orquestra nos momentos preliminares a um concerto. Eram fragmentos de sons de trompas, escalas e vocalises dos cantores, uma ou outra voz firme, seca, e tudo transmitia uma sensação de muito labor. Ele procurava saber, lendo os horários afixados junto às portas, onde era a classe do Dr. Breuer. Em sua agitação, examinava as tabelas sem se concentrar no que lia. Então leu, ou julgou ler, com clareza, *Dr. Breuer*, e quando entrou, seu gesto foi censurado por vários olhares convergentes, o que estava fazendo na classe de percussão? Recuou, olhou de novo a tabela. O nome era outro, nada a ver com *Breuer*. Isso aconteceu ainda outra vez: era uma classe de violino, da série elementar, e ele ficou a ver por alguns segundos, colado à porta, um menino executando um estudo do método Oscar Lehrer. Escutar esse Lehrer fez com que se visse na pele do menino, em suas primeiras aulas do método Dotzauer, em que tinha todas as esperanças à frente. Foi para o corredor, tomado de novo por uma ideia de irrealidade. Embora consciente de que agora estava em plena vigília, será que teria acontecido aquilo, ontem à noite, Constanza e tudo? Depois se convenceu de que sim, claro, tinha ocorrido, depois de superar a ideia de que tivesse escutado mal *Dr. Breuer*, parou à frente de um quadro de avisos. O que faltou fazer antes, ele iria fazer agora. Desceu à secretaria e perguntou pela classe do Dr. Breuer. Informado, achou-a com facilidade. Era no terceiro andar. Ali estava, de maneira inequívoca, ao lado da porta: *Dr. Breuer*. Abriu a primeira porta, abriu a segunda. Entrou sem fazer ruído e se sentou junto à parede, onde já se alinhavam alguns alunos com partituras nas mãos, compenetrados, numa espécie de masterclass que acontecia no pequeno estrado à frente.

Constanza estava meio de costas, nesse estrado. Usava óculos. Ficava linda, de óculos. O Dr. Breuer, sentado ao piano, acompanhava-a enquanto ela tocava Stamitz. O professor não a interrompia. Sua atenção de homem maduro vagava em outros domínios, talvez não musicais, e no seu rosto de Richard Strauss havia um vago olhar para fora, para os topos das árvores desfolhadas, enquanto suas mãos seguiam a partitura que ele sabia de cor. Impossível entender como alguém poderia ficar indiferente à presença de Constanza. O que dizer dos jovens colegas que estavam ali, atentos apenas às partituras, e não a Constanza, sem olhar algum a sua presença, como se a música viesse de um aparelho de som?

Ele olhava para os cabelos ruivos de Constanza e para a forma como eles se moviam ao sabor da música. Ela, ali, concentrada em seu estudo, não era a mesma da noite anterior, que o deixara seguro da possibilidade da conjugação do prazer mais violento com a emotividade mais delicada. Julius não esperou para recolher a chave. Não queria quebrar, com um contato perante todos, aquele momento íntimo, em que transitava entre sua imaginação e seu desejo. Pediu, sussurrando, a uma colega da classe de violoncelo que entregasse a Constanza um bilhete: *Quero-te ainda hoje. Te aguardo na saída. Te amo.* Escrevera em alemão, e por isso *Liebe* soava consistente, mais do que a palavra latina *amo*, reservada aos poemas e às telenovelas.

Quando ela veio, e já estavam fora do prédio, ele contou a cena com Peter Ustinov. Constanza ouviu tudo, fez perguntas, e depois:

– Já que tudo chegou nesse ponto, era o melhor a ter feito, meu querido. – Trouxe-o para junto de si, beijou-o na boca. Depois olhou-o. Ali havia amor e persistência: – Você não está sozinho, saiba disso. – E com o rosto já aceso: – E agora? Vai ser Dvořák?

Ele queria dizer que, tendo desistido dos estudos na Escola e pronto para voltar ao Brasil, só ela agora interessava. Se havia um futuro, este era apenas um: Constanza.

– Não sei – enfim ele respondeu. E depois, de maneira obscura: – Há muitos caminhos para um músico.

– Falaremos sobre isso. Vamos até o Main?

Seguiram, abraçados. Na promenade, ele apontou para o lugar em que estivera ontem, quando ele era um homem a quem nada mais restava. Ela disse *"meu querido, nunca mais isso vai acontecer"*. E durante parte daquela tarde falaram até que quase nada mais ficasse por ser dito. Passaram para o outro lado do rio. No café-restaurante do fim da Ponte, em que ontem ela não quisera entrar, dividiram um *Kartofelpuffer mit Bratwurst* com cerveja, para dar uma cor local à refeição e agradar à solícita proprietária, que insistira nesse prato talvez por sobrarem salsichas e batatas na despensa. Saindo dali, subindo a estreita vereda ornamentada com sempre-vivas, acharam graça das crianças que deslizavam com seus trenós infantis pela encosta de Marienberg com tão pouca neve que ficavam entalados nas raízes dos carvalhos e castanheiras. Ajudaram as crianças a se livrarem e começaram a descer o monte. Ele contava, com pormenores e sem pressa, a cena a que assistira em frente ao túmulo de Walther von der Vogelweide, o que enterneceu Constanza, *"pobrezinha, mas ela não é a única"*. Ele mostrou o poema completo e pediu que ela o recitasse. Tendo cuidado para que ela não percebesse, ele os havia conduzido de volta para a Ponte, para o terraço de São José, do que ela se deu conta quando já lá estavam.

– Quer mesmo? – ela perguntou.

– É o que mais peço, por favor – e se sentou no banco de pedra. Ela olhou para os lados, embaraçada, mas a Ponte seguia deserta; apenas um empregado da limpeza pública varria o leito do calçamento, com um rádio de pilha, quase inaudível, equilibrado na sua carrocinha verde. – Por favor – ele repetiu.

Ela teve uma ideia, disse que iria recitar, mas com uma condição: queria tirar uma foto dele, ali na Ponte, com Marienberg no fundo.

– Claro – ele disse, e foi parar no outro lado, de modo que o ângulo ficasse bem aberto, mais paisagem do que ele.

– Perfeito – ela disse – Fique imóvel. Isso. Pronto. Bati a foto. Era mesmo a última. Já tenho um rolo cheio.

Ele voltou.

– Já posei, e agora você recita?

– Está bem.

Constanza então passou a declamar "Sob uma tília". Sua voz, grave no início ao descrever a paisagem do verão, foi adquirindo de maneira quase imperceptível um timbre lento, campestre e doce que agora, na descrição do leito de flores, do amor em brasa do poeta, na narração dos beijos dos amantes, começou a apressar os versos, até que, chegando no final, *meus lábios ainda ardem*, ela tinha os olhos úmidos. Largou o papel e se abraçou em Julius. Chorava. Ele a acolheu, ele a acalmou, ele a protegeu, tocado por aquela erupção de exasperada sensibilidade – mas, logo entendendo que se envolvia num amor de consequências imponderáveis, disse:

– Não há nada a temer, você está comigo.

Com o passar dos minutos ela se recompunha, soluçava e pedia desculpas, não costumava agir daquela maneira.

– Não diga nada – ele murmurou –, está tudo bem.

Assim ficaram até que o olhar de Constanza cruzou pelo relógio de Julius, que marcava as quatro da tarde: ah, precisava voltar para a Escola, que pena, tinha marcado de repassar com o Dr. Breuer a *cadenza* de Stamitz, mas prometeu que voltaria para a Katzengasse ainda hoje, às sete horas. Beijou-o:

— Espere por mim, espere, às sete. E não vamos perder tempo, hoje o vinho ficará para depois.

Despediram-se, e ele foi para a Katzengasse. Lá, os sinais de Constanza ainda permaneciam. No banheiro, ao pegar a toalha usada por ela, para destiná-la à lavanderia, ele aspirava ainda os vestígios da água Farina Gegenüber, quase imperceptíveis, bem ao fundo do aroma do sabonete diário. Sobre a mesa de refeições e estudo, encontrou o copo, que ainda apresentava as marcas do leve batom de Constanza. No vidro da janela, era possível ver algumas marcas digitais, e assim ele percorreu tudo, numa inspeção de policial atento. Essas evidências contavam uma história que ali ocorrera há menos de vinte e quatro horas e já se integrava em sua própria história. Sorriu: se entregava às mesmas minúcias obsessivas do trágico e amoroso Werther, enlevado por um laço de fita rosa de Charlotte.

Mas um músico, por mais expectante que esteja, não abandona seu instrumento sequer por um dia, caso contrário põe a perder algo de sua técnica; dois dias já significam uma perda considerável e, em três dias sem estudos, talvez o músico já não possa ser chamado como tal.

Ultrapassando a ansiedade que o fazia consultar o relógio a cada momento, abriu o estojo, retirou o Baldantoni e o afinou. Pôs na estante o concerto em Lá menor de Schumann, apenas a parte do violoncelo solista. Devia algo a Schumann. Precisava se desculpar com ele. E ainda mais: iria se sentir um patife, não apenas perante Schumann, perante o destino e a galeria de todos os grandes compositores, mas em especial perante Constanza, se não o fizesse. Ouvindo em sua memória a orquestra executar os acordes introdutórios, tocou a primeira frase com a força imaginada por Schumann. Ao chegar ao Si natural superior, quatro tempos, prendeu a corda com um *vibrato* regular, pleno de musicalidade – e a sequência do primeiro movimento, até o fim, e mesmo as passagens mais difíceis, em que nem todas as notas tiveram a mesma qualidade, resultaram aceitáveis ou, pelo menos, significaram o melhor que ele sabia obter de sua sensibilidade atual. "Está bem assim, Herr Schumann?" Conferiu as horas. Repassou os trechos em que poderia melhorar. Com o declínio do dia, já não enxergava a partitura. Foi preciso se levantar para acender as luzes. Ia olhar pela janela quando soou o interfone. Era Constanza. Viera antes do tempo, e trespassada de frio.

À noite, no superaquecido apartamento, os pequenos seios de Constanza haviam recuperado sua intensa carga de paixão, e foram os cabelos ruivos com que ele se encantava ao inalar aquele aroma entre a amônia da tintura, o cheiro do cigarro e a água Farina Gegenüber, e foi a fragilidade daquele rosto em contraste com o nariz arqueado, e foram as ideias categóricas de Constanza e seus truques telefônicos, ainda o mistério de seu acesso romântico na Ponte, e foi a sua forma de amar que o levava a experiências inéditas, e ele que julgava conhecer tudo, e mais a imaginação e o desejo, e alguma tendência à estilização do sentimento que provocaram aquela frase mental no meio da noite, ele sozinho ante o espelho do banheiro, a frase que tantos pensam com displicência, que torna ridícula qualquer pessoa e que no entanto pode ser tão digna se verdadeira, e que ele expressava com segurança e força:

"Estou apaixonado, é isso."

Deixou circular a frase por seus dentes, a ponta da língua e seu cérebro. Quanto mais a experimentava, mais verdadeira era. Teve certeza de que, dali por diante sua vida seria colonizada pelo amor de Constanza. E isso veio com duas lágrimas de pura exaustão, que viu surgirem no fio das pálpebras. Tinha se livrado do monstro Peter Ustinov e amava Constanza. Piscou muito, para afastar qualquer lirismo. O que sentia era amor, gozo e paixão. Ontem estava pronto para ir à agência AKW;

agora, ficar em Würzburg não era apenas o que lhe restava; era um indício de que talvez sua existência ganhasse algum sentido.

§

Hoje, percorrendo o pampa em direção à Fronteira, conduzido por Mickey Rooney, ele sorri de sua juventude e de sua comparação com Werther, mas as emoções da juventude são como num sonho: enquanto duram, são verdadeiras, capazes das maiores venturas e tragédias.

Espanta-o como se apaixonou em tão pouco tempo e depois viu consolidado um amor que nunca desmereceu esse nome; mas não havia conhecido Constanza naquele momento em que ela tocava Mozart na Ponte. Era algo que vinha de muito tempo de observação e desejo. O encontro na Ponte foi como o retomar de um romance que lemos por partes e com crescente tentação, e que não queremos largar antes do clímax.

3.

Mickey Rooney, agora sem qualquer tipo de controle a não ser desmoralizadas placas indicativas de velocidade, ultrapassa a 130 quilômetros por hora tudo que se move, inclusive ambulâncias. Apesar disso, Julius vive uma serenidade premonitória do bom resultado de sua viagem e sabe que, apesar de todo o acontecido em Würzburg depois que descobriu em si o amor por Constanza, fez bem em suspender o retorno ao Brasil. Hoje ele tem uma complexa história de desejo e agonia incorporada à sua existência.

A possível presença de Antônia na estância volta como uma sombra, mas algo poderá surgir que mude toda a situação. Sílvia sempre diz que ele é amparado pelos céus. Quando todos se desdobram para resolver os problemas, ele apenas aguarda; surgida do nada, a solução lhe é oferecida numa bandeja de prata pela deusa Fortuna. Contudo, desde que retornou de Würzburg, não houve lugar para problemas que exigissem uma intervenção mitológica. É bem verdade que ele, há poucos dias, viveu uma experiência transformadora com a visita da Orquestra Sinfônica MÁV de Budapeste a São Paulo, algo que acabou resultando no motivo imediato de sua vinda para a estância – mas ainda não chega a confirmar de todo a teoria de Sílvia, pois ele ainda precisará avaliar os resultados.

Tudo estremece, e ele se dá conta de onde está. Mickey Rooney conduz o Hyundai para o acostamento junto a um renque de eucaliptos. Desliga o rádio.

– Que droga. Pneu. Dianteiro. – Vai abrir o porta-malas e retirar as bagagens para pegar o pneu reserva e as ferramentas.

Julius sai do carro e pergunta, sem muito empenho, se ele precisa de ajuda. Mickey Rooney o dispensa, negando com a cabeça e um sorriso misericordioso.

Melhor assim, porque permite a Julius observar em volta desde um ponto fixo. Para trás ficaram as cidades. Há pouco foram alertados por uma faixa junto a um posto de gasolina: *Abasteça agora – próximo posto só a 260 km*. Ele se percebe cada vez mais sozinho e despido ante esta paisagem que o abraça com sua dimensão primordial.

A incidência oblíqua do sol transformou a estrada numa reta dourada sobre os campos. Ele contempla a linha volúvel do horizonte, que tanto pode estar a dez como a vinte quilômetros ou mais, igual à lendária ilha de São Brandão, das cartografias medievais: quanto mais as naus se aproximavam, mais distante ela se punha.

– Este é o imenso e poderoso pampa!

Ao dizer a palavra *pampa* com essa incomum exclamação, ele sabe que retorna a um espaço que precisa ser decifrado, pois uma coisa é imaginá-lo a partir dos hábitos da memória infantil, das idealizações da literatura ou mesmo das fotografias e filmes; outra, é ter o pampa à frente, com todo o drama de sua presença.

O silvar do vento, perpassando entre os aromáticos ramos dos eucaliptos, limpa essas ideias, e ele pode desfrutar o silêncio que se expande pela paisagem tangida pelo frio. Ele vê a textura rugosa daquela árvore de que não sabe o nome, observa o voo sereno dos corvos que ganham altura à medida que traçam harmoniosos círculos no ar. Lá adiante, uma carroça de dois eixos atravessa a estrada, levando em sua carga uma antena parabólica de televisão. Ele se vira para o outro lado. Lá, um pouco acima dos ombros de Mickey Rooney, que peleja com o pneu, há uma casinhola de pedras – onde resta uma oxidada placa de cerveja Polar – vazia talvez há decênios, sua porta oscila com a brisa, como se a mão de seu dono a movimentasse desde o outro mundo.

Ele quer compreender este instante em que ensaia a elusiva sensação de que não apenas retorna ao pampa, um território apresentado nas imagens dos satélites como uma vasta planície que ocupa quase todo o extremo meridional da América do Sul. O sentimento é mais raro porque, se ele veio apenas à busca de um *espaço* para estudar o concerto de Dvořák, eis que se defronta com um *tempo*, impossível de ser medido em anos, séculos ou milênios, pois sobrevive numa época para além da barreira do pretérito imediato de uma vida, e que apenas uma palavra pode expressar: é o *Outrora*. Nunca disse essa palavra, nunca a escreveu, jamais pensou nela; apenas a encontrava nos romances e poemas românticos, como uma expressão de duvidosa sentimentalidade. Encontrou-a nos dias de hoje na capa de um livro de Pascal Quignard. Mas o Outrora está aqui, nestes campos e animais, e é feito de tudo que habita o domínio da lenda, que marcou a vida dos que já morreram e que ainda existe a comandar os vivos e os que vierem depois que esses vivos forem apenas uma sombra e, porventura, um nome. Se o passado resulta de uma lembrança, o Outrora não pode ser lembrado, mas apenas evocado.

Logo, a descoberta: toda a elaboração artística, todos os concertos e sonatas, ainda as partituras com seus grafismos, os instrumentos valiosos, as aulas de teoria e solfejo, mais todas as coisas passageiras, surgidas de maneira supérflua, toda a civilização musical e suas salas sinfônicas, seus maestros onipotentes, tudo isso é nada ante este tempo sem fim nem começo.

Não é uma sensação má; ao contrário. Todas essas percepções dão a certeza de que o pampa não irá devorá-lo e que, igual a esses pássaros altíssimos e o sortilégio da porta que se move, ele, na refinada ordem geral do universo, pertence a uma sequência que o nobilita e, sob certo sentido, o perdoa.

– Terminei essa merda – diz Mickey Rooney, que guarda com impaciência o pneu avariado, as bagagens, as ferramentas, entra no carro e liga de novo o rádio. – Só mesmo dizendo palavrão. Carro novo e já com o pneu furado é o fim. Agora temos de achar uma borracharia. Nem adianta chamar o seguro, porque nos achariam só no ano que vem.

Julius diz um *sim* enfático demais, para dissimular que não entende bem o que acaba de escutar. Essa precária solidariedade, todavia, é suficiente para acalmar Mickey Rooney.

Retomando a viagem, passam à frente de portais encimados pelos insolentes nomes das estâncias do Sul. Mickey Rooney pergunta como se chama a estância para onde estão indo.

– Júpiter.

– Júpiter? Júpiter... Li qualquer coisa numa revista. Espere aí... Não é aquela estância que tem um fogo aceso no galpão há mais de trezentos anos?

– Não faz tanto tempo, mas é essa mesma. – Ele sabe que não poderá deixar o assunto sem explicar e, a cada pergunta, se vê obrigado a acrescentar pormenores de uma história, meio fantasia, meio verdade, sobre um antepassado visconde que, voltando da Guerra do Paraguai, acendeu o fogo e mandou que todos os descendentes o mantivessem aceso para comemorar a vitória das tropas imperiais. Sempre tem um peão que dorme ao lado do fogo, cuidando.

– E se por hipótese o fogo se acaba?

Julius faz uma voz que a ele próprio atemoriza:

– Aí – diz – o mundo se acaba.

– O pessoal inventa cada coisa – diz Mickey Rooney, aumentando o volume do rádio. – Difícil acreditar, não acha? – Faz uma pausa. – Mas, sabe, até quero dar uma olhada, quando estiver por lá, mas já sei que não vou acreditar.

As notícias do rádio e, mais ainda, os intervalos comerciais incomodam. Julius quer desfrutar da preciosa descoberta de que há, dentro de si, não apenas um espaço, mas também um tempo em elaboração, e que ele já entende como indispensáveis.

Mickey Rooney empurra para cima da testa a pala do boné. Aspira o ar, como quem precisa de algum fôlego para dizer algo. Fica em suspenso. Está procurando assunto. De fato:

– Ainda que não seja da minha conta, mas o senhor trazia mesmo o que, na mala extraviada? Roupas?

– Discos e livros.

– Chato – diz Mickey Rooney. – O senhor vai lá para fora e sem nada para se distrair. – Ele olha de relance para o banco de trás: – Música, só a que o senhor tocar nesse violão. É um violão grande, daqueles mexicanos, não é?

– Não. É uma serra elétrica. – Ante a surpresa e, depois, o riso de Mickey Rooney, que entra na brincadeira, ele acrescenta: – Eu gosto de marcenaria. – Diz isso e tem um repentino suor de pânico, e ao mesmo tempo se apercebe da seriedade do caso: foi mesmo idiota seguir viagem sem as gravações. E o pendrive no bolso, esse, não serve para nada. Deveria ter copiado tudo para um HD externo, como queria o sobrinho-gênio, mas sempre resistiu aos novos meios. Disse ao gênio que não era jovem o suficiente para entender além do CD e do DVD, e aproveitou para acrescentar que também não lhe falasse em redes sociais onde poderia ter ajuda, pois as considerava um abominável ninho de mexericos. Por causa dessas frases de efeito, agora está nesta situação. Bem que podia ter esperado num hotel em Porto Alegre até que devolvessem a Rimowa. Aquelas diferentes interpretações do concerto de Dvořák são importantes para que possa estudar, desde a de Pablo Casals, de 1937, remasterizada, passando por Piatigorsky, Janos Stárker, Fournier, pela versão sensual de Jacqueline Du Pré e ainda pela interpretação do brasileiro Antônio Meneses, até o vídeo audacioso de Yo-Yo Ma, de 2012. Perder essas gravações, em especial a de Janos Stárker, que ele escutou ao vivo em Viena, é um desastre.

Ele faz uma ligação para o aeroporto. A atendente já não parece tão impessoal: como ele queria informações, se fazia poucas horas que tinha registrado o extravio?

– Mas poderia ter vindo no voo seguinte.

– Não veio, senhor. E para hoje não há mais voo que venha de São Paulo.

– Mas a mala pode ter ido para Montevidéu.

– É possível. Mas se isso aconteceu não tenho ainda como saber. – Há uma pausa do outro lado da linha. – Mais alguma coisa em que posso servi-lo?

– Nada, obrigado.

– Obrigada por sua ligação, senhor, e tenha um bom dia.

Ao pressionar o *off* do celular ele pensa em como, por um motivo circunstancial, a execução pública de um concerto de Dvořák e, em última análise, a redenção de uma vida passaram a depender dos humores de uma atendente de aeroporto. Tomado por essas preocupações, que reconhece disparatadas, não consegue se concentrar: os campos, antes tão belos, agora são um filme dirigido por cineasta amador, cheio de imprecisões de foco e erros de sequência.

Não pode deixar que isso aconteça. Precisa ignorar o assunto do extravio se quiser salvar a viagem. Ademais, por uma espécie de prodígio da deusa Fortuna, quem sabe a mala se materializa na estância, mais dia, menos dia, quando ainda não tiver estudado a valer? Ao pensar nisso, sente reaparecer uma ponta de ânimo: estar sem as gravações também pode significar uma libertação. No aeroporto chegou a ter uma sensação próxima a essa, que não deixou progredir. Sem os CDs e DVDs, será livre para criar Dvořák a partir das lembranças, das indicações do compositor, das anotações do professor Bruno Brand – tudo isso com sua maturidade pessoal e profissional. De alguma coisa deve ter servido o tempo que viveu até agora. Por que não se lança a esse voo cego da imaginação e cancela de uma vez o pedido de resgate da mala com todos aqueles músicos a assombrá-lo? Ele poderá voltar a São Paulo com um Dvořák todo seu e, tal como Yo-Yo Ma pôs na capa de um CD, *Yo-Yo Ma, inspired by Bach*, ele mandaria escrever, no programa do concerto, *Julius, inspirado por Dvořák*. Logo se pergunta de onde tirou essa ideia despropositada. Ele precisa dessas gravações. Não terá nenhum sentido sua vinda se não recuperar a Rimowa. Depende dessas gravações e não adianta se iludir com uma audácia que não tem. Lembra, agora com terror, que também vem na Rimowa uma gravação da parte da orquestra, que pretendia usar como playback para estudo do concerto. Como fará agora? Mentalizar a música?

A partitura, ainda que anotada pelo professor Bruno Brand, não será suficiente.

Não quer se deixar possuir pela autopiedade que sempre o assola nesses momentos, mas é inevitável pensar: "Minha audácia é mais ou menos. Minha vida é mais ou menos". E procura se concentrar na frase inicial do violoncelo. *Ouve-a*, na interpretação arrebatadora de Janos Stárker. É perfeita, magnífica, e ele daria tudo para conseguir esse resultado.

– O senhor fica mexendo no freio de mão.

Julius para logo. Movimentava de maneira inconsciente os dedos da mão esquerda sobre o cilindro do freio manual, como se fosse o braço do violoncelo.

Olha para o relógio. Sílvia, a estas alturas, deve ter saído para almoçar, onde? Segunda-feira? No japonês, sim, numa rua sombreada por imensos jequitibás-rosa e que termina na Avenida Paulista. Segunda-feira, para ela, é dia de comer com frugalidade para compensar as intemperanças do fim de semana – mas numa mesa com toalha branca e engomada, guardanapo branco de algodão. No transcurso dos dias da semana, a exigência de qualidade não decai, mas a comida passa a ser mais substanciosa, pois Sílvia já está faminta de sete fomes; sexta, portanto, é o dia dos restaurantes italianos. Basta para ela estar naquele ambiente de fartura, porque prefere ficar nas entradas, como *insalata caprese* seguida de um *carpaccio di manzo cotto*, mas não deixa de escutar todas as sugestões de sobremesas, por fim se decidindo por um *gelato light*. A unir tudo isso, sempre um cálice de vinho, tinto no inverno, e branco a partir de outubro até maio. Hoje, segunda-feira, como de hábito, ela exige comer sozinha, e diz ter prazer nisso, como um delito solitário. Nos outros dias tem a companhia de algum dos advogados jovens, que usam esse artifício para aprenderem com ela o que não aprenderam na universidade e que jamais perguntariam aos sócios mais velhos da empresa. Agora ela já pagou a conta, tomou o expresso, saiu do restaurante e, insatisfeita pelo cardápio leve de *hossomaki* e *yaikitori* – come sempre o mesmo –, percorre os prédios comerciais de luxo da Avenida Paulista e as vitrines das poucas lojas que ainda não se transferiram para os shoppings centers. Ele pode vê-la, um pouco *alta* pelo cálice de vinho, examinando uma calça, uns sapatos, só para chegar incomodada à empresa, reclamando do mau gosto da moda atual. Ele traça esse percurso de Sílvia com a certeza que os anos de conhecimento recíproco permitem e sente um bem-estar próximo da felicidade. Quando chegar à estância, ele mandará a mensagem confirmando o sucesso do voo e do percurso terrestre, omitindo o extravio da mala para não ser repreendido por sua irresponsabilidade. Por enquanto, ainda está na zona de certeza que não permite pensar em tragédias.

E Constanza – e ele não se surpreende pela pergunta –, o que fará a esta hora? Dela pouco sabe, a não ser o que sua persistente imaginação elabora. Ela vive num mundo desconhecido, nulo e obscuro, mas indispensável. E tal como a Rainha da Noite de *A flauta mágica*, que vive em seu reino invisível de prodígios e aparece apenas duas, mas devastadoras vezes na ópera mozartiana, assim também Constanza irrompe por episódios aleatórios e febris na mente de Julius. E é desse reino que ele está cada vez mais próximo.

Agora ele já sabe – e está conformado, talvez até o deseje – que a recuperação de Dvořák, de Würzburg, de Bruno Brand, irá levá-lo a reviver o que foi aquele amor, o único que ele pode dizer que de fato experimentou, e que lhe deu a dignidade de ser humano – pois essa condição se adquire apenas pela perda e pelo sofrimento, imprescindíveis para entender o concerto de Dvořák e, dizendo mais, a própria arte.

Ao meio da tarde já percorreram mais de quinhentos quilômetros de uma paisagem que imita os pintores acadêmicos, sugerida pelas derruídas casinholas de barro e palha, pelos regatos de águas verdes e por estas figueiras-bravas com suas imensas frondes horizontais e topos em formato de cogumelos. Essa sucessão é interrompida por áreas de reflorestamento que pretendem triunfar, com seu falso cosmos, contra a vital anarquia da natureza. Mais do que qualquer árvore, são as figueiras-bravas que mais evocam o Outrora, esse sentimento que pouco a pouco toma conta de seu sangue e acalma todo o corpo, como a Dolantina que lhe aplicaram certa vez quando esteve hospitalizado.

– Olhe lá – Mickey Rooney aponta. – Mais um.

É um dos tantos cemitérios de campanha pelos quais já passaram, isolados e antigos, agora sem uso, com um muro alto e caiado de branco que deixa ver os tetos dos pequenos e toscos mausoléus em alvenaria, também brancos.

Não quer perder a oportunidade de visitar um desses antes que a viagem termine. Explica a Mickey Rooney que gosta do aspecto artístico dos túmulos. Quer ir lá e tirar umas fotos com o celular – ficou na mala extraviada sua câmera profissional. Mickey Rooney aceita pararem um pouco, mas se oferece para fazer ele, e bem ligeiro, as fotos, para não atrasarem a viagem. Diz que não, prefere fazer ele mesmo, e promete não se demorar.

Faz sentido visitar agora o cemitério, com sua longa história. É certo que no retorno passará por aqui, mas ele já não será o mesmo.

Unindo as duas secções do muro frontal, há um ingênuo portão de ferro forjado, obra de um artesão de ferraduras a quem deram um desenho para executar. Acima, um pequeno arco de alvenaria coberto com telhas portuguesas, pouco mais alto do que uma pessoa e, na cumeada, uma cruz, também de ferro, torta para um lado. Como Julius esperava, é preciso empregar alguma força para que enfim o portão se abra, vibrando a clássica sonoplastia dos filmes de terror.

Ali não há mais do que uns oito desses ensaios de mausoléus e alguns túmulos rasteiros, apresentando pequenas variantes a partir de dois modelos únicos, tanto para os túmulos quanto para os mausoléus, a indicar o mesmo e pouco inspirado mestre-pedreiro. Acima das vergas das portas de ferro, também todas iguais, estariam os nomes das famílias que mandaram construí-las, mas ele consegue identificar apenas algumas letras soltas. Em alguns desses mausoléus, junto às ombreiras, à altura do rosto, ainda subsistem retratos ovais, em porcelana branca com um estreito fio dourado a correr pela borda interna. Detém-se num deles, colorizado à mão. É o de uma jovem triste, falecida em 1922, pouco mais que adolescente, aparecendo o busto de um vestido de melindrosa, feito de canutilhos e com um penteado *à la garçonne*. Ela lembra alguém. Ele não se considera um desmemoriado total, mas às vezes tem alguns ligeiros e insuportáveis brancos. Tira uma foto bem próxima do retrato. Terá muito tempo para ver e se lembrar. Mas já agora, observando melhor, o pequeno cemitério tem uma regularidade em que ele não havia reparado. Nos outros cemitérios, afora os quadriláteros regulares dos muros que os delimitam, dentro deles impera um verdadeiro caos, com túmulos justapostos aos outros e, às vezes, uns por cima dos outros, e os mausoléus em número bem menor. Mas este não; é formado quase só por mausoléus, e os túmulos baixos estão bem organizados em volta. É fácil imaginar: os túmulos, que levam apenas uma cruz e, às vezes, algum nome, estes devem ser dos peões, antes dos escravos, enquanto os mausoléus – se é que assim podem ser chamados – abrigam os ossos dos patrões e das patroas, situação típica do espírito feudal das famílias nobres do pampa. Ele pensa, estremecendo à ideia: se vivesse noutra era e morresse aqui no pampa, seria enterrado num mausoléu igual a estes.

Soa a buzina do carro. Ele vai ao portão e faz um sinal a Mickey Rooney de que já vai.

Julius percebe, voltando ao centro do cemitério, que está justo no cruzamento dos dois caminhos retos demarcados por tijolos que dividem o cemitério em quatro secções iguais. Um bom ângulo para fotos. Com pouco esforço, consegue excelentes tomadas, e esses curtos caminhos se transformam em avenidas. Como ele capta de propósito as laterais de quatro mausoléus e um pedaço grande do céu, maior do que o próprio motivo da foto, lhe ocorre mais uma de suas ideias prontas: uma parede caiada de branco, tendo ao fundo um céu azul e congelado, mais do que campos e gado, é a melhor representação do que é o pampa na sua versão imaginária. De onde tirou isso? Este cemitério abandonado, mas não descuidado de todo, esse branco contra esse céu azul são provas a mais da presença do Outrora.

Ante o som de uma nova buzinada, ele guarda o celular e dirige uma derradeira mirada ao cemitério. Sim, tudo ficou impresso em sua retina.

Ao entrar no carro, e assistindo aos esforços de Mickey Rooney tentando entender o GPS, ele se pergunta se fez bem em visitar o cemitério porque, se foi confortado na sua ideia de ausência de tempo – aqueles mortos vivem num tempo próprio –, não pode negar que durante toda a visita ele não deixou que viesse à consciência a sensação de que um dia seria apenas um retrato de porcelana.

Mickey Rooney enfim consegue pôr a funcionar o GPS, que, entretanto, apresenta uma conexão instável, ora a pequena tela situa o carrinho de brinquedo na estrada, ora num pântano ao lado da estrada, ora em lugar nenhum. Mickey Rooney desliga-o com impaciência e enumera as razões pelas quais um mapa ou o bom e velho pedido de informações aos passantes são melhores do que essas geringonças eletrônicas que funcionam só quando querem. Talvez para não espantar um cliente da sua firma, acrescenta, mais cordato:

– Mas, pelo mapa que eu peguei na internet e não trouxe, não deve estar longe o início da estrada de terra que termina na sua estância.

"Minha estância?" Esse pensamento é um choque. Embora tudo indique o contrário, como os títulos de propriedade que possui, ainda que partilhados com Antônia, e mais as coisas que ele diz para impressionar os outros, agora se dá conta de que, no íntimo, sempre teve a estância como uma posse coletiva de ancestrais que ilustram a História, propriedade legendária da aristocrática família a que ele pertence.

Quanto mais repete para si "minha estância", mais tolo parece. Para se considerar dono de uma estância, uma pessoa deve ter nascido e vivido toda a vida nela e não se interessar por mais nada a não ser a estância, seus campos, seus animais e o pessoal que nela habita.

Afinal, Mickey Rooney tinha razão: o carro, em menor tempo do que ele imaginava, já abandonou a rodovia federal, dobrou à esquerda e vem por uma estrada recoberta de cascalho fino, e agora salta igual a um cabrito, como diz seu condutor. A estrada tem cercas de pedra em ambos os lados e, em alguns trechos, arames farpados presos a moirões de pau-ferro. Já não há casas, não há carros. A voz dele é cautelosa:

– Xi, seu Júlio. Isso aqui é o fim do mundo. E esse carro não foi feito para esse tipo de estrada. E se não encontrarmos uma borracharia no caminho? Se furar outro pneu, estamos fodidos. – Com o passar dos quilômetros, talvez pela liberdade que o pampa inspira, Mickey Rooney degrada cada vez mais o seu vocabulário, o que não deixa de ter sua graça. Julius imagina como será aquele palavreado até chegarem à estância.

Postes grosseiros de madeira acompanham a estrada, suspendendo dois fios que formam curvas côncavas sucessivas e regulares. No seu tempo na estância, a energia elétrica corria apenas pela rodovia federal, e a casa dependia de barulhentos e malcheirosos geradores à gasolina, quase sempre avariados. Espera que esses fios agora cheguem até a estância. Eis mais uma de suas imprevisões: como trazia aqueles dispositivos todos na mala sem conferir a existência de energia elétrica permanente e silenciosa na casa? Os recibos da conta de luz, se existirem, devem estar entre os papéis sempre enviados pelo Administrador. Bastava ter consultado Sílvia, sempre tão organizada.

A cada caminho que se abre à direita e à esquerda em direção a uma estância perdida no descampado, a estrada fica pior. É preciso reacomodar o estojo do violoncelo.

– É, seu Júlio, ainda temos um pouco de chão nessa estrada pavorosa. Só mesmo a gente falando. Ainda que mal pergunte, como é seu nome todo, todo, mesmo?

A resposta é dita em voz baixa e rápida:

– Julius Caesar da Câmara Pereira e Canto.

– Da Câmara Pereira e o quê?

– Canto.

– Gente fina tem um monte de nomes. Eu, por exemplo, só tenho um nome e um sobrenome. Daí porque eu sou o empregado e o senhor é o patrão. Por isso o senhor é doutor e eu sou um burro de sair pastando.

– Não é nada disso – diz Julius, já incomodado. – E não sou doutor. E não vamos continuar com esse assunto, que não vai dar em nada.

– O senhor é quem sabe. Mas viu o que aconteceu agora? O senhor mandou, e eu tenho que ficar quieto.

O sol, às costas, começa a se inclinar sobre as coxilhas. Mas haverá luz suficiente para chegarem ao destino. Mickey Rooney liga a calefação do carro. Os postes e os fios ainda os acompanham. Adiante correm emas, com asas erguidas e passos militares. Sim, na infância gostava delas. Chamavam-nas de *ñandús*. Às vezes se aproximavam da casa. Devoravam roupas, cadernetas, fivelas de arreios, cadarços de sapatos postos para secar e, certa vez, um vidro pequeno de goma-arábica. Um ñandú comeu as abotoaduras do Latinista que foram esquecidas na janela. Julius deduziu que os ñandús não comiam outra coisa senão aquilo que não era alimento, e que não morriam porque eram nutridos por alguma força secreta da natureza.

Com o sacolejo do carro, que passa a ser previsível em sua irregularidade, com o cansaço e com o aquecimento, ele tem uma rápida inconsciência. Desperto, quer lembrar do que sonhou: foram os oito compassos iniciais do violoncelo no concerto de Dvořák. Nesses compassos está toda a energia da obra. Se não saem com força avassaladora, tudo daí por diante será um fracasso. *Risoluto*, escreveu Dvořák. E foi isso que lhe faltou naquele dia do fiasco em Würzburg. Janos Stárker, e isso pode ser escutado na gravação, soube tocar de maneira resoluta essas notas, sem o apressado exagero de Yo-Yo Ma. Ele precisa escutar e rever Janos Stárker, que foi insuperável em Viena. E precisa ainda de Jacqueline Du Pré para comparar com Stárker. E precisa de todos os outros para saber como superaram as dificuldades que Stárker superou mais do que todos. Sabe agora que precisa deles. Não quer copiá-los, mas esses fantasmas podem indicar um caminho – e depois ele seguirá por conta própria.

O motorista para o carro. Vai abrir a porteira onde está pousado um carancho, que bate asas e desaparece entre os arbustos. Começa a ficar ainda mais frio.

Interessante o quanto, na infância, era alheio às mudanças de temperatura. *Criança não sente frio*, escutava os mais velhos dizerem e, de fato, não sentia. *Nem calor*, acrescentavam.

Apenas teme que, na sucessão dos dias, suas articulações comecem a incomodar. Se isso acontecer, não sairá de casa e usará os analgésicos que vieram na maleta junto aos remédios para a hipertensão e o colesterol.

– Aqui, seu Júlio, se estamos certos, começa o seu campo.

"*Meu* campo!" A materialização daquilo que foi sempre uma coisa vaga e não comprovada, é outro choque. Mas decide: jamais vai usar essa expressão. Como pode ser sua essa natureza toda, que existe há milhões de anos e que existirá ainda por outros milhões?

O que antes era uma estrada, deficiente, mas ainda uma estrada, agora é apenas uma trilha de rodados de automóveis e carroças. Ele olha para o campo. Na aparência, igual ao de antes, mas percebe que algumas pedras assumem formas orgânicas: uma cabeça de gigante, um torso assimétrico, o triângulo intumescido de um púbis feminino, seios colossais. Ele pede a Mickey Rooney que pare por um instante. Está enjoado e precisa respirar. Baixa o vidro da janela, deixando entrar o ar frio. O campo, antes uma paisagem estática, agora inspira e expira com suavidade, como a respiração de uma pessoa que dorme. "Estou delirando. É o cansaço."

Ele dá mais uma volta no cachecol, ajustando-o em torno do pescoço. Tira do bolso as luvas para cobrir seus dedos cadavéricos, mas o olhar de Mickey Rooney para as luvas o inibe. Não quer passar por fracote. Já não bastou ser ignorado na troca do pneu. Repõe as luvas no bolso. Contra a luz do poente, vê pequenos pontos de um branco sujo. São ovelhas. Ouve-as. O balido de uma ovelha tem o timbre agonizante dos condenados à morte.

– Vamos, seu Júlio? O sol já vai caindo. O senhor vai ter tempo de sobra para ver suas ovelhas.

– Por favor, seu Adão, peço que pare de dizer *seu* isso, *seu* aquilo.

– Mas o campo não é seu?

– É, mas está arrendado.

– Arrendado ou não, ainda é seu – diz Mickey Rooney, retomando a estrada numa velocidade acima da anterior, levantando poeira.

Adiante, atravessando a trilha, há uma forma viva, delicada, pequena e escura. Ele pede a Mickey Rooney que desvie, não está enxergando?

O outro o ignora.

– Pare! – Julius diz.

Mickey Rooney preme o freio, o carro derrapa e, com um pequeno solavanco, as rodas da direita passam por cima de algo até que param. Desce, vai ver. É um animalzinho de pelo castanho, jazendo em meio a uma poça de sangue. As entranhas saem de seu pequeno ventre, e seus olhinhos ainda estão abertos, ainda fixados na besta metálica vindo em sua direção. Seus ouvidos escutaram o ruído do motor, cada vez mais próximo, até que o mundo desapareceu para a eternidade.

– Olhe o que você fez – ele diz a Mickey Rooney, que se aproxima. – Como é mesmo o nome desse bichinho?

– Não tive culpa, ele é que se atravessou, o senhor viu. Aqui chamam de capincho. Um filhote. Devia estar desgarrado da mãe. Vi muito banhado aqui por perto. Capinchos vivem nos banhados. E meus parabéns. O senhor acaba de abater o primeiro animal do seu campo.

Julius pega o animalzinho pelas patas traseiras e o deixa ao lado da trilha. Observa-o por um tempo.

–Vamos embora – diz.

No carro, ele tenta esquecer o fato. Sabe que não o conseguirá, e que essa imagem, tal como outras tantas que o abalam, nunca sairá de sua cabeça. Com um suspiro para si mesmo, olha para o relógio. Há vários minutos que estão rodando por *suas* terras. Não recordava que fossem tão grandes. Pensando bem, nunca chegou a percorrer a estância em toda a extensão. Os mais velhos diziam de brincadeira, mas ele aceitava como verdade, que só acabava no mar. Aqui também há aqueles ranchos abandonados, ovelhas, e também as heroicas figueiras-bravas. Só não há as antinaturais árvores de reflorestamento. A cada lado que olhe, há uma paisagem pura, ali plantada desde o início dos tempos. E, alívio, seguem os postes, seguem os fios. Terá energia elétrica.

Mickey Rooney aponta à frente.

A uma distância de duzentos metros, imersa no mesmo Outrora que o envolve desde que chegou ao pampa, aparece a casa. Os ramos dos plátanos, despidos pelo inverno, permitem a plena visão: é a mesma fachada com dois pisos, sem arte, mas proporcionada, com uma porta e quatro janelas no piso inferior, três janelas no segundo piso e uma cobertura, de quatro águas, de enegrecidas telhas portuguesas terminando em beirais que levam, nas suas junções, graciosos arremates de cerâmica com uma forma alada; com isso, a casa parece prestes a alçar voo.

É aqui. Como sempre acontece nesses casos, embora ainda altiva, a casa parece menor do que sua recordação de criança e do que a foto do Administrador não conseguiu traduzir.

Alguns cães latem. O carro se aproxima. Mickey Rooney o conduz por um caminho empedrado e o estaciona num pequeno platô circular de cimento, aberto entre os plátanos. Desliga o motor.

Surge um homem velho e alegre, de barbas brancas, seguido por uma matilha de cães de raças cruzadas que cercam o carro. Surgem mulheres, peões e crianças. Esse grupo desigual se alinha na calçadinha de grés que acompanha toda a fachada. Julius observa o rosto de cada mulher, uma a uma. Não, mesmo que Antônia esteja ali, não conseguirá identificá-la, o que é motivo para uma pequena apreensão: ela, se ali estiver, agora o estuda.

O velho faz sinal para que apeiem do carro. Usa bombachas gaúchas, casaco de andar na cidade, um lenço vermelho em torno do pescoço e, na cabeça, um boné Kangol de lã. Não fosse a barba, poderia ser Anthony Quinn de *This Can't Be Love*.

– É o capataz – ele diz a Mickey Rooney. – Só pode ser.

De perto, e ao estender a mão, o capataz ri, mostrando um dente canino de ouro. Uma impressão imediata faz com que se lembre daquele dente. Nenhuma criança se esquece de um dente de ouro.

O capataz tira o boné:

– O senhor seja bem-vindo, seu Júlio. Sou Baldomero Sánchez, o senhor não se lembra de mim, mas lhe vi criança. O Administrador está na cidade e mandou um empregado numa moto para avisar que o senhor vinha. Quando o senhor saiu daqui eu tinha pouco mais de vinte anos e já era capataz, veja só. O senhor não se lembra.

Essa insistência em *não se lembra* soa como uma reprovação. É, no íntimo: *O senhor nunca mais quis saber de nós.*

Julius não quer qualquer foco de tensão logo à chegada.

– Lembro, sim – diz. – Como vai?

Não é muito bom reencontrar este homem que conhece a sua infância e tudo o mais que foi esta propriedade há tanto tempo, e que agora o trata por senhor. Mas é preciso dar certa normalidade ao momento. Ele pega o celular e começa a digitar a mensagem: *Sílvia, eu*

– O senhor nem perca tempo – diz Baldomero, e indica com o queixo uma elevação na linha do horizonte. – Só naquela coxilha, às vezes, a gente encontra rede de celular. Isto aqui é longe de tudo e perto de nada.

– Mas vi fios que vêm desde a estrada federal até aqui.

– São de energia elétrica, não de telefone. Duram pouco. O pessoal rouba para vender o cobre. Roubam tudo aqui: o gado, as ovelhas, o arame farpado, fio de luz. Aqui só tem ladrão.

Baldomero é um falador. Será preciso dar limites a esse homem.

Na soleira da porta, enquanto Mickey Rooney vai buscar as bagagens, ele revê o dístico num medalhão circular festonado, em cantaria tosca, acima da porta: Anno 1828. Logo que a mãe o ensinou sem qualquer disciplina a ler alguma coisa, ele se impressionava com os *nn* e com o 1828, algo como no surgimento do mundo. A mãe explicou que era assim mesmo, os antigos escreviam assim, com dois *nn*, e que o ano de 1828 tinha mesmo existido e era no tempo do Imperador e dos príncipes.

Entra. Dentro de casa está mais frio.

O ar se impregna de velhos cheiros de umidade e de banha muito usada. A gordura penetra tudo, dando um lustro enfermo aos poucos móveis. Salvo Baldomero, que vem as suas costas, ninguém está ali. Não será agora o encontro com Antônia.

Precisa acostumar a vista. Vai até a mesa com várias cadeiras em volta, passa a mão sobre o tampo. É um toque frio. E este frio faz emergir uma cena, tão inesperada quanto violenta. Não queria lembrar dessa cena. Havia esquecido dela, pensava estar soterrada no fundo das lembranças infantis, mas ela surge tal como uma febre repentina em meio à saúde. Interpreta com palavras e pensamentos de hoje o que sentiu como criança – e só assim é capaz de entender o que acontece. Eis a memória: aqui, num fim de almoço, começou a caótica transferência da família para São Paulo. O pai Latinista, sentado nesta cadeira, ébrio de vinho francês, levantando-se, dando uma punhada nesta mesa, levantando-se arrastando consigo a toalha, fazendo tombar as pratarias e porcelanas, copos e cálices – e a mãe, sempre tão sarcástica e composta, chorando da honra ofendida, mas em que havia muito de encenação, hoje ele sabe, a dizer que não ficava nem mais um dia nesta casa, nem no Rio Grande do Sul, que jamais poderia viver aqui sabendo dessa recém-nascida, dessa bastarda – ele não sabe se foi essa a palavra, talvez não fosse –, quando então o Latinista caminhou para aquela janela, oscilando de bêbado, agarrando-se ao parapeito, as escleróticas vermelhas, até o momento em que se voltou e, sem responder nada à mãe, disse a Julius para arrumar seus brinquedos, que toda a família iria embora para São Paulo no dia seguinte.

São Paulo era a cidade da família e de nascimento da mãe, mas também, na visão infantil estimulada pelas revistas que chegavam à estância, uma cidade enorme e parda, cheia de arranha-céus, em que os carros se chocavam, e as pessoas só queriam que as crianças comessem verdura e fossem para a escola e lá ficassem o dia inteiro. Não havia campo nem aves, mas muitos carros nas ruas e nas estradas, e às vezes havia acidentes em que morriam todos. Ele não conseguia imaginar o que iria fazer em São Paulo, a não ser comer verdura, morrer num acidente e sair na revista. A ordem do pai, porém, foi incondicional. O que o deixou aflito foi que o pai ia para São Paulo por raiva – as palavras eram rudes, os dentes rilhando – e a mãe por vergonha, porque era isso que ela dizia a todo momento, que ia embora por vergonha da desonra. Ainda que houvesse alguma pequena verdade nisso, ia alegre em seu íntimo por encontrar um motivo concreto para se livrar da vida do campo. Apesar disso, chorava. Mas o Latinista também fazia seu jogo, pois a vida do campo também era insuportável para ele. Talvez desejasse viver na Roma antiga, de que era simulacro a embalagem de plátanos com que revestira o sobrado familiar.

Hoje, é possível entender as lágrimas inteligentes da mãe e a calculada fúria do pai. O fato é que chegaram a São Paulo e logo ambos estavam felizes, a mãe envolvida em seus jogos de cartas e o pai gastando solas de sapatos na Avenida da Consolação, carregando uma pasta que Julius imaginava cheia de dinheiro. Mas, naquele dia cruel da estância, Julius olhava para um, para outro, e seu coração já pequeno se estreitava cada vez mais, até que foi mandado pela segunda vez a juntar seus brinquedos, e deixou o violino branco, o presente de tia Erna, à previdência dos adultos que sabiam o quanto o violino não era um brinquedo, e sim sua arte, para a qual os pais uma vez disseram que ele tinha um *dom*. Naquele dia do anúncio da viagem, depois da ordem do Latinista, entregue ao seu pequeno mundo de criança juntou seus peõezinhos, bolinhas de gude coloridas, livrinhos ilustrados de lendas chinesas, carrinhos de lata, barbantezinhos enrolados e tampinhas de refrigerante e pôs tudo num pequeno saco de lona meio sujo que a empregada da casa lhe entregou, ela também em lágrimas. Reuniu tudo numa mala velha de fechos quebrados, tanto que a empregada teve de passar uma corda em redor, e como a mala não tinha mais alça, ela era obrigada a pegá-la pela corda e assim mesmo a mala se abria a todo momento.

Desvia o olhar da mesa em que irá se sentar, fingindo que nada aconteceu nela, nem que aquilo foi o fim de um ciclo de sua vida.

Mickey Rooney traz a mala, a maleta e o estojo do violoncelo, depositando-os sobre o tapete feito de vários couros de ovelha. Julius decide que não irá mexer no violoncelo hoje. Precisa dar a si mesmo uma noite para se acostumar à casa, assim como a casa deverá se acostumar a ele. Amanhã, sim, amanhã ele estará melhor, e quando vier o novo dia tudo isso será superado pelo estudo. E como Antônia não apareceu é bem possível que tenha ficado quieta em Pelotas, e assim a Fortuna trabalha a favor dele.

A claridade exterior, agora, mal ilumina a sala. Baldomero aciona o interruptor de luz. Acende-se uma lâmpada fraca e amarela, pendente de um fio, sem lustre, no centro do teto. Na infância, havia ali um atemorizante candelabro, feito de chifres de veado-campeiro e do qual ele evitava ficar debaixo.

Nas paredes obscurecidas pelo alto pé-direito há algumas estampas coloridas e sujos retratos a óleo. O retrato maior é do antepassado célebre, o jovem general que comandou tropas vitoriosas na Guerra do Paraguai, esteve ao lado do Imperador na tomada de Uruguaiana, foi feito barão e depois visconde e, para culminância de uma vida épica, acendeu em pessoa o fogo imortal que arde até hoje em homenagem a si mesmo.

Ele vai ver: ao pé do retrato, na tela, abaixo da indistinguível assinatura do artista, está o ano em que o visconde foi retratado, e abaixo, fixo na moldura, uma plaqueta de bronze com o nome e as datas de nascimento e morte do antepassado. Os olhos do visconde, por detrás das pálpebras semicerradas, seguem quem os observa. Ah, seu pavor quando passava por ali. Sob o retrato, pendurada na horizontal, a espada sem bainha, tomada pela ferrugem, com a qual Julius, criança, numa tarde, matou dezenas de pérfidos paraguaios, mas se feriu a valer. Passa os dedos por sob o punho da camisa, tateando a pequena cicatriz. Foi o dia da grande batalha.

– E o fogo do galpão? – pergunta. E, para provocar Baldomero, já sabendo a resposta: – Ainda está aceso?

– Sim, e faz mais de quinhentos anos – diz Baldomero. – Deus nos livre e guarde se aquilo se apaga. É o fim do mundo. Outro dia veio um fotógrafo e uma jornalista. Eu até dei uma declaração e ganhei uma camiseta. E, falando em fogo, vamos acender esta lareira. – Ele organiza a lenha que já estava ali, formando uma pirâmide a que encosta a ponta de um jornal em chamas. – Já vem a comida.

A comida é este cheiro de cozido em panela de ferro e mais alguns choques de louça e vozes abafadas que vêm da cozinha.

Julius pergunta, por fim, usando um tom acidental:

– E Agripina?

Baldomero se imobiliza. E depois, voltando ao que fazia:

– Antônia? O senhor quer saber da Antônia? Está em Pelotas. O quarto dela é aqui em cima – aponta o teto. – Este ano veio só duas ou três vezes.

A sensação de Julius é de desconcerto. Se sente um justificado alívio, pois é sua paz garantida, há, sem incoerência alguma, um desapontamento. E também um indecoroso desagrado, por ela ocupar o melhor piso da casa, dedicado aos visitantes ilustres.

Lá em cima ficou hospedado Getúlio Vargas por uma noite, e o presidente uruguaio Venancio Flores, dizem. Ele arrisca:

– Ela deve vir pouco por causa da empresa em Pelotas.

– Ah, o senhor sabe isso da empresa? É uma agência de viagens. E está ganhando muito dinheiro, porque ela comprou à vista uma S10 preta, zero quilômetro.

Incomoda ver esse grau de intimidade de Baldomero com Antônia, e o fato de ele saber tantas coisas de alguém que, afinal, era sua patroa. Julius tem alguns pensamentos desagradáveis, repelindo-os desde o início porque já bastam as suas próprias complicações, e não veio para cá para se interessar pela maledicência.

Entra uma jovem, que Baldomero apresenta como Dada, sua sobrinha que vive em Pelotas também, estudante em férias de inverno ("*O pai, que era meu irmão, e a mãe, os dois morreram muito novos*"), uma figura pequena, mas forte, risonha e desembaraçada, com fones nos dois ouvidos, cabelos negros, que já diz um "*boa-noite, muito prazer*" e se põe a estender uma toalha xadrez de branco e vermelho e, sobre ela, coloca dois pratos, talheres, um descansa-pratos. Deliciado, ele se dá conta do longo tempo que não vê uma pessoa jovem. No momento em que ela leva uma mecha de cabelo para trás da orelha, é possível ver as sobrancelhas cerradas e um nariz reto que prolonga a linha da testa. Veste uma blusa de lã azul-marinho. A gola redonda e os punhos brancos de cambraia, sobre o preto, transformam-na numa das modelos de Franz Hals. É dessas mulheres em que, mesmo à distância, é possível adivinhar um cheiro fresco de sabonete e goma de passar roupa.

– Como você se chama de verdade, Dada?

Ela faz uma gentileza: retira um dos fones do ouvido.

– Maria Eduarda.

– Bonito, melhor que Dada. Quantos anos você tem, Maria Eduarda?

– Dezessete, quase dezoito.

Em meio a tantos pensamentos inoportunos e neste ambiente gelado, sombrio e cheio de presságios, Maria Eduarda, na floração de sua idade, é uma luz. Sem pensar muito, ele a convida para se sentar à mesa. Ela recusa com um olhar tão simples e definitivo que ele se dá conta da impropriedade do pedido. Há muito o que reviver dos códigos do pampa.

Ele então se senta à ponta da mesa, no lugar do Latinista. A História, a genealogia, a lei, o DNA o põem neste lugar.

Reconhece-se arrogante, e para colocá-lo na sua posição real basta olhar o serviço do seu jantar: um prato de vidro ordinário, verde e transparente, um garfo Christofle de prata de lei e uma faca de aço inoxidável com cabo de plástico roxo. Ao lado, outro serviço posto, para Mickey Rooney, com outras cores e outros metais. Não há guardanapos.

Maria Eduarda retorna à cozinha e traz de lá uma garrafa de vinho, já aberta, com o rótulo irreconhecível de tão gasto. É fácil deduzir: esta garrafa é sempre a mesma, preenchida a cada vez de algum garrafão que não vem à sala. Deve estar estragado. Traz também um copo de vidro grosso, que no passado foi recipiente de geleia, e uma taça de cristal lapidado, da antiga coberta de mesa. Ela, sem qualquer intenção, põe a taça para Mickey Rooney.

Baldomero foi buscar um panelão de ferro, fumegante, que põe sobre a mesa. Dali podem comer quinze pessoas. Tira a tampa, levantando um vapor que sobe em volutas que se dissolvem nas alturas do teto.

– Espinhaço de ovelha, ensopado com batatas. O senhor gostava muito.

Ele gostava daquilo, de ovelha ensopada? Ao menos poderá dividi-la com Mickey Rooney, que retorna e toma seu lugar, verte o vinho com generosidade em sua taça e no copo de Julius. Baldomero e Maria Eduarda – que repôs os fones de ouvido e parece absorta na música – ficam de pé, junto à parede, como era o costume dos criados quando ele vivia ali.

Depois de comer um pedaço da carne de ovelha – o cansaço espanta a fome – e de beber um copo do vinho que imaginava abrasivo, mas que se revelou apenas sem gosto – impossível o vinho manter qualquer sabor, naquelas circunstâncias –, vai se sentar na cadeira de balanço forrada com um pelego, junto à lareira. Ali é mais quente, mas não o que baste. Baldomero lhe entrega um poncho.

– Pura lã de ovelha. É o que resolve.

O poncho é um bem-vindo presente neste momento.

Lá fora é noite fechada. Ele olha para a estrutura da lareira, esse volume esdrúxulo de tijolos aparentes, em confronto com a simples parede portuguesa, caiada de branco. Foi o Latinista quem ordenou a construção da lareira. O modelo, no estilo do Texas, deve ter saído de alguma revista americana de decoração. Sobre o lintel de madeira falquejada e encerada, ele dispôs objetos de que gostava e que ficaram para trás na espantosa mudança para São Paulo: ao centro, um relógio de mesa Smiths, funcionando e, aos lados, em distribuição irregular, uma estatueta de cerâmica patinada, retratando Júlio César com sua coroa de louros, mais uma imagem de São Miguel Arcanjo, fácil de identificar para um ex-aluno jesuíta pelo dístico *Quis ut Deus?*, Quem como Deus?, gravado na peanha e, na ponta da direita, um porta-retratos de prata escurecida, com uma foto convencional do avô paterno, um senhor de gravata, rosto oval e olhar inexpressivo que mira para além da foto, para algo sem interesse algum, nem mesmo para ele. Diplomou-se bacharel em Porto Alegre e voltou para a estância, de onde nunca mais saiu, morrendo de um ataque cardíaco.

Ao lado da lareira, a escada de angico, de degraus vazados e balaústres, leva ao segundo piso. Também os corrimãos da escada apresentam o mesmo brilho da banha. Nos cômodos de cima, com dois quartos completos e uma saleta à espera dos hóspedes, ele se refugiava por horas. Lá, empunhando o binóculo do Latinista, era seu posto de observação das tropas paraguaias.

Em sua memória há um alçapão sempre na iminência de se abrir. Foi cheia de mistérios aquela noite, véspera da partida para São Paulo. Havia vozes na sala grande. Ele escutou o Latinista, Baldomero e a copeira, e escutou seu nome, *Julius*. Decerto o Latinista dava as ordens a Baldomero acerca da arrumação das bagagens e decerto dizia *não esqueça o violino de Julius*.

O menino veio do seu quarto, espreitou o corredor e sim, caminhou, e ainda antes de entrar na sala, parou: viu, ambos de pé, lado a lado, Baldomero Sánchez e a copeira, ambos à frente do Latinista que, sentado nesta mesma cadeira de balanço, falava com eles. Baldomero concordava – foi quando faiscou seu dente de ouro – e a copeira tinha a recém-nascida no colo, com uma touca rosa, e o Latinista falava, e a copeira chorava sobre o bebê, e depois o bebê chorava também, a copeira sacudia-o e aquilo era assunto de pessoas crescidas.

Quando, bem mais tarde, ele veio a saber que esse bebê era Antônia, não foi com surpresa, pois se tratou apenas do arremate de uma trama que ele intuía pelos tantos vazios que a desfaçatez dos adultos deixava em aberto.

Mas naquele dia ele recuou para a sombra do corredor e, ao passar pelo quarto do casal, ouviu sua mãe abrindo e fechando armários e quis falar com ela para consolá-la, mas algo fez com que voltasse para seu quarto e lá ficasse a olhar para seus brinquedinhos prontos para a viagem até tombar de sono, quando o dia amanheceu e lhe vieram chamar porque já estavam de partida. As arrumações da mãe se converteram em pacotes e caixas de cores e tamanhos diferentes, engradados em que faltavam ripas, enfim – toda a humilhação que é uma mudança em meio à infelicidade.

Muita coisa ficou para trás, seguindo em separado. Ele, em São Paulo, não encontrou seu violino em meio aos pacotes e malas que ocupavam todo o apartamento. Por muito tempo desejou que ele viesse a ser encontrado por obra do acaso. Chegou a sonhar que abria uma das caixas que estavam na sala e ali descobria seu violino, com todas as cordas e seu arco. Ao acordar, voltava todo o peso da perda. Além disso, como iria explicar para a tia Erna? Ouviu que muitos pacotes chegariam depois, e, quando chegaram, o Latinista lhe disse que o violino fora perdido em definitivo e que esquecesse o assunto. E foi o que Julius teve de dizer em lágrimas para tia Erna. Ela não se preocupou muito, e disse que, de qualquer forma, ele já merecia um instrumento musical de adulto. Mal sabia ela o quanto isso viria a ser verdade.

Ele agora escuta o crepitar da lenha e escuta os talheres manuseados pelo motorista. Esses ruídos domésticos e a fadiga da viagem, que chegou a seu ponto máximo, fazem com que todo o corpo se aquiete. A leve tontura do vinho é bem-vinda. Basta pouco álcool para que se torne capaz de divagar como um romântico e tenha ideias literárias que nunca levou a sério.

Mickey Rooney se levanta, coça a barriga, boceja e diz que vai para o galpão. Dizem que lá tem uma boa cama de campanha, e ele quer ver o tal fogo que está aceso há trezentos anos.

Julius pergunta a Baldomero onde vai dormir.

– Onde o senhor vai dormir? – diz Baldomero. – Ora, o senhor vai dormir no quarto e na cama dos seus finados pais.

– Sim, no quarto deles – diz ele, olhando para o corredor. Tem uma passageira confusão: – É ali, não é?

Baldomero dá uma risada.

– Ali, a primeira porta à esquerda, é a do quarto. O banheiro fica depois. Como é que alguém vai esquecer isso?

Maria Eduarda ri. Esse resplandecente riso, tão alvo e tão disponível, faz com que ele evoque uma vaga memória sexual que logo rejeita. Não pode esquecer do tempo e do lugar onde está, da posição que ocupa nesta sociedade mínima e, mais ainda, das razões de estar aqui. Mas é bom saber que Maria Eduarda existe na árida severidade da estância.

Baldomero se oferece para conduzi-lo ao quarto. Adentram o corredor estreito, às escuras, e Baldomero para em frente a uma porta, abre-a e acende a luz, também fraca. Todas as luzes são fracas e dão um ar de velório a toda a casa.

– Aí está – diz Baldomero. – O quarto dos falecidos. O senhor nasceu neste quarto. Tive de buscar a cavalo a parteira de cem anos no meio daquela noite medonha de Minuano.

Vem dali de dentro uma onda de ar gelado, junto ao cheiro de mofo e antiguidade.

– Está muito frio – diz Julius, dando dois espirros. Sua alergia. Terá trazido a Fexofenadina? Está muito cansado para procurar. – Preciso de bons cobertores.

– É o que não falta – diz Baldomero, e vai dar ordens.

Julius se aproxima da penteadeira. Seus passos fazem ranger as tábuas do assoalho. Uma dessas parece a ponto de afundar. Precisará ter cuidado. No grande espelho basculante e oval ele vê refletido aquele homem maduro, de óculos, que quer disfarçar sua estranheza ao se enxergar de poncho. Ao lado do espelho, uma pequena foto. É ele, criança. Limpa o vidro com a manga do casaco. Foi fotografado de calças curtas, numa cadeira alta demais, os pés balançando no ar. Veste uma estilizada fantasia de samurai, tendo sobre as pernas, em vez da catana, o violino branco e seu arco, de que não se separava. É seu traje de carnaval. Embora os carnavais fossem apenas datas ocas no calendário da estância, sua mãe vestia-o com alguma fantasia que ela mesma desenhava e mandava confeccionar na cidade, e assim ele ia pela casa e arredores, solitário e patético, vítima das risadas dos filhos dos peões, ora pirata, ora palhaço ou imperador romano. Talvez tenha sido nesse dia que ele fez a audição da *ópera* para o senhor gordo que se abanava, e é muito provável que essa foto tenha sido feita pelo mesmo senhor. Nesta mesma foto, atrás de si, de pé, está o pai Latinista, com um lenço branco no pescoço e botas de fole, ele que jamais se ajustou ao campo, mesmo nascido nele, tendo ao lado a mãe estática, bem menor do que o marido e vestida de amazona – traje que a transformava numa paródia. Essa foto, agora, porque traz um acontecimento perturbador, faz com que a retire da parede, mas percebe que o vazio acusará para sempre que ali estava a foto. Repõe-na no lugar.

 Já pensa na mãe. Sempre que a traz à lembrança, nunca é de maneira completa; ou melhor, a recordação vai até certo ponto, a partir do qual se dissolve, e esse ponto nunca é o mesmo. A lembrança do rosto precisa ser avivada por alguma foto, é o que acontece agora. Mas, como em todas as fotos, aquele momento imortalizado pela objetiva é falaz e insuficiente. Hoje nada lhe diz aquele olhar que fixa a câmera como quem vê uma paisagem, nem o rosto regular, quase bonito, igual a milhares de outros vistos nas revistas, nos filmes e na TV. Os cabelos, embora longos, se mantinham presos ou debaixo de um chapéu, de modo que, se visse a mãe com seus cabelos ao natural, seria outro momento de sua condenação ao inferno. Lembra melhor de seu caráter, ou o que imagina desse caráter. Tirada à força de São Paulo pelo casamento e trazida para a estância, decidiu que não viveria nela. Ser distraída era uma forma de habitar seu mundo pessoal que, em alguns momentos raros, coincidia com o tempo da estância. Era quando Julius podia estabelecer com ela algo parecido com um contato humano. Mas, para a mãe, a existência do filho era sempre uma surpresa, e tanto ela podia esmagá-lo de beijos e abraços ou, ao contrário, destinar ao filho uma atenção em que ele percebia um entranhado rancor. Às vezes podia ser cruel, e por isso era um alívio quando ela retornava às fantasias. Quando o pai disse que iriam para São Paulo, ela se agarrou à decisão como se fosse sua, dramatizando-a ao ponto de se convencer de que o era, de fato.

Do Latinista também é esta mesa de trabalho, antiga, de imbuia-rajada, com o tampo forrado de couro tingido de verde. Um dia o pai a retirou da sala e a trouxe para cá. Ele experimenta duas gavetas, ambas trancadas. A terceira se abre, dócil. Amareladas, se empilham algumas folhas em formato almaço, dobradas ao meio no sentido vertical e tapadas por uma caligrafia de guarda-livros. Na primeira folha está escrito: *Tacitus – Annales*. No lado esquerdo de cada folha o texto é em latim e no direito, em português, a tradução. Na pressa, o Latinista esquecera tudo ali, ou não quisera levar por qualquer motivo que agora, já morto, não tem o menor significado para ninguém. Julius escuta passos e com constrangida rapidez fecha a gaveta. Baldomero e Maria Eduarda trazem cobertores cinzentos e amarelos, que empilham numa velha poltrona. Quando Maria Eduarda passa por Julius, ele percebe: o perfume é de sabonete de alfazema e de goma de passar, que dissipa por um momento o cheiro insalubre que domina no quarto.

– Nessa cama – diz Baldomero, com alguma solenidade – dormia e morreu o seu tataravozinho, o general visconde lá da sala, o que acendeu o fogo do galpão. E depois o filho dele, e depois o neto dele, depois os netos dos netos e todo mundo mais dormiu e morreu e vai morrer nela até que o mundo acabe quando o fogo do galpão se apagar. Não se assuste.

Julius não está assustado, mas apenas aborrecido com essas conversas bobas e intermináveis. Poderia argumentar que seu pai não morreu na cama, e sim num acidente de carro, mas desiste. Terá de isolar Baldomero, se quiser um pouco de paz.

A cama, de cedro negro, pesadíssima, ficou enviesada em relação à parede e ninguém até hoje se deu ao trabalho de ajeitá--la. Na cabeceira, em talho artístico, talvez obra de moveleiro uruguaio, um trabalho: debaixo de uma coroa de visconde, há um brasão nobiliárquico que representa a cabeça decepada de um mouro.

Ele decide dormir no seu quarto de criança.

Baldomero leva-o até lá. O quarto agora se transformou: em fios longitudinais, de parede a parede, pendem linguiças. Em prateleiras estão frascos de compotas e conservas de legumes. Ele pergunta pelos outros quartos. Todos estão ocupados, como diz Baldomero, e sobra apenas um quarto vazio em cima, porque o outro está ocupado por Antônia.

– Não. Fico aqui embaixo. – Ele poderia pensar em qualquer hipótese, menos essa, que o transformaria num igual de Antônia. Ocupará o quarto principal.

Baldomero está desolado:

– Nunca ninguém pensou que o senhor pudesse vir. E o Administrador custou a me avisar. – Baldomero finge se lembrar, batendo com os dedos na testa: – Ah, estou mesmo velho. O Administrador mandou um rapaz, de moto, trazer uma carta da Antônia para o senhor.

Julius sente uma fisgada no peito ao pensar "mas o que esse Administrador tem a ver com Antônia?"

– Como ela soube que eu vinha?

– Decerto foi o Administrador. – E, sem dar margem a novas perguntas, diz que vai buscar a carta na sala. Ao voltar, entrega a ele um envelope tamanho ofício em que há, no canto esquerdo superior, um logotipo com design profissional e, ao lado: *Turismo Pelotas – Desde 1990 abrindo as portas do mundo para você.*

Ele lê o sobrescrito: *Ao mano Julius.*

"*Ao mano?*"

Já no quarto, põe o envelope sobre a penteadeira.

Não irá deixar que essa carta venha a perturbá-lo. Vira o envelope com a face para baixo, pondo sobre ele o seu boné de viagem. Isso será preocupação para amanhã. Não, amanhã e nos dias seguintes ele precisa estudar. Por outro lado, podem ser apenas boas-vindas por parte de Antônia. Mas desde quando ela iria se atrever a isso? Vai abrir o envelope no último dia antes de voltar a São Paulo. Assim, se contiver algo muito alarmante, ele já terá estudado Dvořák.

O quarto tem mais cobertores, verdes e azuis, postos sobre a banqueta à frente da penteadeira. Ele tateia sua rigidez e aspereza.

Escorrega sua mão para dentro da mala e apanha o presente de Sílvia, um livro, ainda dentro da embalagem da Livraria Francesa, que ela lhe deu antes da partida. Abre o pacote, de onde cai um bilhete: *Para um músico, uma história sobre músicas. Li um pouco na livraria antes de colocarem na embalagem. Sílvia. PS: Nós gostamos do filme, lembra?* Ele sorri, entendendo: costuma dizer aos amigos que tem uma esposa que sabe ler em francês; mas não diz que a língua francesa, para os da sua geração, ainda frequentava os currículos de algumas escolas.

O livro é *Tous les matins du monde*, de Pascal Quignard, numa edição pocket da Gallimard de 1991. Eis o porquê do *PS*: por sugestão dele assistiram de novo, há menos de um mês, ao *Todas as manhãs do mundo*, sensível filme de Alain Corneau, com Jean-Pierre Marielle no papel do austero Monsieur de Sainte Colombe, o compositor de viola da gamba do século XVII que depois da morte da esposa escreveu músicas de um luto dilacerante. A viola da gamba é um instrumento predecessor do violoncelo, e por isso muitos músicos de hoje, com imaginação e alguma técnica, se atrevem a tocar essas peças no violoncelo. Julius abre numa página ao acaso e murmura, traduzindo com seu francês do Colégio São Luís: *Sainte Colombe sabia interpretar todas as inflexões da voz humana, do suspiro de uma jovem aos soluços de um homem de idade; do grito de guerra de Henri de Navarre à doçura da respiração de uma criança que se aplica e desenha...* Ainda de pé, lê mais algumas páginas salteadas, depois senta-se na borda da cama e começa a ler o início do Capítulo Primeiro: *Na primavera do 1650, Madame de Sainte Colombe morreu. Deixou duas filhas, uma com dois anos e outra com seis. Monsieur de Sainte Colombe não se conformou com a morte da esposa. Ele a amava. Foi nesta ocasião que ele compôs o Túmulo dos Pesares.* No filme, Sainte Colombe chega em casa e encontra a esposa já morta, vestida com a melhor roupa, em sua cama, preparada para o ataúde. Muito depois disso, aparece no castelo um jovem que deseja estudar viola da gamba com o mestre. Ao escutá-lo, Sainte Colombe o recusa por não ver nele vocação alguma para a música. O jovem, seguindo outros caminhos, acaba por ganhar notoriedade, sendo admitido à orquestra de Luís XIV, em Versailles, onde fez carreira. Passaria à história da música como Marin Marais, compositor e instrumentista que hoje começa a ganhar um bom lugar na literatura musical, respeitado por grupamentos que tocam obras da época do Rei-Sol.

Não segue na leitura. Está cansado, e terá de encontrar para isso um momento de maior lazer emocional. Agradece por Sílvia ter posto esse livro na mala das roupas, porque os romances que esperava ler, esses estão na bagagem extraviada.

Deixa o livro e mais o celular junto à lâmpada do criado-mudo, onde puseram também uma garrafa de água com um copo virado no gargalo e uma lanterna a pilha.

Precisa ir ao banheiro. Lá, enquanto urina, observa a peça revestida até o meio por azulejos desirmanados e, só pela aparência, gelados, e pior: o miserável chuveiro elétrico tem solto um dos fios, o qual pende como uma negra serpentina. Melhor assim, tem desculpa para hoje não tomar banho.

No quarto, se despe com rapidez e, tiritando a ponto de ouvir o bater dos dentes, põe um moletom grosso e completo – pijamas, nesta latitude, são inúteis, por mais grossos que o sejam – e se mete debaixo das cobertas. Cruza as mãos sobre o peito, como os faraós mortos. Tudo cheira a bolor, as cobertas, o colchão, o quarto, tudo. Os lençóis custarão a se aquecer. Olha para seu boné na penteadeira. Debaixo dele, aparece uma ponta do envelope. Listando todas as desculpas possíveis por sua falta de persistência nos propósitos, e a maior desculpa é a de que não conseguirá dormir sem ler aquilo, levanta-se batendo queixo, pega o envelope, abre-o, tira a carta, senta-se na borda da cama e desdobra o papel junto à lâmpada de cabeceira.

É um texto digitado e impresso, bem distribuído no papel, dobrado em três. Em nada seria diferente de uma carta comercial, exceto por um trecho manuscrito, ao pé da página. Lê a carta desde o início: "Querido irmão. Peço desculpas porque utilizei um envelope da empresa de que sou sócia, mas era o que estava à mão. Eu soube pelo Administrador que virias passar uns dias na estância. Espero que tenhas chegado bem. Olha, precisamos conversar. Algo muito, muito importante, e do teu interesse. Mas sem susto, que não é nada de dinheiro nem de propriedades, porque disso eu trato com o Administrador e está tudo bem e não tenho queixa alguma. O assunto é outro, muito pessoal. Podes vir a Pelotas, quem sabe? Poderíamos ir a uma confeitaria, que é o que não falta aqui. Mas também me prontifico a ir à estância, se ficar melhor para ti. Fico no aguardo de algum comunicado." Depois, de próprio punho, numa caligrafia clara e angulosa, limpa de ornamentos e puerilidades: "*Beijo, Agripina Antônia – que primeiro nome feio, não é mesmo? Pode me chamar de Antônia, como todos os outros*". E termina com um número de telefone celular.

Ele dobra a carta, coloca-a de volta no envelope e o deixa sobre a penteadeira. Pensa um pouco e decide colocá-lo na mesa de trabalho do pai, onde ficará destacado sobre o verde do tampo. Não, o melhor é na gaveta, a única que ele conseguiu abrir. Ali ficará escondido de olhares curiosos – e de si mesmo.

Então é isso. A meia-irmã sabe se expressar muito bem. As freiras fizeram um bom trabalho. Pelo texto, ele deduz, pouco confortável, que ela não depende dos ganhos da estância para viver, ou que aplicou esse dinheiro para montar e agora, quem sabe, para melhorar a agência de viagens. Isso não combina com a imagem que ele havia formado de Antônia. É constrangedor.

Contra sua vontade, e de um momento para outro, é posto ante uma situação de que não pode se esquivar. Até aqui vivia o início de uma estada sem maiores transtornos, ou pelo menos eram transtornos que não chegavam ao ponto de subverter a finalidade de sua vinda. Agora ele sabe: irá se encontrar com Antônia, de uma forma ou de outra. E não gosta dessa quase imposição. E não gosta do tom íntimo da carta. Seria mais fácil se ela fosse áspera, exigindo um encontro pessoal. Bastaria ele se recusar.

Ele precisa se ocupar com outra coisa, precisa desviar-se desse assunto. Lembra de algo muito concreto, o termômetro meteorológico que leva para todo lado. Pega-o na maleta de cabine. Ao abrir a janela de guilhotina e os tampos, é surpreendido pelo esplendor da noite estrelada e gélida. A Via Láctea corta o céu sem nuvens e sem lua. Havia uma vaga melodia dos habitantes da redondeza, que sua mãe cantava com sentimentalismo, nos poucos momentos em que se deixava tocar pelo espírito do pampa: *Noite escura, noite escura, prenda minha...* Ele gruda com força o termômetro por sua ventosa na face externa do vidro.

Volta com rapidez para a cama. Passam os minutos.

Mais uma vez se comprova a rusticidade dos habitantes do pampa, que desprezam a calefação como coisa efeminada. Mesmo esmagado pelo peso dos cobertores, ele ainda tem frio. Agora todo o corpo treme. Olha para as paredes cobertas de mofo na metade superior. Olha para o teto. A madeira forma desenhos bizarros com seus veios. Ele se fixa numa figura de gárgula, com a horrenda boca aberta. Amanhã terá de verificar se vieram os comprimidos para a alergia.

Apaga a luz. Ele se dobra sobre si mesmo. Lembra das fotos que tirou no cemitério de campanha, à beira da estrada. Sem acender a luz, tateando, pega o celular no criado-mudo e leva-o para debaixo das cobertas. Liga-o, e vai repassando as fotos, até que chega na jovem do retrato em porcelana. Revê aquele rosto antigo e, no entanto, tão presente. Lembra quem? Ele reconhece que tem um hábito, ou melhor, uma sina, que é a de unir coisas desconexas, mesmo que não saiba o que as relacionou em sua cabeça. É um processo mental que pode ser uma tortura por dias a fio.

Desliga o celular e o recoloca no criado-mudo. Precisa dormir.

Escuta os estalos das vigas e caibros do segundo piso, que se adaptam à queda da temperatura. As vozes da cozinha e os ruídos se tornam mais raros, transformando-se num murmúrio longínquo, e acabam por se extinguir.

Escuta agora os ruídos da noite, que trazem um primitivo e infausto temor: cães que latem, longínquos, num diálogo cacofônico e interminável; relinchos espaçados, o pio de uma ave em escala de tom menor, tão soturno como se estivesse velando alguém.

Começa a fria noite sobre o pampa.

"Como tudo é vazio, nesta casa."

4.

O FRIO E A DESOLAÇÃO DA ESTÂNCIA o levam a um momento: oito da manhã, inverno, e ainda noite em Würzburg. Orientado pelos postes de luz, ele caminhava contraído de frio. Acabara de tomar banho, e as pontas dos cabelos úmidos, agora congeladas, espetavam sua nuca. O longo trajeto levava-o à periferia da cidade, e a cada minuto o ar parecia mais frio do que os onze graus abaixo de zero. Conhecia essa sensação. O problema não era a temperatura, mas o tempo em que ficava exposto a ela. Apurou o passo, o que aumentava o calor do corpo e diminuía o tempo do trajeto. Isso era apenas uma desculpa para chegar logo a seu destino, a piscina pública onde Constanza nadava.

Depois de duas semanas em que não viram as horas, e os dias eram expectativas para as noites, e as noites eram arrebatadas por uma apressada e inconsumível febre de prazer e paixão, ele dormira sozinho na Katzengasse. Sonhara com Constanza, um sonho confuso e irreparável, e queria vê-la materializada neste mundo. E ele tinha um presente. Ontem, na RecordShop, ao lado dos primeiros CDs que chegavam ao mercado, dois discos em vinil que continham o concerto para clarinete de Mozart, por Benny Goodman e Karl Leister. Levava-os disfarçados numa sacola plástica da Kaufhof. Seria uma surpresa.

O prédio da piscina era um gigantesco e surreal aquário iluminado em meio à noite sobre um campo de neve. A luz interna das lâmpadas fluorescentes, difusa pela saturação do vapor que escorria em gotas pelo vidro, dava um brilho embaçado às formas humanas que se moviam lá dentro. Ao entrar, foi envolvido pelo calor e pelo forte cheiro de cloro e essência de eucalipto. Não havia apenas uma piscina, mas duas, lado a lado, retangulares, e com a mesma dimensão. Pessoas de todos os tipos físicos e idades caminhavam entre elas. Em meio a toda aquela gente, era possível distinguir jovens, mulheres e homens, esguios, com as costas largas e arqueadas, em trajes profissionais de natação. Julius logo descobriu Constanza nesse grupo. Ela vestia um maiô negro e vermelho, ao mesmo tempo em que tentava sujeitar os cabelos na touca de látex. Constanza era uma aparição viçosa naquele ambiente asséptico, quase hospitalar. Havia ali em volta outras mulheres, algumas ainda mais jovens do que ela, com a sexualidade transbordante, que ele poderia desejar em outra época e com elas se entregar a uma noite inteira de esquecimento, mas não era assim com Constanza. Ela era única entre todas. Tinha o que, a partir de agora, passava a ser fundamental para ele: um caminhar ao mesmo tempo suave e firme, que movimentava os quadris e levava-a para frente numa progressão de bailarina; a oscilação dos braços delgados que acompanhavam o andamento das pernas mas, mais ainda, algo inexprimível, que era a soma disso e mais a lembrança do riso, das inflexões cristalinas da voz e todo um modo de estar de quem ocupa um lugar que lhe pertence desde sempre. Engoliu em seco, pleno de apetite, e acompanhou-a com o olhar quando ela se encaminhou com os nadadores para a segunda piscina. Isso serviu como comando tácito para que todos os seus ocupantes saíssem dali e fossem para a primeira piscina. Parecia se instalar certa ordem. Ele foi para mais próximo da segunda piscina. Constanza, que ainda não o enxergara, falou alguma coisa para uma colega, riu, olhou para o relógio de parede, ficou séria, ajustou no rosto os óculos de mergulho, subiu ao bloco de partida da primeira raia, enquanto os outros se distribuíam pelas outras raias. Ali estavam para treinos individuais. Alguns vinham acompanhados de *coaches* que empunhavam pranchetas e com cronômetros pendurados ao pescoço. Constanza estava sem ninguém. Agora toda concentrada, agitou os braços e, em seguida, pôs as pernas flexionadas na posição olímpica, trouxe as pontas dos dedos para o bloco de partida e, depois de uma expectante imobilidade, olhou para o relógio e se projetou no espaço e na água. Ele seguiu aquela ebulição de braços e pernas até que ela atingiu a borda oposta e, rápida e subaquática, retomou a linha de volta, para reaparecer logo adiante. Mais umas braçadas e atingiu a borda de onde saíra, tirou os óculos e olhou para o relógio. Fez uma expressão de desagrado. Ao volver a cabeça, talvez para encontrar a solidariedade de alguém, foi o momento em que descobriu Julius. De início não entendeu bem o que acontecia, mas logo abanou, alegre:

– *Hola!* – gritou. – *Hola!* – Depois, articulando a pronúncia alemã de modo teatral: – *Guten Morgen, Herr Cellist!* O que está fazendo aqui? – E com as duas mãos espalmadas fazendo o número dez, disse: – Espere dez minutos, está bem?

Ele fez um sinal que sim, mas pensava que, ao vê-lo, ela sairia da água e viria a seu encontro. Logo se arrependeu do pensamento egoísta. Procurou uma das cadeiras de ferro e madeira e ali ficou, entorpecido pelo vapor e pela música, pela presença de um grupo de escolares agitados, de touca e calção de banho, que o professor careca acalmava com um apito de marinheiro.

E ali estava ele à espera, numa situação que beirava o ridículo, vendo aqueles escolares que já se jogavam de qualquer jeito na água, ignorando os desarvorados apitos do professor.

§

Aliás, situações de ridículo não faltaram desde que chegara a Würzburg. Se reconstituísse todos os momentos até Constanza Zabala surgir, podia arrolar uma série de fracassos entremeados de poucos momentos de alegria. Matriculado, mas antes de começarem as aulas, conseguira alugar o apartamento da Katzengasse, liberado por um colega que voltava para a Nova Zelândia. Decidiu-se por esse apartamento porque o edifício não imitava nada que fora destruído, era algo em que ele podia acreditar, e gostou da cor, vermelho-coral. Como um estranho cauteloso, visitou a Escola, que já conhecera na ocasião dos exames de ingresso. Tentou se ver ali, estudando, mas ficou com uma ideia bastante confusa, quase ameaçadora, e decidiu que voltaria apenas quando começassem as aulas. Visitara, com um mapa do Turismo da Prefeitura, todos os pontos notáveis de Würzburg, a começar pela gigantesca, barroca, destruída pelas bombas inglesas e depois reconstruída Residenz dos arcebispos, desproporcional ao tamanho da cidade. Impressionou-se com os afrescos de Tiepolo na Grande Escadaria, com as obras em estuque da Kaisersaal, o Salão do Imperador, e da capela dourada e branca onde, por puro acaso, assistira a um casamento em que os homens usavam cartolas lustrosas e, nas lapelas, orquídeas naturais; depois, na Ponte, deteve-se identificando cada uma das doze estátuas religiosas, como se isso fosse fundamental; subiu à reconstruída fortaleza de Marienberg, viu ali as imagens de santos talhadas em pedra e madeira lustrosa por Tilman Riemenschneider, o maior artista medieval da Francônia; visitou a catedral de S. Kilian, também destruída e reconstruída, com os túmulos rachados dos bispos de Würzburg e, ainda, a vermelha Marienkapelle, a Capela de Nossa Senhora, estalando de nova depois da reedificação em que tiveram o cuidado de pôr na fachada não as originais, mas cópias de imagens de Riemenschneider representando Adão e Eva após o Pecado. Comprou uma miniatura turística de Eva, feita em resina. Ficou saturado de cultura e História.

Voltando para o apartamento, embora a temperatura ainda não o exigisse, ligou a calefação e se deixou cair na poltrona: "Mas o que estou fazendo aqui?". O que diziam essas coisas, mesmo a ele, um apreciador de arte? Tudo aquilo pertencia a um mundo ocluso, suficiente a si mesmo, com raízes numa tenebrosa Idade Média, imerso num clima nebuloso de outono e tendo pela frente um inverno que, pela previsão do Serviço Meteorológico, seria o pior em vinte anos. Lá fora, no apartamento do outro lado da rua e no mesmo plano do olhar, uma senhora idosa arrumava seu vaso de antúrios por detrás dos vidros da janela, à frente das cortinas de tule abertas como a boca de cena de um palco. Ela sim, aquela senhora podia dizer que estava em casa.

Afinal, ele se perguntava, valeria passar pelo isolamento, pelas privações do frio, necessitando cumprir vários semestres de estudos monotemáticos naquela cidade, sem saber o que disso resultaria? Ademais, não sabia o porquê, mas a destruição na guerra, seguida pela reconstrução, perturbou-o. Olhava para um prédio e desconfiava; examinava os pormenores, à busca de um reboco suspeito, de um telhado novo demais, de algo que indicasse que aquilo era falso. Ele levaria algum tempo para se desprender da sensação de que vivia num cenário.

Para culminar, sentia falta da temperatura de São Paulo no verão, do corpo abrangido pelo calor, da agitação das ruas. Sentia falta, também, do conforto que era falar a própria língua, sem fazer malabarismos com o idioma local, inventando termos, germanizando vocábulos portugueses e passando pela humilhação de errar as declinações e trocar o gênero das palavras e seus artigos. O que aprendera de alemão em São Paulo se revelou muito precário. Como suas frases mentais eram pensadas em português, isso o obrigava ao agoniante trabalho de traduzi-las antes de dizê-las. Bem mais tarde é que aprenderia a mentalizá--las em alemão. Bom era o refúgio do seu tépido apartamento, onde podia estudar seu violoncelo, preparar sua comida e pegar qualquer livro para os intervalos. Mesmo essas atividades logo perderam seu tom corriqueiro. O violoncelo adquiria um som desconhecido. De modo misterioso, as notas que ele tirava do Baldantoni haviam perdido o frescor que tinham no Brasil, e tudo que ele antes considerava fácil de executar, como os estudos de Dotzauer, Popper, e mesmo os concertos de Haydn e Schumann, agora se apresentavam como algo sem consistência. Teria de superar a danosa impressão de que jamais poderia concorrer com aquelas centenas de anos de civilização e conhecimento musical.

Além disso, desde que chegara, o sol não tinha aparecido, e ele sabia o quanto isso era nocivo para quem vinha das regiões meridionais do mundo. Houve cinco dias inteiros em que não saiu da cama, os membros frouxos, sem pensar nada, e era justo na semana anterior ao início das aulas. A alternativa para não morrer de depressão, a única possível, e para isso estava em Würzburg, e para tanto prestou um exame dificílimo, era se dedicar aos estudos. Implicava ter aulas, aprender com um professor, ter alguém a quem prestar contas, mas também fazer amizades, frequentar bares e cinemas, conhecer pessoas, enfim: *socializar-se*, uma palavra que entrava na moda.

A Escola ficava do outro lado da Ponte, depois da Catedral, depois da Residenz, quase meia hora a pé. Isso seria bom para se exercitar. E compraria uma bicicleta de segunda mão, como sugeriram, que depois poderia revender quando decidisse voltar para o Brasil. Era o que todos faziam. Cidade plana, inclusive nos arredores, usar uma bicicleta era melhor do que andar a pé, porque poderia ir mais longe do que as linhas dos bondes e conhecer, por exemplo, a Estrada Romântica, da qual tanto falavam. Comprou sua *Fahrrad*, mas logo na primeira experiência, com o violoncelo na garupa, acabou por tombar depois de bater num meio-fio. Quase estraçalhou o estojo e logo se deu conta de que não podia levar o instrumento e pedalar sem perder o equilíbrio. A bicicleta ficou numa das garagens traseiras de uso comum do prédio, preparada para os fins de semana. Viria a descobrir sua completa utilidade já nas férias do primeiro verão.

Escrevia cartas e mais cartas para tia Erna. A partir de quatro semanas, começou a receber as respostas, que vinham numa escrita regular e miúda. Mas nunca dava conselhos, apenas comentava o que lia, encantada com tudo – e sempre terminava pedindo uma foto. Teria de atendê-la.

Tão esperadas, em meados de setembro de 1984 começaram as aulas. Ele desta vez ultrapassou as portas envidraçadas da Escola com a segurança de aluno regular. A sala de sua classe de violoncelo seria no segundo andar, frente a um pequeno bosque e de onde podia ver, através dos ramos já sem folhas dos carvalhos e por detrás de um pequeno muro de concreto, o topo do triste monumento art déco aos mortos da Primeira Guerra, do escultor Fried Heuler, em que seis soldados com os rostos ocultos sob os capacetes carregam aos ombros o féretro de um companheiro.

§

Instrumentistas sofrem uma metamorfose quando se tornam professores. A autoindulgência em relação a seus problemas de execução se transforma em batalha declarada contra os mesmos problemas em seus alunos, e mais insistem neles quanto menos sabem resolvê-los em si próprios. Esse fenômeno não acontecera ao professor de violoncelo Bruno Brand, que ninguém chamava de Herr Brand, mas apenas pelo primeiro nome. Parecia não alimentar qualquer espécie de conflito entre o magistério e sua competência de instrumentista.

Em poucas aulas, Julius concluiu que no Brasil tivera apenas simulacros de mestres; mesmo o bávaro que o enviara para Würzburg, com sua sólida formação europeia, era um bom músico que se esforçava para ser um razoável professor. Já Bruno dominava a arte de ensinar e era admirado por toda a Escola, somando a isso um ar paternal que seduzia os alunos e, ainda mais, as alunas, às quais resistia com um sorriso. Julius viu nele o ar de eterna surpresa de Peter O'Toole do *Lawrence of Arabia*. Vinha a cada semana de Nürnberg e, quando entrou pela primeira vez na sala de aula perante seus alunos internacionais, se revelou tímido a ponto de não ir além de um *guten Tag* mal audível. Os alunos eram: um contente casal de vietnamitas, os dois da mesma altura e muito parecidos, ela mais quieta e ele, porque dominava melhor a língua alemã, mais falante; a expansiva, húngara e gorduchinha Klarika Király, de Miskolc, com o rosto redondo e corado das camponesas centro-europeias, que logo atraiu a atenção de Julius por conta da morna sensualidade da pele alvíssima, o que a aproximava de Hanna Shygulla, na época vivendo o auge da carreira; um rapaz de Würzburg, Florian, com visão de apenas quinze por cento em ambas as vistas e que diziam ter nascido para a música, ao que ele retrucava, divertido, que sua melhor coisa era o nome que lhe deram ao nascer; um turco de Izmir, cujos irmãos vendiam tapetes a distribuidoras alemãs; e o cremonense Renzo, simpático e com bom talento, embora o dissipasse tocando contrabaixo nas casas noturnas de Würzburg. Chegava atrasado às aulas e era vitimado por longos bocejos.

Foi logo percebida a competência de Bruno. "E tem rigor", foi a frase mental que Julius articulou logo que viu sua postura corporal perante o instrumento: a cabeça erguida, aprumado, mas não rígido, numa atitude de respeito pelo violoncelo e por quem o escutava. Esse rigor estava também na precisão com que os dedos pressionavam as cordas. Era como se soubessem aonde deveriam ir, independentes da mão a que pertenciam e do cérebro que os comandava. Eram dedos magros, mas fortes e que, ao baterem nas cordas, atingiam o ébano do braço do instrumento num tap tap tap audível, som misto de metal e carne.

– Mas quando eu gravo, cuido para não fazer ruído – disse. – Afinal, os ouvintes devem escutar apenas a música, e não o esforço do músico para fazê-la.

Sabiam que começara uma carreira de solista, com apresentações em Dresden, Leipzig, Praga e culminando com uma récita no Palau de la Musica, em Barcelona, quando interpretou a suíte para violoncelo solo de Gaspar Cassadó e foi aplaudido de pé, ao tempo em que isso era excepcional e apenas quando muito merecido. Mas o acaso, sempre à espera de uma distração do destino, aconteceu por via do casamento de pesadelo com uma soprano japonesa. Em seu transtorno paranoide, ela o abandonara em Tóquio na balbúrdia da estação central do metrô, tendo ele pela mão um filho de dois anos e meio. A partir daí, assim afirmavam os que o conheciam melhor, Bruno submergiu em desgosto e amargura até o ponto de sofrer dois ataques do coração e abandonar a carreira para se dedicar ao filho, à doença e ao ensino. Essa trajetória se ajustava à sua aparência nostálgica, de que a melhor expressão era o desenho dos lábios, que não repousavam de sua angústia nem mesmo quando sorriam. Mas trabalhou firme com o aluno brasileiro: seu primeiro procedimento pedagógico foi eliminar alguns vícios que Julius trazia da sua formação, que iam desde o modo de se sentar na ponta da cadeira até como sustentar o violoncelo entre os joelhos. Mostrou que um violoncelista é, antes de tudo, uma fisiologia em ação. Um violoncelista deve cuidar de suas articulações, de seus ossos, de seus músculos, e deve evitar as dores nas costas para seguir tocando até a velhice. Fez com Julius vários exercícios de movimentação dos braços e de respiração. Depois entrou nos temas técnicos do instrumento. Propôs substituir o verbo *praticar*, usado por alguns, primário e genérico, por *estudar*, este sim dotado de intenção profissional. Seus alunos acharam aquilo uma bizarrice, mas numa longa assembleia de bar proposta por Florian reconheceram que Bruno tinha razão e, a partir daí, usavam de maneira mais rara o *praticar*. Bruno melhorou em Julius o uso da mão esquerda, e foi uma epifania quando desfez o dogma de que os dedos da mão esquerda deveriam ficar sempre perpendiculares às cordas. Não, isso não se usava mais, e sugeriu que tentassem deixar os dedos um pouco oblíquos em relação às cordas, tal como fazem os violinistas – isso seria bom para que não houvesse diferença de sonoridade quando a mão avançasse para as posições mais altas, em que, por uma questão anatômica, os dedos ficam em posição oblíqua.

– Quem me ensinou isso? – ele perguntou e, depois de uma suspensão: – Foi Janos Stárker.

Essa revelação maravilhou a todos. Bruno, aluno de Janos Stárker. Ele, entretanto, logo minimizou esse dado do currículo, como se fosse trivial ter sido aluno de um grande mestre.

Quanto à mão direita, por primeiro Bruno disse algo óbvio:

– A mão não está livre para fazer o que quiser. A mão direita deve comandar o arco, isto é, sustentar seu peso.

A isso, porém, acrescentou um conselho inédito: ao tocar uma nota, já devemos antecipar em nossa cabeça a próxima mudança da direção do arco, assim como os jogadores de xadrez, que ao moverem uma peça já sabem os lances seguintes. A próxima arcada nunca poderá ser uma surpresa.

– E mais – dizia –, sempre conduza a mão com o braço, e não conduza o braço com a mão.

Com os exercícios de agilidade de Cossman, sugeridos por ele, Julius percebeu que o movimento do arco se tornou solto, capaz de executar as mais complexas exigências da literatura violoncelística. Bruno Brand ainda acertou os problemas de dedilhado de Julius, mostrando a melhor forma do uso do polegar para as notas mais agudas, o ponto fraco da maioria de seus alunos e que quase sempre acarretava uma sonoridade medíocre e, inclusive, problemas de afinação.

Certa manhã em que estavam a sós, Bruno acompanhando-o ao piano com a redução da partitura de orquestra, Julius tocou o primeiro movimento do concerto em Dó maior de Haydn, o mesmo que executara com a Sinfônica Municipal. A transformação foi audível. As notas saíram identificáveis, nítidas, e as mudanças de dinâmica, respeitadas com elegância, deram brilho à obra. Ao terminar, Julius estava à beira da emoção. Bruno cruzara os braços. Pensava. Depois:

– É Haydn, parabéns. Você está no caminho, as notas estão corretas. Mas temos de trabalhar muito. Paul Tortelier tinha um ensinamento que vale para todos nós: no violoncelo você não deve apenas tocar as notas; deve narrar uma história.

Julius não chegou ao ponto de se decepcionar com a avaliação de Bruno, bem mais importante do que qualquer elogio que recebera no Brasil, mas o estranho era essa história que ele deveria narrar. Analisando a si mesmo, se achava desinteressante, sem qualquer história.

Bruno passou a dedicar a Julius várias horas além das normais. Dizia ter uma folga até a reunião de professores, ou que naquele dia decidira dormir em Würzburg, adiando para o dia posterior a volta a Nürnberg; então telefonava a uma incansável irmã para que, na saída do emprego, fosse buscar seu filho na escola e tomasse conta dele até o dia seguinte. Souberam que o misterioso filho com a soprano japonesa se chamava Ishiro.

Aos poucos Julius percebeu, sem o menor incômodo, que Bruno tinha essa mesma dedicação a todos os alunos, tentando se adaptar a cada um, mesmo a Renzo, que ninguém sabia bem o que fazia ali. Com ele, Bruno improvisou uma sessão de jazz num intervalo de aula, atraindo alunos das outras classes, e logo se somaram a efusiva Klarika Király, um flautista, um trompetista e tudo acabou numa *jam session* anárquica. Em seguida, na sala de aula, Bruno voltou a ser o professor sério e atento, cumprindo seu trabalho até o último minuto. É verdade que, depois desse excesso, ele se sentou, tirou um pequeno frasco de Isordil do bolso e pôs um comprimido sob a língua.

– Essa é a *minha* droga, no sentido literal. – Fazia alusão, e todos entenderam, ao uso velado da maconha e do LSD entre alguns alunos, o que era execrado pelos mais conscientes e dedicados.

Foi esse outono o melhor período da estada alemã de Julius, em que aprendeu muito mais do que a soma de todo o seu conhecimento acumulado até então. Sem compromissos a não ser os da Escola, aos poucos foi ampliando as horas dedicadas ao estudo. Tornava-se um aluno cumpridor, assim como Bruno desejaria.

Foi também o tempo necessário para estabelecer uma proximidade bastante intensa com Klarika Király. Ela procurava ficar a seu lado nas aulas coletivas e o ajudava nas passagens mais difíceis, sugerindo dedilhados e arcadas diferentes das rotineiras, e sempre com excelente resultado sonoro.

– Como Bruno sempre ensina – ela dizia –, muda-se apenas um golpe de arco e muda-se um concerto inteiro.

Brincavam de ser amigos, e ele a levou mais de uma vez à Katzengasse, onde tomavam chá, estudavam e se conheciam ao ponto de manterem um equilíbrio em que eram tênues os limites entre a brincadeira e o desejo. Sempre que ela saía de lá, recusando ser acompanhada, pois alegava ter bastante idade para andar sozinha, sua presença ainda ficava ali no apartamento, pairando como algo bom, quente e generoso, a que não faltava uma ligeira ponta de convite sexual: sua pele luzidia, lembrando afazeres de casa, e seus seios amplos de matrona lembravam remotas paixões incestuosas.

Foi por essa época que Julius começou a perceber sua desvantagem numa turma de colegas bem mais adiantados, e perguntava a si mesmo se chegaria àquele nível. Todos progrediam. Até Renzo, em suas aparições sonolentas e teatrais, quase sem estudar, passava à frente. Klarika Király, se não era a mais brilhante, era a mais espontânea, e tocava com naturalidade as passagens que exigiam de Julius dias inteiros de estudos. Os dedinhos brancos de Klarika se moviam velozes, tirando do violoncelo céleres fusas e semifusas. Ele preferia debitar sua própria deficiência técnica à falta de uma boa formação – o que era em parte verdadeiro – e decidiu apostar na passagem do tempo.

Fora da sala de aula, fora do apartamento da Katzengasse, de maneira imperceptível a quem está dedicado a outras preocupações, o outono transitava com rapidez para um prematuro inverno, confirmando-se assim as previsões. Exceto pelos pinheiros na vertente sul de Marienberg, as árvores se apresentavam nuas, projetando ao alto seus galhos negros como desmedidas mãos carbonizadas. Partindo das margens do Main, a cada dia o gelo se adiantava alguns decímetros em direção ao centro de seu leito.

A primeira neve o apanhara ao atravessar a Ponte, e foi bonito ver como ela caía em flocos lentos e alvos, depositando-se nas cabeças e panejamentos das vestes das estátuas, nos parapeitos da Ponte e no piso dos pequenos terraços. Com arrepio, ele se lembrou do parágrafo final de "The Dead", de Joyce. Logo a cidade se cobria de um branco uniforme, que submergia toda aquela arquitetura tumultuária numa época em que não mais se distinguia o que era barroco, o que era medieval e, o mais tranquilizador, o que era verdadeiro e o que era falso. Já na sucessão das semanas, ele passou a lamentar a persistência da neve acumulada, que logo se transformava em lama pardacenta e gelo sujo, provocando resvalos e tombos de desenho animado, além de trazer o caos à vida dos cidadãos. A cidade se tornou cinzenta, o céu era de chumbo, os dias eram cada vez mais curtos, e as noites, longas demais para o tamanho do sono. Ele abria a janela e o único verde era o antúrio do apartamento em frente, no seu lar aquecido. Uma gata malhada viera se juntar àquele cenário, dormitando sobre uma almofada com borlas de cetim, de vez em quando erguendo seu olhar lânguido às nuvens, para logo se enroscar de novo. Pena, ele lembraria muitos anos depois, que sua juventude não valorizava essas percepções tão simples da vida.

Na sequência do semestre letivo, começou a temporada dos recitais das classes avançadas, um programa a que chamavam de *Musik Publik*, ainda hoje existente, realizados ao meio-dia, e a que se admitem espectadores externos à Escola. É o momento em que os alunos se submetem a avaliação e se avaliam. Para alguns, trata-se da primeira vez, o que gera tensões insuportáveis.

Agora na companhia permanente de Klarika, Julius assistia a todos esses espetáculos. Muitos dos alunos-recitalistas haviam dissipado as férias e os dois primeiros meses das aulas num estudo que os deixava à beira da falência nervosa. Reconheciam esses candidatos ao martírio pelo olhar fixo, respondendo por monossílabos. Não estavam ali, e sim já no palco, ante sua implacável plateia. Já uns poucos, porque o temperamento dissimulador era maior do que a obsessão competitiva, gastavam horas nos centros de convivência, usando seus poucos marcos nas máquinas de refrigerantes. Riam e contavam histórias de seus países, como se suas bolsas de estudo fossem destinadas apenas a gozarem a vida. Essa jovialidade se transformava quando alguém tinha a imprudência de perguntar pelo recital. Respondiam, com irritada pressa, que estavam muito bem preparados, que fossem conferir – e declinavam em voz alta a data e o horário, e Julius ouviu bem quando um aluno chileno de violoncelo, pertencente à classe dos concluintes, depois de falar isso, ainda repetiu em voz alta a data. Klarika disse a Julius que se não tivessem outras razões, deviam comparecer por uma particularidade: o professor Köhler se aposentava no dia seguinte ao recital.

– Um momento histórico – ela dizia – e na Grosser Saal. Mas, com isso, Bruno passa a ser o único professor de violoncelo na Escola. Já pensou? Espero que resolvam logo, pois Bruno é só meu.

– *Nosso*, você quis dizer.

Klarika não respondeu, mas ficara mais corada do que o natural.

Uma semana depois, quinze para o meio-dia, entravam na Grosser Saal da Escola, a Sala Maior, reservada para espetáculos de porte significativo. E a aposentadoria de um professor era um fato muito importante. Os colegas de classe estavam todos ali, mas também os melômanos habituais, idosos e reumáticos, sobreviventes do bombardeio e conhecidos como a *gangue dos velhotes*, que pegavam antigas partituras dos bolsos dos casacões antes de os entregarem ao bengaleiro e as levavam debaixo do braço para os recitais, conferindo nota por nota as interpretações. Convinha temer essa espécie cada vez mais rara. Suas condutas eram imprevisíveis, e bastava alguém comentar alguma audição anterior da mesma peça para se porem a comparar com a que estavam assistindo, e não raro iam depois pedir explicações aos instrumentistas.

Julius se reconheceu bem, naquele auditório em que a sensação visual de frio é amenizada por delgados e eficientes calefatores e pelo uso de muita madeira no revestimento. A assistência, como era previsível, preenchia apenas metade da Sala, concentrando-se nos setores próximos ao palco.

Foi a primeira vez em que ele viu Constanza Zabala, que entrava. Ela tirou a touca de lã, libertando os cabelos ruivos que tombaram sobre os ombros. Viu-a muito efusiva e alegre a beijar e abraçar os colegas que se juntaram em torno dela, e parecia explicar alguma coisa. Ele quis saber quem era. Klarika disse ser uma aluna veterana de clarinete, que retornara das férias muito atrasada. Ele queria saber o nome?

– Não, deixe assim. – E ele disse, declamando: – *Afinal, o que há num nome? Isso a que chamamos de rosa...*

Klarika o interrompeu, com alguma malícia:

— Não precisa disfarçar. Diga logo que está interessado nela. E vamos nos sentar, senão ficamos sem lugar.

O programa, nunca superior a uma hora, indicava uma peça de Villa-Lobos e outra de Benjamin Britten. O repertório dedicado ao violoncelo é pequeno, e Julius lamentava que Mozart, por exemplo, não houvesse escrito nenhum concerto para violoncelo. E por isso todos os músicos, mesmo estudantes, conhecem quase todas as peças, e as comparações se tornam inevitáveis. Tomado por uma súbita apreensão, viu-se ali, naquele palco.

— Que pavor – disse. – Daqui a um ano sou eu.

— Não se preocupe, eu também vou estar ali, e vamos tocar juntos. E olhe. Vai começar.

O professor Köhler, um ancião bondoso, de bigode germânico abundante e branco, veio à frente para receber a homenagem da Direção – uma placa de prata, um relógio Rolex e um ramo de rosas – e leu em resposta um discurso de despedida, em que disse estar emocionado por concluir sua carreira na mesma escola em que a começara, fazendo uma referência ao bombardeio de 16 de março 1945 e como conseguira salvar da destruição centenas de partituras e muitos instrumentos. Depois das palmas, ele explicou as peças que escutariam dali a pouco.

— São obras do nosso século, e poderíamos dizer que são contemporâneas e, por isso mesmo, mais difíceis.

Da fila de trás se ouviu o comentário de um dos membros da gangue dos velhotes:

— Sempre a mesma coisa. Por que são mais difíceis? Que bobagem. Ou acham que Beethoven ou Haydn são mais fáceis, só porque são antigos?

Klarika fez um *shhhh* bem alto, confundindo o professor, que concluiu sua preleção antes do tempo e pediu que seus alunos viessem para a frente.

Os oito violoncelistas, metade mulheres e metade homens, eram muito jovens – Julius conferiu no programa, e de vários países, inclusive da África e da América Central. Adentraram o palco com uma sobriedade que beirava o hierático, e se curvaram aos curtos aplausos iniciais. Sentaram-se, formando um semicírculo. Vestiam-se de preto. Era impossível não se espantar com a gravidade profissional daqueles jovens que, pouco antes, na área pavimentada em frente do prédio, implicavam uns com os outros e davam gargalhadas com a imitação que o chileno – o mesmo que se gabara na cantina – fazia de Herbert von Karajan, exagerando os tiques performáticos do grande maestro de Salzburg. Quando o professor Köhler anunciou a *Bachiana Brasileira número 5*, de *Héctor* Villa-Lobos, Bruno Brand, na primeira fila, procurou Julius com o olhar e fez um sinal de positivo. Poucas vezes Julius se declarava brasileiro; já fazia algum tempo que aceitara o fato de que deveria dissimular, ser um alemão na Alemanha, por uma simples razão de sobrevivência social, mas foi inevitável sentir um tremor, quase uma emoção patriótica, quando a música de Villa-Lobos encheu a sala com a sonoridade tropical que ousava dialogar com Bach. O que antes era apenas uma bela música de concerto ali na Europa se transformava em algo novo, a que os assistentes escutavam com a mesma estranheza que acompanha uma estreia mundial. Muitos anos depois, ele diria que essa fora a apresentação mais impressionante a que já assistira. Olhava para os lados, para sondar a plateia. Estavam atentos, curiosos, rendidos à simplicidade das linhas melódicas de Villa-Lobos. Até os velhotes pareciam gostar. Ao fim, escutaram-se algumas exclamações alegres junto aos aplausos, o que era raro nesse grupo exigente. Aplaudindo, Bruno Brand mais uma vez se voltou, mais uma vez fez o sinal de positivo, como se Julius, apenas por ser brasileiro, fosse o responsável por aquela performance em que os oito violoncelos tocaram como se fossem um único instrumento, comandado por uma sincronia perfeita. Logo Julius percebeu que os vietnamitas e o turco também lhe faziam sinais amáveis. Klarika lhe passou um papelzinho, com a palavra *wunderbar!* – e ele escreveu, debaixo do *maravilhoso!*, se ela se referia à música ou à interpretação. Klarika pensou e logo mostrou de novo o papelzinho: *às duas!* Ele entrou no jogo de Bruno Brand: *Danke!*

Esse clima de quase celebração sofreu uma nítida mudança quando o professor chamou o chileno Ramón Vergara – o mesmo que, lá fora, imitava Karajan – para executar a sonata para violoncelo e piano de Benjamin Britten. Britten a escrevera para o gênio interpretativo de Mitislav Rostropóvich, da qual conheciam uma gravação de 1963, até então um referencial para qualquer violoncelista. Era uma das obras mais complexas para o instrumento, na qual o intérprete está sempre à beira do desastre, e isso exige atenção milimétrica às marcações da partitura. Uma nota fora do tempo e adeus, Britten. Ramón entrou empunhando o violoncelo e o arco com a mão direita, seguido por Miguel Ángel, o Boots.

Ambos se curvaram à recepção do público. Klarika e Julius trocaram olhares: não queriam ver Boots ali – o mesmo que viria a causar tantos aborrecimentos a ele –, embora concordassem que salvara do naufrágio alguns recitais, encontrando o ponto onde o solista se perdera e seguindo dali em diante com ele. Seu único defeito, diziam, superava de longe suas qualidades, embora esse defeito fosse expresso em variadas formas, todas execráveis.

Ramón Vergara tocou com a seriedade de um músico experiente e o brilho de um jovem e, por mais que Julius estivesse atento aos pormenores – profissionais julgam pelos pormenores –, tudo da partitura foi cumprido, mesmo as síncopes, as alterações inesperadas de andamento e clave, os portamentos, enfim, tudo que caracteriza essa obra diabólica. O resultado foi de uma surpreendente consonância, atingindo o sublime no movimento *Elegia*, que lamentava a morte de toda a Humanidade, usando um fraseado tão triste quanto o choro recolhido de um infante. Quando soou a última nota e Ramón Vergara baixou o arco, compungido por sua própria execução, houve um breve silêncio na plateia antes dos aplausos, que vieram consagradores e profusos, durante bem mais do que a praxe.

No início da tarde, depois de comerem na rua uma fatia de pizza, Julius e Klarika caminhavam pela Domstrasse, impressionados pela apresentação do chileno.

– Nós julgamos mal Ramón, lá na cantina. Ele já está pronto para começar carreira, não pode mais ser considerado um aluno – Klarika dizia –, e Boots não precisou ajudar. – Ela elogiava o *timing* do colega, que não deixava *vazios* na execução, dedicando a cada nota um valor fundamental, mesmo sendo uma música com momentos ásperos, quase selvagens, com aquelas mutações de tonalidade e quebras de compasso.

– Nunca vou tocar como ele – Julius disse. Ante o olhar de Klarika, ele acrescentou: – Hoje eu não tenho o mesmo talento que tinha quando criança. – Pronto, dissera. Precisava dizer, e dessa forma tão categórica e inesperada que lançava suspeitas sobre sua verdade. Seguiu, no mesmo espírito: – Sou observador, Klarika. O nosso colega turco progride a cada semana, e os vietnamitas já atingiram uma habilidade que eu ainda não consegui. Até Renzo toca melhor.

– É apenas um ponto de vista seu. Você talvez não venha a tocar como Ramón, mas irá tocar da sua maneira. Alguém lhe falou qualquer coisa?

– Não, é uma dedução minha. Você, por exemplo, também toca muito melhor do que eu, e logo vai ser solista.

Ela escutou, mas disse que não se via como solista. Viera para a Escola na intenção de ser uma boa musicista de fila, e depois disso, fazer concurso e ingressar na Sinfônica de Miskolc e ali ficar até a aposentadoria, como os pais.

– Pense nisso: se todos os estudantes de música quiserem ser solistas – ela disse –, as orquestras desaparecem.

Ele nunca havia pensado nisso. A ideia era sedutora, e passou por sua cabeça a intenção fugaz de que poderia assumir a mesma atitude perante os estudos em Würzburg. Por que não poderia ser um músico de fila? Quem disse que um músico de fila é inferior a um solista? A lógica de Klarika Király funcionava. Mas o fato era que algo não funcionava com ele. Considerados seu tempo de estudo e a prática, ele tocava bem, mas essa é uma fórmula menor de classificar o verdadeiro artista; ninguém diria, por exemplo, que Casals *tocava bem*. Klarika escutava-o dizer:

– Uma vez Bruno me falou, num recital da classe de flauta: *Julius, o mais doloroso na música é que nem todos podem ser o que desejam, apesar de todo o esforço que façam.* Isso foi uma advertência para mim.

– Não, Julius, você não vê?

– Não vejo o quê?

Klarika parou a caminhada.

– Ele se referia a ele mesmo, a mim, a seus alunos, a Janos Stárker, a todos os artistas do mundo. Você foi sempre assim, inseguro?

A pergunta espantou-o. Era a primeira vez que alguém tomava a liberdade de dizer isso. Já devia estar acostumado à sinceridade frontal dos europeus que, ao contrário dos brasileiros, não julgam ofender por falarem a verdade. No fundo, a pergunta de Klarika implicava uma afirmativa preliminar, a insegurança fundamental de Julius. Mesmo assim, ele teve a necessária presença de espírito para dizer:

– Uma coisa é ser inseguro quanto ao domínio técnico do instrumento, e outra, ser inseguro na vida.

Klarika não respondeu logo, preferindo fixá-lo com atenção. Apenas disse, depois de um tempo:

– Você precisa de um estímulo, de um desafio. E ele vai surgir, a qualquer hora. É só estarmos atentos.

Ele foi tomado por uma agradável sensação ao escutar esse plural.

Mas ela seguiu:

– Sabe, meu amigo, não me leve a mal, eu vejo em você muita, como direi?, muita infância – *Kindheit?* – e representação – *Darstellung*?

No primeiro momento ele pensou em pedir que ela explicasse melhor, mas chegavam ao ponto da Domstrasse em que deveriam se separar. Despediram-se com um beijo no rosto, seguido de um "*Cuide-se com sua tristeza, Julius*".

Já na Katzengasse, perante o espelho, reconhecendo que talvez Klarika Király tivesse razão, decidiu esperar pelo desafio – ou o bote da fera que aguardava John Marcher. Gostou da comparação literária, que dava alguma dignidade à sua perturbação.

E porque estava em Würzburg para estudar, e porque não podia se entregar à falência prematura de seus projetos sem esgotar todas as suas potencialidades de estudo – se era para ser músico de fila, que fosse, mas precisava saber se não poderia ser um solista –, essa foi a época em que ele dedicou mais de oito horas por dia ao violoncelo. A proprietária do edifício da Katzengasse vivia num dos apartamentos e, como seus inquilinos eram todos alunos da Escola, tornara-se indulgente com a música a todo momento, e havia um acordo tácito entre os moradores de que iriam se tolerar até dez da noite. A partir daí não se escutava mais nada, apenas alguns risos abafados no hall e nas escadas, o pisar leve do subir e descer e alguma porta que batia um pouco mais forte. Aceitavam-se também as companhias noturnas, do que, no outro dia, procedia o tilintar das garrafas vazias de cerveja e vinho que eram depositados no latão do prédio. Um dia Julius se deu conta de que estudara nove horas – nada invulgar para os alunos da Escola –, mas que isso o deixou exausto e contente. Afinal, alguém que a tanto se dedica, que perde a vida nessa dedicação deve ser recompensado de alguma forma, nem que seja num plano abstrato, algo a ver com o céu ou o inferno. Foi à cozinha, abriu uma lata de almôndegas com molho, pegou um saquinho plástico com 100 gramas de arroz pré-cozido e jogou tudo na panela com água, sabendo que o resultado seria um desastre; mas sempre achou irracional que o preparo de uma refeição fosse mais demorado que o tempo de comê-la. Durante o jantar, que acompanhou com uma garrafa do Domina e a audição de um concerto transmitido ao vivo pela Bayerischer Rundfunk, ele olhou os dedos da mão esquerda, e descobriu que as calosidades típicas dos violoncelistas – nas polpas do índice, médio, anular e mínimo, e na lateral do polegar – estavam mais espessas, e qualquer violoncelista vê essas deformações cutâneas como evidência de quem leva a sério seu instrumento.

Ele se esforçava. O resto não poderia controlar. O resto era o talento de que falavam tanto, essa palavra grandiosa e promíscua e, ao mesmo tempo, sem qualquer definição possível. Escutou soar o interfone. Era Klarika Király. Ele desceu para abrir a porta. Klarika entrou, trêmula de frio, e se abraçou nele.

– Olha só, que surpresa – ele disse, fechando a porta. – Estou jantando uma coisa pavorosa, mas acho que tem para mais um. Vamos subir? Você já notou que, nos filmes, sempre aparece uma visita quando a pessoa está cozinhando sozinha?

Ao dizer isso, ao perceber o olhar de Klarika, ele compreendeu que algo mais forte começava entre ambos, e assim foi: a contar dessa noite, houve o melhor conhecimento de quem era Klarika, sua eterna luta contra o excesso de peso, sua vontade de satisfazer o desejo dos pais, ambos violoncelistas da Sinfônica de Miskolc, decididos a estimular a vocação musical da filha, e mais ainda, o quanto ela, apesar de tudo indicar o contrário, se considerava muito só e se enchia de tarefas para que os dias passassem logo. Avaliaram ainda a situação das orquestras húngaras, submetidas às burocracias do regime, e das brasileiras, sempre às voltas com a falta de recursos – a que se somaram as longas conversas sobre suas preferências musicais, sobre o violoncelo e suas complexidades e sobre Bruno Brand, convergindo ambos na sensação de que, nas circunstâncias, estavam com o melhor mestre de violoncelo que poderiam ter. Deveriam usufruir de tudo que ele podia ensinar. Julius contou mais uma vez as suas incertezas sobre o próprio talento, e o estudo obsessivo e esgotante dos últimos dias, ao que Klarika repetiu seus argumentos da Domstrasse, e quando se aperceberam, se afundavam num círculo de redundâncias. Foi quando ela fez a confidência de que estivera apaixonada por Bruno, mas percebera que para ele, desde sempre e para o futuro, até a morte, haveria apenas uma pessoa naquela vida de enfermo: a cantora de ópera.

– E o filho... – Julius disse, no mesmo tom.

– ... e o filho...

Sabiam a razão das reticências. Estavam ainda abalados pelo estranho acontecimento do dia anterior: chegando para a aula, Bruno recebera-o à porta:

– Olhe quem está aqui.

Julius pensou que ele se referia a Klarika, que tirava o violoncelo do estojo e lhe mandava um beijo. Mas Bruno conduziu o olhar dele para um canto da sala e ele viu: teso em sua cadeira, o rosto oriental e pálido, o cabelo negro e liso sobre a testa, o olhar firme de diamante, estava um menino. As botinas do pequeno samurai, com ferragens lunares pregadas nas solas das biqueiras, mal alcançavam o piso da sala.

– É Ishiro, meu filho – disse Bruno. – A escola dele não funciona hoje e, como minha irmã está sobrecarregada, resolvi trazê-lo. Ishiro, seja gentil, toque alguma coisa. Toque o Bach, que você sabe tão bem.

Ishiro levantou-se com demorada solenidade, pegou o pequeno estojo da cadeira ao lado, abriu-o e dali retirou um violino de tamanho reduzido – e branco. Julius prestou atenção. Não era o momento de sentir nada além de uma indulgente curiosidade e, no entanto, foi atingido em cheio por uma perturbadora reminiscência de sua própria infância, irredutível à organização em palavras.

Ishiro levou o instrumento para debaixo do queixo, pousou o arco sobre a corda Sol e logo se escutou a conhecida ária, hoje banalizada nos casamentos produzidos e nos velórios-shows dos crematórios. As notas vacilavam, o *vibrato* era o possível para os pequenos dedos, que se esforçavam para praticar como os adultos, e o arco não mantinha a mesma firmeza do talão à ponta, mas, repetindo o que dissera Bruno sobre o Haydn, *era Bach*. Assim tocou por três minutos.

Quando terminou, Julius e Klarika bateram palmas, bravo, bravo. Ishiro se curvou, como no término de um concerto. Todo profissional, limpou o instrumento com uma pelúcia, guardando-o com cuidado no estojo. Bruno se desculpou:

– Hoje ele não estava muito bem. Mas, afinal, tem apenas seis anos e meio.

– Seis anos e meio? – disse Julius.

– Seis anos e meio.

Julius se aproximou, pôs a mão sobre os cabelos de Ishiro, que foi para o mesmo lugar de antes e ali ficou, rijo e com o mesmo olhar que trazia, em si, milênios de lendas.

Mais tarde, na Praça, antes do horário de uma aula teórica, Klarika procurava entender o que ele lhe dizia. A certo momento interrompeu-o:

– Você vai ficar maluco com essa história do violino branco. Às vezes os violinos feitos para crianças são pintados de branco, você sabe, como alguns pianos.

– Sei, mas me lembra o que não quero lembrar.

– Não entendo, só se você falar de maneira mais clara.

– Ok. Eu já tive um violino de brinquedo, branco, quando era criança. Com ele fiz uma audição fantasiado de samurai. Quando Ishiro o tirou do estojo, era como se fosse o meu violino. Eu perdi o meu quando tinha a idade de Ishiro.

Klarika ficou um instante parada. Estava com pena. Aproximou-se, envolveu Julius num abraço e lhe deu um beijo no rosto, mordiscou-lhe o pescoço:

– Está bem. Mas tente esquecer esse violino de brinquedo.

Naquele tempo, na década de 80, todos se julgavam psicanalistas e psicólogos. E foi assim que ela disse:

– Desse jeito você não sai da infância.

Também por esse fato de que lembravam sem palavras, entre ele e Klarika veio a camaradagem mais próxima, o toque mais demorado das mãos numa caminhada quando subiam para Marienberg, logo os sussurros, os espantos do ardor e o desvendamento, o sexo difícil, tudo terminando em amizade, pois deduziram, sem pesares nem recriminações, que seus corpos não se harmonizavam. *"Faltou algum componente químico entre nossos hormônios"*, como uma vez ela disse em húngaro para os coreanos, que os tinham visto sair juntos do prédio da Katzengasse, *"mas só isso"*, e depois ela e Julius se divertiram em imaginar o quanto os simpáticos colegas teriam entendido daquilo tudo.

Klarika Király se revelava cada vez mais uma agitadora musical, promovendo a formação de pequenos conjuntos instrumentais que tocavam onde fosse possível, tanto em algum dos auditórios da Escola como em igrejas e salas de audição da cidade. Assim fizeram até o final da primavera. No verão, passaram a se apresentar duas vezes por semana na Ponte, num arranjo improvável composto por uma violinista, um flautista, uma contrabaixista e dois violoncelistas – Julius e Klarika –, e quando dividiam o dinheiro ele deixava sua parte para os outros. Certa vez insistiram tanto que ele aceitou ficar com seis moedas de um marco. Num final de apresentação, Klarika Király reclamou com Julius que ele usava óculos feios, de aro de tartaruga, e insistiu que fossem a uma ótica, e lá ela mesma escolheu para ele uns óculos com aros amarelos, que eram a grande novidade da época. John Lennon usava um igual. Com alguma resistência, ele mandou fazer os óculos, e poucos dias depois passeava, flaneiro, com seus óculos – e não poderia imaginar que atravessaria anos de fidelidade às armações amarelas, que entravam e saíam de moda.

Klarika Király conseguiu alugar uma bicicleta e faziam alguns roteiros próximos, e foi por decisão de ambos que, num domingo, percorreram alguns quilômetros da Estrada Romântica, a delícia dos turistas intoxicados de Goethe, Schiller e Caspar David Friedrich. A ideia fabulosa era irem até Tauberbischofsheim, mas o fôlego de Klarika não aguentara, e voltaram depois de seis quilômetros.

— Isso já foi suficiente – ela disse, suada e arfante, atrasada em relação a ele –, deu para emagrecer meio quilo, não acha? – Foi quando olhou para o outro lado da estrada: – Olhe lá, um dia quero ficar com o corpo igual ao da nossa colega do clarinete – e apontava para Constanza, que se juntara a um grupo de ciclistas indo em sentido contrário, rápida, esbelta, com o cabelo ruivo esvoaçante a extravasar do capacete. Abanou toda alegre para Klarika:

— Gente!, vou até Tauberbisch-e-alguma-coisa!

Klarika acenou de volta, e disse, conformada:

— Mas nunca vou chegar nesse peso, nem que eu coma rabanetes o resto da vida. Ela é muito bonita. E você já viu como ela tem as pernas bonitas?

Ele não quis magoar a amiga:

— É – disse em tom casual –, pode ser. – E depois, já sendo sincero: – Mas é impossível que ela consiga chegar até lá. Ela fuma, já viu? Os pulmões não vão aguentar. Vai abandonar o grupo e voltar para Würzburg.

Klarika sorriu, toda triste:

— Não precisa pôr defeitos nela só para me agradar. Sei que sou gorda e não paro de engordar.

Mais do que sempre, Klarika se preocupava com a forma física. Naquela semana tinham ido à Augustinerstrasse, ao reaberto cinema Odeon, ver *Zuckerbaby*, com Marianne Sägebrecht, que estreava na cidade. Emocionaram-se com as tocantes confusões da protagonista em sua busca patética pelo amor. Na saída, vieram calados até que, não se contendo, Klarika perguntara:

– Vai me dizer que sou redonda igual a Marianne Sägebrecht?

– Não – Julius estava de bom humor –, acho que já lhe disse com quem você é parecida, é com Hanna Shygulla, uma atriz linda.

– Não acredito.

No dia em que ele foi à Escola para uma reunião preparatória do recomeço do ano letivo, teve o primeiro encontro pessoal com Constanza, na escada, quando ela lhe pediu um cigarro.

Contou o episódio a Klarika, que comentou com um sorriso e sem qualquer ponta de maldade:

– Bem, talvez os hormônios de vocês funcionem em conjunto.

– Ora, não fale bobagens.

§

Foi quando aconteceu algo que deflagraria consequências que chegam até hoje.

O ano letivo mal havia reiniciado.

Numa segunda-feira, no intervalo do almoço, ao entrar cedo demais na sala de aula, Julius procurou não fazer ruído: Bruno Brand tocava os primeiros compassos do solo do concerto de Dvořák. Tinha um modo inédito de executar essa passagem, em que era possível descobrir uma *personalidade*, isto é, era algo de Dvořák, mas era também de Bruno, e o resultado se transformava numa terceira substância, perfeita e bela. Aliás, Bruno havia dito, logo no início do curso – e Julius só entendeu em plenitude naquele instante: o desempenho de um solista num concerto nos encanta quando concluímos que não haveria outra forma de tocá-lo. Mesmo que existissem gravações de Dvořák por nomes consagrados como Piatigórsky, Fournier e mesmo Jacqueline Du Pré, Bruno impregnava sua execução de uma sentida humanidade, próxima do limite com o virtuosismo, e a ele nunca agradou o virtuosismo, estéril por natureza, mas que sempre apaixona as plateias. Ele largou com cuidado o estojo do violoncelo e ficou quase sem respirar. Era admirável a força que Bruno concentrava em seu magro corpo. Foi esse o momento em que floresceu em Julius o desejo de tocar Dvořák. Poderia, quem sabe, estudar aquele concerto. Seria uma oportunidade de contrariar as próprias inseguranças. Era uma pequena luz que surgia. Bruno notou a presença de Julius. Parou de tocar.

– Bravo, professor – Julius disse –, nunca ouvi esse concerto soar dessa forma.

Bruno agradeceu, e depois:

– Nada de mais, o que você ouviu. Há dezenas de violoncelistas na Europa que podem tocar melhor do que eu. Mas se quiser ouvir algo magnífico tenho uma notícia: Janos Stárker vai se apresentar em Viena com Dvořák. São seis horas de trem, mas recomendo. Não irei, mas você deve ir, seus colegas também, escutarão algo inédito em termos de execução.

Julius aceitou de imediato, e pediu que ele fosse junto a Viena, para rever o professor, conversar com ele, do que todos os colegas gostariam.

– Não – Bruno afastou a proposta. – Stárker não será o mesmo que foi, nem eu serei. Os mestres inesquecíveis sempre nos decepcionam quando voltamos a eles, assim como nós os decepcionamos.

Klarika Király se encarregou de reunir os colegas para irem a Viena. No trem foram o casal de vietnamitas, Florian e o turco, já que Renzo alegara o trabalho noturno que o prendia em Würzburg. O desempenho de Stárker, na Vienna Konzerthaus, vigoroso e arrebatador, dominou a sala já desde os primeiro compassos do solo. Stárker tinha uma técnica invisível, e mesmo os mais conhecedores não conseguiam descobri-la. O que se ouvia era apenas música, que ultrapassava os limites físicos do instrumento, e que Stárker tocava com uma intimidade legítima e visceral. O pequeno grupo de Würzburg assistiu ao concerto como a celebração de um culto. Ao final, foram a seu encontro no camarim, junto a um grupo de admiradores e estudantes com os programas em mãos para pedirem autógrafos. Stárker foi gentil, autografou alguns programas, mas estava sério, aéreo, como se tivesse perdido algo muito importante.

– Mestre, o senhor humaniza o violoncelo – Julius disse, em alemão, ao que ele respondeu:

– Obrigado, meu jovem, mas o violoncelo é que me humaniza, talvez demais. E agora peço desculpas, preciso repousar.

Depois murmurou algo em húngaro, e Klarika precisou se aproximar para ouvir. Talvez falasse para si mesmo. Ela traduzia para os colegas: *"Não toquei bem, será que ninguém nota? Estou envergonhado, preciso de uma dose de uísque, preciso fumar, quero voltar logo para o hotel, não quero ver ninguém"*.

Era o sinal de que deveriam deixá-lo em paz. Mas antes de saírem, Julius ainda lhe disse que ele e vários ali eram alunos de Bruno Brand, na Escola de Würzburg, e que Bruno Brand fora seu aluno. Janos Stárker fixou-o, distante, como quem busca algo perdido nas circunvoluções do seu cérebro dolorido:

– Bruno Brand... Sim, Brand... Casado com uma japonesa, uma cantora, não? Dê a ele minhas saudações, por favor. Boa viagem. – E acendendo um cigarro em pleno camarim foi guardar o violoncelo.

Se os outros ficaram desconcertados, Julius saiu da Vienna Konzerthaus decidido: iria estudar Dvořák – e isso deixou-o silencioso, abismado pela grandeza da ideia. Mas, pensava, as declarações de Stárker traziam o grande mestre ao plano das pessoas comuns, e Julius era uma pessoa comum. O que o impedia?

Não falou a ninguém naquele momento. Se isso fosse discutido com outros, ele precisaria dar explicações, teria de relativizar o assunto, teria de convencê-los de que era o melhor que deveria fazer – enfim, poderia voltar atrás. Falaria para Klarika, sim, mas só para ela, porém ali não era o lugar nem o momento. Ele precisava sair daquela balbúrdia, sedimentar a decisão.

De manhã, ele e Klarika esperaram abrir a loja Doblinger, e ele comprou a partitura completa do concerto – orquestra e solista – editada pela Simrock, sem ter a menor ideia de que, num dia muito avançado no futuro, esta iria acompanhá-lo aos domínios do pampa da remota América do Sul. Disse a Klarika que queria conhecer melhor aquele concerto e para isso gostaria de estudar toda a instrumentação, o que não aparece numa parte reduzida para piano. De alguma maneira, assim completa, parecia uma obra mais consistente. Para fazerem hora até a partida do trem, encontraram-se todos num café da Hauptbahnhof. O assunto foi, todo o tempo, a interpretação irrepreensível de Janos Stárker, em comparação ao pouco crédito que ele próprio dava ao seu trabalho. Florian não achava explicação:

– Salvo se ele é um homem muito humilde – ao que o turco concordou, respeitoso.

– Não – Klarika disse –, não pode ser humilde um músico que se apresenta num palco em Viena.

A vietnamita pediu para dizer algo. Com o namorado ajudando na tradução, se desculpou por dar seu juízo, mas Stárker dissera aquilo porque era seu dever. Os colegas se entreolharam. Klarika perguntou o porquê. O vietnamita respondeu:

– Por que não aceitamos, de maneira simples, que o homem estava mesmo envergonhado? Não me parece que estava sendo humilde nem mentiroso.

A última frase acabou por encerrar o assunto. No trem, vinham todos em silêncio. O episódio da resposta patética de Janos Stárker sobre sua própria interpretação foi como a ruptura de um caminho que todos consideravam consolidado. Antes, o debate era entre o talento e o não talento; mas, agora, uma coisa era ter talento e vencer; outra era ter e aceitar um fracasso.

E porque começava a nevar, e o trem cortava os campos com o ritmo sincopado das rodas sobre as emendas dos trilhos, e porque ali dentro fazia um clima suave, Klarika se abraçou nele, encostando a cabeça no seu peito. Murmurou:

– Nunca saberemos o que se passou na cabeça de Stárker.

– É verdade – disse Julius – e, no entanto, isso não resolve nada.

Ele fez toda a viagem desperto, olhando para a planície que se estendia a partir da Baviera, apenas interrompida por algumas aldeias junto aos trilhos. Pensava em Dvořák, repassando as passagens mais importantes. Logo se deu conta de que a frase inicial do solo é o momento em que está todo o programa interpretativo daquele concerto. Ele deveria ter muita atenção nessa abertura, quando começasse a estudar, e não era sem um frio no coração que se imaginava, ele, executando o concerto para violoncelo de Antonín Dvořák. E começava a jogar com a ideia de apresentá-lo em março, e – isso era apenas um sonho – na grandiosa Grosser Saal, a Sala Maior da Escola, e com orquestra. Ele passava do quase descrédito acerca da sua própria competência a essa decisão. O concerto era o estímulo de que precisava.

Ele gostou de ver as torres de Nürnberg, a última parada do trem antes de Würzburg. Würzburg, o lugar em que estudaria Dvořák. E Bruno o apoiaria.

Ao chegarem na Hauptbanhof de Würzburg, já tinham chegado à conclusão, com pesar, de que Stárker era muito melhor violoncelista que Bruno, o qual, aliás, nunca o negara.

Na primeira aula depois disso, Bruno pôs em discussão o concerto de Viena. Queria as impressões de seus alunos. Klarika Király foi a primeira a falar. E logo todos falavam sobre a resposta de Stárker acerca de sua própria interpretação. Houve troca tumultuada de opiniões, a que Bruno assistia, acompanhando com atenção a mudança de interlocutor. Em certo momento, pediram a ele que falasse. Fixou um retrato de Pablo Casals ao fundo da sala, como se dali viesse toda a inspiração de que precisava para responder:

– Um grande artista se mede pela sua verdade, e a verdade está em dois lugares: a verdade de sua execução, que deve estar à altura de seu talento, e a verdade em reconhecer quando o talento falha – Bruno voltava a olhar para seus alunos. – Isso porque temos de saber algo que aprendi com muita dificuldade: o domínio de um instrumento não é alguma coisa que se adquire para sempre; ele pode desaparecer quando mais precisamos dele. Essa é a grande desgraça de um músico, essa frequente falsidade do seu instrumento musical.

Agora todos falavam, atravessados, que o concerto fora brilhante, magnífico, que não tinham visto erro algum, nem interpretação descuidada.

Bruno aguardou a volta da tranquilidade para dizer:

– Só não foi magnífico nem brilhante para Janos Stárker. Apenas um grande artista pode reconhecer isso. Não de trata de humildade, mas de sabedoria.

Ao meio-dia, os alunos saíram juntos, precisavam disso. Cada qual se sentia só para suportar uma ideia em que jamais haviam pensado: a possível traição do talento, que poderia acontecer a qualquer um. Bastava um descuido, uma desatenção, uma dor inesperada, ou até o sopro de uma aragem.

A audição de Stárker, executando Dvořák, mesmo com a restrição do mestre, ou talvez por ela mesma, é que despertara em Julius a vontade de tocá-lo. Não só colocaria em prova sua intenção de ser solista, como daria essa alegria a Bruno Brand. Passou a estudar Dvořák até doerem os dedos, até perder o sono, e o fazia por segmentos soltos, aqueles que mais exigem do solista. Iria estudar Dvořák como a última oportunidade em Würzburg. E para conferir singularidade a esse concerto, iria dar a *sua* interpretação, a partir de um paradoxo proposto por Bruno:

– A música não é a música, a música é a sua interpretação. Assim, o solista, antes de começar a estudar um concerto, deve saber o que pretende dizer com ele; em suma, que interpretação dará a ele. Lembrem-se do que disse Tortelier, que todo concertista conta uma história.

– Assim também é a vida – Klarika mais tarde disse a Julius.

– Mas pensando longe dessas filosofias – ele respondeu –, decidi que vou falar a Bruno que estou estudando Dvořák.

– Ah, faça isso – ela respondeu, alegre, e acrescentou: – Ótimo. Amanhã, está bem? Ele vai gostar de saber.

– Mas vou dizer que não apenas estou estudando, mas quero apresentá-lo ainda nesta temporada.

Klarika se suspendeu, mas logo concluiu:

– É um concerto difícil, mas não é impossível prepará-lo até março, por exemplo.

Confortado por esse apoio – porque só a opinião de Klarika lhe interessava –, no dia seguinte, antes de começar a aula, ele falou a Bruno do seu projeto, pedindo desculpas pela ousadia. Bruno teve um ar de estranheza, tal como Klarika, mas logo disse que poderia contar com ele; era, como sabiam, um concerto excepcional, e sempre desejou que algum aluno tivesse a coragem de tocá-lo. Isso serviu para que Julius aceitasse a explicação de Klarika Király; Bruno de fato não dissera com segundas intenções aquele seu comentário sobre o jovem flautista. Julius saiu exultante da Escola. Enfim algo de bom e de novo acontecia. Não falara nada a Bruno de seu delírio da Grosser Saal, mas propôs tocar Dvořák em março, o que ele achava? Bruno se limitou a dizer "Veremos, veremos, é pouco tempo, mas quem sabe?". E que em janeiro poderiam decidir isso, de acordo com o progresso. Foi uma excelente resposta. Julius queria chegar à Katzengasse e redobrar o estudo de Dvořák.

Foi esse o exato dia em que ocorreu aquela segunda – e ainda frustrada – vez em que falaria com Constanza. Ao chegar à Praça, avistou-a, sozinha e reflexiva.

Iria começar a conversa usando o pretexto do concerto vienense de Janos Stárker. Mas não era apenas um pretexto: queria contar também algo pessoal, o seu estudo de Dvořák.

Foi um impulso, mas já às primeiras palavras percebeu que seria impossível, e foi também nesse dia que decidiu tirá-la de suas cogitações, ela que, em poucas semanas, viraria sua vida pelo reverso.

Ao chegar à Katzengasse, folheou Dvořák com outro olhar. Aquele concerto poderia ser seu. Estava preparado para desvendá-lo. Assim foi que, ao final das aulas, tal como atendia às demandas dos outros alunos, Bruno ouvia as questões de Julius, anotando na partitura de Dvořák, a lápis, aquilo que julgava a melhor interpretação para certas passagens. Interrompia a si mesmo, quando julgava haver anotado mal. Olhava para a partitura, atento; outras vezes se concentrava, tentando fazer com que apenas os ouvidos lembrassem. Então ressurgia com um vitorioso *ah ah!* de descoberta, apagava a anotação com a borracha acoplada ao lápis e escrevia outra.

– Agora sim – dizia, e pegava o violoncelo e tocava a passagem. – É assim, é assim que fica bem. – E acrescentava: – Não é mesmo?

Em duas semanas tinham avançado até o fim do primeiro movimento, já começavam o segundo e viam alguns fragmentos do último. A partitura, nas partes estudadas, estava coberta pelas anotações de Bruno Brand, tantas que corriam umas sobre as outras quando ele não tinha paciência de apagá-las. Naquela época, Julius conseguia entendê-las, embora com algum esforço, mas houve um dia em que se perdeu do labirinto de flechas para cima, para baixo, remissões, pontos de exclamação e alguns esboços de palavras. Apagou aquilo que considerou como excessos, mas na aula seguinte Bruno Brand os reescreveu, inclusive com lápis vermelho. Havia algumas palavras sublinhadas.

– Você deixe essas marcações, é por isso que vamos bem, vamos muito bem. Vamos *conquistar* esse concerto – Bruno dizia, como um general conquista uma praça-forte.

Num final de aula em que Julius tocou uma passagem na qual pôs todo seu amor ao instrumento e à música, ele percebeu que Bruno olhava, triste, para um ponto indefinido. Naquele olhar ele viu toda a desgraça daquele homem, viu-o na estação de metrô de Tóquio, procurando por sua mulher, e aos poucos se convencendo de que fora mesmo abandonado e que nada mais lhe restava senão apertar Ishiro ao peito e mentir que a mãe iria encontrá-los no hotel. Julius viu-o já no hotel, relendo um bilhete que sua mulher lhe havia posto no bolso, depois abraçando Ishiro, sabendo que agora teria de construir uma vida para ambos. Mas foi passageiro aquele olhar de Bruno, que logo repetiu sua certeza: *conquistariam* Dvořák. Ao apertar a mão de seu aluno, ainda acrescentou:

– Você fará um belo concerto, ainda não sabemos quando. Isso ficará para o futuro, para o desconhecido, mas fará.

Julius, ciente de que experimentava um dos poucos momentos transcendentais de sua vida, aquele que o justificaria como ser humano, e que sua única retribuição a Bruno, capaz de trazer alguma paz a tanto sofrimento, seria dizer: "Eu prometo a você, Bruno, que tocarei esse concerto, e em sua homenagem", como de fato disse, palavra por palavra.

– Não prometa, dedique-se – foi a resposta.

– Eu prometo, Bruno. – E sua voz saiu forte, nítida, e essa frase, que antes passara por uma formulação mental elaborada, era agora verdadeira. Com a promessa, ele adquiria uma inesperada nobreza perante si mesmo.

Ele sabia que, de todo o repertório para violoncelo, aquele não era o concerto mais difícil. O difícil era dominá-lo, como alguém que subjuga um leão sem ceder à vontade de domesticá-lo. Por várias vezes se perguntava se conseguiria tantas coisas. O retrato de Dvořák, feito à época da escrita do concerto, mostra um homem hostil, de barba hirsuta, olhar diagonal. Ele escrevera o concerto com detalhe, marcando todas as alterações de andamento e dinâmica que, em algumas vezes, Bruno substituía por marcações próprias. Dvořák escreveu assim o primeiro movimento: depois do preâmbulo da orquestra, quando as cordas e sopros esmorecem e se tornam quase inaudíveis, irrompe o solo do violoncelo com seu potente *risoluto, quasi improvisando,* marcando o tema que irá percorrer todo o movimento em arranques de uma poderosa e inconsumível força. O leão luta, usa suas garras e dentes, e no fim é subjugado, mas não vencido.

Klarika se engajou nessa luta. Assistia a seus estudos e dava sugestões de interpretação. Revelava-se muito mais conhecedora do repertório violoncelístico do que ele poderia imaginar. Dvořák, assim como Grieg ou Schumann, Klarika disse, não era para ela, que preferia os compositores do século XVIII – Haydn, por exemplo, por sua clareza, por seus sentimentos contidos; mas sabia muito bem como aquele concerto de Dvořák deveria ser tocado. Bastava ter presente a interpretação de Janos Stárker; era um caminho, e sem pensar na intrigante resposta que ele lhes dera. E pensar nas aulas de Bruno. Klarika chegou ao ponto de ir todos os dias ao apartamento na Katzengasse e, esquecida de seus próprios estudos, exigia que ele apresentasse progressos:

– No dia em que você tocar esse concerto vai ver como você é capaz. Quem sabe está aí o *desafio*? – Na noite em que falou isso, ela saiu tarde do apartamento, e se despediram com um até logo e um beijo breve, que significava o reencontro na aula do dia seguinte.

Ele estranhou quando, de manhã, uma hora antes da aula, soou o interfone. Era Klarika, e ele não entendia o que ela falava, e foi através de um choro interrompido por soluços que ele escutou:

— *Bruno ist tot, Julius! Bruno ist tot!*

"Como" ele pensava, em desespero, descendo as escadas, "não escutei bem, o que é mesmo *tot*, o que é?", e o cérebro, não treinado para esse verbo, se recusava a aceitar que *tot* era *morto*, queria que fosse um engano de vocabulário, pois *morto* se aplicava aos outros, aos muito velhos, aos doentes de cama em estado grave, não para Bruno, que cuidava da saúde e tomava os remédios necessários. Abrindo a porta do edifício, custou a assimilar o que Klarika dizia em frases convulsas e aceleradas, que Bruno morrera, sofrera um fulminante ataque cardíaco ao subir as escadas para o primeiro andar da Escola. O porteiro da Escola dissera que Bruno se apoiou no corrimão, dobrou as pernas e caiu pelos degraus abaixo, como uma marionete com os fios cortados – assim disse o porteiro –, caiu e caiu até cair no piso de mármore. O homem tentou reanimá-lo, outros vieram ajudar, aplicaram a respiração boca a boca, mas era tarde.

— Morto, morto, Julius.

O corpo já fora levado para necropsia, e a irmã, chamada de Nürnberg.

— Agora – ele disse, tentando manter seu frágil controle da situação – temos de ir à Escola.

Encontraram o pior clima possível. Atônitos, os colegas pediam ao porteiro que repetisse a história. Mas foi como em qualquer morte: ninguém sabia o que dizer sobre o presente, mas recordavam todas as ações de Bruno Brand quando vivo. Klarika se sentou num dos bancos do saguão e ali ficou, a cabeça baixa. Julius ofereceu-lhe um copo de água, da qual ela bebeu um pequeno gole.

— Força, Klarika. Estou também muito triste.

Ela ergueu os olhos injetados:

— Tenho força, mas uma parte de mim morreu hoje. A melhor parte.

Naquela noite, numa cerimônia realizada à frente da Escola, a que acorreram todos os alunos, professores e a direção, enquanto um grupo de cordas tocava o segundo movimento do *Sexteto* op. 18 de Brahms, estacionou o carro negro e lustroso de uma funerária de Nürnberg. O motorista desceu e abriu a tampa traseira, dando visão do esquife. Klarika, transida de dor, abraçava-se a Julius:

– Nunca, nunca vou esquecer Bruno.

A irmã de Bruno desceu de um táxi e se parou de pé ao lado do carro fúnebre. O diretor da Escola, ajudado por um aluno, se adiantou e colocou sobre o esquife uma coroa de flores na qual havia uma faixa negra de cetim chamalote, com letras cursivas em prata: *Homenagem dos professores, funcionários e alunos da Escola de Música de Würzburg*. Depois tirou um papel do bolso e leu um discurso curto e mesmo assim monótono, em que lamentava a morte de um colaborador tão eficiente e tão dedicado à música. A irmã de Bruno respondeu com algumas frases convencionais, o motorista foi fechar a tampa de trás, depois abriu a porta do carro fúnebre e ela entrou. Quando o carro deu a partida, Julius cogitava: "E agora, o que vai acontecer com Ishiro?".

Klarika interrompeu-lhe o pensamento:

– Para mim, acabou Würzburg. Vou antecipar minha candidatura à Sinfônica de Miskolc. E já aprendi o necessário para ser musicista de fila.

Ele esperava qualquer coisa, menos isso. Pediu que ela abandonasse a ideia.

– Não. Sem Bruno, a Escola perdeu o sentido para mim.

– Espere, vão achar alguma solução.

Ambos, todavia, sabiam que, com a aposentadoria do professor Köhler, já faltava um professor e, agora, teriam de contratar outro, de emergência, um desconhecido.

Klarika refletiu antes de dizer:

– Logo você se acostuma. Terá muito para fazer em Würzburg, estudar o concerto de Dvořák e apresentá-lo em público. Depois, se não se entender com o novo professor, você procura outra escola na Alemanha, ou volta para o Brasil.

– O concerto de Dvořák... Bruno está morto, Klarika.

– Mas não a promessa que você fez a ele. – Sobreveio um silêncio, e Klarika mudou o tom: – Me leve para seu apartamento. Não posso ficar sozinha esta noite. – Ela se transformava num desamparo infantil entre lágrimas: – Eu durmo em qualquer lugar, até na sua poltrona, como um gatinho.

Ela cumpriu o que dissera acerca da volta para a Hungria. Apesar de todos os pedidos de Julius para que desse um crédito ao novo professor, que nem conheciam e que talvez fosse um bom professor, afinal se convenceu de que a decisão dela era definitiva. Tolo, não percebeu que Klarika jamais havia apagado Bruno de sua alma. Quem sabe ainda aconteceria com ele. Mas teria como suportá-lo?

Em uma semana ela recolheu seu material na Escola – como ele iria fazer pouco tempo depois –, arrumou as malas, liquidou as contas do residencial em que vivia. Na véspera da viagem, ele pedira que fossem até a Ponte no horário do entardecer, e agora estavam no mesmo terraço onde se apresentavam no verão.

– Lembra, Klarika, quando aquele turista nos deu uma nota de cem dólares?

– Lembro. Corri à casa de câmbio e não consegui trocar porque era falsa.

Riram daquilo. Fazia um tempo raro, suave. A fortaleza de Marienberg, recebendo a última luz vinda do Sul, ganhava uma suntuosa cor dourada, medieval. Ele sabia: não podia ficar de conversas amenas e pseudocômicas quando havia algo muito mais profundo que os ligava. Havia uma morte. Voltou-se para Klarika:

– Será que ainda nos veremos?

Ela pensou, e depois:

— Com um oceano no meio de nós... nunca se sabe.

— Não fale assim. — Ele a olhava na iminência da perda, aquele rosto cheio, a cútis sem qualquer cosmético, pura, deliciosa, fresca, apesar do sofrimento. A mesma luz deixava-a corada, e o vestígio das lágrimas secas dava a ela um sentido de tensa voluptuosidade. Ele teve um impulso, fez uma coisa estranha, impensada. Aproximou Klarika de si, procurou sua boca e lhe deu um beijo nos lábios entreabertos. Ela por um instante se enrijeceu, surpresa, mas logo descontraiu os músculos: ele sentiu que Klarika, e ele mesmo também, precisavam desse contato verdadeiro em meio à dor e ao luto, e encontravam no outro o que tinham de mais íntimo e amorável neste mundo. Depois, ela se afastou com suavidade, baixando a cabeça:

— Obrigada por tudo, meu querido, nunca vou esquecer você.

Ficaram na Ponte até o dia terminar, as mãos dadas. Não tinham ilusão: eram os últimos momentos em que estariam juntos. Os raios do sol foram substituídos pela luz das lâmpadas públicas, uma névoa ondulante veio pelo Main e envolveu-os. Esfriava. Klarika fechou o capote, e ele sentiu uma imensa ternura ao ver aqueles botões que mal entravam nas casas. Ela pôs os dedos sobre os lábios de Julius:

— Prometi à dona do residencial que esta noite eu dormiria lá. A coitada não para de chorar.

Ele pensou, mas depois disse o que deveria dizer:

— Claro. Seu trem parte cedo. Irei à estação. Ou prefere que eu passe com um táxi no residencial?

Agora foi a vez de Klarika de fazer algo extraordinário. Disse:

— Melhor nos despedirmos aqui.

Ele teve de aceitar:

– Sim. Mas vamos nos escrever, sem falta, dando notícias.
– Prometo. Adeus, Julius. Até já. Fique aqui, na Ponte. É a última imagem que quero guardar de Würzburg, você na Ponte.

E ele assistiu à figura de Klarika Király desaparecer em meio à bruma fria da Domstrasse, como se nunca tivesse existido. Naquele coração de camponesa havia abrigo apenas para um amor, e desde sempre e para sempre ele tinha um nome, que ela repetiria até o fim da vida: Bruno Brand.

Os alunos de Bruno estavam em meio ao semestre escolar, estarrecidos com aquela morte que lhes tirava o professor e, pior, com uma ameaça: a Escola havia chamado um músico da sinfônica de Bonn para substituir Bruno Brand. Vinha em caráter provisório, até que fizessem concurso. Chamava-se Hans Dietz-Eggert, e tinha fama de bom solista, mas dotado de temperamento irascível. Para bons solistas há o palco, em que as neuroses vitimam apenas a si próprios; já para os professores há seus alunos, a paciência e a solidariedade. Ninguém entendia aquela contratação, ainda que precária, por parte de uma escola com conceito elevado na vida musical europeia. Vendo-o, Julius experimentou uma repugnância física. Nem tanto pela voz pastosa e nasal, nem pelo casaco de couro engordurado na gola, nem pelo rosto imberbe aos cinquenta anos, nem pelos cabelos, nem pelas mãos espessas, de unhas chatas, de mãos em que brilhava um anel de rubi no dedo mínimo, nem pelo olhar que desprezava a todos; a repugnância decorria do mau uso que fazia desse conjunto. Peter Ustinov decadente foi a imagem de ator que lhe ocorreu. Murmuravam algumas coisas sobre ele, que passavam despercebidas para Julius, ou melhor, que não lhe importavam.

Vencido o breve luto escolar, Peter Ustinov se apresentou na sala de aula. Pôs sobre a mesa a lista dos matriculados, sem examiná-la. Ficou de pé, com os braços cruzados sobre o peito. Varreu com o olhar os seus alunos. Era um olhar preparado para conhecer e acusar as fraquezas humanas. Ele escolhia alguém.

Todos se encolheram. Aquela mirada, depois de vagar por Florian e por Renzo, estacionou em Julius:

– Você, quem é? Ah, você é o brasileiro – ele disse, com um sorriso frio e duro. – Curioso, um brasileiro por aqui. Pois, brasileiro, toque o Prelúdio da *Primeira Suíte*.

Era uma das peças de Bach que Julius conhecia bem, todos os estudantes de violoncelo a conhecem. Pôs-se a tocar, já na intenção de vencer aquela arrogância e mostrar que era capaz de interpretar Bach como qualquer europeu.

Depois de escutar até a metade, o olhar sempre cravado na mão esquerda de Julius, Dietz-Eggert disse:

– Pare, isso não é Bach. Além disso, que modo é esse de posicionar os dedos nas cordas? Quem lhes ensinou isso? – E já se dirigia aos outros: – Vou perder meu tempo. Pensei que me destinariam alunos de outro nível. Terei de conversar com a direção da Escola. – E deu as costas, saindo da sala.

Os colegas ficaram mudos. O que Julius sentia era pesar, revolta e abandono. Em poucos dias ele perdera duas pessoas que lhe davam a certeza de que era ainda possível acreditar na Arte e, por extensão, no ser humano. Na sala de aula, ainda estavam à espera de Dietz-Eggert, mas, com o passar dos minutos, que depois se transformaram em uma hora, se entreolharam e se puseram a recolher seus instrumentos, deixando a sala. O casal de vietnamitas agia como se não tivesse entendido nada, mas disseram qualquer coisa entre si e também saíram.

Peter Ustinov retornou, encontrou-o só. Assoou o nariz, olhou-o:

– Pelo que me disse o diretor, terei mesmo de ser o professor de vocês. Toque a *Sarabande*.

Julius pegou o violoncelo. O professor, desta vez, se sentou. Escutou-o até o final, com o rosto imperturbável.

– Vejo que terei trabalho, muito trabalho. Onde estão os outros? Fugiram. Mas na segunda-feira eles voltam, eles precisam

– disse Dietz-Eggert. – E você, estude isso. – Deu-lhe uma pasta de papelão com folhas de partituras impressas e manuscritas. Algumas eram simples rascunhos.

Já na Katzengasse, ele abriu a pasta. Era uma miscelânea de estudos, partes de concertos, de sonatas, de trios, quartetos de diferentes níveis de dificuldade. Se o novo professor tinha algum método, deveria ser muito difícil imaginar qual fosse. A partir daí, Julius foi de ridículo em ridículo, até este, de esperar por um século alguém que praticava natação numa piscina pública de Würzburg e se esquecia dele.

As aulas, apesar de tudo, se regularizaram. Os colegas, por falta de opções, como supunha Peter Ustinov, decidiram seguir o curso, mas as aulas eram pouco férteis. Coletivas, todos os alunos de violoncelo participavam delas. Peter Ustinov se desempenhava como se estivesse perante um público. A qualquer equívoco do aluno, ele lhe arrebatava o violoncelo, tocava a passagem que considerava mal e devolvia-o com exigências impacientes. Dessa forma, era impossível progredir. Todos esperavam que o professor fosse substituído, mas a decisão era adiada a cada semana. Conformaram-se, pois não haveria lógica em trocarem um professor quando o semestre se encaminhava para o final; mas no Centro de Convivência corria o boato de que já haviam escolhido um professor australiano de origem israelense, que seria contratado no verão para entrar em atividade em setembro.

Um dia, Julius comunicou a Peter Ustinov que vinha preparando o concerto de Dvořák com Bruno Brand e que gostaria de apresentá-lo. Peter Ustinov olhou-o com incredulidade espantada:

– Mas o quê? Dvořák? Bruno Brand permitiu isso? Onde ele estava com a cabeça? Agora entendo o desastre que foi a formação de vocês. Sabe quem toca Dvořák?

– Sei. Janos Stárker. E Jacqueline Du Pré e Piatigorsky também tocavam, e muitos outros.

– E você pensa, brasileiro, que pode se igualar a eles?

– Não. Mas posso tocar da minha maneira.

Peter Ustinov se deteve no rosto de Julius, lançando um olhar vagaroso e desagradável desde a testa até o queixo. Disse:

– Você quer. Está bem. Você quer. Então, estude o concerto. Daqui a dois ou três meses ou quatro meses, volte ao assunto.

– Mas o concerto está estudado.

– Estudado é uma coisa, decorado é outra. Ou você quer se apresentar lendo a partitura? Já disse. Melhor: daqui a três ou quatro meses.

Julius sentiu-se obrigado a concordar, e concordou também com as condições, que eram de realizar todas as tarefas regulares e participar de todas as programações da classe de violoncelos. A partir daí, dedicou o melhor do seu talento ao preparo do concerto. A Escola era um ambiente de experiências de todo tipo, em geral fora dos auditórios acadêmicos. Era sua obrigação atender a tudo isso, mas ao chegar à Katzengasse abria logo a partitura nova que havia comprado. Não queria que Peter Ustinov pusesse suas mãos asquerosas na partitura anotada por Bruno. Guardou-a como um ícone russo.

Ele dedicava uma atenção pulverizada a tudo o mais. O melhor era ao fim da tarde, quando o som de seu violoncelo preenchia o edifício com o concerto. O tempo passou mais rápido do que ele previra.

Houve um dia em que ele disse estar pronto para a apresentação. Peter Ustinov ordenou-lhe que então ensaiasse com o piano. Julius perguntou se poderia escolher o acompanhante.

– Miguel Ángel – respondeu o professor –, ele é o melhor que temos na Escola. Procure-o.

Boots, portanto, o Boots que ele via a intervalos esparsos com Constanza Zabala. Passou a observá-lo melhor: perambulava pela Escola com sua fantasia western, sonâmbulo, as mãos nos bolsos, casaco de couro, pernas estreitas e curvas. Em vez do chapéu de vaqueiro, usava um boné do New England Patriots, que cobria parte dos cabelos longos.

Boots circulava também por um bar da Martinstrasse, cercado por uns sujeitos de casacos de couro, à frente de garrafas de cerveja e copinhos de Steinhaeger. Riam muito, fumavam e sempre pareciam alterados. Às vezes vinham para a rua e, sentados em suas motos, incomodavam as pessoas até que vinha a polícia. Na Escola, ora cumprimentava os colegas, ora se esquecia disso. Variava de *mood* – os colegas não achavam uma palavra correspondente em alemão.

No início do primeiro ensaio na Kleiner Saal – a Sala Menor da Escola –, Boots simplificou a introdução orquestral, saltando compassos para chegar logo à entrada do solo, quando fez um pequeno movimento de cabeça a ele, *comece*. Julius tocou os oito primeiros compassos e Boots não deu sequência, tirando as mãos do teclado.

– Você está satisfeito com isso? Olhou a anotação impressa na partitura? O que está escrito?

– Está escrito *risoluto*.

– Pois toque com resolução, não essa coisa morna. De novo.

Julius se concentrou. Boots tocou os cinco últimos compassos antes da entrada do violoncelo, e ficou em *pianissimo*, com o acorde que serve de base à entrada do solo. Julius deu todo vigor, pressionando o arco nas cordas e destacando as primeiras notas. Isso não pareceu satisfazer a Boots, que reclamou que ele agora trocava a força pela brutalidade. Disse para repetir. Estavam nisso quando entrou Peter Ustinov. Boots explicou o que acontecia.

– Toque a entrada do violoncelo – o professor ordenou.

Julius tocou. O professor e Boots se entreolharam.

– Olhe como se toca – e Peter Ustinov pegou o instrumento das mãos de Julius e tocou os primeiros oito compassos da entrada, com seus dedos chatos. Devolveu-o: – É assim que se toca. Vigor, vigor. Aprenda.

Ao sair da Escola, Julius foi tomar um pouco de ar no parque da Residenz. Pelo calendário, iam pelo segundo mês do inverno, mas os jardineiros já revolviam a terra e preparavam as semeaduras. Ele só tinha um caminho, ante as alternativas postas: ou ele melhorava o solo do primeiro movimento, de acordo com o que exigiam o professor e Boots, ou deveria esquecer aquele concerto. Essa partitura tinha a vida das amebas. Quando ele julgava dominá-la, parecia que algum desígnio acrescentava mais dificuldades e o obrigava a largá-la, cheio de rancor e fatalismo.

Mas não, não iria abandonar Dvořák. O que antes era uma promessa à memória de Bruno Brand, agora era uma voluntariedade. E contava com pouco tempo para isso. Depois era a primavera, eram as férias, a Escola se desarticulava.

Ao chegar em casa, recolheu da caixa de correio, junto a duas cartas da tia Erna, um postal de Klarika Király, com uma foto de concerto da orquestra de Miskolc. No verso: *Sou aquela gordinha da segunda estante. Estude. Lembre-se de Bruno e Dvořák. Um beijo, K.*

Ele pôs o postal encostado na estante, para vê-lo todos os dias. Estudou durante uma semana o primeiro movimento e iria tocar da maneira como lhe saísse. Afinal, Boots era apenas um acompanhador, e deveria se submeter à interpretação do solista.

– Você se engana – disse Boots, uma semana mais tarde, e o professor concordou com a cabeça. – Neste concerto – Boots seguia – há um diálogo muito íntimo entre o violoncelo e a orquestra. Não estamos tratando de Mozart, nem de Vivaldi, nem de Haydn. – Falava por espasmos, alterado, sem pronunciar as palavras por inteiro, e seus movimentos eram desarmônicos. – Dvořák é outra coisa, o importante não é somente o violoncelo, mas também a orquestra. Está entendendo? Tenho que zelar para que a execução seja aquela que a partitura exige. E estou doente – disse, fechando o tampo do teclado.

O professor dispensou-o, e disse a Julius:

– Miguel Ángel fica doente com frequência. Não o incomode. E agora você pode ir embora.

Hoje, essa atitude seria inadmissível a um professor de qualquer escola musical alemã; mas naquele tempo em que a dureza da guerra ainda era presente, ainda se encontravam espécimes como Dietz-Eggert, agora lembrados com pavor e vergonha por seus ex-alunos.

Julius comentou com Renzo o labirinto em que estava metido, e este lhe disse que, se quisesse entender tudo, que fosse naquela noite ao bar Propp, da Martinstrasse, pelas dez. Quem se apresenta na noite sabe tudo, concluiu, com ar de conhecedor.

Julius voltou à Martinstrasse, e logo viu as motos à frente. Através da vidraça e da neblina de cigarro, ele descobriu Boots numa roda em torno de uma mesa. Fumavam e bebiam cerveja em canecos de meio litro, com o copinho do Steinhaeger ao lado. Os casacos de couro se penduravam num cabide vertical. Vencendo a pouca luz, Julius entrou e se sentou numa mesa ao fundo, junto ao caixa. Pediu um copo de vinho. A música sincopada do The Cure fazia com que todos falassem ao mesmo tempo e alto. Depois de quinze minutos ele se perguntava por que afinal estava ali e já se preparava para sair quando um homem ao lado de Boots se levantou e, cambaleante, segurando-se nos encostos das cadeiras, foi em direção ao banheiro. A corpulência de urso denunciava: era Peter Ustinov. O que fazia o professor ali, entre pessoas tão mais jovens do que ele, naquele salão estremecendo com o The Cure? Ao sair do banheiro, Peter Ustinov girou um olhar opaco pelo salão e foi se sentar, largando o pesado corpo na cadeira de onde saíra. Levou a mão à cabeça de Boots e acariciou-lhe os cabelos, ao que Boots se soltou com uma risada e pediu mais uma cerveja. Foi surpreendente, mas o necessário para Julius armar uma rede de interpretações dos gestos e falas de ambos quando estavam na Escola. Embora aquilo lhe fosse indiferente, ele foi bastante ingênuo para não entender a insistência com que o professor indicava Boots para acompanhamento das mais diversas apresentações, e não apenas da classe de violoncelo. Boots, que já tinha sua fama, se tornara intocável e imprescindível. Julius levantou-se e pagou o vinho. Ao pôr o troco no bolso, numa das mesas uma garrafa se quebrou, dois homens discutiam e logo se levantavam e o mais forte deu um murro no outro e ambos caíram no chão, engalfinhados numa luta de bêbados, sem convicção nem forças. Alguns fregueses acorreram para apartar, enquanto outros riam, gritando para deixar assim mesmo. Boots era um desses. Um cliente disse, no balcão:

– Olha o que faz a cerveja – ao que o bartender riu:

– Cerveja? Sim, e mais algum pó. Você não é daqui?

A luta continuava, mas alguma questão de honra já se resolvera, e agora havia uma raiva exagerada, cênica, que logo se transformou num estupor, e os lutadores, sentados no chão, se olhavam exaustos, as pernas abertas. Sem qualquer transição, um começou a rir, logo ambos se levantavam e se abraçavam, rindo, jurando amizade recíproca. Os clientes repuseram as cadeiras, os garçons limparam os cacos de vidro e os lutadores voltaram para suas mesas. O bartender, despreocupado, limpava um copo, avaliando-o contra a luz. Disse ao cliente:

– Você não é mesmo daqui.

Julius entendeu que teria de enfrentar uma dificuldade para a qual não estava preparado.

Retomaram os ensaios na Kleiner Saal, evitando o primeiro movimento. Isso por três ensaios. No terceiro, Boots repassou os outros movimentos e anunciou que iriam apresentar o concerto, dessa vez com a presença dos colegas da Escola – e ainda com outros professores. Essas audições privativas, previstas e estimuladas, ocorriam com frequência irregular, de acordo com a necessidade da classe ou quando o professor considerasse que uma obra já estava quase pronta e queria escutar as avaliações dos seus colegas e alunos. E assim foi.

No dia da apresentação, os restritos assistentes ficaram no palco. Os vietnamitas, com sua sorridente incompreensão do que ocorria, foram para a segunda fila de cadeiras, ao lado do turco e atrás do Florian, que preferira ficar bem à frente, a dois metros de Julius, para enxergar melhor. O italiano faltara, e nisso não havia novidade. Julius afinava o violoncelo e Boots já abria a partitura quando chegou Peter Ustinov, acompanhado de outros dois professores da Escola e, pegando cadeiras avulsas, sentaram-se. Cruzaram os braços. Cruzaram as pernas.

Saídas do nada, apareceram outras pessoas e vieram para a plateia. Ficaram de pé.

Julius teve a certeza instantânea: era uma armadilha.

Boots olhou para Peter Ustinov, olhou para Julius e deu início à introdução de quatro minutos, uma das mais longas na literatura de concerto. O tema do *risoluto* já vinha apresentado pela orquestra desde o início, por dois clarinetes, depois com toda a orquestra, se permitindo alguns diálogos com o segundo tema, melódico e sentimental. O tema forte, em toda plenitude, reaparece no momento da entrada do solo.

Julius tentou se concentrar, o momento chegava, mas agora, além de um desconforto no braço direito, sua mão foi possuída de um tremor incontrolável, que aumentava na medida em que progrediam os compassos. Baixou o braço, encostou a ponta do arco no chão. A ponta do arco percutia no piso de madeira. Boots, imperturbável, seguia a introdução. Peter Ustinov acompanhava na partitura. Os vietnamitas se colavam em suas cadeiras enquanto Florian, com seu pouco olhar, fixava preocupado a ponta do arco de Julius. Aproximava-se a entrada do violoncelo, e ele, por um momento, conseguiu firmar o arco. Levou-o à corda, preparou a posição dos dedos. Aguardava a entrada. Ali faltava Klarika para ajudá-lo. Por sua cabeça passavam todas as hipóteses do mundo, desde gritar para Boots recomeçar, até se levantar e sair pela porta, abandonar Dvořák, abandonar o violoncelo e mergulhar no esquecimento.

Foi então o fiasco: Boots pressionou os pedais do piano e, junto, as teclas daquele acorde dilatado que anuncia o solo. Julius puxou o arco sobre a corda e, em vez do *risoluto*, ouviu-se um som hesitante, próximo de uma caricatura. Tocou os dois primeiros compassos e parou.

O sangue afluiu à cabeça.

Boots olhava-o. Todos o olhavam. Seus braços se paralisavam. Impossível seguir.

Ele se levantou:

– Não tocarei. Lamento o tempo que perderam, vindo aqui.

Passado o momento de surpresa, os colegas bateram palmas solitárias que, naquele ambiente, ressoaram como pesarosas matracas da Sexta-Feira Santa, que Julius conhecia do colégio dos jesuítas nas cerimônias da Paixão. Estava a ponto de sair porta afora, mas se inclinou, murmurando:

– Muito obrigado.

Os restantes, ao passarem por ele, e não tinham como desviar, baixavam a cabeça. A secretária administrativa da Escola, com um sorriso vazio, disse que amanhã ele tocaria melhor.

"Como melhor", ele pensa, "se não toquei nada?"

Ele pegou o estojo e guardava o instrumento quando Peter Ustinov se aproximou:

– Não disse que era demais para você, brasileiro? Aprenda a não fazer besteiras.

Boots, sem olhá-lo, fechava a partitura. Julius ficou sozinho na sala de aula, depois de receber o apoio dos colegas, tão constrangidos quanto ele. Tentava gravar na memória tudo que lhe acontecera e que ele chamaria dali por diante de *meu fiasco*. Isso foi tudo. Se a falta de talento já o decidira, o dia de hoje impunha o retorno ao Brasil. Ninguém se recupera depois que lhe acontece algo assim. Agarrara-se a Dvořák como a uma salvação, e agora nada mais lhe restava. Com Schumann seria a mesma coisa, pois, ao contrário dos bizarros conceitos de Peter

Ustinov, Schumann era tão difícil quanto Dvořák – mas o pior acontecera, a perda de confiança no professor e, por extensão, na Escola e em Würzburg.

Dois dias depois, ele estava na promenade do Main, ao meio-dia gelado, comendo seu assimétrico cachorro-quente bávaro, vítima de um dissolvente mal-estar. Quando subiu à Ponte para observar os possíveis patinadores clandestinos e mais, para organizar suas ideias, ouviu Constanza Zabala tocar o segundo movimento do concerto de Mozart, e foi ao seu encontro.

§

Começava a clarear por detrás dos vidros da piscina pública quando Constanza veio, friorenta, envolta num roupão branco. O primeiro sol iluminava-a, iluminava o deck por onde ela vinha, e tudo o mais desaparecia numa sombra imaginária. Em sua presença não havia a morte de Bruno, nem seu fiasco, nem o destino de Klarika Király, nem o pesar, nem o desconforto que turvaram os últimos minutos de espera.

Com uma toalha ela recolhera os cabelos, formando um turbante. Logo estava com Julius. Inclinou-se sobre ele e lhe deu um beijo lento, recendente a canela da goma de mascar. Sentou a seu lado. Ele olhava o perfil de Constanza. Desejou-a como nunca. Sentia uma pressão nas têmporas.

Ela disse:

– E então, o que estava fazendo?

– Esperando. Esperando e pensando. Tive muito tempo para pensar.

– Ah, sim? – e ela olhou preocupada para o relógio na parede. – Acho que demorei bem mais que dez minutos. Desculpe. Eu tive de ajudar um rapaz na raia ao lado a contar o tempo dele.

Eu já sou um caso perdido. Eu fumo e não tenho dinheiro para pagar um *coach*. Não chego nem perto do tempo mínimo para ser classificada para o campeonato acadêmico do verão.

Enfim ele sabia o porquê da frequência à piscina. Ela tirara a toalha e esfregava com vigor os cabelos.

– Então você pensava. No quê?

– Em tudo o que me aconteceu desde que cheguei a Würzburg.

– Um dia você me conta, quero saber.

– Posso contar agora?

– Mas agora? – ela olhou de novo para o relógio.

Ele entendeu tudo:

– Fica para outro dia.

Ela passou a falar alto para vencer aquilo a que chamaram de música de ginástica, acompanhada de maneira frenética pelos escolares.

Em certo momento ela dizia:

– E assim preciso estudar muito.

Isso ele ouviu. Concentrou-se.

– O concerto de Stamitz, que você está preparando?

– Não. O Stamitz já sei de cor. Falo no concerto de Mozart. – E imitou uma reverência galante do século XVIII. – Vou tocar, Herr Cellist, na Kleiner Saal. Minha primeira experiência de grande concerto de repertório.

– Na Kleiner Saal? Não é muito? – ele ia dizer *ambiciosa* – grande? – Mas logo se deu conta de que não era grande, tanto que o nome oficial era Sala Menor.

– Não se espante. O Dr. Breuer já fez o pedido para que eu me apresente de hoje a... vamos ver – contava nos dedos – seis semanas. Além disso, minha bolsa de estudos está acabando. – Olhou para a piscina. – Acho que vou me sair melhor como solista de clarinete do que como nadadora.

A música preencheu o silêncio entre eles. Ela disse:

– Você quer me ajudar? Preciso que alguém me ouça e me dê sugestões.

Constanza cruzara as pernas, o que havia afastado as abas do roupão. Das coxas aos joelhos, e dos joelhos aos tornozelos úmidos, era uma carnação rija, que terminava em pés bem definidos; o pé que assentava no chão sustentava com firmeza o peso das pernas. Por sua pele fluíam gotículas de água e suor. Constanza tinha orgulho de seu corpo, de sua ossatura forte, da potência de seus músculos. Mostrava o corpo como quem exibe uma escultura. Ele estava com a boca seca de desejo. Queria tocar aquela pele que nunca o deixava insensível.

Mas ele precisava responder.

– Sim, claro que posso ajudar – disse. – Quando quiser.

– Hoje. No meu quarto. Na pensão da Frau Wolff.

Ele perguntou onde ficava, e soube que era na Rosengasse, do outro lado do Main em relação ao seu edifício. Ele calculou uns vinte minutos de caminhada se pegasse o caminho do Cais Superior ao longo do Main. Não era perto, mas também não era distante. Na Pensão Wolff?

– Não. Wolff é o nome da proprietária. Eu disse que é meio clandestina porque não tem placa na rua. É simples e limpa, e eu tenho um quarto-cozinha-sala, com banheiro só para mim. E a Frau Wolf não se importa com meu estudo. Ela até diz que gosta, porque é viúva e sofre de insônia.

Nesse dia, ele a convidou para almoçarem no Bella Vita Pizza. O outro restaurante, frequentado por Constanza – e pela maioria dos alunos que contavam apenas com a bolsa de estudos –, situado a duas quadras da Escola, repetia fantasmagóricas variações de batatas cozidas, carne de porco cozida e repolho branco cozido, numa combinação com gosto de alumínio. No Bella Vita, ele consultou Constanza e pediu uma pizza *Quattro staggioni* acompanhada de um opaco merlot de Friuli, servido em jarras de meio litro. O garçom trouxe uma jarra, e depois outra.

Ele comeu dois pedaços da pizza com dois cálices do merlot e ficou observando Constanza comer. Os lábios dela brilhavam de gordura, e os dentes se coloriam do vinho. Ela comia com o fervor de um condenado a pão e água. Não apenas seu rosto, sua boca, mas todo o seu corpo se entregava a essa celebração gastronômica. Ela era, naquele momento, a personificação do prazer. De repente se deu conta de que ele a observava. Passou o guardanapo nos lábios, bebeu um gole de vinho:

– Está mesmo boa essa pizza, não? – E, interrompendo a si mesma: – Lembrei agora, já busquei as fotos. – Pegou um envelope da mochila e mostrou as vinte e quatro fotos. – Todas saíram muito bem. Olhe aqui, a Praça com flores e sem flores. Mas a principal está aqui. – E entregou a Julius a foto em que ele posara na Ponte. Ele a examinou, e depois:

– Como eu imaginei: mais paisagem do que eu. Nunca saí bem nas fotografias. Mas olhe, posso ficar com ela? Quero mandar para minha tia no Brasil, que está sempre me pedindo fotos.

– Claro, fiz uma cópia a mais para mim. Você deve mesmo gostar dela, não? Eu gostaria de ter uma tia assim querida.

O restaurante, lotado, com os calefatores no máximo, era uma fornalha. Os cabides altos tinham tantos sobretudos e casacões pendurados que dificultavam a passagem. Vagava uma atmosfera alcoólica que afogueava os rostos, ao que se misturava a fumaça dos cigarros. Os garçons se atrapalhavam para atender os fregueses.

– Tenho um presente – ele disse. – Pegue. É para se inspirar.

– O que é isso? – Constanza pegou o pacote, abriu-o e viu os discos com as gravações do concerto de Mozart. Leu as contracapas, passou a ponta dos dedos sobre o acetinado da cartolina e depois negou com a cabeça: – Agradeço, meu querido, mas quero ser eu mesma. Não quero imitar ninguém, muito menos Benny Goodman. Ele era apenas um amador em Mozart. Mozart é compositor sério. – Ela se inclinou sobre a mesa e lhe deu um beijo na boca. – Mas muito obrigada pelos discos. Vou guardá-los para depois. Você é muito querido. Não fique triste.

Essa divergência foi recolhida por ele como algo que vinha a poluir, ainda que pouco, uma relação até agora resumida a uma concordância em tudo, que vitalizava os jogos sexuais de se proporcionarem o maior prazer recíproco e se estendia às preferências sobre professores e pontos turísticos de Würzburg. Fora má ideia presentear com Leister e, em particular, com Benny Goodman. Para afastar esse fato, que no fundo era uma humilhação, tratou de superar o momento.

– Talvez – ele disse, como se não desse tanta importância à recusa – depois de pensar mais um pouco, você reconsidere.

Constanza pousou os talheres.

– Nunca. – E olhava-o com intenção, por um momento ignorando o prato servido à sua frente.

A resposta categórica, que tanto o perturbou, ainda hoje repercute entre as lembranças de Julius. Ele, nesta noite do Sul, tentando dormir, e na véspera, ainda no aeroporto, ao constatar o extravio das gravações, se lembrou da resposta de Constanza. Mas não, ele não trazia as gravações para a estância com a intenção de imitá-las. Nunca, não, de fato. Eram apenas para o entusiasmarem.

Quando saíram da Vita Pizza, às duas horas, estavam com as roupas impregnadas de um odor que era uma mistura de cebola, farinha, mozzarella derretida, orégano e fumaça. Ela já ria, feliz com seu próximo concerto de Mozart e meio drogada pelo vinho. Parou num parapeito da promenade e acendeu um cigarro. Seguiram. Ele procurou a mão de Constanza, que a abandonou ao seu toque. Ele não queria disputar Constanza nem com Mozart, nem com o clarinete, nem com a piscina. Ela, alheia a tudo isso, envolveu seus dedos nos dele. Ele sentia o pulsar do sangue vivo por debaixo da pele e o rigor dos nervos que se retesavam.

Por mais que ele imaginasse, o quarto-cozinha-sala de Constanza, no primeiro andar da pensão, não seria tão austero: a cama, a mesinha de pinus com uma cadeira sem conforto, a estante metálica, um pequeno armário de roupas, um móvel que era um combinado de fogão e pia, uma geladeira pequena e, como um luxo, uma poltroninha muito usada. A temperatura, ali, estava no limite do suportável. Na pia, no lugar do detergente, havia uma cuia de mate emborcada, a *bomba* se equilibrando no canto.

– É o mate. É o outro vício. Quer? Eu posso fazer.

Ele não viera para tomar mate. Fez um gesto de que não, mas sem desprezar o oferecimento, apressou-se em explicar que, saindo muito cedo do Sul para viver em São Paulo, não teve tempo de adquirir o hábito.

E procurou-a, abraçando-a pelas costas. Ela se desvencilhou de maneira suave, explicando que poderia estudar em qualquer lugar, mas, a sério, para render, só no seu próprio espaço, nem que fosse como aquele, quase vazio.

– Ou melhor – ela disse, tirando o casacão, o gorro e o cachecol, jogando-os na cadeira –, sem nada que me distraia do clarinete. – Tirou as botas e as polainas. – Agora que estou na minha casa, sou eu quem diz: sente-se. Não estranhe a pouca calefação, meu querido. A Frau Wolff economiza na calefação. Daí o preço barato que ela cobra.

Sem alternativa, ele sentou-se na poltroninha. A estante metálica já estava com a partitura de Mozart. Constanza foi a uma prateleira, pegou os óculos com armação preta, quadrada, que ele já conhecia da aula do Dr. Breuer, colocou-os no rosto. Os cabelos ruivos descem pela testa, contornando a armação dos óculos.

– Peço desculpas – ela disse. – A partitura fica longe. Enxergo pouco.

As desculpas eram uma descoberta. Aquela fortaleza corporal tinha algo que a envergonhava. Ela buscou as peças do clarinete, montou-o com lento cuidado. Experimentou a palheta, trocou-a por outra, experimentou-a e fez com a cabeça que sim, aquela estava boa. Ligou o toca-fitas. Enquanto no som rouco da orquestra de Cleveland discorria o preâmbulo orquestral, os cinquenta e seis compassos da mais luminosa música já composta, ela experimentava o clarinete com pequenas notas.

Agora, mais uma vez ela estava de perfil, as pernas separadas, os pés bem plantados no piso de madeira. Numa das meias, próximo ao tornozelo, havia um esgarçamento no tecido de algodão, que revelava a pele. Constanza esperava a entrada, marcando os compassos com oscilações pendulares do clarinete. Ela transmitia sua expectativa aos dedos que tateavam, ansiosos, as chaves e orifícios do instrumento. Ela deixara no indicador da mão direita um anel de prata 90, já sem brilho. Mantinha-se numa concentração que impedia qualquer outro pensamento.

– Ouça – ela disse.

E começou a tocar o tema inicial, que repete o da orquestra; depois, as modulações, as variações e o segundo tema e todos os ornamentos de escalas ascendentes e descendentes. Constanza nunca fora tão desejável, com os lábios pressionados pelos dentes a segurarem com firmeza a palheta do instrumento. Agora os movimentos do corpo correspondiam não à métrica, mas a um ritmo um pouco fora de sincronia com os compassos.

Quanto mais dias se passassem, mais ele dependia do corpo de Constanza Zabala.

Ela parou. Deu um *pause* no toca-fitas.

– Não está me ouvindo. Está me devorando.

– Sim, mas também estou ouvindo, siga.

Ela nada disse. Apertou o *play* e tocou até o final, que termina de maneira grandiosa e leva à ideia de que Mozart, não fosse a obediência à forma do concerto, poderia ter escrito muito mais notas e ainda mais belas a partir do momento em que a música acaba.

Ambos ficaram calados. Ela virou a folha da partitura.

O tema principal do segundo movimento é o mais poderoso em sua simplicidade, quase um assobio de criança, e já começa com o solo do clarinete, num conciso acompanhamento dos primeiros e segundos violinos. Esse tema é repetido pela pujança de toda a orquestra, com todas as possibilidades dos timbres misturados. Ele se hipnotizava.

E naquele quarto, abstraída a pequenez, a austeridade, as paredes vazias, ele recriava o momento em que a escutara na primeira vez na Ponte.

Aguardou o momento em que escutaria a sucessão de fusas e aquele Ré grave. Precisava dessa nota imperfeita para reconstruir todo o quadro de seduções que ali havia começado. E a música seguiu com sua bela lentidão até que soou a sucessão de fusas, soou a nota, talvez com um quarto de tom abaixo. Ele se sentiu tomado por uma vertigem de prazer. Era Constanza. Preferia-a com essa incorreção. Sabia, porém, que era seu dever ajudá-la, mas não queria abandonar as emoções da Ponte. Se Mozart resultasse sem problemas, o concerto não seria de Constanza.

Ela parou, mais uma vez.

– Vou repetir.

– Sim? – ele disse, já procurando alguma desculpa para sua distração.

– Não ficou bom. Ouça. – Tocou uma passagem em colcheias que percorria as notas agudas do pentagrama. – Essas notas, ouça, estão neste compasso. Uma... – procurou a palavra – uma... *Tragödie!* Você escutou bem? Notou a alteração do timbre do instrumento? Isso não pode acontecer. No nível médio, até que vou bem.

– Acho que o timbre se manteve igual. Eu estava atento. – Ele deixava passar a oportunidade de ser sincero.

— Atento a quê? — E, antes que ele respondesse: — Preciso que você me ajude. Se você concordar com tudo, eu penso que está tudo bem.

— Terá toda a ajuda. Vamos recomeçar.

Ele se magnetizava pelos deliciosos momentos falhos. Poderia, já agora, reconhecer ao longe que era uma interpretação de Constanza Zabala. No fundo, ela estava certa: melhor, mesmo, que não escutasse Goodman nem Leister.

— Essas notas — enfim ele disse, porque tinha o dever de dizer algo verdadeiro —, essas colcheias estão pouco destacadas.

— Mas na partitura de Mozart não está escrito que elas sejam destacadas.

— Ah, sim? Pois siga. — Havia, sim, um equívoco, mas sua concordância era uma imperdoável abjeção.

Já escurecia na quinta vez em que ela terminava a repetição do movimento. Ele se levantou para acender a luz. Esse gesto serviu para afastá-lo daquele jogo constrangedor. Disse:

— Você não precisa de um descanso?

— Ouça, ouça — e ela tocou a passagem das colcheias. — Ouça. — E repetiu-a. E mais uma vez. — Não só elas alteram o timbre, como elas se confundem. Você está certo.

— Não se confundem mais, não, fique tranquila.

Às nove da noite, tonto de fome, ele procurou o que comer naquele quarto. Constanza tocava mais uma vez o primeiro movimento, para o qual voltara. Ele encontrou apenas a erva para o mate numa lata de café, oito bolachas de mel e, na geladeira, uma garrafa de suco de maçã pela metade.

— Tenho coisa melhor em casa — ele disse, numa pausa de Mozart. — Vou buscar. Levo a chave.

— Nós sempre com o problema das chaves. O melhor é fazermos cópias. Não demore. Preciso de você. Muito.

A ambiguidade do pedido perturbou-o.

— Diga em outra língua que não seja o alemão.

— *Necesito de ti* — mas aquilo soou como título de canção popular. Ela, percebendo, aproximou-se, deu-lhe um beijo, abraçou-o. Pousou a cabeça no peito dele.

— *Necesito, si, necesito, si, mucho, mucho, mi amor.* — E se deixou ficar, entregue, até que ele, à margem da emoção, disse que precisava ir, mas voltava em meia hora.

No caminho até a Katzengasse, ao longo do Cais Superior do Main, sentindo o ar frio e reanimador, resolveu que era o momento de falar para Constanza com clareza acerca dos problemas da interpretação de Mozart. A isso era obrigado. Nunca agira de maneira contrária à sua consciência. Construíra, perante si próprio, uma figura moral sem culpas por qualquer coisa que tivesse feito ou deixado de fazer. Mas agora, ser veraz significava perder algo que ele havia aceitado em Constanza como um fetiche sexual. Aquelas imperfeições *eram* Constanza, e faziam parte da sua figura, assim como a voluptuosidade dos cabelos, assim como o modo sensual de sorrir e a maneira ativa com que fazia amor. Logo começou a elaborar argumentos de que não procurava aprofundar sua coerência.

Assim, já no retorno, varando solitário a noite de Würzburg, desejando voltar logo para o lado de Constanza e antevendo a estupenda noite que teria, aumentou as passadas. Um argumento final o convenceu: Constanza tinha vários colegas clarinetistas, tinha um professor competente. Estava cercada de conhecedores, verdadeiros especialistas em Mozart e no clarinete, capazes de apontar qualquer problema. Ele, ele não precisava alertá-la. Seria até uma intromissão num domínio que não era seu. Ficaria assim, esse pacto para o futuro.

Ao subir as escadas da pensão, vinha com o assunto resolvido. Quando chegou com uma lata de atum dos Açores, um pacote de macarrão e duas garrafas do Domina, encontrou tudo às escuras. Acendeu a luz. Ela estava na cama, de bruços, vestida, os braços envolvendo o travesseiro. Havia um bilhete: *Não estou morta. Me acorde.*

Mais tarde ela disse, enquanto enrolava o macarrão com o garfo:

– O prato típico dos estudantes da Escola. Você cozinha bem. – E falou no concerto. Precisava estudar muito mais. Era uma relapsa. Tudo soava mal, de iniciante. Quanto mais estudava, pior ficava Mozart.

– Mas, Constanza, é apenas uma audição de alunos, e a plateia sabe disso.

Ela ficou com o garfo no ar, séria. Ele sabia ter dito algo errado, mais uma vez. O que escutou não estava muito distante do que esperava:

– Para mim não faz diferença. Tenho de tocar bem, nem que a sala esteja vazia. – Depois de um momento em que ele escutava o choque dos talheres: – Mas a direção da Escola não deu resposta, ainda. De certo tenho apenas o concerto de Stamitz.

Ele lhe serviu de mais vinho.

– Vão confirmar o Mozart, sim. – E ele avançou: – Posso acompanhá-la no piano, se você quiser. Tenho estudado pouco desde que cheguei a Würzburg, e você sabe, *sobald Pianist, immer Pianist*, uma vez pianista, sempre pianista.

Constanza bebeu todo o cálice de uma única vez:

– Assim como fazem os pescadores do Rio Negro. – Riu. – Eles bebem assim, sabe? – E, adiantando o cálice: – Pode me servir outro? Você é muito querido. Mas esse cálice é o último, digamos, o penúltimo. Já abusei do vinho ao meio-dia. Hoje não quero falar bobagens. – Mas o oferecimento de Julius caíra no vazio, e seria indigno pedir de novo.

– Bobagens? – ele disse.

– Coisas da minha vida – ela disse, abreviando. E, já rindo, estendeu as mãos por cima da mesa. Ele as tomou, levando-as aos lábios. – E, meu querido, chega de estudo e de conversa boba, que isso já vai longe e temos uma noite só para nós.

Ele se serviu de mais um cálice e concordou com alvoroço. Afinal, por esse momento esperara todo o dia.

Depois do sexo silencioso, urgente e bêbado, de um prazer repentino, quando ela se voltou para a parede e logo ressonava, ele não dormia. Vigiava aquele sono de atleta, detinha-se na visão das costas de Constanza reveladas pelo lençol, daquelas omoplatas fortes em contraste com a graciosa coluna vertebral. Era um corpo bonito, em tudo parecido com as representações límpidas da escultura romana, muito diferente do mundo gótico--sombrio ou barroco-explosivo que os cercava.

Ela se movimentava num sonho de pequenas palavras que ele não quis escutar. Assim, dormindo, entregue a essa morte efêmera e observada, Constanza era outra. Ela sempre tinha algo a ser descoberto, e a necessidade da descoberta é que a tornava mais e mais desejável. Ocorriam a Julius várias frases mentais, incompletas, contraditórias, e outras, plenas de verdade, embora difíceis de serem enunciadas.

Levantou-se, foi à janela. O poste à frente emitia um halo de luz que revelava um trecho da rua imersa na brancura obscurecida e fria da neve.

Ele sentia uma liberdade que não vinha apenas do rompimento com Peter Ustinov, mas que oferecia oportunidades não imaginadas, como aquela, de estar num momento sem futuro nem passado, num tempo infinito em que tudo seria possível, inclusive renunciar a essa liberdade apenas para aprisioná-la ao amor de Constanza. Não importava que ele estivesse sem propósito concreto em Würzburg, vivendo como o ocioso que nunca fora. Ontem mesmo havia aberto as malas e devolvido as roupas ao armário, bem como depositara no lixo seletivo atrás de seu prédio as caixas de papelão que estavam na sala.

Na mesa, o clarinete se apoiava em seu suporte, mudo. Amanhã voltaria à vida, com sua imperiosa presença. Mas agora não havia, na longa noite invernal do Norte, o que afastasse Julius de Constanza, a não ser o futuro e os pensamentos.

Nos vidros da janela começava a se formar gelo que, pegando-se aos ângulos retos, criava formas circulares, preenchidas pela respiração de Julius. "É como se eu quisesse ficar para sempre aqui dentro."

§

Na estância, nesta noite glacial, ele puxa sobre si os cobertores, que haviam deslizado para o chão. Não consegue se aquecer. E o cheiro de mofo que impregna tudo faz congestionar o rosto. Amanhã ele pedirá a Baldomero que mande estender ao sol os cobertores e ainda os lençóis, as fronhas e os travesseiros. E ainda o colchão primitivo, forrado de crina. Todo o frio, todo o mofo, tudo isso o mantém acordado até as duas da madrugada.

5.

Descalço, com o poncho sobre os ombros, ele abre a janela para a manhã do pampa. O ar, condensado pela friagem desde o centro dos vidros, tecera uma finíssima trama de gelo, suavizando os ângulos retos dos caixilhos. O termômetro meteorológico indica um grau abaixo de zero. A partir do zênite, o forte azul-cobalto desvanece para o azul-cinza de ardósia até atingir o horizonte, mesclando-se ao verde do campo, que se apaga numa nebulosidade à la Turner.

Detém-se a contemplar a imensa paisagem, sem se importar com os arrepios que percorrem seu corpo, vindo das plantas dos pés. Ao contrário da noite, em que o frio o martirizou, agora, em plena luz e desperto, é muito bom senti-lo. É a certeza de que está no Sul, e pronto para seus estudos. E, quem sabe, hoje deem notícias da mala perdida nos ares da América do Sul?

O cheiro é de grama e madeira cortada e, de modo quase imperceptível, de estrume fresco, de couro mal curtido e de graxa, uma amálgama que ele já conheceu da vida inocente.

No som à distância de algum rádio, a voz empostada do locutor, com forte acento platino, lê o comercial de um vermífugo para ovelhas. É uma propaganda interminável em que, depois de louvar as virtudes do Doramectin, o locutor, cúmplice, conclui: "*Lembre-se*" – faz uma pausa estudada –, "*o olho do dono é que engorda o gado*" – ao que se segue um jingle das botas de borracha Ideal – "*ideais para seu agronegócio.*"

É um mundo curioso. Embora todas as pessoas e documentos digam que tudo isto é metade *seu*, o campo, a casa, o gado, o galpão, o rádio na cozinha e, em algum sentido, até as pessoas que aqui vivem, mais esta janela da qual ele sente na polpa dos dedos a rugosidade da pintura descascada do peitoril, este lugar pertence a uma genealogia na qual ele foi incluído pelo acaso, e ele tem um sorriso cáustico para seu gesto atrevido de ontem, ao se sentar no lugar do pai, à mesa.

Quando o frio se torna insuportável, e ele vai fechar a janela, Baldomero Sánchez sai do galpão com uma cuia de mate e, ao vê-lo, tira o boné:

– Dormiu bem? – diz, com uma voz em que agora Julius nota o timbre de um desagradável falsete. – Aceita um mate?

– Não, *gracias* – ele se perturba com essa repentina erupção da segunda língua da infância.

– Olhando suas terras, seu Júlio? É grande. Está vendo aquela cerca lá adiante? – Baldomero indica. – E, depois, ainda a outra, e aquele capão de mato que mal se vê no meio da cerração? Depois daquilo há uma sanga pequena que acaba numa lagoa. O senhor não está vendo, mas até lá vai o campo. E para o outro lado é a mesma distância. E mais um pouco o senhor está na fronteira com os castelhanos.

– Sabe a que distância fica a fronteira?

– Não é longe. Tem um rio. Mas como eu lhe dizia: daqui da casa o senhor nunca enxerga o fim da propriedade. O senhor não quer percorrer o campo? Eu mando encilhar um cavalo manso.

Esse *cavalo manso* é insulto e uma vergonha. Por que um cavalo *manso*? Por que Baldomero, esse falador, não oferece um cavalo no ardor da juventude, escarvando o chão de impaciência?

Ele agradece e explica que tem muito trabalho. Baldomero franze o cenho, numa dúvida.

– O senhor é quem sabe. O seu motorista já se foi embora hoje cedinho. E saiu dizendo que o fogo do galpão é uma bobagem, que ele não acredita.

Julius já começava a fechar a janela:

– Como, ele foi embora?

– Sentou-se no carro, ligou o motor, deu adeus e foi-se embora. Não era para ir?

Ele se recupera da notícia:

– Claro, era. – Lembra-se: a firma mandou que Mickey Rooney voltasse logo para Porto Alegre. – Baldomero, preciso que mande pôr no sol as roupas de cama. O colchão também, os cobertores, os travesseiros, tudo. Que fiquem assim todo o dia. – E baixa a janela.

A partida do motorista é acontecimento banal, previsível e até desejável, mas agora o incomoda. A esta hora, Mickey Rooney está livre, talvez já na rodovia federal, sem nada a pensar senão nas notícias do rádio e no pneu furado de ontem, o que o obriga a encontrar um borracheiro, e nada mais. "Mickey Rooney tem um trabalho, como todas as pessoas do mundo, enquanto eu tenho um dever."

"E ainda isso", ele ainda pensa quando, ao se voltar para procurar suas roupas, se lembra da carta de Antônia. A carta não traz ameaça alguma, ao contrário; mas qual será esse assunto importante, muito pessoal, que interessa a ele e que não se refere à propriedade nem ao dinheiro? Afinal, são esses os dois únicos assuntos que o ligam a Antônia.

Ele sabe que essa carta não irá abandoná-lo enquanto não fizer algo. Tem como certo que não irá a Pelotas para encontrar Antônia, pois isso revelaria fraqueza e, além do mais, não tem meios práticos para tal. Poderá responder dizendo que não terá tempo para recebê-la; mas Antônia tem o direito de vir para uma propriedade que também é dela, e ele não quer se confrontar com essa alegação. Recebendo-a, e o mais cedo possível, ele apressará a revelação do mistério e poderá estudar em paz. Chama Baldomero e pede que vá até a coxilha e ligue para Antônia, dizendo que ela pode vir quando quiser, mas quanto antes, melhor. E só não vai a Pelotas porque – e gosta de dizer uma verdade – está à espera de uma mala extraviada.

Às nove horas está na sala grande, pronto para o concerto de Dvořák. Pediu, antes, para acenderem a lareira. Decepcionou-se por não ver a alegre Maria Eduarda nesta manhã. Esperava por ela, e torcia para que sua impressão de ontem continuasse a mesma. Foi servido por uma senhora que usava chinelas de plástico e meias soquetes brancas e encardidas, com um cigarro apagado entre os dentes.

Ele busca uma cadeira e coloca-a ao lado da janela, com as vidraças a impedirem a entrada do frio. Os vidros centrais, quebrados, foram substituídos por um papelão que fazia parte de uma antiga embalagem. Ele lê: Aceite Comestib..., abaixo de um touro negro já bandarilhado e em posição de ataque. Ao lado dele, aparecendo as calças verdes do matador e um pedaço da capa vermelha, há um início: *EL TORER...* No tempo de criança havia o comercial da rádio Sodre, que o Latinista captava em meio ao chiado das ondas curtas e do estrondo dos geradores de energia. Sobre o fundo musical da ária do toureiro da ópera Carmen, o locutor declamava: *¡Aceite eeeeeel Torero, de los buenos el primero!* Há quanto tempo este papelão está ali? Ainda vendem o azeite El Torero no Uruguai?

Desdobra a estante metálica, coloca-a de pé à frente da cadeira. Toma a partitura do concerto de Dvořák e a posiciona, fechada, na estante. Foi o que restou dos tantos preparativos que fez em São Paulo: a partitura, uma estante metálica e seu violoncelo.

Neste momento, de acordo com o horário que se fez, deveria pôr o MacBook sobre a mesa, ligá-lo, acoplá-lo ao monitor de 27 polegadas, colocar as pequenas e potentes caixas de som em pontos estratégicos e estabelecer a conexão *bluetooth* – isso ele consentiu que o sobrinho-gênio explicasse. Iria assistir em primeiro lugar ao DVD do concerto com Janos Stárker e a Filarmônica de Viena. As janelas estariam com os tampos fechados, para um clima de cinema e claustro. Pediria que fizessem silêncio. Não trouxe fones, não se acostuma a eles, mesmo os melhores. Prefere o som se expandindo com naturalidade pelo ar.

Ouviria Stárker com devoção e inteligência. Aprenderia com ele. Para o dia seguinte, depois de revisar a gravação do playback com a parte da orquestra, previra escutar o CD do concerto com Jacqueline Du Pré e a Sinfônica de Chicago dirigida por Daniel Baremboim. Mas não só: veria e escutaria outras interpretações, Pablo Casals, Pierre Fournier, Mischa Maisky, Yo-Yo Ma. Só no terceiro dia é que estudaria Dvořák. Queria, antes, estar impregnado do concerto.

Mas não há outra solução agora. É ele, o Baldantoni e a partitura de Würzburg. As anotações do professor Bruno Brand, que seriam para o requinte interpretativo do concerto, agora se tornam o único roteiro possível.

Na capa, em letra orgulhosa, Julius havia escrito: Julius C.C.P. Canto – Würzburg – 1985. Na última ocasião em que vira a partitura – a única desde Würzburg –, não fora além da capa; assim, esta é primeira vez nesses trinta anos que ele faz o gesto de abri-la.

Na folha de rosto, em meio aos arabescos decorativos do editor Simrok, sem motivo algum, ele escrevera de novo seu nome e o ano. Sua letra, quase colegial, não se distinguia da letra dos jovens da época. Abre na primeira página.

Folheando, percorre com o olhar em diagonal a introdução da orquestra, *escutando-a* em silêncio.

Ao abrir a página seis, tem um choque.

Fecha rápido a partitura.

Levanta-se, caminha até a porta.

Aos poucos, o ar gelado lhe traz alguma calma e o mando de si próprio.

Quando esperava o início do solo, sua vista foi tomada pelas anotações de Bruno Brand. Sabia de sua existência, em Würzburg entendia-se com elas, mas foi uma surpresa ver que, como uma planta selvática que cresceu sem controle nessas três décadas, ocupavam as margens laterais, inferiores e superiores das páginas, enroscavam-se nos pentagramas, emendavam-se e sobrepunham-se umas às outras, enfim, invadiam todos os espaços em branco, numa progressão orgânica e devastadora.

Ele volta ao lugar. Abre a partitura no ponto em que a deixou.

Embora as anotações musicais sigam certo padrão internacional, sempre há aquelas exclusivas do executante, que valem para aquele momento em que são escritas, e cujos significados se perdem com o tempo.

O fato é que Julius já não entende o que querem dizer a maioria das anotações emaranhadas de Bruno Brand, muito menos as palavras formando acrônimos ou escritas pela metade. Muitas foram apagadas e reescritas. Ele pode sentir a respiração inquieta do professor ao usar a borracha e, depois, impaciente, ao corrigir sua própria anotação. Mais adiante, descobre na margem superior direita da página seguinte um tímido rabisco que ele mesmo fez com sua letra juvenil, talvez um dedilhado mais confortável para sua técnica incipiente, mas que Bruno circundou com lápis vermelho e escreveu: *Nein!* Por que '*Não*'? O que Bruno o impediu de fazer, querendo deixá-lo bem claro?

Uma vertigem repentina deixa-o aéreo. Não tomou o remédio para controle da pressão arterial. Ah, sim, tomou-o, junto com o café.

Baixa a cabeça, contando os segundos.

É um golpe constatar: não estava preparado para a generosa – mas asfixiante – presença de Bruno Brand. Longe de ajudar, essas marcações são um estorvo ou, pior, são ordens confusas que vêm desde o passado. Quando aluno, fixado na sua juventude de Würzburg, aquilo ainda fazia sentido técnico, mas agora é o ressuscitar de um período que, por tudo o que tem refletido, não é todo feito de alegria e encantamento. Persistir com essa partitura resultará numa injusta transformação da figura de Bruno Brand. O problema não está em Bruno, mas nele, Julius.

Claro, enquanto espera a Rimowa, ele poderia aplicar-se em apagar as anotações. Isso traria alguma objetividade para o estudo. Mas não. Seria uma afronta à memória de Bruno Brand. Depois – ele imagina –, mesmo que as apague, elas permanecerão, nítidas, nos vestígios de seus decalques. Mas, mais do que isso, elas perdurariam em sua memória.

Algo se ilumina no seu cérebro. Ele tem uma partitura nova na Rimowa! Uma partitura de que fez download e que imprimiu. Lembra-se das páginas se acumulando na bandeja da impressora, vê-se colocando as folhas dentro de uma pasta de plástico e, depois, no bolso interno da mala. Como tinha esquecido? Nem se lembrou dessa partitura no formulário de reclamações do aeroporto de Porto Alegre.

Agora nem tudo está perdido. E o pensamento que lhe ocorre tem sua magia:

"A deusa Fortuna, mais uma vez, será?"

Ergue a cabeça e respira fundo.

A vertigem passou. Ergue-se. Não pode se deixar dominar pela emoção, a qual, ele sabe, apenas espera o momento para destruir seus programados dias de paz. Se veio para estudar, estudará. Estudará como um escolar aplicado, e de memória, os estudos de Dotzauer e *High School*, de Popper; tem ainda de cor as suítes mais executadas de Bach, o primeiro movimento do concerto em Dó maior de Haydn, de Schumann, Sainte Colombe e mais um número incontável de peças. É o que fará.

O estojo do violoncelo ainda está no mesmo lugar em que Mickey Rooney o deixou. É preciso abri-lo. Essa atividade prática irá aliviá-lo.

Os fechos do estojo resistem. Sempre acontece isso depois de uma viagem, mas desta vez um deles está encravado. Busca qualquer coisa, pega um atiçador da lareira e, com golpes secos e compassados, que logo se tornam impacientes, consegue abrir o fecho e, logo, a tampa. Fica ofegante, o atiçador na mão.

No fundo acolchoado de veludo roxo-escuro jaz o Baldantoni. Julius reconhece o aroma que sai de dentro do estojo, mescla de tecido, cola de marceneiro, breu e verniz, que sempre provocou seu apetite para a música. Mas este não é o familiar instrumento que ele pôs no estojo, em São Paulo. A longa viagem o transformou em objeto exótico a esta sala caiada de branco, a esta lareira *fake*, a este severo ancestral na parede, a estes campos infinitos além da porta.

Toma-o pelo *braço* e percebe o frio rígido das cordas na palma da mão. Senta, trazendo-o junto a si, prendendo-o entre os joelhos. Aperta as crinas do arco até deixá-las na tensão adequada. Desliza cinco, seis vezes, o breu nas cerdas do arco, desde a ponta ao talão.

O violoncelo está desafinado por inteiro. Ele se demora mais do que o necessário para deixá-lo em condições de uso. Pega o diapasão em forma de U, bate-o na cadeira e, encostando-o no tampo do instrumento, faz soar o Lá natural. Ele afina a corda mais aguda do violoncelo, que logo toca em acorde com a corda Ré. Escuta-se um som ainda tosco, que pouco a pouco, na medida em que ele gira as cravelhas, começa a se aperfeiçoar, formando enfim uma *quinta* justa. É um som cheio e forte, nunca antes aqui escutado, que preenche a casa e também a natureza em redor. Faz isso com a corda Ré e a corda Sol, e depois a corda Sol com a Dó. Experimenta algumas escalas cromáticas e arpejos. Isto já pode ser chamado de música, um som refinado pela arte, esta sim, mais antiga do que tudo, mas, neste momento e local, incômoda e irrelevante. Jamais aqui soara algo que não tivesse uma finalidade, e mesmo os gemidos entre os lençóis, que poderiam significar algo de original, foram sempre aceitos pelas exigências da procriação, estas sim justificadas desde que o mundo existe.

– O senhor quer um cafezinho? – diz Maria Eduarda, alegre, enfim aparecendo no corredor. Vê-se que foi atraída pelo som do violoncelo, ao qual ela lança um olhar interessado.

Está com os cabelos fora de ordem. Deve trabalhar muito. Usa uma blusa negra e calças jeans estreitas que terminam em tênis baratos com detalhes em rosa. Roupa de usar na cidade.

– Não, obrigado, Maria Eduarda. – E depois de se deter nela, que hoje tem os lábios com algum brilho de cor rosa, indicada para sua idade, ele muda de ideia: – Ou melhor, quero, sim, o cafezinho.

Ele começa por exercícios de técnica. Repete escalas sucessivas, notas ligadas, destacadas, cordas duplas em terças, sextas e oitavas, trinados, ornamentos, toda a habilidade automática que o instrumentista deve ultrapassar antes de chegar à autêntica música. Os dedos correm ágeis pelo *espelho* do instrumento e o arco fica bem seguro na mão, capaz de realizar qualquer comando.

Ele suspende os estudos por um momento. Pensa em si mesmo, em seus órgãos. Tem uma sensação de paz e de coisa bem realizada. Depois, inicia os estudos de Popper e Piatti, voltando a Popper.

Tudo está bem. Seu coração bate com regularidade e ele já recuperou o domínio do violoncelo.

– Com licença? – É Maria Eduarda, trazendo o café numa bandeja de fórmica verde-bandeira.

Ele agradece e diz que ela pode deixar na mesa.

– Certo. Tenho que voltar. Eu ajudo na cozinha.

Desejaria conversar com ela. Apenas isso, conversar, saber dela, do seu mundo. Ela tem suficiente juventude e alegria, uma presença ativa e forte para trazer luz a esta casa. Com ela, ele poderia passar todo o dia, escutando-a dizer o que faz, do que gosta, se tem namorado ou não tem. No entanto, ela o abandonou e já está distante, na cozinha – assim como Mickey Rooney, que já vai longe, na rodovia federal, escutando suas notícias no rádio.

Mas há algo que ele não tinha previsto. Aos poucos se formou uma plateia dos curiosos peões e mulheres da estância, que agora se aglomeram junto à porta e às janelas. Não tinha pensado nisso. Como ele poderá estudar, com todos aqueles olhares convergindo para ele, analisando o violoncelo, comparando sua música com as de que gostam?

Não poderá tocar assim. Os estudos levariam no mínimo três horas, mas desiste. À tarde vai procurar outro local para estudo. Com cuidado, depõe o violoncelo no chão pela ilharga. Enquanto a desiludida plateia se desfaz, ele pega o cafezinho já morno e vai à porta olhar o campo. Bebe a xícara de um só gole, deixando que o sabor preencha o céu da boca. É envolvido pelo frio que vem das profundezas do pampa, das sangas e lagoas perdidas. Sem que perceba de início, agora é tocado pelo calor de uma proteção: um poncho está pousado sobre seus ombros. Quando ele se volta, vê apenas o vulto de Maria Eduarda adentrando o corredor.

– Maria Eduarda – diz, e não há resposta. Poderia exigir uma resposta, se isso não representasse a prepotência do grão--senhor sobre a indefesa vassala. Larga a xícara no parapeito da primeira janela e vai no caminho do galpão, contornando a casa. É mais um artifício para se ocupar: decide rever esse fogo imortal, que arde desde que o visconde o acendeu.

Todos sabem dessa história. Extinto o fogo, primeiro a casa ruirá em escombros sobre seus donos, e depois acabará o mundo. A extremidade de um tronco de árvore, sempre em brasa, alimenta esse fogo, e o tronco é substituído quando está prestes a se consumir, de modo que passa a ideia de que é imortal. Criança, ele vivia momentos exasperados quando corria ao galpão para se certificar de que o fogo ainda estava aceso. Se estivesse apagado, imaginava a casa desmoronando sobre ele, soterrando-o num monte de entulhos, Deus aparecendo com sua espada para punir os homens, e ele projetado ao inferno, onde seria castigado por demônios. Arfante, se imobilizava na porta do galpão, atraindo os peões, que gargalhavam do seu susto e brincavam que iam apagar o fogo, pegando canecas com água, fingindo jogá-las no fogo, e ele não sentia mais suas pernas paralisadas, e a bexiga se afrouxava e sentia o morno de um fio de urina escorrer até os pés. Queria gritar pela mãe, mas o grito não saía, e ali ele ficava plantado com terror e vergonha, até que alguma das mulheres da cozinha visse aquilo e fosse ralhar com os peões e salvá-lo, levando-o coberto de beijos para dentro de casa.

Nesta hora o galpão está deserto. Ou melhor, há, ali, apenas um homem velho, que fuma um cigarro de palha e que, ao ver Julius, faz um pequeno aceno com a cabeça. No telheiro baixo, entre as traves, as teias de aranha enegrecidas pela fuligem ondulam como panos de velas de um navio fantasma. Sim, esse cheiro acre de couro ainda é o mesmo. Também o cheiro de carvão. Ele se acomoda num tamborete, mirando o fogo. O pavor da infância, agora, é um temor difuso por alguma desgraça sem data para acontecer, mas contra a qual ele não pode fazer nada. As circunvoluções das chamas passam do vermelho vivo ao amarelo e ao alaranjado. Estão ainda vivas, dançando sua imortalidade. Ele imagina o visconde extraindo chispas de dois seixos de pederneira, incendiando o tronco de árvores, rogando pragas a seu descendente que deixar se extinguir esse fogo. Quem deu a ele esse direito? Uma faísca atinge o queixo de Julius, provocando uma dor instantânea e aguda. Ele passa a mão no rosto. A palma apresenta um risco de carvão e sangue. Não, ele não pode se entregar a superstições. O melhor é abandonar esse cenário antes que faça uma besteira.

Ao sair do galpão, Baldomero Sánchez vem ao seu encontro.
– Está dado seu recado para a Antônia. O senhor se lastimou no rosto?
– E o que ela disse?
– Que tinha recebido o recado e que vinha logo que pudesse.
– Quando?
– Logo que pudesse.

Que diabos. Um homem que fala pelos cotovelos agora economiza palavras.

Volta ao quarto e toma do criado-mudo o livro de Pascal Quignard. Ele se deita. Não é fiel à leitura desde o início, como se dispusera. Na página 113 há uma fala do Monsieur de Sainte Colombe a Marin Marais: *A música existe para dizer o que a palavra não pode dizer.* O que a palavra não pode dizer. Essa é uma grande verdade. As confrangedoras frases mentais, por mais elaboradas que sejam, nunca expressarão o que de fato ele sente. As palavras são sempre inferiores aos sentimentos. Com um sorriso amargo, ele se diz que um dia tocará, para si mesmo, o *Túmulo dos Pesares*, de Monsieur de Sainte Colombe. Sabe bem essa obra. Consegue tocar algumas partes de cor. É feita para ele.

Suspende a leitura e olha para fora, para o retângulo de céu que ali aparece. Não podia imaginar todos esses percalços no estudo do concerto, como se ele não fosse capaz de manter um propósito. Está numa dessas contemplações quando o chamam para o almoço. "Uma manhã perdida com nada." De novo, é servido pela estranha figura do café da manhã.

À tarde também não consegue estudar. O costilhar de ovelha, assado no forno, com o vinho, o mesmo de ontem, deixou-o trôpego e com dor de cabeça. Baldomero Sánchez armou uma rede entre duas árvores e Julius ali fica, enrolado no poncho, observando as mudanças da luz e o trabalho miúdo dos peões. Agora trazem lenha para o galpão e, mais ao entardecer, uma serviçal da casa passa com um balde cheio de leite. É um mundo que sabe viver sem ele e que ele acompanha à distância desde que chegou. Ouve falar em remanejo do gado para as pastagens de inverno e na perda de peso das reses nesse período. No dia anterior, tiveram a visita de uma jovem veterinária da Secretaria da Agricultura que veio de moto, montou a cavalo e com Baldomero seguiu para o fundo do campo.

A mulher que passou com o balde se aproxima e lhe oferece uma caneca do leite recém-tirado. Ainda está morno. Ele bebe, agradece. O gosto na boca é persistente, maternal, e se impregna de todos os odores do campo que fazem parte desta paisagem.

A atmosfera já tem as cores esmaecidas, e apenas para o lado do poente há um acúmulo de nuvens inflamadas pelo último sol, que pouco a pouco descai para as trevas. Volta o frio, com maior intensidade.

À noite, a pilha de cobertores está maior, e não adiantou colocar tudo ao sol, pois o cheiro de mofo não se despegou.

Ele se deita, retoma o livro de Pascal Quignard, lê um parágrafo em que é descrita a música de Monsieur de Sainte Colombe, cheia de infelicidade e pesar.

E o Administrador, em que país se esconde? Ele deve se livrar logo da vinda desse homem, que adivinha tedioso e burocrático. E no dia seguinte irá ligar para o aeroporto. No dia seguinte telefonará de qualquer jeito, nem que tenha de escalar uma cordilheira. E precisa mandar a mensagem para Sílvia. A esta hora ela perambula pelo apartamento, achando o que fazer, endireitando os quadros nas paredes, vendo pela metade um filme na TV, abrindo livros de contabilidade, até o momento de ir à farmácia doméstica e tomar um comprimido para dormir. Desta vez, ele não estará para escutá-la dizer, como todas as noites, que precisa tomar um comprimido e que não sabe o que há com seu sono. Ele ainda confia no senso realista de Sílvia: se ela não soube de qualquer notícia ruim, é porque vai tudo bem.

Ele agora escuta a amplidão silenciosa da casa, imersa no ar úmido do inverno, e imagina a lareira com as últimas brasas perdendo a força de sua luz. Logo serão cinzas. Logo a casa irá recuperar a friagem com a qual foi edificada, cumprindo assim o destino austero de todas as casas do pampa.

No dia seguinte, abrigado no poncho, no topo da coxilha, ele tenta captar a incerta rede do celular. Precisa de habilidade e resignação. Consegue, enfim. Manda para Sílvia a mensagem que ainda estava *stand by*. Ao menos isso. Nesta hora – ele olha o relógio –, ela recebe a mensagem ao entrar no carro. Ela sorri, abre a bolsa e ali guarda o celular, que escorrega naquelas profundezas insondáveis. Coloca-a no banco do carona, regula o espelho interno para se enxergar e com o dedo mínimo retira o excesso de batom nos cantos dos lábios, recolocando o espelho no lugar. Liga a ignição e o motor do carro responde com um ronronar macio. Com um clique no controle remoto, abre a porta da garagem. Engrena a marcha à ré, põe o braço direito sobre o encosto do banco do carona e, pressionando o acelerador, faz uma manobra para aceder à porta da garagem. Já na calçada, aciona o controle remoto, fechando-a. Agora, as ruas da cidade são suas e, sem os sinais fechados que ela ultrapassa sem se dar conta e os xingamentos que escuta e profere, chegará em cinquenta minutos, feliz e eficiente, à prisão de mármore.

Ele suspira e agora encara a pior tarefa deste dia: ligar para o aeroporto. Digita sem pressa o número. A resposta é que localizaram a mala no aeroporto de Carrasco, em Montevidéu. Ele pode ligar amanhã, se quiser. Mesmo trêmulo pela quase inacreditável notícia, mas para mostrar que não esqueceu dos maus-tratos da véspera, ele pergunta à atendente se ela não imagina o trabalho que dá fazer um telefonema quando a empresa é que deveria tomar as providências, telefonando para ele, inclusive. Depois de um momento, ela diz:

– Ora, senhor, para o senhor basta digitar o número no seu celular, não é mesmo? – e, perguntando se não precisa de mais nada, sem ouvir alguma possível resposta, desliga.

Apesar da má vontade da atendente, a notícia de que a mala foi achada e está em aeroporto próximo representa a possibilidade concreta de recuperá-la em dois, três dias no máximo. Essa é uma perspectiva que o deixa exultante. Seguirá praticando, até lá, os exercícios e estudos de Dotzauer, de Piatti e Popper.

Não descansará os dedos. Quando chegar a mala, escutará as gravações e, em especial, Janos Stárker, fazendo todas elas dialogarem com a imaculada partitura de Dvořák. Esta casa, enfim, ouvirá verdadeira música.

Enrolando o poncho no corpo para descer a coxilha, ele assobia os primeiros compassos do concerto de Dvořák, mas, antes de chegar ao final da primeira frase, soa o celular. Olha o número. É do aeroporto.

– Sim? – ele diz. – Aqui é Julius, queria falar comigo?

A atendente usa uma voz mais amistosa. Diz que precisa dar uma informação recebida naquele momento. Por um erro de processamento do sistema, a mala que estava no aeroporto de Carrasco foi embarcada no voo para Buenos Aires, e não tinha como ser retirada do avião porque nele viajava o presidente da república do Uruguai, e o voo já estava atrasado, mas que, de Ezeiza, a mala será recambiada para Porto Alegre.

– Quando?

– Não sei dizer, senhor. Precisa de mais alguma coisa?

– Sim – ele diz –, preciso dizer que a senhora é uma incompetente, e essa empresa aérea é mais incompetente ainda, e decerto no próximo telefonema a senhora, muito da incompetente, vai me dizer que essa maldita mala está voando para Santiago do Chile. – E já se prepara para descarregar uma escatologia que nunca disse na vida quando escuta que desligam do outro lado.

Extenuado, pasmo, a vontade, agora, é de sentar-se naquela pedra e pedir que aconteça alguma coisa, qualquer coisa diferente, que venha de Deus, ou do diabo, ou dos astros, que transforme o estado atual dos acontecimentos. Respira fundo ao pensar: "Calma. Como diz Sílvia, a Fortuna vai fazer com que tudo dê certo".

Retoma o caminho. Ao se aproximar da casa, vê uma relíquia ambulante, um monumento de lata, um Chevrolet Bel

Air branco e vinho que estaciona debaixo de um plátano em frente à casa. O Administrador, claro. Será um homem fanático pelas rotinas, e que põe há décadas aquele mesmo carro debaixo daquela mesma árvore, mesmo que seja inverno e a árvore esteja agora sem folhas? Neste momento, ele conversa com Baldomero Sánchez numa proximidade exagerada; ao avistarem Julius, apertam-se as mãos e Baldomero desaparece pela porta. Quem fica para esperar é o Administrador.

Ei-lo de perto: é um homem pequeno, com um bigode tingido de negro sobre os lábios finos, e se apresenta com um sobretudo preto e um chapéu de feltro da mesma cor. Ao cumprimentar Julius, entrega um cartão de visitas: *Onofre Dias de Azevedo – Advogado*. Ao tirar o chapéu, se revela a ausência quase total de cabelos, e a coroa capilar em torno do crânio recebeu a mesma tintura do bigode. Os óculos de míope, redondos, dão a ele um aspecto dispensável. Terá mais de sessenta anos. Entram, sentam-se frente a frente. As roupas do Administrador exalam um perfume de sacristia, e o hálito, uma alarmante proporção alcoólica. É pouco verossímil que esta paródia de Fernando Pessoa seja mesmo o Administrador.

– Aqui é muito frio – ele diz com sua voz nasal, pousando a pasta ao lado da cadeira. – Porto Alegre fica no paralelo 30. Aqui já estamos no paralelo 31. Quanto mais aumenta o número do paralelo, mais aumenta o frio. Desculpe, isso o senhor sabe. – Cruza as pernas. – Bem, vim tratar dos negócios da estância. Se me permite – ele segue –, gostaria de apresentar o relatório circunstanciado dos créditos e débitos.

"Que pavor, escutar esse homem."

– É uma pena – segue o Administrador – que não tenha vindo sua esposa, porque, como o senhor sabe, depois que o senhor seu pai morreu e depois que sua tia ficou doente e também morreu, é com sua esposa que me correspondo. Mas foi o senhor seu pai quem me contratou e me fez cuidar de tudo, gente, campo e animais. Foi uma tristeza aquela morte, aquele acidente, barbaridade. – O Administrador retira de dentro da pasta um classificador A-Z lotado de papéis. – Aqui está. É o balanço detalhado do último semestre. O lucro vem dos arrendamentos, como o senhor sabe. Suas terras, que o senhor partilha com sua irmã – o Administrador diz com um inútil ar conspiratório –, estão quase todas arrendadas. Conseguimos pagar as contas e ainda sobra para o imposto e para pagar os peões, meus honorários de administração e algum dinheiro de lucro, que é dividido meio a meio com sua irmã. Está tudo aí, centavo por centavo. Pode examinar. Antes de tudo, sou conhecido pela honestidade. Aliás, o senhor deve saber que eu administro mais de vinte estâncias, algumas no Uruguai, nos departamentos de Rivera e Melo. Dizem que em toda a região sou mais conhecido que a Coca-Cola. E conheço todos, um por um.

– Por que devo examinar esse balanço? – Julius está fascinado pelo negríssimo bigode do Administrador em contraste com as mãos encarquilhadas de velho, com pintas marrons da morte no dorso e nós protuberantes nas juntas.

– Por que o senhor deve examinar? – diz o homem. – O senhor é um proprietário, e eu, o Administrador. E é assim que fazem os administradores quando se encontram com os proprietários. Com sua irmã eu me entendo à parte.

– Escute. Agradeço, mas não estou aqui para assumir os negócios da estância.

– Ah, não? – O Administrador tira o lenço do bolso da lapela. – Interessante. – Limpa as lentes dos óculos. – Se me permite, não é da minha conta, mas o senhor está aqui para quê?

Essa gente do campo sabe ser determinada. Mas não conseguirá tirar confissão alguma de Julius.

– Vim espairecer – e, ao perceber que o outro pôs os óculos e olha de viés para o violoncelo: – Isso aí faz parte do meu espairecimento.

– Ah. – O Administrador fala como se se dirigisse a um avariado mental: – É um contrabaixo, pois não? É bom ter um passatempo para as horas vagas. Eu, por exemplo, coleciono caixas de fósforos. Tenho uma do Uruguai, marca Luna, de 1955, e com todos os palitos dentro. Mas, ah, a música, a divina música, como é sublime. O senhor herdou a veia cultural do senhor seu pai. Quem sai aos seus não degenera, não é mesmo? Ou, como diz a sabedoria popular, o fruto não cai longe da árvore.

Segue-se uma conversa cada vez mais tola, e Julius quer ver pelas costas essa figura de comédia. Quando já comentam o regime das chuvas da Fronteira, sabem que nada mais têm para se falarem. Ficam olhando um para o outro.

– Então é isso – diz Julius, levantando-se, o que faz com que o Administrador se levante também. Encaminham-se para a porta.

Lá fora, depois de explicar que perdeu uma mala na viagem, Julius pede a ele que se comprometa também a telefonar para o aeroporto todos os dias e mandar trazer a mala logo que lhe for entregue. Há coisas muito importantes ali. Entrega o cartão da empresa aérea com o nome da atendente.

– Por certo – diz o Administrador. – Malas costumam ter coisas importantíssimas. Mas vou deixar o classificador A-Z com as contas, caso o senhor queira conferir. – Ao pôr o chapéu: – Desculpe. O senhor não ignora que sua meia-irmã vive em Pelotas. Seria interessante se pudesse conhecê-la. Seu pai sempre zelou por ela, e me encarregou de que nada faltasse a ela, desde o melhor estudo. Por felicidade ela está bem encaminhada, tem a maior agência de viagens do Sul do país. Há alguns anos minha senhora e eu fomos conhecer o Rio de Janeiro, e ela providenciou tudo. Minha senhora não gosta de aviões, e assim que fomos de ônibus, e sua irmã foi por via aérea e nos pegou na rodoviária e nos levou ao Cristo Redentor, ao Pão de Açúcar, ao Palácio da Boa Vista, ao solar da Marquesa de Santos.

— Diga-me – Julius atalha, já desesperado –, todas as contas com Antônia estão em dia?

— Todas.

— Ela não tem nada a reclamar?

— Nada. Aliás, ela sempre elogia meus balanços semestrais e me manda um mimo em agradecimento. Inclusive ela acha bom que a estância fique como está, partilhada com o senhor, porque o rendimento de duas frações de terras, separadas, é inferior ao rendimento que pode oferecer uma estância grande, no que eu concordo na íntegra. – O Administrador agora está atento. – Por que o senhor me pergunta?

— Por nada. Obrigado. Espere. Uma última questão. Onde estão as porcelanas, as cobertas de mesa, que eram da casa?

O Administrador faz um ar contristado, suspira:

— O senhor seu pai levou o mais fino para São Paulo. E isto aqui ficou muito tempo sem ninguém que vivesse de modo permanente. E as coisas foram se quebrando, se gastando, enfim, o senhor sabe: é o olho do dono que engorda o gado. Em quarenta anos...

— Obrigado. Assim fica bem.

Com relutância, o homem se despede e vai para o carro. De lá, tira o chapéu numa saudação cerimoniosa.

Quando Julius vê o Bel Air e seu ocupante mais conhecido que a Coca-Cola desaparecerem num rastro de poeira, está convencido de que, não bastasse a Rimowa estar a 33 mil pés de altitude, o caso de Antônia se complica. Confirma-se que ela não tem qualquer problema econômico ou administrativo para resolver, e, se é assim, só restam os assuntos *muito pessoais*. Era só o que faltava. Veio para cá para estudar o concerto de Dvořák, e esses *assuntos pessoais* acabam por adensar a nuvem de preocupações que o segue desde que aqui chegou.

Ao entrar na casa e pegar o violoncelo, ele vê que sua plateia decidiu não o abandonar, e ele já é capaz de reconhecer alguns dali, inclusive dois rapazes que vão além da curiosidade, demonstrando um real interesse pelas coisas que ele toca. Sabendo que corre o risco de ser acusado pela consciência de desestimular algum talento para a música, resolve ir para o segundo piso. Talvez lá encontre o isolamento e a paz necessários. Pega a estante com a mão esquerda, o violoncelo e o arco com a direita, a mais forte. A cada degrau ele descortina mais uma parte do mundo da sua infância, e se sente um intruso da própria memória.

Lá em cima nada foi mudado, e a primeira coisa que vê é a sala, em posição central da fachada, ocupando metade do piso superior, com três janelas dianteiras, iguais e sucessivas. O pai mandou derrubar as paredes de três quartos e ali dispôs esse cômodo social, contrariando o uso do pampa de haver apenas dormitórios nos segundos pisos. A sala servia para o luxo e recolhimento dos hóspedes ilustres, e o pai determinou que fosse mais bem arranjada do que a sala de baixo. Ele havia pendurado alguns quadros com paisagens acadêmicas, fizera vir de um antiquário de Montevidéu – sempre Montevidéu – uma mesa de centro onde pôs um álbum de fotografias e exemplares de revistas. Ali ainda permanece uma sobrenatural e desbotada *Life en Español*, com Ho Chi Minh na capa. O álbum também está ali. Vai pegá-lo, mas resiste. Veio também de Montevidéu o sofá para quatro pessoas, de couro vermelho, que tem de cada lado um cinzeiro de alumínio no topo de pequenas colunas salomônicas de cedro, e estavam sempre limpos. O alumínio se apresenta opaco, mas limpo. As duas poltronas são de pano estampado com enormes e coloridos rododendros e, como sempre, com guardanapos de crochê nos braços e no espaldar – o que Julius, com a bondade da tia Erna, reproduzira no seu apartamento de Würzburg. Ainda existe o grande tapete pseudopersa, ele soube depois, desenho da loja de Arturo Jamardo & Irmãos, de Pelotas, e confecção local, e não há mais as esvoaçantes cortinas de tule postas pela mãe. Alguém deixou abertas as três janelas, por onde entra um vento congelante. Ele as fecha, e mesmo que não queira seu olhar vai para o local em que ficava para descobrir por onde vinham as tropas paraguaias que ele enfrentava e sempre vencia, exceto por uma vez em que ficou sem munição e teve de bater em retirada, mas voltou no dia seguinte e enfrentou o colossal exército comandado em pessoa pelo malvado Solano López, a quem deu derrota memorável. A paisagem da janela está mudada, e agora ele tem pela frente os ramos secos dos plátanos que, sem podas mutilantes, formam uma trama que impede a visão. Naquele tempo ainda não tinham alcançado o segundo piso. Melhor assim. Não viera para afundar na memória – mas é impossível ignorar a existência do alçapão que se abre sem aviso e através do qual ele vê a infância.

Falta agora uma cadeira simples, reta, adequada para estudo, e não vê uma por ali. Vai pedir que tragam uma, mas resolve ele mesmo fazer isso. Ao se voltar para descer a escada, é atraído pela visão da porta semicerrada de um dos quartos, e lá dentro, junto à parede, uma cadeira igual à que precisa. Bem, se é proprietário, tem o direito de pegá-la. O quarto está modificado. Antes, mostrava a simplicidade de um aposento para hóspedes a ser arrumado de acordo com a honra de seu ocupante. É o quarto de Antônia, claro. Ele faz algo de *voyeur*, mas é irresistível não esquadrinhar os recantos, desde a moderna cortina de varal com ponteiras de latão, passando pela cama coberta com uma colcha em *patchwork*. Exceto por um pôster de Brad Pitt abraçado a Philip Seymour Hoffman em *Moneyball*, nada há neste quarto a significar o gosto preciso de quem o habita. Na cômoda, estão espalhadas algumas miniaturas de plástico e resina: a Torre Eiffel, o Empire State, o Palácio Imperial de Pequim, o Galo de Barcelos, a Catedral de Milão, as Petronas Towers de Kuala Lumpur, o Farol da Barra de Salvador e, singularidade, um pequeno globo de vidro com água e fragmentos minúsculos de um material branco imitando flocos de neve, e uma choupana. Qualquer um faria o que ele faz: pega o globo e vira-o de cabeça para baixo, desvira-o e a *neve* cai sobre a paisagem e sobre a choupana. Na base, mas quase invisível, está escrito *Rosebud*. Ele repõe o globo no lugar, com o temor de que chegue alguém e perceba que foi mexido. Sobre o criado-mudo com tampo de mármore rajado, ao lado do abajur de artesanato, o despertador Casio pulsa o horário digital em algarismos verdes e, na gaveta, há uma caixinha intacta de *o.b.*, que o deixa constrangido. No outro criado-mudo, um guia Michelin de Santiago de Compostela. Leitura suficiente para uma dona de agência de viagens, ele murmura, usando de uma ironia da qual não se imaginaria capaz. Não gosta de pensar essas coisas. Pega a cadeira e, saindo do quarto, fecha a porta atrás de si. Em seguida abre-a, para deixar como estava antes.

 Põe a cadeira ao centro da sala e se prepara, afinando o violoncelo.

 Consegue alguma concentração, mas não passa dos estudos de Dotzauer, do primeiro ao número 22, repetindo-os por três vezes. Deixará Bach para depois. Bach exige mais do que técnica. Às três da tarde, esquecido de almoçar, saturado de Dotzauer e apenas de Dotzauer, ele se levanta, olha pela janela e vê que sua estratégia não deu certo: o pessoal da casa, e Maria Eduarda também, todos estão lá embaixo e olham para ele. Tinham ouvido tudo, claro, e deveriam estar preocupados por aquela música sem fim.

 Antes de descer, parado no topo da escada, olhando para os degraus, sentindo o odor de cozinha em meio de tarde, misto de detergente e gordura, ele quer entender o que lhe ocorre. Talvez sinta falta dos colegas da orquestra, talvez precise do ambiente musical de São Paulo, talvez precise escutar música que não seja feita por ele mesmo.

 Precisa da Rimowa, urgente, que venha logo de Buenos Aires. Agora sabe que está usando o extravio da mala para mascarar a ideia de que foi um erro ter vindo para a estância, mas é tarde. Agora há um dever indeclinável a ser cumprido. A estância pegou-o num visgo invisível em que ele se debate como uma mosca na teia. Não pode voltar para São Paulo e dizer para Sílvia, para seus colegas da Sinfônica, a verdade de que não conseguiu estudar. Nem sequer poderia dar a desculpa indigente da perda – porque essa ideia já começa a criar corpo, da perda definitiva – da mala, pois a primeira coisa que perguntariam seria: por que precisava de todas aquelas gravações? Não suportaria conviver com esse fracasso e, pior, teria de cancelar de maneira oficial a apresentação de Dvořák, com tudo que isso acarreta, como a alteração sem explicações do programa daquela data no site da Sinfônica e nos releases que já foram distribuídos, com toda a programação da *Primavera da Música*. Leva a mão livre à cabeça: pensou em tudo, tudo, na sua vergonha, nas explicações que teria de inventar, menos na promessa feita a Bruno Brand, que é a razão final por que está aqui. Como sempre nesses casos, seu corpo se altera: é a fisgada no coração, o aperto nas têmporas e uma sensação de haver levado um golpe no estômago. E está sozinho com esse drama imenso. Falta alguém para falar, e a primeira pessoa em quem pensa não é Sílvia, todavia, com seus livros de contabilidade e seus restaurantes com toalha de linho. Sílvia sempre ficará para quando for necessária uma decisão extraordinária, do tipo se deseja ser enterrado ou cremado.

Quando se apercebe, desceu para a sala, onde a mesa ainda está servida, à espera. Um guardanapo bordado em ponto de cruz protege um prato com frango frio e uma salada, e ali está a garrafa do mesmo vinho sem rótulo. Ele se serve do vinho com aquela cor inteiriça de roxo, indicando pouca maturação. O frango, com a banha rançosa, tem gosto de galinheiro. Meia hora depois, atordoado, vai para a frente da casa, onde encontra Baldomero Sánchez, que toma mate. Pergunta a ele se o pessoal da casa não faz *nada*, ao que se segue uma longa e retórica explicação de que nestes dias de inverno tudo já foi feito no verão e parte do pessoal fica meio desocupado, menos ele.

O dia adquiriu uma atmosfera transparente. O vinho alegrou as veias de Julius, e ele resolve aceitar o oferecimento que Baldomero fez ontem. Pergunta se pode encilhar um cavalo. Quer percorrer o campo.

Baldomero se ilumina:

– Em dois minutos. Já vou. – Pensa, todavia: – Um cavalo manso?

– *No* – ele diz. – *Lo mejor.*

Exceto quando o deixavam vencer as corridas, tivera infelizes experiências equestres em menino. Por que deseja isso? Ou essas terras acabaram por abismá-lo no vórtice do Outrora, conduzindo suas ações e seu próprio dialeto?

Baldomero aparece quinze minutos depois, puxando pelo freio dois cavalos: um baixo e musculoso *criollo moro* – por um milagre, ele se lembrou do nome da raça – de negros e líquidos globos oculares, arreado, e o outro, ainda menor, com Maria Eduarda. Julius reconhece-a depois de decifrar aquela jovem montada, de óculos escuros, com botas de cano até os joelhos e de boné.

– O senhor não se importa – diz Baldomero – que a Dada o acompanhe para indicar o caminho, pois não? De mim o senhor já deve estar farto e, ao contrário do resto do pessoal, estou com *miles* de coisas para fazer.

Julius monta, surpreso de como isto se tornou leve e fácil. O *criollo*, ao contrário do que imaginou depois do seu pedido, é dócil e paciente como um coelho.

– Espere, um momento. – Baldomero vai para dentro de casa e volta com o poncho. – Ponha. Vai esfriar. Isso mesmo. Não, não vai atrapalhar, é só pegar as rédeas por baixo do poncho.

Há um contraste notável entre Maria Eduarda e os toscos pelegos empilhados sobre a sela típica do pampa. Ele pergunta aonde vão, ela retira os fones de ouvido, guarda-os no bolso.

Diz que podem seguir pela trilha atrás da casa que, fazendo uma volta, vai dar no capão de mato e depois na sanga que termina na lagoa. Ele pergunta se não será longe. Não pode ficar muito fora de casa, precisa estudar.

– Quando o senhor quiser, a gente volta.

Maria Eduarda toma a dianteira. O modo de montar, em sela masculina, projeta coxas que terminam em joelhos definidos, e as pernas se completam com as botas que ele agora percebe muito usadas, mas brilhantes.

Contornam a casa e vão por um pequeno declive que começa atrás do galpão. Ele apressa o *criollo* e emparelha com Maria Eduarda. Ela mastiga chiclete, e o cheiro artificial de tutti-frutti chega até Julius. Em circunstâncias habituais ele se sentiria ultrajado; certa vez, quase fez parar um ensaio porque, na estante atrás da sua, uma colega mascava chiclete. Mas agora isso não o incomoda, longe disso. Esse aroma sintético, neste lugar perdido no tempo, é um sinal de vida, prazer, bocas de mucosas jovens e rosadas, línguas trêmulas brilhando de saliva.

Ele teria muito a perguntar, mas nada parece conveniente.

O melhor é não pensar muito e perguntar qualquer coisa; mas, para ter o direito de indagar sobre a vida de Maria Eduarda, precisaria de uma autoridade de proprietário, de uma fala de proprietário, até de um modo de cavalgar de proprietário. Ele se decide por algo casual, diz que o dia está bonito, ela não acha? Maria Eduarda parece que vai responder, mas o pensamento fica pendente em sua boca que mastiga chiclete e, mais do que o resquício de alguma timidez, a interpretação mais provável desse gesto é a decepção por escutar uma pergunta tão comum de alguém tão raro. E há alguma substância indeterminada no olhar de Maria Eduarda que, neste instante, se absorve na paisagem.

Ele pensa haver descoberto o que acontece, e trata de dissipar qualquer equívoco, abreviando um raciocínio intricado:

– Seu tio fez bem em pedir que você me acompanhasse.

Ela tira os óculos, volta o rosto para ele. Olha-o de frente, rindo:

– Mesmo? – Há um alívio naquele olhar. – Eu pensei que o senhor estivesse aborrecido.

– Não – ele fica feliz por haver decifrado a questão, mas também para tranquilizar Maria Eduarda. – Alguém devia me mostrar o caminho, não é mesmo?

– Mas o senhor é o dono – Maria Eduarda vacila – e não conhece o seu campo?

Ele explica que saiu da estância há mais de quarenta anos. E agora está de volta para estudar o violoncelo na paz que não tem em São Paulo, porque precisa apresentar um concerto lá, e os dias estão passando e ele não consegue estudar, acha que vai dar tudo errado. Ela sabe o que é uma orquestra, um concerto? Ah, tem uma orquestra em Pelotas? Ele não sabia.

– Sim, tem. Num sábado de manhã minha turma da escola foi a um concerto no teatro Sete de Abril, e o maestro deu uma palestra antes. O maestro dizia o nome de um instrumento e o músico se levantava e tocava alguma coisa. Alguns colegas meus acharam chato, mas eu gostei. – Ela aprendeu, por exemplo, que numa orquestra há instrumentos de corda e de sopro. A professora pediu uma redação sobre o concerto, e a maioria da turma se saiu mal, mas ela não. Ela sempre foi boa em redação e tinha ficado atenta ao concerto.

Isso é uma novidade. Bem que Maria Eduarda lhe pareceu com algum preparo, dominando um vocabulário acima de sua idade. Mas então ela vive em Pelotas. E está na estância por causa das férias de inverno?

– Sim, por causa das férias. E eu vivo lá, na casa da minha tia.

Logo chegam a um recorte no terreno, em que há um capão de mato. Ela diz que logo vão encontrar o arroio que acompanha aquele mato, mas antes tem uma lagoa, bem pequena, que ela quer mostrar. Interrompe-se:

– O senhor sabe? Todo mundo escuta o senhor tocando sempre as mesmas músicas.

"Ah, o maldito Dotzauer."

– E quanto mais o senhor toca, mais fica triste.

"Vou tocar Bach."

Ele desvia o assunto:

– Quais são as músicas que você escuta nos fones?

– Gravei algumas no celular, mas é só besteira, coisas de corações partidos.

– Não acredito – ele diz, divertido com a ingenuidade da expressão usada por Maria Eduarda. E, não resistindo: – Então eu fico cada vez mais triste?

Ela se concentra:

– Sim, cada vez mais. São essas músicas, sempre as mesmas músicas. Isso não pode fazer bem pra ninguém.

Chegam ao cimo de uma coxilha e apeiam.

Apenas respiram. Ela pisca de maneira espaçada, mas irregular, ao sabor de alguma sequência de ideias.

– Sabe? Eu estou mais triste que o senhor. Eu acabei com o meu namorado, mas ainda acredito no amor.

Ele procura levar a sério esse sofrimento, tão comovente em sua inocência, e presta atenção ao que ela diz:

– O meu namorado, o meu *ex*, trabalha num banco e tem um metro e oitenta. É muito bonito, um morenão. Foi uma pena ter acabado, e tudo foi culpa minha. – Maria Eduarda suspira. – Enfim. Mas agora o senhor precisa estudar. Melhor a gente dar a volta.

Montam. Julius se atrapalha com o poncho. Maria Eduarda ri. Ele o tira com impaciência e o põe no lombo do *criollo*. Retomam a trilha, que agora conduz à casa.

Os campos já apresentam profundas e crescentes manchas de escuridão, como polvos que devoram o mundo. Antes de chegarem, ela diz:

– Se o senhor tocar músicas lindas, acho que a Antônia pode gostar, se ela aparecer por aqui.

Ele se volta. Ela conhece Antônia? Sim, conhece e muito. A tia, com quem ela mora, trabalha como auxiliar de serviços gerais na agência de viagens.

– E quando a Antônia vem pra estância ela sempre me dá uma carona no carro dela, e aí a gente vem conversando e dando risada. Ela me conta as viagens que já fez sozinha, mas às vezes os clientes idosos pedem pra ela ir junto pra Europa, os Estados Unidos. Eu peço conselho para ela. Ela ainda não sabe que eu terminei com o Roberto.

Ele aproveita o momento e pergunta de maneira desinteressada:

– E como é Antônia?

– Normal. É muito boa. Uma vez, um peão caiu num valo e quebrou uma perna, e aí foi a Antônia quem entalou a perna do peão e levou no carro dela para a cidade e depois voltou com ele com a perna engessada e mandou que botassem o homem no quarto em que o senhor está dormindo, até que ele melhorou.

Sim, Maria Eduarda terá muito a dizer sobre Antônia, mas ele precisa terminar as perguntas por aqui.

Quando chegam à frente da casa, Baldomero Sánchez vai pegar os cavalos, pergunta como foi o passeio. Maria Eduarda se adianta a alguma resposta de Julius:

– Normal.

– Pois aqui em casa estamos sem energia elétrica. Acho que de novo roubaram os fios. Só pode ser. Aqui só tem ladrão. – A alternativa, que ele mesmo apresenta, é esperar até o dia seguinte. Se continuar a falta de luz, ele precisará percorrer os postes até a estrada federal, para ver se de fato roubaram e onde.

Julius recebe a notícia com uma indiferença que até a ele mesmo surpreende. Ele experimenta, até, uma tênue alegria – algo enfim acontece nesta casa. E, depois disso, nada poderá ser pior. Talvez essa última adversidade anteceda a devolução da mala, com o fim de suas táticas diversionistas e sua entrega ao estudo de Dvořák.

Nesse final de entardecer, ele está de novo no segundo piso. Pela vidraça, observa as árvores desfolhadas do pequeno bosque de plátanos. Ele desenha na imaginação alguns brotos frescos, de um verde ainda incipiente. Uma empregada traz um lampião a querosene, já aceso, deixando-o na mesa de centro.

Ele agradece e pede que lhe traga uma garrafa do vinho e um copo. Quando ela retorna, traz não apenas uma garrafa, mas a garrafa e um garrafão, que põe ao lado.

– Caso o senhor queira mais vinho.

"Será que ela pensa que sou um bêbado?"

Ele agradece e pergunta se a energia elétrica costuma faltar, na estância.

– Sim.

– Demora para voltar?

– Depende. Se roubaram mesmo os fios, demora até quase uma semana, mas pode voltar bem antes.

Ele enche o copo do vinho. Bebe alguns goles, procurando qualquer resquício de sabor. Nada, claro. Ele pega o garrafão e o traz para perto da chama. Quer decifrar este rótulo que tem a gravura rudimentar de uma jovem colhendo uvas acima do nome *La Iglesia* e aperta os olhos para ler as letras pequenas. Firma a visão e lê mais uma vez: *Bodega Zabala e Hijos y Cia. Ltda.*

"Vinícola Zabala e filhos."

"Zabala. Zabala."

Não pode ser.

"Zabala." Pode ser um sobrenome comum no Uruguai. Pode ser. Pode não ser.

Afina o instrumento. Ouve a familiaridade das quintas se acomodarem umas às outras. Não irá tocar estudos.

Tocará Bach, a *Quinta Suíte* para violoncelo solo – é a de que mais gosta, dentre as seis.

Levanta, abre as janelas, deixa que entrem o frio e o vento Minuano. Quer esse frio atroz obliterando seus poros. O frio do pampa é um banho lustral, antigo e lendário. Isso mortificará seu corpo, assim como os anacoretas fustigavam a carne para subjugá-la. Ele sabe que se arrependerá amanhã, mas não importa. Amanhã não importa, nem uma possível pneumonia.

A casa está em silêncio, e a natureza é apenas este silvo constante que entra pelas janelas e faz oscilar a chama do lampião.

Tudo respira paz e olvido.

Ele está só.

Começa pela Sarabanda, lenta, pensativa, sem ornamentos nem artifícios, cinco notas apenas, límpidas, que descem dos sons médios aos graves, retornam aos graves, e dali ascendem sem pressa a novas gamas, para volverem aos graves, aos mais graves, mais solenes, para se elevarem aos mais agudos ainda, criando uma tensão insuportável em sua apaixonada simplicidade. Ele sabe, ele conhece a sequência das notas, tocou tantas vezes a Sarabanda que pode escutá-la como se não fosse ele a tocar essa música que vem do território do sonho, de uma saudade infinita de um passado perdido nas lonjuras. E a Sarabanda, em seus novelos de notas, leva os dedos descorados de Julius, à margem do congelamento, a um domínio insólito, percorrendo modulações instintivas de clave e, quando se dá conta, ele toca a parte da primeira viola do *Túmulo dos pesares*, de Monsieur de Sainte Colombe, que sua memória gravou – e a parte da segunda viola ele imagina, formando assim um diálogo de frases musicais que apenas ele escuta. O contraponto das duas melodias enche a casa de um langor espesso, tangível. Mas já não tem sensibilidade nas mãos. Os dedos já não respondem ao *vibrato*. O frio desafina as cordas, e a música começa a se deformar. E, quanto mais desafinada a música, mais sombria se torna.

Ele para de tocar. Depõe o arco na estante metálica.
Lê de novo o nome do rótulo. Ali está. Zabala.

Leva as mãos à frente da boca, para aquecê-las com o hálito. O mesmo gesto que fez na Ponte, ao tomar, entre as suas, as mãos geladas de Constanza.

O *Túmulo dos pesares* trouxe à memória uma recordação difusa a unir rostos perdidos, mas que ele sabe existirem em sua alma, e é esse frio, é um frio que une rostos que ele custa a identificar, mas que surgem pela força de seu drama, e logo fica tudo muito claro. Ele descobre enfim com quem se parece a jovem do túmulo que ele fotografou no cemitério de campanha: ela é a jovem que chorava inconsolável junto a um túmulo, o de Walther von der Vogelweide, em Würzburg, onde está escrito: *sob uma tília... no campo... estava o nosso leito, onde jaziam flores e ervas...*

Ele escuta a voz de Constanza Zabala na Ponte, recitando o poema de Vogelweide que o levava a um túmulo; e ele, o duro de coração, ele a abandonou quando ela mais precisava. Esses *pesares* também são os dele.

"Zabala. Vinícola Zabala." Como pode o nome de Constanza estar associado a um vulgar empreendimento industrial?

Constanza disse ser descendente do fundador de Montevidéu, e essas famílias nobres são uma só. Não será, não, um sobrenome comum. Mas quantos Zabala terão vinícola, no Uruguai?

Ele agora escuta passos de pés femininos e nus, que sobem as escadas, ele sabe pela suave pressão que faz estalar as junções da madeira. A luz intermitente de uma vela, atrás de si, gera sombras móveis que se confundem com as sombras delineadas pelo lampião. Ele se volta: Maria Eduarda está a seu lado, vestindo uma camisola branca, que oculta seu corpo desde o pescoço até quase o piso, segurando um castiçal. Ela o deixa na mesa de centro e vai fechar as janelas.

– O senhor vai morrer com esse frio. – Ela se aproxima, se inclina, pega o rosto de Julius com as duas mãos, olha-o, beija-o com respeito numa face. – Eu estava escutando lá de baixo. Agora, sim, o senhor tocou uma música que eu nunca tinha escutado, me fez chorar. Vim pedir para o senhor descer e dormir.

    Ele quer dizer qualquer coisa, mas apenas assente com um movimento de cabeça. Pega o lampião e desce as escadas. Maria Eduarda o segue.

    Estão à frente da porta do quarto.

    – Obrigado – ele diz. – Precisa do lampião?

    – Não. Boa noite.

    Depois, já deitado, procurando se aquecer, ele lembra, pega o celular, liga-o e olha num flash a foto da jovem morta. É ela. Ele não sabe o que significa, nem vai saber nunca, o que significa essa recordação de outra jovem, esta dolorosa, a milhares de quilômetros, com um oceano de permeio, ambas ligadas por um túmulo. O visor do celular indica que a bateria vai acabar. Em poucos segundos se extingue a luz.

    Soergue-se para soprar a chama do lampião. Em vez disso, pega *Tous les matins du monde*. Agora, o mestre Sainte Colombe, viúvo que nem as filhas conseguem consolar, se retira do mundo, construindo para si uma cabana aos fundos de seu castelo para tocar a sua viola. E ele estuda como um insano para honrar o que lhe resta de vida e para manter acesa a lembrança da adorada esposa. Ao folhear o livro para abri-lo ao acaso, ele nota que na página quatorze há três linhas sublinhadas. Sílvia, claro, na livraria. A luz é péssima, o tamanho das letras é minúsculo, mas ele consegue ler: *O homem* – Monsieur de Sainte Colombe – *não era frio como se o descreveu; ele era apenas desajeitado* – um *gauche* – *na expressão de suas emoções; ele não sabia fazer os gestos carinhosos de que as crianças tanto gostam; ele era incapaz de manter uma conversação com alguém...*

    Não segue. Não deve provocar a si mesmo.

Fecha o livro, sopra a chama do lampião e volta a se cobrir. Decide levar junto a si o *Tous les matins du monde*. Há os fundamentalistas que carregam seus livros religiosos e os invocam a todo momento. Este de Pascal Quignard, além de tudo, pode ser uma chave.

Espere, espere. "Zabala e Filhos." Vinícola. Constanza disse que o pai dela começara uma plantação de videiras com os filhos? E não só, iniciara um olival. Disse ou não disse?

Queria se entregar ao descanso e ao sono. Isso, agora, é impossível. Consegue dormir apenas quando pressente a luz do dia entrando pelas frestas da janela.

6.

SEMPRE ATENTO AOS SINAIS DA NATUREZA, foi ele o primeiro a descobrir os brotos frescos nos galhos do carvalho em frente ao prédio da Escola. Ao comentar isso com o porteiro, escutou em resposta que não se animasse, pois o verão estava longe.

Julius e Constanza agora saíam da apresentação do concerto de Stamitz. Tal como os colegas nesse dia, ela fora acompanhada ao piano pelo Dr. Breuer, que para a ocasião viera de gravata borboleta e apresentara sua aluna uruguaia como *mais um dos belos talentos da Escola*. Julius trazia bem nítida a apresentação a que acabara de assistir: quando Constanza adentrou o palco, ele foi atingido mais uma vez pela lembrança nervosa das trapezistas da infância, que sempre lhe ocorria ao ver uma solista se apresentando em público, a mesma que lhe viera na Ponte quando Constanza fazia sua solitária apresentação. Na Kleiner Saal, mesmo com Stamitz, Constanza se tornara inalcançável, esplêndida, figurando celebrar as circunvoluções lascivas das atletas aéreas e, portanto, ainda mais desejável. Julius custou a se concentrar, precisava escutar sobretudo a *cadenza*, que ela reservara como uma surpresa e que se revelou original e sensível: o primeiro e o segundo temas brincavam entre si, criando novas realidades sonoras; memorizada, passou, no entanto, a ideia de um leve e elegante improviso. O ouvinte deve ter a impressão de que a *cadenza* brota com naturalidade do concerto, e isso Constanza conseguira, acrescentando mais arte a Stamitz.

Ainda sob o impacto da experiência em que a música se misturava a tantas sensações, ele a abraçou na saída do auditório e, surpreendido por ciúmes instantâneos – ele que se julgava livre dessa epidemia juvenil –, arrebatou-a dos colegas que queriam sair para comemorar. Ela vinha inquieta:

– Você acha mesmo que fui bem?

Subindo as escadas que levam do subsolo ao piso térreo, ele explicava as razões pelas quais tinha gostado, e que a cadenza fora o ponto alto da apresentação. Ele pôs o braço sobre os ombros de Constanza, e ela se deixou convencer pela veemência de Julius:

– Obrigada, você é um amor. – Beijou-o na boca. – Acha que posso enfrentar Mozart com o mesmo resultado?

Já estavam no exterior do prédio, e durante o recital havia aberto um sol quase primaveril.

Ele pensava o que responder quando Constanza avistou Boots se aproximar e pediu para irem embora logo.

– Por quê? – ele disse, mas já lembrava o incidente com Peter Ustinov.

– Não me pergunte, meu querido. Vamos, eu peço, e ligeiro.

Ele parou, olhou com firmeza para Boots, que também parou, colocando as mãos nos bolsos e desviando o olhar para o movimento dos carros.

– O que esse idiota quer, afinal? Ele que não se atreva a nada.

– Não, meu querido. No fundo, Miguel Ángel tem medo das pessoas.

– Mas parece que se alguém tem mais medo é você. Medo dele.

– Não, eu só quero evitar escândalo na frente dos colegas. Não é bom para ninguém.

– Mas por que escândalo? – algo não fazia sentido.

Boots havia dado meia-volta e fora para um grupinho que se formara em torno do Dr. Breuer.

– Ok. Vamos – ele concordou para encerrarem o assunto naquele instante, embora não pudesse mais afastar a lembrança desse encontro. E começou a fazer ligações, em que, entretanto, havia várias lacunas.

A temperatura do início de tarde começava a ficar agradável, e Constanza pediu que fossem aproveitar o sol. Já tinha trabalhado pelo resto do dia.

Dos frisos superiores, dos jarrões de pedras sobre as platibandas, dos frontões barrocos das igrejas, dos ornamentos nas fachadas das casas aristocráticas e dos capitéis coríntios da capela Schönborn, de todos os ressaltos brotavam gotas de água cada vez mais frequentes e espessas, escorrendo pelas congeladas estalactites que caíam como punhais de vidro e se quebravam no piso dos passeios públicos.

Logo estavam na Ponte. Derretiam também as águas do Main, e blocos de gelo compacto vinham à deriva da torrente, chocavam-se, amontoavam-se uns sobre os outros, depois se desprendiam e flutuavam desordenados na correnteza cada vez mais caudalosa para se chocarem de novo mais adiante.

Passados meses de frio atroz, os habitantes de Würzburg sentiam um miraculoso vento Sul no rosto.

Ele se aliviou do casacão. Constanza inspirou o ar e repousou a cabeça no ombro dele. Todos os sinais, mesmo os da natureza, indicavam que logo adiante terminaria a bolsa de estudos de Constanza e, assim, seu curso. Mas estava contente. Soubera naquele dia, antes de entrar para o recital, que a Escola enfim a autorizara a ensaiar na Kleiner Saal. Logo aconteceria o concerto de Mozart. O problema: depois de semanas de estudos diários, segundo ela entendia, o resultado ainda não representava toda a arte de Mozart que ela queria alcançar.

– Isso é impossível – ele disse. – A arte só pode ser alcançada de maneira incompleta.

– Assim você não me ajuda, senhor filósofo. Tenho problemas com esse Mozart. Acho que não vou vencer.

Constanza passava por essas variações: ora antevia sua apresentação de Mozart de maneira trágica, ora descrente, mas nunca de modo positivo.

– Não seja tão teatral – ele disse. – Será um sucesso, como foi hoje o Stamitz.

– Não sou teatral. É que você está livre de obrigações.

– Não. Talvez eu seja o mais preocupado de nós. Estou aqui em Würzburg sem fazer nada.

– Nada? – ela perguntou, sem amargor ou ironia, era uma surpresa real.

– Sim, estou aqui sem fazer nada – ele repetiu.

– Ah, acho que entendo. O concerto de Dvořák de que você me falou.

– Isso e tudo o mais. – Ele poderia dizer que não viajara para o Brasil apenas para ficar com ela e que isso, contudo, o deixava inativo há semanas.

Mas ela não o escutava. Parecia procurar a melhor forma de dizer o que disse:

– Talvez você não goste de saber. – Fixou-o. – Miguel Ángel vai ser o meu acompanhante.

Sem esperar, ele foi trazido a essa questão perturbadora.

– Boots – foi o que conseguiu dizer.

Ela ficou imóvel. Havia confusão naquele rosto. Ela fitava os lábios de Julius. Julius disse:

– Ele é detestável. E não foi pelo que aconteceu entre mim e o Peter Ustinov. Eu posso acompanhar você no piano.

Constanza se inquietava:

– Você sabe de alguma coisa dele?

Ele pensou se falava *tudo*, mas não era o momento, ainda.

– Sei o que todo mundo sabe, o que você sabe. É carreirista, e desde que o Peter Ustinov chegou aqui está sempre grudado naquele tipo. Peço que se afaste dele. – Sim, havia muito mais a ser dito, mas que agora não vinha ao caso. Não se referiu à ação decisiva de Miguel Ángel em seu fiasco. O que importava era que Constanza havia escolhido Boots, o execrável Boots, para acompanhá-la.

Constanza agora olhava para o chão.

– Não posso, meu querido, atender a esse pedido. Você sabe, Miguel Ángel e eu somos conterrâneos, e foi ele quem me pediu para me acompanhar no concerto de Mozart. Eu me comprometi com ele, já antes de conhecer você.

Todas aquelas coisas, ditas de uma só vez, ganhavam o poder de um vasto terremoto.

Seguiram pelas margens do Main, com os abrigos na mão. O termômetro de uma farmácia indicava três graus acima de zero, suficientes para provocar aquelas alterações, que iam da escolha da roupa até o modo de encarar a vida. Havia um futuro, mas ainda não tinham falado sobre isso. Para Constanza, o futuro ia apenas à data da apresentação.

– E depois? – ele perguntou.

– Depois – ela pegou um pequeno calhau e jogou-o no rio – não sei. Terminados os exames, depois da apresentação da orquestra acadêmica, vou me candidatar a uma vaga em orquestra aqui na Alemanha ou em qualquer outro lugar da Europa.

Ele não estava pronto também para essa notícia. Cuidando para que não parecesse uma súplica humilhante, ele perguntou:

– E estou incluído nesse futuro?

– Já avançamos muito. Agora, é Mozart.

Ela pediu que ele fosse assistir aos ensaios. Precisava muito da sua opinião. Era fundamental para ela se sentir mais segura. Tinha aquele problema das articulações nas notas superiores, que ele já notara. E havia um ponto difícil de corrigir no segundo movimento, aquele Ré grave depois das fusas descendentes. E ele devia saber disso, e só não falava por piedade.

Era um pedido inaceitável, depois das notícias que ele acabara de receber. Não escondeu o súbito amargor que veio junto com as palavras:

– Sei – disse –, mas isso você pode resolver sozinha. E tem o Dr. Breuer, tem os colegas, que podem ajudar.

– Como você pode ser tão cruel?

– Talvez até seja suficiente – ele deplorou o tom com que disse: – a opinião de Boots.

Ele via de novo aquela sombra no olhar de Constanza. Em vez de mostrar que estava ofendida, ela decidiu desviar do tema, ou do modo como o tema se apresentava na boca de Julius.

– Nem sempre posso contar com Miguel Ángel. Sabe, ele tem umas variações, coisas de temperamento. – Ela falava mais baixo. – Coisas que preciso compreender. – Agora já sussurrava. – Ele precisa que eu o ajude. – Levou os olhos para Julius. – Você precisa compreender.

Ele sentiu o coração parar.

Algo havia entre Constanza e Boots.

Em vários flashes ele lembrou das vezes em que os enxergara juntos. Não nos últimos tempos, mas aquilo acontecera, sim. E hoje, depois do concerto, ela quisera fugir daquela forma quando Boots se aproximara. Agora entendia a razão do pedido de Constanza, na primeira noite em que ela ficou na Katzengasse; ela fora insistente, pedindo, mais de uma vez, que rompesse com Peter Ustinov. Tudo se conectava agora, e era claro: Julius não estava incluído naquele triângulo amoroso.

Deliciado com esse pensamento torpe, ele disse:

– Não conte comigo.

Constanza pediu para passar a noite com ele. Precisava explicar uma situação que se tornava intolerável a cada dia, e que talvez justificasse tudo o que estava acontecendo e que ele não conseguia entender. Não era coisa para resolver ali, naquele momento.

Com essa frágil luz, em que não acreditava de todo, ele assentiu.

Mas ela não o procurou naquela noite, nem na seguinte ou na outra. Preocupado, ele a buscou na sala de aula, no restaurante dos alunos, na piscina pública, no Bella Vista Pizza. Perguntou por ela aos colegas da classe de clarinete. Ninguém a tinha visto nessa semana. Não queria ir à pensão Wolff e, talvez, encontrá-la em alguma situação embaraçosa que ele não desejava imaginar qual fosse. E se ela não estivesse lá, não queria passar pela indignidade de perguntar a uma talvez irascível Frau Wolff onde estaria sua inquilina.

§

No quarto dia de procura, cumpria-se o augúrio do porteiro da Escola. O tempo se degradava desde o início da tarde. As nuvens cobriram os intervalos do céu apertado entre as fachadas das casas. A previsão oficial do tempo, passados os dias quase tépidos, anunciava queda brutal da temperatura, com neve em torno das nove da noite.

Para não se entregar a fantasias cada vez mais apavorantes, todas decorrentes de sua recusa em ajudá-la com o concerto de Mozart, ele resolveu ir à pensão.

A neve pegou-o quando saía de casa. Durante a espera, ele bebera uma garrafa do Domina com o estômago vazio. A cidade, naquela hora, submergia numa imprecisão de luzes oblíquas, vindas das janelas e das vitrines coloridas que, misturadas umas às outras e às lâmpadas de cor âmbar dos postes, multiplicavam os silenciosos flocos de neve. Atravessou a Ponte e pegou a via do Cais Superior e suas edificações com as aberturas dos pisos inferiores obliteradas por conta das raras e violentas enchentes.

No verão, ali realizavam corridas de bicicleta. Hoje, no escuro e no frio, o único movimento era dos poucos bares, reclusos em seus núcleos de calor. Usando a paralela Büttnerstrasse, entrou num deles e pediu uma dose de Steinhaeger, que detestava. Ao sair de lá, sentia-se quente e protegido, embora as pernas parecessem autônomas do corpo, mas enquanto a camada de neve fosse fresca não precisava temer escorregões nas calçadas.

Logo chegava à Rosengasse. Em frente à pensão, olhou para cima. Havia luz na janela de Constanza. Parou ao lado de um contêiner de lixo.

Alguém se aproximou da janela. Pela cor dos cabelos, percebida através do embaçado dos vidros, era Constanza. Ela abriu a janela, debruçou-se, olhou para um lado, depois para o outro. O que ele imaginou logo aconteceu: ela acendia um cigarro. Olhava de novo em volta, soprando a pequena nuvem de fumaça, e esse movimento foi interrompido quando o enxergou. Fez um sinal para que esperasse ali. Logo estava com ele. Falava em espanhol. Suas pálpebras estavam inchadas. Abraçou-se a ele.

– O que você faz aqui?
– Procurei você por quatro dias. Posso subir? Está frio.
– Melhor você não subir.
"Descobri tudo, Miguel Ángel está lá", ele pensou.
Disse:
– Miguel Ángel está aqui, com você.
Ela fez um silêncio embaraçado e depois:
– Está, sim, mas não é o que você pensa. Ele está muito perdido.
– Vamos falar bem claro: ele está drogado e imprestável, numa cama. E, quanto a mim, você não me dá o direito de ficar perdido, nem de pensar, nem de subir.

O rosto de Constanza ficou imóvel e tenso. Havia temor e desamparo naqueles olhos cinzentos, vidrados de lágrimas.

Ele disse a sério, quase com rudeza:

– Melhor que você vá cuidar dele. Uma coisa é certa – disse –, eu não significo nada em sua vida. Se você me dedicasse um pouco de atenção, atenção às coisas que me angustiam, saberia disso.

– Não diga isso. É terrível, terrível, vou morrer se você falar de novo. – Ela procurou a mão dele, levou-a para o peito. – Sabe como eu te quero. Não posso ouvir isso. Ouça o que vou dizer, ouça.

Então, ambos ali parados sob a neve e um frio que vencia os agasalhos e congelava o sangue, ele conheceu uma verdade absurda. Aqueles olhos cinzentos e belos, aquela boca exata, na proporção grega, todo aquele rosto e aquele corpo flexível, aquela voz cantante, narravam o absurdo: Constanza e Miguel Ángel foram namorados desde que ela chegara a Würzburg, mas estavam separados já antes de ela conhecer Julius. Constanza já agora misturava o alemão e o espanhol. Aos poucos, ela percebera que Miguel Ángel passara da *marijuana* para o ópio, e daí para a cocaína. Não havia dinheiro suficiente. Constanza rompera com ele, mas procurava regenerá-lo, aceitando, por exemplo, que ele a acompanhasse no Mozart, desculpando-o junto à administração pelas bobagens dele e até recolhendo-o à noite na rua. Era o que tinha acontecido quatro dias antes, e por isso ela sumira. E ainda tinha esse problema do dinheiro. Nem ela nem ele tinham mais dinheiro. Todo ele se fora para acalmar os fornecedores.

– Pelo que você me fala – ele disse –, os duzentos marcos não foram suficientes para a droga. Secou a fonte Peter Ustinov?

Constanza baixou a cabeça. Era como se esperasse por esse assunto, mais dia, menos dia.

Ele a afastou com gentileza, mas de modo firme.

– Quanto mais?

A voz de Constanza era um murmúrio.

– Mais cem marcos?

Sim, era isso: Peter Ustinov e ele, através de Constanza, sustentavam Boots. Ah, miséria e vergonha.

Constanza se abraçou mais uma vez a Julius. Beijou-o. Seus lábios estavam quentes e úmidos. Sua boca estava quente. Exalava o perfume da água Farina Gegenüber, o odor da química da tintura, do cigarro. Essa combinação, exclusiva de Constanza, tinha o poder de estimular todos os humores do corpo de Julius.

– *Te quiero* – ela murmurou –, *te quiero tanto, mi amor.* – Nunca uma mulher lhe falara com tanta verdade.

– Bem – ele disse. – Se você passar no meu apartamento amanhã, posso lhe entregar os cem marcos. – E logo se arrependeu. Mas alguma coisa o prendia àquela situação que ele queria ultrapassar. – *Acálmate* – disse. Acariciava os cabelos de Constanza.

Despediram-se.

A complexidade amorosa de Constanza o conduzia a um domínio cada vez mais insólito, e essa história iria levá-lo a uma voragem devastadora, porque um homem não pode conviver com tantas circunstâncias. Era preciso dar um fim a essa ópera de mau gosto.

"No entanto, não posso viver sem ela", ele deixou que esse pensamento o perseguisse até chegar em casa, invariável como um mantra, importuna – em que ele não acreditava –, mas que persistia, mesmo ao subir as escadas, ao sentar-se na poltrona e descansar a cabeça no guardanapo de crochê.

No outro dia, à noite, Constanza foi à Katzengasse. Ele estudava a quinta suíte de Bach. Abriu a porta do apartamento e lhe entregou o dinheiro num envelope. Ela disse que subira as escadas ouvindo o Bach, estava lindo, e, avançando o corpo, perguntou se podia entrar, precisavam conversar. Ele disse que não, fazendo algum mistério. Ela estendeu o olhar para a sala.

– Entendo. Mas não me abandone. Vou ficar esperando. Estou no pior momento da minha vida. *Tschüss* – e lhe deu um beijo.

Quando a viu descer as escadas, deixando no ar todos os seus aromas, e ao ver por último as mechas do cabelo ruivo que desapareciam na banalidade daquela parede asséptica, ele fechou a porta.

Ficou um tempo fitando a maçaneta, o necessário para que Constanza voltasse. Se isso acontecesse, ele iria convidá-la para ficar essa noite, sem se importar com a desgraça que isso significaria. Nada importava, se tivesse Constanza por mais uma noite.

Passaram-se alguns segundos.

Lá no térreo, a porta do edifício se fechou. Ele deu um tempo para que soasse a campainha do interfone. Nada.

Pôs a chave na fechadura. Ao girá-la, sentiu que morria uma parte de sua vida, talvez a mais breve, irrepetível, a mais rara, a única em que foi capaz de amar.

A partir disso, fazia suas coisas como autômato. Talvez fosse seu *destino* – com seu horror ao drama, custou a trazer essa palavra à consciência – não ser feliz.

No outro dia, encontrou na caixa de correio um longo bilhete dela, escrito em alemão, em que implorava um tempo para se explicar de maneira mais completa, lastimando que ele tivesse errado ao julgá-la. Ela se atribuía toda a responsabilidade por tudo que estava sofrendo e fazia sofrer. Dizia que o amava, mas que não podia abandonar uma pessoa por quem ela tinha responsabilidade.

"*Sou responsável por Miguel Ángel. Você não tem esses problemas e sabe viver sozinho*", ela dizia, sem imaginar o quanto isso aprofundava o fosso entre ambos: não, Julius não sabia viver sozinho, ele precisava, e muito, de alguém. E a única pessoa de quem precisava era dela, Constanza Zabala.

Ele não respondeu a esse bilhete, nem a um segundo, este em espanhol e impulsivo, no qual ela desenhara duas pautas com o início do segundo movimento de Mozart e, abaixo, a observação: "*Ouça com a alma, como se eu estivesse tocando*". A escrita, numa letra regular, aos poucos se transformava num caudal infantil e decaía para uma desordem de palavras e frases, em que eram recorrentes *abandono*, *vida*, para terminar com *não se esqueça de mim, me ajude*. Com uma linha de bordar, vinha preso o programa artesanal do concerto do dia 15 de março com uma frase a caneta verde cruzando-o em diagonal:

"*Começo os ensaios amanhã. Se não quiser assistir aos ensaios, venha assistir ao meu concerto de Mozart. Preciso, preciso muito de você na plateia.*"

E sublinhou: "*Me procure depois do concerto, na Praça. Estarei livre*".

Ele estava de pé, junto à caixa de correio, no hall do edifício, com a carta na mão. Olhou diante de si, através da porta de vidro, para a calçada, onde passava um carteiro empurrando seu carrinho, e para a rua, na qual rodava uma carruagem turística sem passageiros.

A alternância de suas emoções relativas a Constanza, nos últimos dias, transitara do desejo, do amor pronto às ações mais nobres, ao pesar, ao desprezo e à cólera e, no entanto, tudo agora se dissolvia numa inconsumível amargura.

Mas a data, a que ele não dera a atenção que merecia, chamou-o à realidade. Quinze de março? Ele fez contas do tempo que faltava. Muito próximo, mas ele ainda poderia ser de algum auxílio. Já não esperava que o Dr. Breuer, às voltas com tantos alunos, ou os colegas, cada qual cuidando de si mesmo, e muito menos Boots, fizessem alguma coisa. Era seu dever ajudá-la, o que faria por qualquer colega em situação parecida. Ele sabia onde estavam os problemas de execução.

Teve uma ideia. Foi se sentar na praça fronteira à Escola, esperando vê-la chegar. Era um fim de tarde, horário em que a Kleiner Saal ficava disponível para os ensaios.

Enxergou-a com Boots. Vinham separados e não se falavam. Ela trazia o estojo do clarinete. Ventava bastante. Pararam na porta principal, e ela olhou em volta, procurando alguém. Disseram-se algo e entraram.

Ele os seguiu, deixou-os entrar na Kleiner Saal e ficou no saguão, onde estavam alguns alunos e seus instrumentos, à espera do momento de ensaiar.

Esperou. Havia vazamento de som, e ele pôde escutar, como pensava.

Boots pressionou a nota Lá. Constanza afinou o clarinete. Ele imaginava: Constanza assumia uma atitude corporal, aquela que denota, sem qualquer paradoxo, uma soma de segurança, apreensão e desafio.

Ele imaginava: a um sinal de Constanza com a cabeça, Boots começou a tocar a introdução. Constanza seguia a partitura. Fazia aquele mesmo movimento pendular enquanto ouvia. A interpretação de Boots era irregular, com alterações preocupantes de tempo. Devia estar bem alterado.

Ao final da introdução, e no breve silêncio para o início do solo, houve, ele seguia imaginando, aquele olhar entre músicos que devem tocar juntos, ele imaginava, um olhar mútuo, acompanhado de um movimento da cabeça, que dizia: *agora*. Com Boots e Constanza, houve um segundo a mais do que o necessário para o entendimento. Foi apenas um segundo, mas suficiente para que ele se inquietasse.

Enfim, começaram, mas Boots parava com frequência, pedindo que ela repetisse algumas passagens, no que Constanza assentia com paciência e, depois, com algum desacordo para em seguida concordar. Aos poucos o concerto começava a ganhar alguma forma. A partir de um ponto, ele ficou atento às imperfeições da execução de Constanza. E elas aconteciam em maior número do que ele escutara no quarto da pensão. Era uma música desencontrada, sem a menor semelhança com o que Constanza era capaz de tocar. Paravam a todo momento, e se ouvia a voz de Boots, que se interrompia para ser substituída por um trecho do piano. Era difícil perceber o que falavam, embora o tom indicasse que estavam ambos sem saber como levar adiante o concerto e, pior, sem a menor compreensão um do outro.

O piano parou de tocar.

– Um momento – ele escutou a voz de Boots e o movimento de quem arrasta uma cadeira.

— Volte — Constanza pediu, e ficou sem resposta. — Por favor, volte. Você não pode abandonar o ensaio. *Isso* pode valer mais do que eu?

O que significava o *isso*? E por outro, o *valer mais do que eu* significava que Constanza valia alguma coisa para Boots, e não seria sua qualidade de clarinetista. Os sentimentos de Constanza não eram de uma simples compaixão.

Depois de quase cinco minutos, ele escutou o movimento da cadeira, e de novo piano. Ela murmurou algo inaudível, a que Boots reagiu com secura:

— Me deixe em paz. Há os que bebem, e você não se importa. Vamos retomar no compasso 31.

Recomeçaram, mas havia algo diferente naquele ensaio, que se transformava num jogo irreprimível. O andamento se acelerou, atingindo uma velocidade frenética, sob o comando do piano. Constanza procurava segui-lo, aumentando a velocidade da sua execução. Tudo contrariava Mozart. Tudo era irreconhecível, extravagante, louco. "Respire, Constanza, respire." O primeiro movimento se aproximava do fim, e não só a cadência se alterava, mas também a intensidade, e em poucos compassos chegaram a um ápice simultâneo e orgástico. Julius podia vê-los, parados e exaustos.

Escutou-se, depois, Constanza reafinando o instrumento.

O segundo movimento do concerto foi iniciado com uma dor insuportável, amorosa e bela. Eram a paz e o repouso. Julius foi acompanhando a execução, e quando chegou próximo da passagem imperfeita, a mesma que ele escutara naquela tarde fria da Ponte, ele baixou a cabeça e, como revivendo aquela tarde, escutou a sucessão de fusas que descendia para o Ré grave e imperfeito. Suspirou de prazer e angústia. Era Constanza.

No entanto, a partir do que Julius acabara de escutar, ela apenas demonstrava que não era mais dele. Os movimentos percebidos e adivinhados, as passagens de diálogos inaudíveis, a coreografia que existe apenas entre amantes e que se transforma a cada minuto, como nuvens noturnas num céu de inverno, tudo isso ascendia a um patamar inacessível, que levava consigo a cumplicidade musical, a nacionalidade em comum, o convívio e tudo o mais em que ele não queria pensar.

Agora era reassumir, de vez, a volta para o Brasil.

Uma decisão abrupta, ao olhar de quem conhecesse apenas a história ocorrida entre ambos naquelas semanas de Würzburg e que ignorasse o caráter de Julius, disposto de modo errático a ações muitas vezes temerárias que, por aparente paradoxo, resultavam antes de suas dúvidas do que de suas certezas.

O sentimento era de aceitação do irremediável que, bem ou mal, orientou-o desde as perdas da infância, e que o trouxera incólume até aquele ponto.

Fechou o casacão e, abrindo a pesada porta, ganhou a rua.

Foi pelo caminho habitual, pela Praça, que seus passos conheciam de cor, para se concentrar no que iria escrever para Constanza. Teria de ser objetivo.

Na Katzengasse escreveu uma carta de três páginas, desaconselhando-a a se apresentar enquanto Mozart não estivesse pronto. Numa folha de música, à parte, ele desenhou as passagens problemáticas, que tanto se referiam às articulações quanto às alterações de dinâmica. Revisou. Tudo estava fiel ao que pensava.

No fim, escreveu que aquele seria seu último gesto de ajuda. Num PS acrescentou: "*Mas é sua a decisão de se apresentar*".

Foi até a pensão Wolff e pôs a carta numa caixa postal que atendia a todos os hóspedes.

Na volta, passou pela agência de turismo AKW e comprou uma passagem para o dia 16 de março. Trem até Frankfurt e, de lá, pegaria o voo para São Paulo. Com a passagem na mão, ele se perguntava por que a comprara para o dia seguinte à apresentação de Constanza.

Os dias até a viagem foram de caminhadas pela cidade. Subiu à Marienberg, e de lá viu a paisagem de Würzburg. Ele se dava conta de que a destruição da cidade correspondia à sua própria destruição. A cidade fora reconstruída do nada, e nas igrejas havia grandes hiatos brancos, tal como era agora a existência de Julius. Sua reconstrução seria lenta e dolorosa, mas sempre ficariam espaços vazios e brancos com os quais teria de conviver até o fim da vida.

Percorreu o trajeto de casa à Ponte, com o agora fluido Main cruzando manso sob suas arcadas. De lá, foi à Escola. Antes desviou para os jardins traseiros da Residenz, que se apresentavam de novo verdes, e as árvores e os buxos começavam a se cobrir de folhas. Logo os canteiros estariam floridos. Libertos de suas capas protetoras, as esculturas dos alegres *putti* brincavam, mais uma vez. De novo jorrava a bela fonte, elevando a três metros de altura um jato contínuo e iridescente.

Havia poucas semanas ele tinha se despedido de Würzburg, e pensava que para sempre. Nunca poderia imaginar uma nova despedida, que ele sabia, esta sim, definitiva.

Tudo aquilo começava a ser passado.

Voltava para o Brasil mais conhecedor de seu violoncelo, verdade, e por isso não lamentava pelo tempo que esteve em Würzburg.

Foi à Escola, numa última esperança. Olhou o quadro dos avisos.

O pequeno cartaz para a *Klarinettenabend* do dia 15 ainda estava lá, com os nomes: Constanza Zabala e Miguel Ángel Sosa

Constanza não seguira seu conselho.

7.

Há algo particular na latitude 31 Sul que aterroriza os meteorologistas em suas previsões, embora o fenômeno seja bem conhecido em sua dinâmica: ali é uma zona de embates de frentes térmicas, e é na estação fria que isso se torna mais evidente. Assim, é possível que em pleno inverno ocorram alguns dias em que a temperatura atinge vinte e quatro graus. Os moradores da região sempre reclamam. Sentem-se traídos e envergonhados por essa excentricidade.

Ao fechar a janela para a paisagem já escura do pampa, gesto a que já se acostuma e que nada mais pode trazer de novo, a não ser a cópia do dia anterior, isto é, repetindo Bach, mesclando-o a Sainte Colombe, criando uma música híbrida de que não sabe dizer o nome, ele percebe que o ar se tornou cálido como naquele dia em Würzburg, quando a primavera deu os primeiros sinais e ele passou a desconfiar da relação entre Constanza e Miguel Ángel.

Não pode se lembrar de Constanza sem que venha inquietá-lo a existência real desta família Zabala ao outro lado da fronteira. Na véspera interrogou Baldomero Sánchez, mas não obteve uma resposta decente: o garrafão de vinho vem junto num rancho mensal que o Administrador – "Sempre o Administrador!" – Julius pensa – encomenda ao único supermercado da cidade, junto com outros gêneros. O supermercado lota um caminhãozinho que faz as entregas nas estâncias. Não, ele não diz ao Administrador qual a marca de vinho que deseja, mas já notou que ele manda sempre o mesmo. É um vinho que vem do Uruguai, o que Julius já sabe.

Dez horas da noite. No seu horário habitual, já estaria dormindo.

Leva as mãos às têmporas. O resultado de estudar em frente às janelas, abertas ao frio da noite, foram acessos de espirros e um começo de congestão nasal. Enfim, vencendo a si mesmo, revira a mala e encontra a caixinha com os remédios. Toma dois comprimidos de Fexofenadina. Que não tenha adoecido de outra coisa. Espera que seja apenas a alergia. Não se considera nenhum doente imaginário, mas precisa ter cuidados com a saúde, sobretudo agora que sai da maturidade e adentra os domínios nebulosos em que ainda não é velho e que, por isso, em seu corpo coexistem a força da saúde e a iminência da doença, em que um resfriado pode anunciar uma pneumonia.

Bebeu muito vinho ao jantar, e saiu da mesa pesando uma tonelada. A primeira coisa que fez no quarto, depois de fechar as janelas, foi diminuir a quantidade das cobertas, arrancando-as da cama, como se elas fossem responsáveis por seu mal-estar. Mas o fato é que não está tão frio como nos dias anteriores e, se ele consultasse o termômetro meteorológico, veria doze graus centígrados, com tendência a subir.

Ele tem uma excruciante dor de cabeça, e um refluxo ácido sobe pelo esôfago e lhe queima a garganta. Ele se pergunta por que diabos persiste neste vinho Zabala? Por que insiste em Dvořák? Por que não abandona a estância?

E, com um assombro de terror: por que não abandona a música?

Senta-se na beira da cama e, tateando, vai acender a luz, mas a luz não acenderá, claro, ainda não repuseram os fios da energia elétrica. Liga a lanterna e a deixa pousada sobre o mármore, iluminando o quarto. Despe-se e, olhando para o moletom grosso, decide dormir de cueca e camiseta interior. Bebe dois grandes goles de água. Põe o copo de volta no gargalo.

Deita-se, desliga a lanterna e consegue dormir por um período indefinido.

Acorda trespassado por uma imagem terrível. As têmporas latejam. Está tonto.

Precisa ver algo. É uma ação inadiável. Dela depende sua história. Dela depende a história desta casa.

Vence a fraqueza das pernas e a prostração, procura os chinelos com os pés, calça-os. Está de pé. Põe a camisa que há pouco despiu. Envergonha-se desta abjeta tontura que o faz se apoiar na parede, o álcool ocupando suas veias.

Cuidando para não ser escutado, porque a última coisa que pode acontecer é que o vejam de cueca e camisa perambulando como um ladrão de sua própria casa, ele empunha a lanterna e sai do quarto, iluminando o piso de linóleo do corredor, as tábuas da sala, o início da escada, as antigas lajotas sextavadas da cozinha. Ao chegar lá, pensa ouvir algo como um pano que se rasga. Depois, uma janela que se fecha por mão humana.

Imóvel, deixa passar alguns segundos.

Certificado do silêncio, leva o foco da lanterna para o trinco da porta da cozinha. Abre-a e dirige o olhar ao galpão.

Vê uma réstia de luz em meio à noite.

Acima, brilha o poderoso Escorpião celeste e sua vermelha Antares, imóveis em sua eternidade. Ele é pequeno e ridículo com suas preocupações. Mas e se a réstia de luz for apenas uma lâmpada? Ele é o menino que acorda aterrorizado no meio da noite com a ideia de fim do mundo.

Olhando para onde pisa, atravessa o pátio, chega ao galpão e, devagar, ergue o tampo de uma janela e, por felicidade, não rangem as dobradiças.

Seu coração bate num ritmo irregular. Ele teme.

Pela fresta, vê – e respira: o fogo continua ali, cumpridor e imortal. Ouve-se apenas o crepitar macio da lenha. A seu lado, um peão dorme. Tudo está bem, tudo está certo, o mundo segue em sua órbita sem fim, e as constelações o ignoram.

Ele fecha o tampo da janela e se apressa em voltar para casa. Chega à cozinha. Põe a mão no batente de madeira da porta e sente-o firme, entranhado em seu antigo mundo colonial.

Se o menino se sentia aliviado por ver que a chama não se apagara, hoje ele experimenta apenas o ridículo de medir a estabilidade da porta e, por extensão, da casa. O que há nesta casa que se propôs a encarcerá-lo na infância?

Ao passar pela sala, dirige o foco da lanterna ao rosto do visconde, que se destaca na escuridão como um fantasma. É um rosto severo. Julius sente uma brusca raiva desta figura que, desde os infernos em que habita, pretende dominar a vontade de seus descendentes sobre a terra.

Impossível negar: ele é muito parecido com o visconde. E isso é visível apenas agora, quando começa a ficar com os cabelos grisalhos. Vai olhar de novo a plaqueta identificadora, faz algumas contas mentais e um arrepio corre pela nuca: ele tem a mesma idade em que o herói foi retratado. Mas há uma diferença: enquanto o antepassado, nesta idade, já vencera a Guerra do Paraguai, conquistando seu lugar na alta galeria dos heróis da pátria, ele afunda na impossibilidade de executar um concerto para violoncelo. Mas há algo mais nesse retrato, outra espécie de semelhança.

Sim, ali estão aqueles olhos quase apagados pelas pálpebras. O que seria motivo de orgulho para qualquer membro da aristocracia da Fronteira, essas parecenças têm a função de aumentar o poder da esmagadora ascendência da qual ele quer se libertar.

Ele encara o retrato. Diz, entre os dentes:

– Ora, não me imponha deveres! – Gosta do que acabou de dizer. – Não sou nada, sou um fim de raça, um degenerado fim de raça. Não me imponha deveres.

Sorrindo com essa pequena conquista ao destino, vai para o quarto com o olhar do visconde às suas costas, seguindo-o.

§

De manhã, ao sair do quarto, encontra os serviçais com roupas leves, enquanto ele veste a grossa camisa.

– Estranho esse calor – ele diz a Baldomero. O termômetro já marcava dezenove graus.

– Esse calor é assim mesmo, o senhor não se lembra.

Eis uma novidade, mesmo para Julius, que achava conhecer o Sul. Mas ser nascido no Sul nada significa, se esse Sul não acompanha a pessoa pela vida.

Baldomero traz uma camiseta esportiva que tem estampada a mais conhecida foto de Ansel Adams do Parque Yosemite. Ela lhe foi dada pela repórter que veio fotografar o fogo do galpão.

Agora ele está no pátio interno, sob o sol, vestindo apenas a camiseta, calças e chinelos. Com o aumento da temperatura, ele tira a camiseta e logo se surpreende, nunca fez isso. Observa como os efeitos deste calor de inverno surpreenderam os cães, que agora se refrescam, estirados sob a sombra da casa, dormindo, entregues a sonhos felizes.

O vento traz gigantescas massas de ar quente das matas destruídas pelas sequidões do norte.

Lá adiante as vacas e os bois vão se abrigar nas sombras distorcidas das copas das árvores. São ainda sombras de inverno, apesar do dia de verão. Os animais devem estranhar.

As mulheres, quantas haverá na estância? Ele não entende o movimento que fazem, de sair e entrar na cozinha carregando panelas de alumínio e colocando-as no piso revestido de grés do pátio interno. Uma delas explica que, depois de limparem as panelas com sabão e cinza, trazem-nas para o sol, para ganharem brilho. Livres das mangas, as mulheres mostram braços habituados ao trabalho. Substituíram as calças compridas, de lã, por bermudas de brim, e trocaram as botas de borracha por sandálias havaianas. Usam bonés promocionais do Doramectin.

– Que noite quente foi essa – diz uma delas.

Ele fecha os olhos. Põe as mãos atrás da nuca.

Quer entender todo o acontecido nos últimos tempos, e que resultou na causa imediata de sua vinda para a Fronteira. Quer saber qual fato, qual acontecimento, qual emoção ele não soube entender ou entendeu mal, ou da qual não avaliou as consequências, que resultou nesta sucessão de fatalidades que o deixa indolente e à beira do alcoolismo, em vez de estar estudando seu violoncelo. Não, não pode cair na habitual autoindulgência dissimuladora de seus problemas, e que até hoje nunca o ajudou a resolver nada: "*Procrastinare Julianum est*, tenho de reconhecer".

Na busca do passo em falso, ele retrocede ao episódio recente ocorrido em São Paulo, e se situa no reencontro com Klarika Király.

Depois de uma esquálida e decrescente troca de cartões-postais, deixaram de manter contato, imaginando que nada mais poderia ser acrescentado ao que tinham vivido em Würzburg. Fora uma relação bastante complexa para ser reduzida à banalidade das notícias cotidianas, e assim preferiram deixar tudo no conforto da memória, atitude menos inquietante do que ir à busca de novos matizes dessa amizade. Preservar o vínculo com Klarika também significaria manter acesa a outra história que ele procurou esquecer, sem sucesso, nos últimos trinta anos, cuja simples lembrança é capaz de inquietá-lo, e que leva o nome de Constanza Zabala.

É verdade que no outono de 2002 houve um cartão em que Klarika perguntou se poderia mandar fotos da família e pediu para ele confirmar o endereço, se ainda valia aquele antigo. Ainda que se prometesse atender ao pedido, ele deixou o envelope numa gaveta, reencontrando-o meses depois, quando sua promessa já não parecia tão importante.

Esse quadro mudou quando, há mais de mês, telefonaram de Brasília, da secretaria da Orquestra Sinfônica Nacional. Tinham recebido um e-mail dirigido a ele e perguntavam o que deveriam fazer. Ele pediu que lhe encaminhassem.

Era de Klarika Király, anunciando que a sua orquestra, a MÁV, realizava uma turnê pela América Latina e tinha um concerto previsto para o Teatro Municipal de São Paulo, e que se ele por milagre recebesse aquele e-mail – que ela não sabia para onde mandar, tanto que enviou para a Sinfônica Nacional, imaginando que poderiam localizá-lo no Brasil – que fosse encontrá-la. Queria muito vê-lo. Esse *queria muito* soou, naquele momento, como uma ameaça. Não respondeu, não deu sinais de que havia recebido. As turnês significam, para qualquer orquestra, um vivo sinal de reconhecimento, e as do Hemisfério Norte aproveitam o período *off-season* para roteiros que percorrem a América Latina ou, para o outro lado do mundo, a África do Sul, a Índia, a Austrália e Nova Zelândia.

E agora havia a orquestra de Klarika no horizonte bem próximo. Foi buscar informações na internet sobre a Sinfônica MÁV, e soube que o *MÁV* significava, apenas, o nome da rede pública de estradas de ferro da Hungria, que – maravilha – mantém a orquestra. A sede é em Budapeste.

Em situação normal, ele não perderia o concerto. Gosta desses momentos benignos, em que pode fruir execuções de primeiro nível. Sabe, ademais, que não compete com qualquer dos violoncelistas das grandes orquestras. Eles nem sonham que há, anônimo na plateia, um músico que estudou – ainda que pouco – numa das mais importantes escolas do mundo. Gosta desse jogo de esconde-esconde.

Mas agora tudo era diferente. Havia Klarika. Chegou ao ponto de desistir, mas no dia seguinte, de manhã cedo, já consultava a página do Municipal para se assegurar de que ainda conseguiria um ingresso para a primeira fila. Comprou um ingresso. Fez de tudo para tornar irreversível sua presença no concerto, mesmo prevendo que ele não seria o mesmo depois disso. Mas iria só. Sílvia tinha de ficar de fora desse episódio. Não haveria nada de mal, mas tinha de ficar de fora.

Chegou ao Teatro quando a orquestra já se organizara no palco e os músicos haviam afinado os instrumentos. Era aquele instante silencioso que precede a chegada do maestro. Na MÁV, como na maioria das orquestras, os violoncelos se posicionam na ribalta direita do palco, na perspectiva de quem está na plateia. Entrou pela porta lateral e procurou seu lugar na primeira fila, ao lado da porta, para deixar em aberto uma possibilidade de fuga. Dali, ele enxergava os violoncelistas meio de lado, meio de costas, dependendo das inflexões dos corpos.

O primeiro posto do naipe era ocupado por uma violoncelista de cabelos grisalhos e curtos, magra, de quem ele percebia parte dos óculos redondos de grife. Vista naquela posição de viés, e com certa imaginação, poderia ser ela. Mas havia outras mulheres no naipe, algumas bem maduras, e qualquer delas, exceto uma oriental que, curiosa, virava o rosto para a plateia, também poderia ser Klarika. Antes que ele concluísse seu exame, o maestro surgiu dentre os bastidores da esquerda e subiu ao pódio. Os músicos se levantaram e agradeceram aos aplausos. Dali era impraticável saber se aquela musicista era mesmo Klarika. Melhor assim, porque dava a ele um período de graça. A primeira peça era a Protofonia a *Il Guarany*, de Carlos Gomes. São sempre comoventes as tentativas de estrangeiros esforçados de interpretar a *alma musical brasileira* – como se existisse uma alma única para o país. Neste caso, o maestro soube captar as intenções rítmicas e dinâmicas de Carlos Gomes e, em especial, as modulações *bem brasileiras*.

Depois que o maestro destinou as palmas à orquestra, todos se concentraram para o *Wilhelm Tell*. Sério, ele se voltou para o naipe de violoncelos, se preparando para escutar o belo e triste solo inicial sempre executado pelo chefe do naipe, uma melodia simples, que recorda a placidez das montanhas suíças. O maestro deu a entrada, e os primeiros compassos do violoncelo, no silêncio da sala, já foram soberbos.

Hoje, ao sol da estância, com o juízo confuso, ele não consegue reconstituir o exato momento desse solo em que soube que a executante era Klarika Király. O reconhecimento foi por frações, primeiro pelo modo como ela olhava para a partitura, e depois pela posição do arco, firme e sólido, ainda pelos dedinhos brancos da mão esquerda, em que brilhava uma aliança no anular. Havia mais qualquer coisa de indefinido, uma atitude que só ela tinha perante o instrumento, muito semelhante à de Bruno Brand.

Enquanto transcorria o solo, Julius se viu nas aulas de Bruno Brand, caminhando pelas ruas geladas de Würzburg – e submerso no amor de Constanza Zabala, percorrendo o terreno indizível do sonho e da imaginação.

Klarika, transportada pela máquina do tempo ao palco do Municipal, deixara de ser a mesma. O fato de haver vencido a luta contra a balança – ou quem sabe, a idade dera uma ajuda – transformava a sua natureza, mas estava longe de ser apenas isso. Ele foi quase surpreendido pelo término do solo e com o início da sôfrega descrição sonora de uma tempestade que agita a orquestra em suas bases, igual ao antigo desenho da Disney em que o *maestro* Mickey Mouse dirige o mesmo *Wilhelm Tell* e tenta impor ordem a seus frenéticos músicos em meio ao caos de uma tempestade real. A peça termina com o troar dos tímpanos e pratos, num estrondoso *tutti* orquestral. Em meio à nova avalanche de aplausos, o maestro, como é o hábito nesses casos, pediu à executante do solo inicial que se levantasse. Sim, Klarika tinha mesmo emagrecido, embora tivesse o rosto ainda cheio. O longo e negro vestido de crepe, do traje feminino da MÁV – ele nunca a imaginara assim, de gala –, lhe dava uma gravidade matronal. Ao se curvar para o agradecimento, foi possível entrever a curvatura opulenta dos seios mal disfarçada pelo decote por onde corria um debrum de seda vermelha. Ali sim, com aqueles seios com vagas sugestões de incesto, ele sentiu um importuno calor que subiu ao rosto.

Quando os músicos se retiraram, ele deixou que se escoasse todo o intervalo, caminhando no *foyer*, cumprimentando os conhecidos, falando com eles, bebendo uma taça de champanha, decidindo se a procurava.

O terceiro toque da cigarra do teatro chamou-os de volta à sala. Durante a execução de *O mandarim miraculoso*, de Bartók – peça única da segunda parte –, observou-a e de novo veio-lhe à consciência todo o acontecido em Würzburg, mas nem tudo era tão funesto, e ele seria capaz de separar as coisas. No íntimo, concluiu que fora uma inutilidade perderem o contato. Klarika Király tivera um papel importante em seu período de Würzburg, fora boa e generosa. Ele não se perdoaria se fosse embora do concerto.

Nos aplausos finais, estava decidido a falar com ela.

Subiu ao palco em meio à batalha campal em que se transforma uma orquestra depois de um concerto. Ela limpava o tampo do instrumento com uma flanela. Ele se chegou ao lado e disse, carregando na pronúncia alemã, *Guten Abend, Madam!* Klarika se voltou para ele, estranhada, e respondeu de maneira comedida para, logo em seguida, apertar os olhos, fitando-o, e depois explodir numa gargalhada e num abraço que trazia em si as aulas na Escola, as apresentações para os turistas na Ponte, as conversas sobre a vida, o *componente químico* que faltou entre seus corpos e, até, as pedaladas na Estrada Romântica. Ela disse, numa severidade postiça, balançando a cabeça:

– Foi uma maldade, você me deixar tantos anos sem notícias. E você é um desconhecido nas redes sociais. Pelo visto, sua única fidelidade foi à cor dos óculos.

Decidiram que ali não era o melhor lugar para seguirem conversando. Ela acomodou o violoncelo dentro do reforçado estojo de viagem e deixou-o junto aos outros instrumentos que seriam recolhidos pela equipe de apoio da orquestra e levados ao aeroporto no dia seguinte.

Saíram pela porta lateral que se abre para a praça dos monumentos alegóricos a Carlos Gomes, que Klarika quis ver. Afinal, foi autor de uma das músicas do concerto. Mesmo detestando alegorias, ele teve de explicar-lhe em linhas muito gerais o confuso monumento maior e, no tanto que a pouca iluminação permitia, a escultura que representa o índio guarani, mais falso que o personagem da ópera e a quem já roubaram o arco.

Depois de uma rápida troca de ideias, ele chamou um táxi que os deixou num restaurante *brasileiro* nos Jardins, naquele horário tardio já com algumas mesas disponíveis. Quando o maître veio atendê-los, Klarika olhou em volta e indicou um lugar recolhido e silencioso, junto à parede, onde pendia uma foto B&W de Carmen Miranda nos Estados Unidos. Ele concordou, porque assim podia escutá-la melhor, já que havia perdido a total fluência do alemão.

Segurando o cardápio, mas sem curiosidade de olhá-lo – efeito da dieta? –, ela o atualizou com as notícias de Würzburg, onde estivera por algumas vezes depois de voltar para a Hungria. Enquanto ela relatava os acontecimentos que encontraram desenvolvimento natural depois que saíram de lá, como a informatização da Escola, com programas de computador que facilitavam inclusive o ensino de composição e regência, ele observava que, no rosto de Klarika, além da corada redondeza, os olhos mantiveram a mesma inquietude de agitadora, que os óculos de aros grossos não diminuíam. Depois de escutar vários casos, alguns leves, outros nem tanto, ele olhou as horas e disse que gostava de saber disso, e queria saber mais, mas quem sabe chamavam o garçom e faziam o pedido? Ela devia estar com fome, depois de tanto tempo e de um concerto inteiro. Além disso, ele imaginava que no outro dia ela deveria acordar cedo. A cozinha brasileira era muito interessante, ele disse, mesmo desconhecendo o assunto; mas, enfim, qualquer cozinha nacional é interessante.

– Espere – ela disse –, já escolho, não contei uma coisa.

Ele escutou que o *malvado* Dietz-Eggert se suicidara no início do ano seguinte, na sequência de uma luta corporal de rua com Miguel Ángel, se jogando da Ponte e caindo de cabeça numas estruturas de alvenaria que separam as águas.

– No final, um ato de humanidade de Peter Ustinov – Julius disse, e esperou um instante antes de pegar a carta de vinhos, sem abri-la, por uma espécie de respeito pela morte. Mas era curioso como esse fim horrível não lhe dizia nada, nem de alegria, nem de tristeza. Ele percebia que também para Klarika o acontecimento era apenas uma crônica a ser lida e logo olvidada. Bom saber-se livre do ódio, até da simples amargura. Ele entendeu que a grande vítima daquele homem hediondo era ele mesmo, e tudo o que fazia aos outros se voltava contra si mesmo, pois ele explodia todas as possibilidades que o ligavam à vida, à alegria e ao convívio das pessoas. Tudo estava bem, agora, e Julius pôde escolher um vinho com a consciência em paz. Decidiu-se por um Merlot do pampa do Rio Grande do Sul, explicando que o pampa se revelara produtor de bons vinhos. Que é, aliás, o mesmo pampa do Uruguai, onde há boas vinícolas, mesmo dentre as mais novas. Klarika já não o escutava, percorrendo o cardápio, tentando decifrar a má tradução para o inglês dos nomes dos pratos brasileiros. Sem vontade de perderem mais tempo, decidiram que o melhor era deixar ao maître a escolha.

— E sua vida, depois de Würzburg, como foi? — ela disse.

— No início, você ainda me dava algumas notícias nos cartões-postais — Klarika olhava para as entradas que o garçom deixara sobre a mesa, das quais ela pegou um bolinho de peixe com a ponta do garfo.

"Se quer mesmo saber", ele pensou, "prepare-se para o nada."

— Olhe, se quer mesmo saber — ele disse —, tenho uma vida tranquila.

E contou que, na chegada ao Brasil, não fora tão fácil conseguir emprego numa boa orquestra. O clima se tornara desfavorável, por conta de uma nova legislação bastante restritiva a novos gastos público com contratações. Omitiu as confortáveis rendas semestrais que poderiam sustentá-lo, porque frente à europeia Klarika isso poderia ser entendido como uma prática colonial, e ele, elevado a um sátrapa latino-americano; mas ele não mentia ao esconder esse fato, porque o foco do assunto se referia à profissão, e não aos meios de subsistência. Mas, enfim, ele seguiu, conseguira um lugar na Sinfônica Municipal, onde estava desde então, e ali progredira até a primeira estante, não como chefe de naipe igual a ela, mas se sentia bem onde estava. Sua esposa, nesse sentido, não tinha nada a opor. Aliás, casara-se quatro anos depois de regressar, e Sílvia não pertencia *ao nosso mundo profissional*, mas era boa, generosa, leal e trabalhava numa empresa de advogados.

— Ah, isso me interessa — disse Klarika. — Você, enfim, se apaixonou por alguém. Fico feliz por isso. Muito feliz. Mas, em Würzburg, você não pode negar que esteve interessado por aquela clarinetista de cabelos ruivos, muito bonita, Constanza, não era?

Klarika o observava, inocente.

Ele se viu tenso e também deliciado. Era a primeira vez, em trinta anos, que alguém pronunciava em sua frente o nome de Constanza Zabala. Decorrido tanto tempo, esse nome soava bonito, com suas vogais aéreas que o chamavam àquelas oito semanas de Würzburg.

– Tudo bem, Julius? – Klarika pousara o garfo e o olhava com intenção.

– Sim, Klarika, tudo bem.

– Mesmo? Foi só eu falar na clarinetista que você ficou mudo. Pergunto agora se, de fato, aconteceu alguma coisa entre vocês, depois que eu voltei para a Hungria.

Ele suspirou, fixado na bela peça de âmbar, lapidada na forma de coração, que Klarika trazia pendurada numa corrente em *vermeil*:

– Sim – ele disse –, aconteceu, se quer saber.

– Eu bem que imaginava. – Ante a mudez de Julius, ela entendeu: – E acabou mal, claro. Mais cedo ou mais tarde, as paixões terminam mal. Ou se transformam. Enfim, desaparecem. Não é preciso dizer nada. Mais me interessa o destino das pessoas. De você eu sei alguma coisa do que aconteceu, depois de Würzburg. Depois quero saber mais. Mas e com ela?

Foram interrompidos pelo garçom, que apresentava a garrafa de vinho. Julius conferiu, era aquela. O garçom abriu a garrafa sem qualquer pressa, colocando a rolha num pratinho. Serviu a amostra a Julius, que a bebeu e deu o ok. A seguir, o garçom serviu a ambos.

– O que aconteceu com Constanza? – Julius disse, sentindo a maciez do Merlot em suas papilas gustativas. – Durante algum tempo eu soube alguma coisa dela. Depois, não soube mais. Deve ter voltado para o Uruguai, para alguma orquestra de lá.

– Ah – Klarika disse. – Já sei que o Uruguai faz divisa com o sul do Brasil. Agora, com a turnê, eu entendo melhor a geografia da América Latina. Antes, era tudo uma confusão.

Mas é estranho que vocês, estando tão perto, com o intercâmbio entre orquestras, e ainda mais agora, com as redes sociais, nunca tenham se encontrado.

Ele achou a melhor maneira de mudar de assunto:

– Você mesma me disse que não me encontrou. Foi preciso mandar aquele e-mail para a Sinfônica Nacional.

– De fato, nem sempre é tão fácil.

– Sim, Klarika, mas há outra coisa muito mais importante do que isso. Eu não queria encontrar Constanza, nunca mais. Nunca a procurei, nunca mais quis saber dela. No fundo, como você vê, meu comportamento nessa relação foi quase criminoso. O que sei, e isso às vezes me volta, é que, eu estando no Sul, e eu tenho uma propriedade lá, apenas um rio nos separa. Uma vez Constanza disse isso.

Klarika sorriu.

– *Apenas um rio nos separa?* Bonito. Nunca escutei isso. E para cruzar um rio há pontes, não? – Ela esperou um momento: – Mas não vamos seguir nesse assunto. Não vim ao Brasil para fazer sofrer. – Ela bebeu um gole do vinho. – Bom esse vinho, parabéns. Mas ainda não sei tudo do que aconteceu com você. Me conte mais.

Passados vinte minutos de relato, ele se deu conta de que esgotara tudo o que tinha a dizer. Procurava algo que tivesse qualquer interesse. Seu pensamento, agora, estava em Constanza Zabala. Olhou para a foto de Carmen Miranda, só agora percebendo que ela fora fotografada com Jerry Lewis e Dean Martin, nos estúdios da Paramount. Isso acionou a ideia de contar algumas viagens aos Estados Unidos, a Portugal, ao Equador, à Itália, por turismo na maior parte das vezes, e noutras a trabalho. Mas as viagens com a orquestra eram muito limitadas. Aqui não se vive a situação das sinfônicas alemãs ou húngaras, apenas como exemplo, que viajam com frequência. Aqui esses deslocamentos custam uma fortuna, devido às grandes distâncias.

Ele ergueu o cálice e, num gesto do qual não previu a tremenda insensibilidade, brindou a Bruno Brand. Klarika tocou de leve a borda do cálice de Julius, sem parecer constrangida, e bebeu um gole curto:

– Sim, a Bruno. Já que você falou nele: Ishiro foi para o Japão e toca na Sinfônica da NHK. – Julius ficou vigilante, escutando a sequência: – Outro dia eu o vi na TV, tocando Mendelssohn, com Tadaaki Otaka. Pensei que estava me confundindo, mas me convenci quando apareceram os créditos, Violinist: Ishiro Brand. – Fez uma pausa, em que girava o cálice entre os dedos. – Evoluiu bastante, desde aquele Bach no violino branco, lembra?

Ele procurou ver qualquer mensagem cifrada nessa última consideração de Klarika, em revide por ele haver tocado no nome de Bruno Brand, o que deveria ter acionado dores já extintas, mas não: ela permanecia a mesma de Würzburg, veraz e transparente em seus sentimentos. Se Klarika não pareceu tocada, esse relato sobre Ishiro fez Julius pensar. Então era isso? Ishiro soube o que fazer com seu violino branco, enquanto ele, que também tivera um violino branco, não se transformara no concertista que um dia imaginou ser. Era uma lógica maluca, transtornada pela fantasia, mas que ele entendeu com clareza.

Querendo logo superar o mal-estar de haver desencadeado esse tema perturbador para os dois, Julius disse que agora era o momento de ela lhe contar sua vida.

Klarika narrou uma história semelhante à dele; voltando à Hungria, se candidatara à Sinfônica de Miskolc, ganhando o posto. Depois que os pais morreram, foi para Budapeste e, mediante novo concurso, assumiu uma vaga na MÁV, que, ele devia ter escutado no concerto, é uma orquestra de bom nível.

– Mais do que isso, Klarika, é uma grande orquestra.

Em Budapeste Klarika conheceu e se casou com um senhor russo – *ein russischer Gentleman* –, viúvo jovem, ph.D. em física, a cada ano lembrado para o Nobel. Tiveram, com apenas um ano de diferença, dois filhos: uma menina, Klára – Klarika –, e um menino, a quem ela dera o nome de Bruno. Eram muito unidos, mesmo agora, já grandes e quase terminando a universidade. Ambos ainda moram com os pais, e ela gosta de vê-los à mesa, trocando confidências. Julius se sentiu cativado pela história e, ao mesmo tempo, aliviado: o estrago do brinde a Bruno Brand não existira. Mas em definitivo não gostara de saber notícias de Ishiro.

Agora, neste momento em que está sob o sol do pátio interno da estância, ele não consegue recordar o que comeram, mas se lembra bem de quando Klarika, ao final do jantar, o chá de menta já servido, como se apenas estivesse esperando a ocasião para isso, perguntou:

– E o Dvořák, como foi?

– Como, como foi?

– Sim, foi bem, o concerto?

Ele sentiu mais uma de suas reações, mas que foi acompanhada por uma leve obnubilação no olhar que, ao se dissolver, mostrou uma nítida Klarika atenta a ele.

Perguntou, sabendo da resposta:

– O concerto para violoncelo, de Dvořák?

– Sim, de Dvořák só há esse.

Passado um momento de imobilidade, ela se recostou na cadeira, para ganhar força:

– Não me diga que você não cumpriu a promessa feita a Bruno. – O olhar dela não era acusador, apenas demonstrava uma imensa decepção. Talvez fosse melhor que ela o incriminasse, que lhe jogasse no rosto o delito; ele poderia ter rebatido com energia, poderia dizer afinal, o que isso importa? "Eu prometi quando era um jovem, sem pesar as consequências que isso implicava, Dvořák é um concerto dificílimo, a Sinfônica não me dá oportunidades, o que afinal você tem a ver com isso" etc., mas disse, com a possível verdade:

— Ainda não toquei — e, logo, como algo que tinha de falar, sob pena de imergir em mais um capítulo deplorável de sua biografia: — Mas vou tocar. Eu estava apenas à espera de uma oportunidade, e agora ela surgiu. Vou tocar.

— Quando? — Klarika levava mesmo a sério o assunto.

Hoje ele consegue identificar o momento do seu passo em falso e que fez decidir-se a vir para a estância. Foi quando disse:

— Quando? Na próxima temporada, no Municipal.

Ela procurou a mão de Julius, segurou-a:

— Você está mentindo, claro. Mas, meu querido, toque esse concerto. Bruno vai ficar feliz, lá onde ele está. E eu também. Você é uma pessoa de palavra. Me mande o programa do concerto, e autografado, que eu quero pôr num quadro. A realização desse concerto é, de alguma forma, o encerramento do capítulo de Würzburg, para você — e para mim. Certo?

"Não", ele pensou. "É uma loucura, assumir essa responsabilidade."

Mas respondeu:

— Certo. Como disse, tenho no Sul do Brasil uma *pequena* — achou melhor dizer assim — propriedade rural, quase na divisa do Uruguai. — Detestava-se ao improvisar. — Eu vivi lá até os sete anos, e nunca voltei. Lá posso ter o silêncio de que preciso para estudar Dvořák.

— Mesmo? Acho estranho, curioso. Cuidado para não ficar deprimido. O campo pode ser triste, ainda mais para quem está só. Mas, ao Sul do Brasil, você disse? Ali onde existe o rio de que falava Constanza?

– Sei o que você está pensando, Klarika, mas tudo isso é passado.

No dia seguinte, ele foi ao aeroporto para se despedir. Depois de trocarem endereços de e-mails e números de telefones celulares, perguntou como ela o via, hoje. Ela suspirou, pensando o que dizer. Ele repetiu a pergunta, acrescentando:
– Ainda infância e representação?

Ela passou com delicadeza os dedos no rosto dele:
– Apenas representação, creio. Livre-se disso. – E ela se abraçou nele e disse ao ouvido um segredo libertino que apenas ambos conheciam, e que se referia aos dias em que tentaram se acertar na cama, e que fez Julius ficar embaraçado: a sucessão dos anos e a displicência com o exercício da sensibilidade erótica lhe incutiram um entranhado recato.

Ela depois, já dentro da sala de embarque, abanou e fez uma mímica que reproduzia a entrada do violoncelo do concerto de Dvořák. Ele abanou de volta. Já no táxi, concluía em silêncio: "Agora meu destino é Dvořák. E o Sul. E talvez um rio".

Na manhã seguinte à despedida de Klarika, ele procurou o diretor artístico da orquestra para propor o concerto de Dvořák , enumerando todas as razões pelas quais um violoncelista deve, pelo menos uma vez na vida, tocar esse concerto. Seu objetivo era convencer o diretor artístico, mas foi tão a fundo em seus argumentos que convenceu a si mesmo.

– Não – foi a resposta –, não nesta temporada, nem na outra. – Eles sabiam, todas as orquestras sabem, as temporadas são previstas com dois anos de antecedência. Nas grandes orquestras, a antecedência é ainda maior. Mas Julius precisava que fosse logo. Seu compromisso com Klarika era indeclinável. Seu compromisso com Bruno Brand, agora ressuscitado por Klarika, chegava às raias do pensamento mágico, mas ele temia que o transcurso do tempo dissolvesse essa mescla de circunstâncias, e ao fim do ano nada mais restasse da promessa.

– Olha – disse Sílvia mais tarde, exercendo seus poderes divinatórios –, se não estou errada, a deusa Fortuna, nestas horas, já está agindo a seu favor. Apenas aguarde.

Dessa vez ele não riu, pois queria que ela estivesse certa. No final de uma semana, ele já desistira do projeto. Quando, na seguinte segunda-feira, tarde da noite, eles estavam vendo TV e o telefone tocou, ele e Sílvia se olharam. Ele foi atender. Falou por pouco mais de três minutos. Ao voltar, Sílvia tirou o som da TV para escutá-lo dizer:

– Aconteceu. Mais uma vez, a deusa.

– Eu não disse? Você é um abençoado por ela. Mas o que é dessa vez?

Ele contou que o telefonema fora do diretor artístico. Um fagotista havia cancelado sua apresentação do concerto de Mozart, que ocorreria no final do projeto *Primavera da Música*, e o diretor artístico, com a maior naturalidade, disse que, se ainda quisesse, poderia tocar o Dvořák, mas apenas o primeiro movimento, pois, como ele sabia, a *Primavera da Música*, em domingo, fim de tarde, era destinada ao grande público. "Bem", ele pensou, lembrado de suas experiências, "talvez eu esteja condenado a tocar apenas primeiros movimentos." Não era tempo de estar com minúcias. Tocaria Dvořák, e neste ano. Cumpriria a promessa. E por isso está aqui, na estância. Esta segunda parte não corria como o planejado, mas mais uma vez, não foi sua culpa.

Naquela noite do telefonema do diretor artístico ele se dava conta de que, de um dia para o outro, sua rotina sem alternativas – a não ser a de se aposentar como músico de fila e estancieiro urbano – ganhava um novo objetivo, que ele, naquele momento, logo classificou como metafísico. Honrar a memória de um morto é nobilitar uma existência. Era o que pensava naquele dia. Tocar Dvořák poderia dar um sentido à sua vida, coisa que Sílvia achou um exagero dramático.

Já à noite outros pensamentos o ocupavam, e estavam aqui, no Sul, na Fronteira, onde um rio é divisa.

§

Julius pressente que alguém se aproximou.
É Maria Eduarda, sorridente, de óculos escuros:
– Pegando sol?
– Ah, olá – diz Julius, e logo nota: – Está sem os fones?
Ela ergue os ombros:
– Fazer o quê? A bateria do celular está acabando, a gente aí, sem energia elétrica.

Ele sente um súbito constrangimento: afinal, está com o torso nu. Perante as empregadas da casa ele não via problema algum nisso. Mas com Maria Eduarda é diferente, sabe lá por qual razão.

Ele pega a camiseta, procurando o lugar para enfiar a cabeça, e não encontra. Maria Eduarda ajuda-o, ao mesmo tempo em que pede que ele desculpe o barulho que as empregadas estão fazendo.

– Não se preocupe. – Ele, enfim, consegue pôr a camiseta. – Gosto disso, pessoas fazendo um trabalho útil.
– Mas é mais bonito escutar o senhor tocando música.
Agora ele está bem desperto:
– Mesmo que sejam sempre as mesmas, chatas?
Ela tira os óculos.
– Não são chatas. São muito românticas. Eu já lhe disse que sou romântica.
"Eis a que se reduz um músico: tocar música 'romântica.'"
– Obrigado.

"Imagina se ela me escutasse tocar Schönberg ou Stockhausen."

Esses pensamentos o divertem por um instante, até que ela diz:

– Então vou tratar da vida. Também preciso fazer algo útil. – E sai em direção à cozinha. Julius tem pena de que Maria Eduarda o tenha pego num momento tão absorto.

Mais tarde chamam-no para o almoço, que ele recusa.

No dia de hoje, escutando os sons das panelas que as mulheres limpam, ele pensa na partitura de Würzburg. As anotações de Bruno Brand ainda o inibem, e não quer prolongar esse estado. Mas sabe que está errado e que um dia verá com naturalidade as intervenções de Bruno Brand.

Vai para a frente da casa.

Senta-se no correr de lajes de grês que serve de calçada. Nada se move. Não se escuta nada que seja produzido pelo homem. É apenas este momento em que ele se acha só. Nunca mais esse momento se repetirá, pois nada se repete, nem a música. Cada execução tem sua própria existência. Eis o seu engano e o de Constanza. Ela dizia repetir mil vezes o mesmo concerto. Todos os professores e maestros falam em *repetir* certa música, mas isso é uma falácia, apenas uma forma de dizer que serão sempre mil tentativas, fragmentadas e temerárias, de expressar o inexprimível, pois cada qual é diferente da outra, ao sabor das operações da inteligência e dos artifícios da emoção.

Olha para a coxilha no horizonte. Lá é o caminho que se abre para o mundo. Pode subir e fazer uma ligação – quando conseguir carregar a bateria do celular –, chamar um táxi da cidade e rumar para Porto Alegre, de lá para São Paulo e dar um fim a isso tudo.

Mas ir embora também terá o significado de abandono do mistério Zabala, e ele não quer bater em retirada como já fez em outros momentos da vida. Pode ser um simples engano, mas não quer se arrepender de não ter ousado. Só a possibilidade de saber que Constanza Zabala pode estar perto é algo que o deixa com uma inexplicável sensação de imaterialidade. Imagina-se frente a ela, deixa que essa imagem preencha todos os recônditos de sua fantasia, mas logo sorri, pois recupera a mesma Constanza Zabala de Würzburg, os mesmos cabelos ruivos, o mesmo perfume da água Farina Gegenüber – o mesmo amor por Constanza, preservado através dos anos.

Ele escuta um motor à distância. Os cães começam a latir e vêm à frente da casa.

A moto que surge num aclive e vem em direção à casa terá no máximo 125 cilindradas e mesmo assim desenvolve uma velocidade de enduro, salta, derrapa, bate numa pedra, cambaleia para a direita, para a esquerda, o condutor retoma o controle e se aproxima célere, já está a vinte metros, faz uma curva manhosa, levanta poeira e trava em frente a Julius. Os cães aparecem, curiosos. O motociclista tira o capacete, diz boa-tarde. Tira as luvas, abre a jaqueta de couro e pega um envelope meio amassado. Entrega-o.

– Só pode ser para o senhor.

No canto esquerdo do envelope, em impressão ainda de prensa manual, o nome: Dr. Onofre Dias de Azevedo – Advogado.

Abre-o. Desdobra o papel coberto pela letra desenhada do Administrador: "Ilustríssimo Senhor. Espero que esta carta o encontre gozando de boa saúde. Comunico-lhe que na quarta-feira pela manhã, cumprindo meu compromisso diário, assumido com sua pessoa e que aliás me honra, fiz ligação telefônica..." – ele salta em diagonal várias linhas dessa linguagem gordurosa e chega ao fim: "...e sua mala se encontrava, na sexta-feira da semana passada, no aeroporto Comodoro Arturo Merino Benítez, em Santiago do Chile, e que a mesma seria recambiada a Porto Alegre na mesma sexta-feira. Lamento que, superveniente o final de semana, não encontrei um estafeta" – estafeta! – "disponível para lhe comunicar antes a feliz notícia. Mas logo que a mesma mala chegar, comprometo-me...".

– Tudo bem, senhor? – diz o motociclista. – Posso ir embora?

– Sim, pode. Cuidado com a velocidade.

– Certo.

Ao ver a moto retomar os saltos e derrapagens, ele dobra a carta e a repõe no envelope. Olha para o céu, para a coxilha, para um umbu distante e despido de suas folhas, para depois voltar ao céu. Uma nuvem tem o formato de submarino. Outra, mais carregada e uniforme, de travesseiro. Então começa a rir, um riso interior, contido, que se transforma numa convulsão de gargalhadas que contamina todo o corpo, atraindo um peão que veio pelo lado da casa e pergunta se está tudo bem.

– Sim – ele diz. – Estou rindo de uma anedota que me contaram.

O peão ri por cortesia e volta para o que deveria estar fazendo.

No quarto, deita-se para a sesta, esse hábito platino a que se acostuma depois de uma vida, e que o deixa sem vontade de fazer nada.

Acorda quando não há mais sol. Para se situar, liga o interruptor da lâmpada de cabeceira. Nada. Sempre esquece. Uma pergunta ao capataz confirma. Baldomero diz que de fato a falta de energia elétrica decorre do roubo de fios, ele constatou por si mesmo. Amanhã vai avisar ao Administrador, para que mande comprar os fios de cobre e mande instalar nos postes. Isso já foi feito umas quantas vezes. Por sorte, agora foram apenas uns 50 metros, coisa que se arruma em três dias ou menos.

Essa notícia, longe de incomodá-lo, abre uma surpreendente possibilidade. Ele agora dispõe de todo o tempo sem perturbações, nem sequer dos comerciais radiofônicos de vermífugos, nem das tentações de subir à coxilha para telefonar.

Um celular sem carga na bateria é nada. Se a mala vier agora, com todos os seus aparelhos de CDs e DVDs, aqui não farão nenhum sentido. E dormir à luz de lampiões será uma experiência de recolhimento religioso, tal como nos tempos em que, aluno dos jesuítas, fazia retiros espirituais durante a Semana Santa. Neles, era proibido o uso de luz elétrica, para que os meninos meditassem na escuridão do pecado. Eram três dias de puro terror, aos quais se seguia a gloriosa vitória sobre a carne na vigília da Páscoa.

A casa está iluminada por velas e lampiões, como um presépio. Ele encontra prazer na leitura à luz de um lampião a querosene. E quanto mais o querosene se gasta, mais trêmula sua luz.

Mas algo evoluiu em seu corpo: aumentaram os espirros e a congestão nasal. Toma um comprimido da Fexofenadina e volta a se deitar. Tendo de respirar pela boca, custa a dormir.

É agitado por mais um pesadelo no qual o vitorioso concertista Ishiro aparece, vestido de samurai. "O mal que me fazem esses sonhos, preciso acordar, preciso." E acorda.

Ele fica atento.

Nesta casa, pela existência de dois pisos, os ruídos noturnos se confundem, e um fato quase silencioso pode significar algo grave e importante, enquanto os grandes episódios, que noutras circunstâncias poderiam provocar um estrondo, se tornam imperceptíveis ao ouvido. Por isso não sabe dizer, afinal, se escutou um ruído de moto, ou de um inexistente gerador de energia ou não escutou, nem sabe dizer se um ruído no piso de madeira e algumas vozes podem significar algo com o que deva ter cuidado. Ademais, sua preocupação atual é conciliar o sono com o esforço extra de respirar.

Talvez pelo efeito do remédio, ele consegue desfrutar de certo domínio sobre o corpo. A respiração enfim se acalma, e ele se lembra da frase que o médico repete ao final de cada consulta – e sempre esquece o nome do autor – de que a saúde é o rumor da vida no silêncio dos órgãos. Nesse compassivo silêncio, ele penetra numa zona de semiconsciência, habitada por um evanescente som campestre, alguma voz de criança, um vagaroso rio luzindo ao sol em meio a uma planície e, por fim, adormece.

Ao acordar, se examina, tudo está bem, e seus órgãos não pedem atenção. Sente, até, um incomum bem-estar, interrompido apenas por um espirro. No meio da manhã tomará mais um comprimido. Aproveita a claridade que já penetra pelas frestas da janela, põe os óculos, procura o relógio e leva um susto: quase dez da manhã. Salta da cama e se põe de pé. Respira. Não tem tontura. Talvez o longo sono tenha a ver com esta recuperação. Nem tudo pode ser obra do remédio. Ao ver-se, no banheiro, ele se reconhece como o Julius de sempre. Na volta para o quarto, abre a janela e pensa no que vestir. Dentre as poucas opções não há nada que condiga com a tepidez da temperatura. Decide-se por uma calça de sarja verde-folha toda amassada e, de novo, a camiseta com a ilustração de Ansel Adams. Descobre no fundo da mala um par de tênis baixos, azuis e brancos, enrolados em jornal, nem sabe por que os trouxe. Está pronto para esse dia, que começa bem. Se tudo continuar assim, ele até poderá estudar.

Vai para a sala e logo é tomado por um imediato estranhamento. Algo aconteceu. A primeira pessoa que vê é Maria Eduarda, sentada à mesa, com um riso travesso no rosto. Ela deve estar ali há bom tempo, o olhar dirigido para o corredor. Aconteceu algo, de fato. Ele desconfia de alguma coisa, mas não quer arriscar, e o que lhe ocorre dizer é *"bom dia"*.

– Bom dia – Maria Eduarda responde e, com um movimento de cabeça, com o mesmo sorriso, dirige a atenção de Julius para o lado da lareira, onde ele percebe uma figura feminina contra a luminosidade da janela. – Olhe quem está aí.

A mulher sorri. Ele sabe: enfim, ela.

Antônia usa um vestido curto, com alças e grande decote, estampado de flores azuis e vermelhas, e tem nos pés sandálias de couro cru, e tudo isso lhe dá um ar fora de moda e, sob aquela luz, juvenil em demasia. Ele a olha: é a imagem da primavera e do asseio, o que se confirma pelos práticos cabelos castanho-escuros erguidos num coque de improviso no cimo da cabeça, que deixa cair uma franja irregular até quase o limite das sobrancelhas fortes. Antônia vive a poderosa culminância dos seus quarenta e poucos anos.

– Bom dia – ele enfim diz, tenso, mas não consegue segurar três espirros em sequência. Fica um pouco tonto. "Merda, sempre o meu ridículo." Pega o lenço, põe sobre o nariz e a boca e, assim, a voz saída de um túnel:

– Você é Antônia, eu acho.

Antônia põe a mão sobre o nariz e a boca, imitando-o, divertida:

– E você é Julius, eu acho.

Maria Eduarda ri. Elas riem. Surpreso, ele olha para uma, para outra, e depois de um momento perplexo ri também, numa descarga nervosa de alívio.

De repente ele se dá conta de que não precisará temer nada de sua meia-irmã. Desfazem-se, com aquele riso franco, meio trocista, pleno de generosidade, todas as prevenções que ele acumulou durante anos. É uma certeza que vem com o relaxamento dos músculos e uma sensação de calor que percorre o sangue.

Ela se aproxima, alça-se nas pontas dos pés e o beija numa e noutra face. O movimento do ar que a acompanha tem o frescor campestre da Água de Colônia 4711.

– Que bom te conhecer – ela diz. – Como eu esperei por este momento, Julius.

– Bem-vinda – ele diz, ajustando-se à nova situação. – Chegou esta noite? – "Mas que absurdo eu estou perguntando."

— Sim. Minha camionete é a diesel. Espero não ter feito muito barulho.

— Não escutei nada. — Ele vê pela janela uma robusta camionete preta, cabine dupla, coberta de poeira, parada ali como um animal feroz que venceu as pradarias e se deteve à frente da casa, exausto, mas ainda perigoso.

Ela percebeu a atenção de Julius.

— É uma S10. Gosto de dirigir à noite.

Ele precisa falar qualquer outra coisa:

— Foi uma imprudência, dirigir à noite, e nessa estrada horrível.

— Para mim não tem estrada ruim. Eu engato a tração nas quatro rodas, ligo as minhas músicas e venho cantando. Mas acho que o meu irmão não gostaria das músicas de que eu gosto. Vi o teu violoncelo, lá em cima.

— Ah, você sabe que é um violoncelo?

— Quem não sabe? E vou ter uma apresentação especial, não?

Antes que ele possa pensar, ela diz:

— Espera. Eu te trouxe uma coisa. Vou buscar no quarto. Desculpa, preciso ainda embrulhar para presente. Mas é ligeirinho.

Ela sobe a escada de dois em dois degraus, tal como Constanza. Tem as mesmas pernas atléticas e robustas, reveladas pela exiguidade do vestido. Julius olha com interrogação para Maria Eduarda, que ergue os ombros:

— Ela não tinha como avisar que vinha. Mas, diga, o senhor ficou contente, não ficou? Diga.

Só agora ele percebe que há um vazio branquicento, quadrangular, onde estava o retrato do visconde.

— O que houve com o retrato que estava ali?

— A Antônia o tirou e escondeu. Ela sempre faz isso quando chega na estância. Antes de ir embora ela põe de novo no lugar.

Ele não pode evitar uma constatação: a sala e toda a estância ficaram leves sem a esmagadora opressão do retrato. Por que se deixara massacrar até hoje por aquela presença? Insultar o antepassado não resolve nada. Tão simples, tirar o retrato da parede.

Embora encantado por esse gesto, ele sabe que terá de construir com Antônia uma relação sofisticada, em que seu papel custará a ficar definido. Não se trata de uma capitulação. A anterior hostilidade se eclipsou apenas ao vê-la, mas ainda precisará ser substituída por uma classe de relação que ele não imagina qual seja.

– Aqui está – diz ela, descendo as escadas com um pequeno pacote em que o celofane azul envolve um embrulho de tecido. Entrega-o.

– O que é isso? – ele diz.

Pega o pacote, abre-o. Desata os cadarços que seguram o embrulho de tecido, pois este é bastante antigo e puído.

É seu violino branco, com o arco e com as quatro cordas de náilon intactas. Sim, claro, é o seu violino. Onde estava?

– Comigo – Antônia diz, olhando com alternância para o violino e para ele, observando sua reação. – Estava entre as coisas da minha mãe. Ela me disse que o nosso pai – e Julius se contrai ao escutar a naturalidade com que Antônia diz isso – entregou para ela antes de partirem para São Paulo, dizendo para ela jogar fora. Mas ela guardou todo esse tempo. Eu apenas estou devolvendo ao dono.

Ele segura o violino, o presente da tia Erna, e que agora recebe de volta pelas mãos mais improváveis, o mesmo violino que o deixou em lágrimas quando o deram por extraviado. Põe o minúsculo violino sob o queixo. Finge afiná-lo, sabendo que cordas de náilon jamais se mantêm afinadas. O arco, agora tão pequeno para sua mão, arranha as cordas. Esse rascar arrepiante de giz sobre o quadro-negro não é nada que se aproxime da música. Lembra, todavia, do tempo em que, com sua imaginação, e o violino era adequado ao seu tamanho, ele era capaz de tocar todas as *óperas* mais bonitas da rádio Sodre. Agora, frente a Antônia, ele o segura como um remoto sinal de que nem tudo morreu dentro dele. Depois de estar certo que agora irá mantê-lo junto de si para sempre, coloca-o no lintel da lareira, entre os objetos do Latinista. Tantos anos se passaram, e o violino permaneceu à sua espera. Ele se volta para Antônia.

– Obrigado. – Hesita, mas logo diz, com o calor de uma emoção que ele julgava ter esquecido: – Muito obrigado. – Abraça-a, prolongando o efeito narcótico daquele aroma úmido de corpo feminino bem cuidado. Ele percebe os músculos vigorosos, de academia, por debaixo do tecido leve. Os peitos duros de Antônia batem em seu tórax. Ele sente seu sexo se dilatar. Volta a si. Fica incomodado. Não deseja isso. Afasta-a com gentileza. Aconteceu o que não queria, mas não pode negar o fluxo de prazer que esse momento fugaz lhe causou, pelo homem que está dentro de si.

Maria Eduarda os interrompe:

– Tudo muito bonito, mas vamos seguir na vida. Logo vem o café. Enquanto isso, podem se distrair com o mate, já mandei preparar. – Ela vai buscar uma cuia já com erva, uma chaleira de alumínio e põe tudo num banquinho.

– Um mate? – diz Antônia. – Bem que eu preciso. Vem aqui, Julius, vamos sentar.

Passado o momento de dúvida, ele aceita. Sentam-se frente a frente junto à lareira ora apagada, mas de onde vem um fino aroma de carvão.

Antônia primeiro irá servir o mate para si mesma. Ele se lembra com uma facilidade que o surpreende das cerimônias do pampa. Essa atitude traz à cena um conforto doméstico. Julius a observa no momento em que ela, concentrada, acomoda a erva com pancadinhas regulares do indicador. Se quiser, ela poderá ser uma mulher silenciosa, ainda que mantenha, no modo de ser, a virtualidade de expandir qualquer assunto e sustentá-lo ao infinito. Retirar o retrato do herói, por exemplo, é gesto que revela um mundo interior de reflexões e sentimentos. Ele se envergonha dos juízos que fez de Antônia, seja pela visão das fotos da juventude, seja pela avaliação superficial dos suvenires de viagem no quarto lá de cima.

Sem pressa, ela pega a chaleira, verte a água na cuia e experimenta o mate.

Não é tão bonita como nas fotos antigas, nem sua boca é tão rasgada e obscena como a de Fanny Ardant; além disso, abandonou o excesso de maquiagem que ostentava na foto do colégio das freiras – mas substituiu tudo isso por uma presença natural, espaçosa e apetecível.

Na longa conversa, a mesma que ele queria evitar, mas de que agora necessita mais do que tudo, sabe pormenores do que aconteceu com Antônia desde o nascimento. A mãe permaneceu com ela na estância, vivendo na casa, e o Administrador providenciava tudo para ambas.

– Aceita um mate?

Ele vai recusar, mas logo:

– Sim. – A última mulher a lhe oferecer um mate fora Constanza Zabala, em Würzburg, e ele não aceitou.

Antônia lhe passa a cuia.

– Inclusive, meu irmão, fui registrada como filha do Baldomero.

– Não é possível. – Ele sorve o mate com um pequeno gole. É bom e quente.

– É possível, sim. Minha mãe me contava: um dia antes de a família ir para São Paulo, naquela confusão toda, nosso pai chamou Baldomero e minha mãe, eu estava no colo dela. Nosso pai disse a Baldomero que deveria me registrar como sua própria filha, e que o futuro dela, o meu futuro, estaria garantido.

"Então é disso que eu me lembro."

– E ele registrou?

– Sim.

– Siga. – Ele ainda está preso naquela cena da infância, que agora faz todo o sentido. O Latinista não dava ordens para encontrarem o violino branco. A conversa era outra. E tem um pensamento mais benévolo em relação a Baldomero Sánchez. Esse homem fora fiel desde sempre. Não há submissão no olhar de Baldomero; há fidelidade.

E Antônia segue. Depois foi a ida para Pelotas, o curso elementar e, quando o pai morreu no acidente em São Paulo, sua mãe começou um processo de reconhecimento de paternidade que, após longo tempo, a fez proprietária de metade da estância. Foi internada no colégio das freiras e, quando elas acabaram com o internato, foi viver na casa de uma colega até fazer o vestibular para o curso de Letras, que começou com toda vontade e desistiu pelo meio porque não se julgava com jeito para dar aulas. O grande acerto foi a criação da agência de viagens, em sociedade com a mesma colega com quem ela viveu. Usou para isso os rendimentos que vinham da estância. Foi muito arriscado, claro, mas deu certo. Não se queixa.

Julius devolve o mate:

– Muito bom.

– E, meu irmão, pode parecer estranho, mas o Administrador me ajudou no processo, inclusive indicando um advogado especialista em família. Disse que nosso pai, vivo fosse, gostaria que as coisas terminassem assim, a estância dividida entre os dois filhos. – Antônia verte a água na cuia. – A única sorte que eu não tive foi no casamento com um paranoico, que durou só dois anos.

Ele teria a perguntar muita coisa, mas sabe que agora a voz é de Antônia.

— Hoje a agência é a maior de todo o interior do Rio Grande do Sul, e atendemos, inclusive, clientes do norte do Uruguai. – Ela conclui com a descrição do cotidiano da agência, reiterando sua abrangência geográfica.

Antes que Antônia pergunte, ele conta algo de si, o estudo na Alemanha, o que tem de mais interessante em sua vida; mas logo percebe que ela sabe muito mais. Como é possível?

— Ora, meu irmão, o Administrador, mesmo sendo um homem aborrecido, é boa pessoa, mas não é muito discreto.

Em circunstâncias normais, ele já estaria indignado por essas bisbilhotices do Administrador, mas agora isso parece secundário. Precisa até agradecer a ele.

Mas há algo pendente entre os irmãos. Afinal, Antônia veio para falar alguma coisa com ele, ou, pelo menos, assim disse na carta, e isso não acontece. Ele, todavia, não quer provocar o assunto.

Ao lado há um movimento de empregadas que, sob o comando de Maria Eduarda, começam a servir a mesa. Ouvem-se os choques dos talheres e da louça.

Vendo Antônia enquadrada pelo vão onde estava o retrato do visconde, ele diz:

— Então você retirou o retrato da parede?

— Ah, sim. Só enquanto estou na estância. Não devia?

— Ao contrário. O que me incomodava era o retrato.

— Minha condição de ilegítima – e isso Antônia diz com um sorriso em que ele percebe uma ponta de sarcasmo – me deixa muito à vontade para não aceitar as lendas da estância Júpiter. Esta casa é cheia de fantasias, meu irmão, todas muito bobas e humilhantes. Esta estância faz mal a quem a leva a sério. E essa história de que vai acontecer o fim do mundo se alguém apagar o fogo do galpão?

— Uma tolice.

– E por que nunca ninguém até hoje experimentou apagá-los?

Em certo ponto da conversa, ela põe a cuia no descanso. Imobiliza o olhar em Julius. Vai falar.

– Julius. Quero te perguntar uma coisa muito delicada.

Ele se prepara. Passa por sua cabeça uma dezena de possibilidades. A seriedade de Antônia, todavia, faz com que ele diga:

– Vá em frente. – Se arrepende da grosseria já no momento em que a diz: – Nossas contas estão todas ok, como disse o Administrador?

Antônia não está ofendida:

– Sim, tudo está certo. O que eu quero tratar é de outro assunto. Quero te fazer uma pergunta. – Ela parece de repente sobressaltada pelo que vai dizer, mas, logo, com firmeza: – Julius: te diz alguma coisa o nome Constanza Zabala?

8.

Ele pede a Antônia que repita a pergunta, sabendo que não escutará nada diferente:

– Te diz alguma coisa o nome Constanza Zabala?

Apesar de a pulsação bater forte nas artérias, ele sente que empalidece. O corpo quer comandar seu sentimento, e ele precisa impedi-lo. Sabe, também, que mais alguns segundos de silêncio podem levar Antônia a criar hipóteses fantasiosas.

– Este é o assunto pessoal que você tinha comigo?

– Só pela tua reação vejo que eu estava certa no que pensava. Não sei como começar, mas é possível acreditar em coincidências?

– Sim, nossa vida é feita de coincidências – e ele respira por esse alívio que, sem querer, Antônia lhe oferece. – Aliás, em agosto de 2008, em Salzburg, na mesma fila para compra de ingressos para o festival Mozart, eu encontrei um colega da Escola de Würzburg que eu não via desde aquela época.

Antônia se apercebe do estratagema:

– Würzburg, a propósito. Peço que não me leve a mal se eu for invasiva.

E a história que Antônia começa a contar tem o sabor de uma farsa dramática, mas em que tudo faz sentido. Com a expansão dos negócios, a Turismo Pelotas atende clientes do norte do Uruguai, como ela já disse. Isso não é nada raro. Alguns médicos de Pelotas, em função de suas especialidades, são procurados por pacientes do norte do Uruguai. Acontece também com agrimensores e veterinários. Além disso, Montevidéu fica a mais de cinco horas dali, assim que Pelotas, no Brasil, é bem mais perto. Não foi espanto algum quando Antônia viu sua sócia, na outra mesa, recebendo uma senhora uruguaia.

– Constanza Zabala – ele diz, numa voz impassível, com a qual reassume o comando de suas emoções.

Antônia se surpreende, mas logo sorri.

– Assim não consigo ir adiante.

– Não interrompo mais.

– Não pensa que é fácil para mim. Não sei como te dizer o que eu quero dizer.

Ele consegue falar sem qualquer agressividade:

– Então – até quer ajudá-la –, por que me diz?

Confusa, Antônia pega a cuia do mate. Assim, com a cuia acomodada sobre as pernas, ela fixa os olhos de Julius:

– Eu preciso.

Embora a resposta enigmática, Julius diz para ela esquecer a pergunta e se desculpa por tê-la feito.

– Que bom. Não quero te ver incomodado comigo. Não quero estragar tudo já no primeiro encontro, eu que esperei tanto por ele.

Ainda que essa revelação seja excitante, ele diz:

– Pode seguir.

Ele segue escutando uma história que já sabe como vai terminar, mas ao mesmo tempo a prolixidade de Antônia – ela também ganha tempo – lhe dá oportunidade de interiorizar a ideia de que Constanza Zabala vive, e muito próximo daqui, e tal como ela dissera em Würzburg, *apenas um rio nos separa*. Com atenção flutuante ele escuta a sequência: no decorrer da conversa da sócia com a senhora uruguaia – "Constanza, uma senhora?" –, Antônia entendeu que ela pretendia fazer uma viagem, sozinha, para certa cidade da Alemanha. Lá ela tinha vivido alguns anos, quando estudante de música. A sócia desdobrou fôlderes, mostrou páginas da internet e propôs que a senhora estendesse a viagem, comprando um pacote econômico que incluía Madri,

Paris e Roma, dois dias em cada cidade. Mas a senhora viu aquilo tudo com indiferença e insistiu que queria ir apenas passar um mês naquela cidade e voltar para o Uruguai, de onde não queria nunca mais sair. Ele não manteve a palavra:

– Ela queria ir para Würzburg.

Antônia aceita sem reclamar a nova intervenção de Julius: inclina o corpo, larga a cuia de volta ao apoio, pega a mão direita dele. Agora é a vez dele ficar perturbado. Ela o fixa com brandura:

– Como é bonito esse nome na tua boca. Würzburg. Würzburg. Quando a senhora uruguaia disse *Würzburg*, fiquei alerta. Era a mesma cidade dos teus estudos na Alemanha, não? Eu me lembrava das cartas da tia Erna.

"Tia Erna, claro!", Julius lembra.

– E esse nome está numa foto linda em que te vejo numa ponte, com um castelo ao fundo.

"Não é possível, é a foto que Constanza fez de mim."

– Eu viajo tanto para a Europa, mas nunca fui lá. Quer ver a foto? Está aqui comigo. Eu te achei tão lindo, eu era adolescente. Mas te acho mais bonito agora, como acontece com todos os homens, quanto mais velhos, mais bonitos.

E Antônia lhe estende a foto. Embora o colorido rudimentar dos anos 80 esteja bem esmaecido, ele de pronto a reconhece.

Julius pega-a. Procura uma luz melhor.

Maria Eduarda já está sentada à mesa:

– Ei, se ninguém vier, vou começar a comer. Vocês só ficam aí, tomando mate.

– Isso mesmo, é bom não esperar – diz Antônia.

– Sei – diz Maria Eduarda, fingindo aborrecimento. – O assunto aí é para adultos.

– Não é bem isso.

Julius contempla a foto. Essa foto foi tocada pelas mãos de Constanza. Ela a escolhera.

Julius agora está em Würzburg, faz frio, ele veste muita roupa e, no cenário de cartão-postal, aparece ao lado de um dos santos de pedra, tendo, ao fundo, a fortaleza de Marienberg. Há, por tudo, uma camada de neve. Ele é minúsculo e frágil em sua juventude, mas cheio de esperanças depois de conhecer Constanza Zabala, ele que estava a ponto de abandonar tudo e voltar para o Brasil. Na foto, ele ri para a objetiva da máquina de Constanza, apaixonado até a insanidade por Constanza e prestes a ouvir o poema amoroso de Walther von der Vogelweide pela boca de Constanza. Logo escutará, pela voz inesquecível de Constanza: *eu me aproximei daquele lugar de prazer... e nos beijamos nos lábios, maravilhados... e minha boca ainda arde.* Nunca pensou que reviveria aquele momento, neste lugar ao Sul de tudo deste mundo.

Não consegue controlar o tremor na mão que segura a foto. Engole as lágrimas. Mas tem um pensamento, que reconhece desde logo injusto, contra sua meia-irmã: quem deu a ela o direito de vir à estância só para perturbar a sua paz? Que paz, aliás? Se ela pensa que está se fazendo de Cupido, está sendo impiedosa. E esse sentimento se amplia a tia Erna: ela não poderia ter mandado essa foto para ninguém, muito menos para Antônia. Ele sabe, porém, que essas falsas indignações estão aí apenas para mascarar a saudade de si mesmo em Würzburg, na Ponte, quando imaginava um futuro junto a Constanza Zabala.

Aos poucos, ante o silêncio complacente de Antônia, ele recupera alguma sensatez. Incidia, de novo e como sempre, em seus batidos procedimentos emocionais que giram em círculos. Antes de devolver a foto, ele olha o verso, onde escreveu: *Desculpe, tia, que só agora lhe mando uma foto de Würzburg. Aqui estou eu na ponte de que tanto lhe falo.* Devolve-a, enfim:

— Muito tempo se passou, Antônia.

Ela recolhe a foto, muito séria, procurando algum indício de reprovação em Julius.

— Eu não queria te ver triste.

— Se estou triste é comigo mesmo. Adiante.

– Pense bem. Não? Sigo? Bem, sigo. – Sua voz passa a ser cuidadosa. Alguma coisa mudou. – A senhora uruguaia...

– Constanza.

– Constanza. Ela pediu para ser atendida por mim, o que chateou a minha sócia. Conversando com Constanza, logo me dei conta de que se tratava de uma pessoa muito romântica, pois queria ir a Würzburg, sozinha, para lembrar uma história que agora faz trinta anos. Pelo tom, logo entendi que se tratava de uma história de amor. *Trinta anos!*, ela dizia, e me olhava, eu mesma fiquei emocionada. É muito comum que clientes falem coisas privadas ao comprarem um pacote turístico. Mas nesse caso notei alguma coisa de diferente, porque ela pareceu ter uma intenção, sabe, quando pediu para falar comigo.

– Claro. Cada vez mais claro.

– Então arrisquei e disse que tinha um irmão, não tem problema que eu te chamei de irmão, não é?, que estudara música lá, mais ou menos na mesma época. Ela pareceu que esperava escutar isso e disse: "*Só havia um brasileiro, na Escola de Música*". E aí ela ficou sem falar nada, virada para a janela. Ficou assim um tempo. Depois, se firmou na bengala e se levantou.

– Como, bengala?

– Uma artrose precoce, segundo ela me disse. Foi até a calçada. Ali ela ficou, olhando para as árvores, pensando. Depois voltou. Se sentou no lugar em que estava antes. Qualquer pessoa poderia imaginar que alguma coisa aconteceu entre vocês dois, uma coisa importante. E uma coisa importante entre um homem e uma mulher só pode ser amor. Se eu não te contasse esse fato, eu não me perdoaria, mesmo te sabendo casado, e bem casado, isso eu deduzo. Me bateu na consciência, mas também pensei: *Bom, ele é maior e vacinado, e sabe o que faz.* Depois, tem outra coisa: aquilo aconteceu mesmo há um muito tempo, ficaram só lembranças. Meu irmão: é possível acreditar em coincidências?

– Você já me perguntou isso.

– Pois então. A família dela possui uma vinícola do outro lado da fronteira. A Constanza não vive lá, mas em Montevidéu, e está há poucos dias na vinícola.

– Bodega Zabala e Hijos.

– Olha só, isso não é novidade para ti. Assim não me sobra nada para dizer.

– Mas como terminou a história?

– Para a agência, é a pergunta? Para a agência, mal. Ela não falou mais na viagem, e a minha sócia quer me matar, diz que botei a perder uma cliente. Mas, antes de sair, a Constanza me perguntou, meio por acaso: "*Onde vive seu irmão?*". Eu disse a verdade, e ainda: "*Nesse momento ele está na estância*". Ela não perguntou pelo teu nome, estranho.

– Acha estranho ela não perguntar o que já sabia?

– Eu perguntei se ela precisava de alguma coisa mais. Ela me disse que não, despediu-se e entrou num Corolla. Um homem dirigia. Acho que era motorista, porque ela dava ordens para ele.

– E você está aqui porque ela pediu.

– Nunca. Vim porque quis. E tudo começou com uma coincidência.

– Não foi coincidência, Antônia. Acho que agora você sabe disso. – E, logo: – Como se chega lá?

– Aonde?

– À bodega Zabala e Hijos.

Antônia serve um mate, esse para si mesma.

– Tem dois itinerários. Um atalha o campo, seguindo pelas estradas municipais. Não mais de noventa quilômetros. O outro sai da estância pela estrada de terra por onde sempre se vai e volta, depois pega a estrada federal, segue por ela, depois cruza a fronteira e logo em seguida pega outra estrada até chegar na bodega, uma volta enorme, com quase duzentos quilômetros. Por isso o caminho pelo campo é o melhor, ainda mais com tempo bom. Não sei se me fiz entender.

— Sim, claro.

Mentira: a partir de certo momento, ele renunciou a seguir o raciocínio; mas, no fundo, gosta dessas explanações práticas que não entende, porque significam o domínio alheio de um conhecimento impenetrável, mas o único que faz o mundo se movimentar. Quanto menos conhece algo, mais seguro se sente. Sempre imaginou que, no momento em que souber como funcionam os aviões e os elevadores, ambos despencarão com ele dentro. Além disso, a aula rodoviária de Antônia serviu como uma manobra que o tirou por alguns momentos do abalo que é a ideia de um possível reencontro com Constanza.

Mas não pode se enganar. Ele se ergue, caminha pela sala. Essa assombrosa história tombou do nada. Ele se vê tomado por uma impaciência nervosa de apressar tudo. Quer ver Constanza. Será uma experiência da qual resultará algo de definitivo, tal como acontece quando viramos a última página de um romance e sabemos que nada mais pode acontecer. Por isso ninguém gosta de nenhum final que os escritores criam para seus romances. Essa Constanza, que agora ocupa seu espírito, entretanto, não será a mesma de Würzburg. Aquela, aquela ficou lá. Como será a de agora?

— Você me leva lá? Hoje?

Antônia talvez não imaginasse as consequências do que disse.

— Mas como vamos chegar sem sermos convidados? Ela pode ficar incomodada com essa indiscrição de minha parte. E se ela se negar a te receber?

— Ela quer me ver. Ela está me esperando.

— E se ela tiver um marido ciumento? E os filhos, já pensou se ela tiver filhos? — Antônia vai enumerando argumentos cada vez mais inconsistentes, até que desiste perante o inevitável: — Está bem. Para te fazer feliz eu faço qualquer coisa. Mas pode ser amanhã?

– Claro – ele diz, um pouco descontente. – Você deve estar cansada.

– Eu? Eu, neste momento, poderia dirigir até a Patagônia e voltar. Não é por esse motivo. Eu queria que passássemos a noite aqui. Eu me programei para isso. Quero propor uma coisa em que eu penso há anos. Maria Eduarda, vi que já terminou o café, pode vir até aqui?

Maria Eduarda sai da mesa.

– Ok. Adulto nunca tem fome.

E Antônia explica uma ideia que teve e que, além do assunto que ele já sabe, fez com que ela viesse para a estância. Era preciso que estivessem juntos os dois únicos herdeiros da família. Maria Eduarda aceita uma tarefa, toda risonha e excitada. Ele chega a sorrir. É boa qualquer coisa que seja diferente de pensar por exclusivo em Constanza Zabala. Melhor é quando Antônia pede para ele tocar alguma coisa. Sobem para o andar superior. Ele pega o violoncelo, senta-se na posição. Na sua estratégia dispersiva, dedica-se a ajustar o retesamento do arco e, depois, a passar o breu nas cerdas. Antônia e Maria Eduarda vêm sentar-se no chão, seguindo de perto esse ritual.

– Ele toca músicas lindas – diz Maria Eduarda.

Ele não presta atenção. Afinado o instrumento, olha para fora, para o céu, para as nuvens. Uma delas se parece com um navio. A ponta do arco repousa no chão.

– Como é o cabelo de Constanza? – ele pergunta, voltado para o navio que singra os céus do pampa.

– Longos, encaracolados, pintados.

– De ruivo?

– Não. De preto. Escuta – diz Antônia –, como a Constanza pode ser tão desconhecida para ti? E a internet, e as redes sociais, que surgiram nos últimos anos?

– Detesto redes sociais. Mas a questão não é essa. Não me vejo teclando o nome "Constanza Zabala" na internet, uma selvageria, quase uma violação e, para mim, uma desonra e uma vulgaridade. Nunca.

Ele gostaria de saber mais a respeito de Constanza Zabala, mas ao mesmo tempo receia que isso possa dissuadi-lo de encontrá-la. Só a mudança da cor do cabelo representa uma grande metamorfose.

– Toque uma das músicas que o senhor está tocando nos últimos dias – diz Maria Eduarda. – São lindas.

– Certo. De qualquer maneira, estou numa situação bem complicada, se aproximando o concerto, e isso vai me aliviar.

– Que concerto? – diz Antônia.

Julius explica que vai apresentar em novembro o concerto para violoncelo e orquestra, de Antonín Dvořák, no Teatro Municipal de São Paulo. A vinda para a estância Júpiter foi para estudar o concerto em paz, mas não está conseguindo. Muitos fatores o impedem, até o problema da mala que talvez ainda esteja no aeroporto de Santiago do Chile.

– E essa mala é assim tão importante?

– É! – ele diz com uma ênfase que surpreende a ele mesmo. Agora precisa se justificar. Descreve, com todos os pormenores, valorizando suas particularidades, cada item da mala, mais a partitura nova, como se estivesse perante a atendente do aeroporto de Porto Alegre.

Antônia escuta tudo aquilo. Certificada de que Julius terminou, e depois de um suspiro e um pequeno estalido dos lábios, ela pergunta:

– Mas não te entendo. No fim das contas, tua presença aqui na estância é para tocar teu violoncelo e assim se preparar, ou apenas para escutar música?

– Para tocar, para tocar – diz Maria Eduarda. – E acho que está demorando muito, não é mesmo? Queremos escutar.

O entusiasmo de Maria Eduarda é tão enternecedor como o pedido de uma criança.

– Ok – ele diz. – Vou tocar.

Assim tem começo uma audição privada de músicas que ele tem de cor, como toda a quinta suíte para violoncelo solo de Bach, terminando com o *Túmulo dos pesares*, em que elas escutavam apenas a voz de um violoncelo, e ele cantava a outra parte.

A comprovação de que Constanza Zabala vive num lugar tão próximo ao seu, isso o deixa num estado de expectativa e incerteza que só a arte é capaz de expressar. Ele está destinado à arte, a mais ingrata das atividades humanas. Toda alegria é acompanhada de uma imensa e intransferível dor, e no entanto não pode renunciar à arte, porque só através dela ele sabe dizer algo que aos outros passa por contraditório, mas que também os outros não sabem dizer melhor.

Ao puxar o arco para finalizar a obra de Sainte Colombe, Antônia e Maria Eduarda estão abaladas.

– Que lindo, meu irmão – ela diz. – Nunca pensei que houvesse uma música tão linda. E que fosse conhecê-la por ti, aqui no campo.

§

Plena madrugada. Com o remédio, conseguiu adormecer, mas pouco depois acordou, ou pensa que acordou, adentrando num estado de semiconsciência logo ocupado pelo pensamento a lembrar o que havia acontecido desde a manhã – e a cada lembrança, ainda que reiterada, ele despertava um pouco mais: a surpresa da chegada de Antônia, mesmo que prevista, a reação tola da surpresa, *"Você é Antônia, eu acho"*, e a reação hilária dela que o desarmou, o momento em que dela recebeu o violino infantil, quando chegou seu corpo ao dela e se surpreendeu com um involuntário desejo, mas todo desejo é involuntário e surpreendente, mais o relato de Antônia que transtornou este dia, trazendo Constanza para perto, o violino de novo, as músicas que ele tocou, a premência sexual sem objeto que agora sente, o *"Você é Antônia, eu acho"*, as dezenas de rostos que imaginou para Constanza Zabala a ponto de ficar esgotado, o violino branco, e a fulgurante notícia de que Constanza Zabala talvez o espere, tudo isso aconteceu até que – pronto! – estava acordado e com sede. Sentou-se na cama, riscou um fósforo, acendeu o lampião, olhou o relógio, se serviu de um copo de água.

Agora, à luz do lampião, em meio ao cheiro de querosene da mecha que arde há uma hora, ele lê o livro de Pascal Quignard. Está no capítulo final. Numa noite iluminada pela lividez da lua cheia, Marin Marais galopa pelo campo. Há muitos anos está instalado em Versailles, já tendo vendido sua arte ao rei em troca de dinheiro, privilégios e medalhas. Faz um frio brutal, e Marin Marais sente suas nádegas geladas, seu sexo pequeno e frio, e diz para si: *Ah, esta noite é pura, o ar é úmido e frio, o céu mais frio e mais eterno, a lua é redonda, e eu ouço os cascos de meu cavalo sobre a terra.* Marin Marais galopa para ir escutar, às ocultas, Monsieur de Sainte Colombe, o mesmo que no passado não lhe reconheceu o talento. Marin Marais, que jamais se conformou em ser rejeitado por Sainte Colombe e, assim mesmo, reconhecendo nele o melhor instrumentista da França, se aproxima da cabana do velho mestre para escutar sua música através das paredes. Quer escutar apenas música, mas Sainte Colombe, depois de tocar algumas peças, e o fez de modo soberbo, larga o violoncelo e se põe a monologar: *Ah, eu não me dirijo senão às sombras que já se tornaram muito antigas! Que não mais se movem! Ah, se fora de mim houvesse no mundo um ser vivo que apreciasse a música! Nós conversaríamos! Eu confiaria a música a ele, e eu poderia morrer.*

Esse capítulo vinte e sete é de uma infinita nobreza. Que dignidade, que força.

E volta à lembrança o ridículo "*Você é Antônia, eu acho*", e como não soube dizer, depois, tudo o que se passava em seu sentimento em relação a ela, e como será ainda mais difícil enfrentar o dia de amanhã quando, por sua própria vontade, irá encontrar Constanza Zabala, quem sabe ao encontro de um destino – pois até no destino começa a crer.

No momento em que Sainte Colombe percebe a presença de alguém atrás de sua porta e diz *quem está aí, que suspira no silêncio da noite?*, Julius escuta baterem à porta do quarto.

É a hora combinada. Ele põe o marcador de livros na página e veste mais roupa. Pega a lanterna, liga-a e sopra a chama do lampião. Abre a porta.

Maria Eduarda é uma visão em meio à noite. Todo o rosto brilha de expectativa. Ela diz:

– Ela já está lá, nos esperando.

§

Às oito da manhã eles estão na sala. Baldomero Sánchez irrompe com a notícia de que alguém apagou o fogo do galpão. O peão não viu nada, quem o apagou teve a intenção de apagá-lo. Alguém foi lá e o apagou.

– Se acalme, Baldomero – Julius diz. – Você não tem culpa de isso ter acontecido.

– O que vai suceder, agora?

– Nada – diz Antônia. – O mundo não acabou, viu?

Atônito, Baldomero olha em volta, procurando o que dizer.

Julius olha para Antônia, que sorri, conivente, por debaixo das pálpebras familiares. Ambos olham para Maria Eduarda, que também sorri.

– Vai em paz e não te preocupa – ele diz a Baldomero.

§

Às dez da manhã, tudo serenado, eles embarcam na camionete. Antônia dirige, Julius vai ao lado. Atrás, Maria Eduarda, com uma cestinha de sanduíches.

– Um lanchinho, nunca se sabe – ela diz, o que provoca o riso de Antônia e Julius. – E vou aproveitar para carregar a bateria do celular. – Debruça-se e conecta o cabo na fonte de energia do console. – Sou a mais jovem, mas a mais prevenida nesta camionete.

– Está certo, está certo, sua sabichona – diz Antônia. E, para Julius: – Vamos pelas estradas do campo, então?

– Espere – ele diz. – Espere aí. – Ele desce e vai buscar o *Tous les matins du monde*.

Ao vê-lo com o livro, Maria Eduarda pede para olhar a capa.

– O que diz aqui?
– Em português é *Todas as manhãs do mundo*.
– Que bonito. É uma história de amor?
– Todos os livros são histórias de amor.
– Então, Julius? – diz Antônia. – Pelo campo?
– Sim. Pelo campo.
– Esqueci de dizer: tem um rio na fronteira.
– Sim – Julius sorri para si mesmo –, eu sei.

Ele já descartou a viagem pela estrada federal, e não apenas porque é o trajeto maior. Para a empreitada que tem pela frente, para o arrepio de dúvidas que causa pensar no encontro com Constanza Zabala, ele precisa da vastidão simbólica do pampa. Não quer passar pela burocracia das placas de trânsito, das aduanas, nem pela banalidade dos caminhões que levam porcos e sacos de farelo. Assim, terá toda a concentração possível para lembrar o que foi o último dia em Würzburg. Só assim terá o necessário controle de tudo o que aconteceu, no plano da memória e das intenções. Isso o deixará forte e, sabendo-se sem a humildade suficiente para pedir desculpas a Constanza quando a encontrar, terá a necessária coragem para expor todo o acontecido, quando ele era vítima de sua própria juventude e de seu amor.

Foi apenas no aeroporto de Frankfurt, naquele lugar de ninguém, sem futuro nem passado – tal como esta cabine da camionete –, que Julius se considerou livre para recuperar o acontecido.

Ele agora está no enorme aeroporto, já feito o check-in e com apenas uma bagagem de cabine e o casacão. Olha para o painel das partidas. Teve de despachar como carga frágil o Baldantoni, acomodado com espuma de borracha dentro do precário estojo de viagem daquela época e com mil recomendações para que tivessem cuidado, pois é seu instrumento de trabalho. O voo Lufthansa para São Paulo se confirma no horário previsto. Há tempo de sobra. Acha uma mesa livre, pede um *espresso doppio* e, para uma última homenagem ao país, uma fatia de *Apfelstrudel*, quente, com nata, que ele enxergou no balcão, lustrosa e crocante. Ao conferir o cartão de embarque, não consegue evitar um pensamento de ironia: só agora se dá conta de que hoje, 16 de março, é a data da destruição de Würzburg. Tudo isso disfarça o momento. A viagem de trem, depois o esforço físico para empurrar o carrinho com a bagagem e procurar o balcão da Lufthansa – quase todos os balcões são da Lufthansa –, tudo isso o impedira de pensar. Depois do check-in é que ele ficou disponível.

E o dia anterior surge, com toda a força. Não sabe que tipo de lógica, ou desejo, ou loucura, ou desespero, fez com que se decidisse a assistir ao concerto de Constanza. Ele havia mandado a carta explicando onde estavam os problemas de execução e recomendava que ela não apresentasse o concerto de Mozart. Ela persistira, e ele, ainda assim, estava preso ao fio de um inexplicável compromisso. Além disso, tinha na mente, palavra por palavra, o trecho final da carta de resposta: *Se não quiser assistir aos ensaios, venha assistir ao meu concerto de Mozart. Preciso, preciso muito de você na plateia.* Ainda o sublinhado: *E me procure depois do concerto, na Praça. Estarei livre.* "O que isso significa? Uma esperança?" Ela o chamava para seu ambiente de predileção. Para sentir-se mais forte para dizer o que tinha em mente? Aquele não era o momento de pensar, mas lá no fundo ele se agarrou a isto: *Estarei livre.*

Chegou cedo na Kleiner Saal. Em seu apartamento as malas já estavam fechadas, e o violoncelo, no estojo. Já despachara por correio as caixas com tudo o que trouxera do Brasil e mais o que acumulara na Alemanha: roupas de inverno – as mais grossas doou para a Caritas –, partituras impossíveis de obter no Brasil, livros de literatura alemã, que já lia com algum desembaraço e o Langenscheidt ao lado e, ainda, folhetos variados da Escola e do turismo de Würzburg, para o caso de alguém se interessar em fazer estudos na Escola. Nunca fora dado a suvenires de viagem, mas levava a miniatura em resina da *Eva* de Riemenschneider para tia Erna; seria só aquilo, pois durante todo o tempo adiou o presente e só então se lembrava dele. Pobre tia Erna, merecia mais, mas, enfim, ele voltar para o Brasil já seria um motivo de alegria.

Teve uma atenção especial à partitura de Dvořák. Ficaria como a lembrança mais candente de Würzburg e de Bruno

Brand. Envolveu-a num fino papel de presente e guardou-a na maleta que levaria consigo.

Não conseguira consumir todo o vinho, e ficava na sala, bem visível, um caixote ainda com quatro garrafas, um presente ao próximo ocupante. Ele mesmo escrevera: *ein Geschenk*. Um presente. Antes de sair, uma olhada no que deixava para trás: a prateleira de livros vazia, a poltrona sem os guardanapos, a mesa feita em série, a cadeira onde escrevera tantas cartas e anotara partituras, o tapete de juta em que Klarika Királyi gostava de se sentar, e a cama, lembrado daquela primeira noite em que Constanza ali dormira e o amor ainda era uma novidade a ser cultivada. Tudo aquilo que um dia significara uma vida e uma paixão agora perdia qualquer sentido para a ordem regular do mundo. Apagara a luz como quem apaga as luzes de um palco teatral. Voltaria depois da apresentação de Constanza e, já como um estranho, ali dormiria o último sono e no outro dia iria direto para a Hauptbanhof. A chave, como acertado, deixaria debaixo do tapete da porta da proprietária. Ele já não pertencia àquele apartamento.

§

– Olhem lá, três avestruzes – diz Maria Eduarda.
– São cada vez mais raras – diz Antônia. – E agora tem aquele charco embarrado na frente. Vou ter que ligar a tração nas quatro rodas. Não se arrependeu, Julius, de termos vindo pelo campo?
– Não – ele responde. – É bem como eu queria. – E a atenção dele vagueia pela paisagem. É a forma de se dar a si mesmo uma pausa do pensamento fixo na véspera de sua volta ao Brasil, tão cheia de acontecimentos, e que só agora ele vê

como foram tristes. Foi quase insuportável lembrar daquela última noite na cidade e no apartamento que iria abandonar para sempre. E agora esse mesmo olhar que vaga pelos campos e se lança, compassivo, sobre aquele jovem que foi engolfado numa infelicidade, à mercê de sua inexperiência e, por que não, de sua dificuldade de entender todas as sutilezas do amor e, ainda mais, as deformações sentimentais que levam as pessoas aos atos inconsequentes. Sim, no seu caso faltou a lucidez para entender e, em especial, para externar seus sentimentos – como sempre, ele foi um *gauche*, tal como Sainte Colombe.

Depois de cruzarem o charco, o que foi feito sem maiores dificuldades, Antônia desconecta a tração nas quatro rodas e se encontram agora numa vasta planície, guiados apenas por uma trilha de traçado irregular, guardada por cerca de arames e que revela rodados de carroças e tratores. O ar – ele abriu a janela do seu lado – é vivaz o suficiente para deixá-lo bem. Não há grande população de gado, que se limita a poucas ovelhas que erguem as cabeças à passagem da camionete, acompanhando com seus olhares tímidos uma possível ameaça. Julius confia que Antônia saiba o que faz. Ele olha pelo retrovisor e vê a nuvem de poeira que a camionete deixa no seu rasto.

Antônia está atenta à estrada. Por isso talvez dirija com o corpo inclinado para a frente e as duas mãos muito juntas no volante, tal como os que tiraram há pouco a licença de motorista. A posição dentro da cabine permite que Julius observe seu perfil. Ela ostenta uma presença tranquila e calorosa. Ele tentou, desde que a viu, enxergar nela os traços do Latinista, que ele jurou ter constatado nas fotos antigas. Mas agora, não. Crescendo em idade, ela adquiriu uma salutar independência em relação à família, capaz de lhe dar a autoconfiança que ele tanto gostaria de ter. O olhar de Julius desce ao longo do queixo, do pescoço e do colo que, com graça côncava, termina em seios mais abundantes do que a maioria das mulheres, mas não tanto que arqueiem as costas. Ela agora afasta a mão direita do volante, pega uns óculos escuros do painel e põe no rosto. São óculos que agora se tornaram modernos, um *revival* dos antigos Ray-Ban de aviador. É uma figura que agrada ver e escutar os murmúrios, que não se dirigem a ninguém: "*Só espero que essa estrada esteja melhor lá adiante*" e, em seguida, "*Logo vou ter que engrenar de novo a tração nas quatro rodas*". Bonito, escutar isso. É inegável que todo o conjunto dos traços de Antônia, essa atenção concentrada, e mais seu corpo forte, são atraentes para qualquer homem. Ele se aventura a alguns pensamentos vergonhosos – "vergonhosos por quê?" – recuando no momento certo, para desviá-los a Constanza Zabala. Bem pensado, é Antônia e sua sedução que o conduzem no rumo de Constanza, perdida no tempo, lá à frente, tão distante como aqueles cerros azulados.

De repente, ele já não pode imaginar sua estada na estância sem Antônia. Na raiz da verdade, estes dias até parecem preparativos para a chegada da meia-irmã. Mas ela não é apenas alguém que o conduz. Ela é alguém por si própria, e por alguma razão está agindo dessa forma. Ele quer perguntar.

– Me ouça – ele diz. – Queria fazer uma pergunta.

Antônia se volta para ele.

– Diga.

– Não descuide da estrada. Por que você está me levando para Constanza Zabala?

– Por quê? Bem... Estou atendendo ao teu pedido, não é mesmo? – Antônia pensa. – E te vejo feliz.

Julius não esperava por isso.

– Feliz? Talvez. Mas não sei se é bem essa a palavra.

– Então? Isso chega para mim. Quero o teu bem, Julius.

É mesmo estranha, Antônia. Ou ele é que não está preparado para escutar uma declaração tão direta de afeto?

– O meu bem? – ele diz num murmúrio, confiando que os ruídos impeçam que Antônia o escute. O mecanismo que o leva a fazer perguntas, apenas para escapar das respostas, é que o deixa com a ideia de que lhe falta algo que não falta a mais ninguém. São essas inabilidades que explicam tudo, inclusive seu desempenho na apresentação de Constanza Zabala.

Ele tem presente, como se fosse agora, o que foi – ou o tanto a que ele assistiu.

Na Kleiner Saal, mesmo cedo, já havia algum público. Muitos são alunos de clarinete, que ele conhece de vista e de saudações rápidas, mas também aqui estão os temíveis senhores da gangue dos velhotes, com suas partituras emboloradas de antes da guerra.

Logo que os funcionários da Escola abrem a porta de carvalho, Julius vai sentar na última fila, na cadeira bem no extremo, caso queira sair. Ali fica indistinguível dentre as dezenas de cabeças e ombros. Ele já deveria estar em São Paulo, na Orquestra Sinfônica Municipal, talvez como chefe de naipe, e não habitando o limbo a que se impôs nesses últimos dias.

Terminado o duo de clarinetes de Mozart que abria o programa, Constanza entra no palco, seguida de Boots – mas é ele, Julius, quem deveria estar ali, com ela, para acompanhá-la –, e, quando ela se curva para os aplausos e ergue a cabeça com seus cabelos ruivos e lança um breve olhar em direção à plateia – procura-o? –, ele repete as frases que se disse tantas vezes em suas perambulações pela cidade: "Ainda sou prisioneiro dela. Mas resisto". Levará consigo a imagem de Constanza. Será algo a lembrar – e a sofrer. Enfim, alguma dignidade em sua existência de incessantes ridículos. E constata: não é apenas o afastamento de Constanza que faz com que ele deixe Würzburg, nem o fiasco de seu Dvořák, nem a aspereza da cidade para quem vem dos trópicos. Vai embora porque a vida em si o leva a abandonar as ousadias. Recolhe-se ao conforto imóvel de sua honra ultrajada.

A estrada de terra agora se bifurca, e Antônia diminui a marcha. Pede a Julius que procure uns mapas no porta-luvas. Ele tenta se concentrar. Abre o porta-luvas.

– Devem estar por aí – ela diz –, no meio dessa desordem.

De fato, tateando entre pacotes de bolachas, estojos metálicos, sentindo sobre o dorso da mão o deslizar frio de uma maçã, ele descobre algo que pode ser um conjunto de papéis e o entrega. Antônia freia o carro e, sem desligar o motor, procura um mapa específico, desdobra-o e o examina. Em seus monólogos argumentativos diz *"Ok, estamos no caminho, agora é ir pela estrada da esquerda"*. E depois, a Julius:

– Esses mapas municipais ajudam, mas nem sempre. Do outro lado da fronteira não vai ser preciso mapa algum. De qualquer modo, é uma aventura.

Ele se volta para o banco de trás: Maria Eduarda dorme, aninhando a cabeça entre os braços flexionados. Mas não está indiferente, pois a um solavanco maior da camionete acorda e se debruça sobre o encosto de Julius, perguntando se já chegaram. Antônia a acalma, ainda falta muito, ela pode dormir. Maria Eduarda parece aceitar, e volta para a posição de antes.

À frente se aproxima um carro, numa velocidade maior do que a conveniente, deixando uma nuvem de poeira.

Logo passa por eles um antigo Chrysler vermelho e branco, com placa do Uruguai. Os ocupantes, mulheres e homens maduros, alegres e de bonés, saúdam e gritam *hola, hola!* Antônia baixa o vidro escuro na medida para pôr a mão para fora e abana para eles. A camionete é invadida pela poeira. Antônia fecha logo a janela.

– Sempre simpáticos, nossos *hermanos*. Com o câmbio favorável, vêm fazer compras no Brasil.

A estrada escolhida revela ser a melhor, mais plana e sem os buracos e pequenos charcos da anterior. Julius consulta a amadora bússola do painel: seguem no rumo Sul, sempre Sul e assim deverão seguir até a fronteira. O GPS, desligado por inútil nestas paragens – ele sabe bem disso –, tem a vantagem de não os mandar para fora da estrada. Nesse ponto, a tecnologia perde para a experiência dos mapas municipais, mesmo com suas imperfeições.

Ao olhar para o sul, para os cerros azuis do horizonte, eternos e indiferentes aos destinos humanos, ele é de novo tomado pela sensação que dominou seu primeiro contato com o pampa na idade adulta, e que ele chamou de *Outrora*. Este Outrora agora está localizado logo após a fronteira, e tem um nome: Constanza Zabala. Por mais que repita o nome dela, por mais que tenha presente os pormenores da estada em Würzburg e tudo o que significaram as oito semanas de pânico e amor, ela se dissolve num passado ainda mais remoto do que os séculos pretéritos do pampa. Neste momento, ele põe em suspensão todas as evidências concretas trazidas por Antônia. Quanto mais certa for a existência física de Constanza, e tão próxima numa geografia que pode ser reduzida a estradas vicinais espremidas entre cercas de arame e ovelhas alertas, mais ele percebe que tudo, inclusive esta viagem, é como uma fábula. Constanza não pode se localizar no espaço banal de uma vinícola, não pode ter assumido rugas nem doenças. O que foi feito do concerto de Mozart? Em que lugares deste pampa ele se perdeu? Quanto mais ele vê que a estrada não indica lugar algum, e que, quando chegam ao horizonte, um novo horizonte se apresenta, tão igual ao anterior, mais ele deseja que esta viagem siga dessa forma, sem um final visível. Mas agora Antônia está falando com ele. Ele se concentra no que ela diz:

– ...e eu acho que não vai ser do teu agrado.

– O quê? – ele se apruma no assento, para demonstrar interesse.

– A música que eu quero pôr agora. A estrada está boa, a Maria Eduarda só dorme, e só te vejo pensando. Eu queria me distrair.

– Claro. – Ela que se sinta à vontade para pôr qualquer música.

– Ok – ela diz, e aperta uma tecla do painel.

Ele diz que não conhece a música, ou melhor, acha que já a ouviu, se ela puder dizer do que se trata... Ele sempre foi meio ignorante em música pop. O sobrinho-gênio até que insiste que ouça outras coisas, inclusive deu para ele um pendrive lotado de música. Bem que tentou, mas é difícil entender a música atual.

– Mas esta música é de uma geração anterior ao teu sobrinho. É Freddie Mercury. Olhe a capa do CD. Foi o último disco da banda Queen.

É uma foto que mostra o cantor de costas, perante uma imensidão aquática, o braço direito erguido e o outro segurando um microfone com um pedestal minúsculo. No canto direito inferior, como um carimbo, *Made in Heaven*.

– Ahn, Freddie Mercury. Bonita música. Gosto da parceria que ele fez com Montserrat Caballé.

– Não finja que gostou.

– Até gosto, mas não prefiro. Eu parei nos Beatles, no Elvis, até tocava muito no piano. Dos de agora, só o Elton John. Gosto de escutar o famoso "And I Guess That's Why They Call it the Blues".

– Mas tenho outro, aqui. – Ela retira o CD de Freddie Mercury e com um malabarismo ajudado por Julius põe outro.

A música agora é uma voz masculina puríssima e um violão: *Clavo mi remo en el agua, llevo tu remo en el mío, creo que he visto una luz al otro lado del río*.

Escutam Maria Eduarda, que acorda:

– Que bonita, eu sei de cor a letra.

Antônia diz a Julius:

– É Jorge Drexler, uruguaio. Gosto desse *he visto una luz al otro lado del río*. É sempre uma esperança, não?

– O quê?

— Julius, não me escutou.

Ele se esmera em explicar, não está muito sintonizado com as coisas.

— Sabe, Julius, já te deu conta? Nós três aqui dentro desse carro. — Ela segue com o que diz apenas ao perceber que ele está atento: — Nós três somos uns perdidos na vida, uns carentes, andando no meio do campo. A Maria Eduarda...

Ele faz um sinal de que Maria Eduarda está escutando.

— Já falei muito isso com ela — diz Antônia. — A Maria Eduarda precisando de pais e se agarrando a nós, eu com dinheiro e um trabalho de que eu gosto, mas com um pai que nunca vi e procurando conquistar a tua amizade, e quanto a ti, um homem que não sabe o que vai acontecer nas próximas horas, quando se encontrar com uma mulher que não vê há trinta anos.

— Você procura a minha amizade?

Antônia é sensível à pergunta de Julius.

— Sim, desde sempre. Mas não quero falar disso agora. Nós temos alguma coisa mais importante acontecendo. É para onde nós estamos indo.

— Antônia.

— Deixe assim. Dependendo do resultado do milagre desse encontro, nós temos toda a viagem de volta para conversar.

Para esquecer o leve temor que lhe provoca esta última frase, Julius então se volta para os campos, logo se fixando numa placa à beira da estrada: *Vinícola Alberti a 1Km. Venha visitar--nos e ganhe um brinde.*

Agora ele precisa ir com urgência à Vinícola Alberti, e diz isso para Antônia. Não custa nada. É só uma visita de poucos minutos.

— Ok — ela suspira. Suspirar é sua maneira de não ser indelicada. — Já começo a me acostumar com o teu jeito. — Ela diz isso com um ar decepcionado, mas no qual há uma amável resignação.

Ele sabe por que retarda o encontro com Constanza Zabala. De tudo o que vem rememorando de Würzburg, ainda falta o final. Precisa tê-lo bem nítido em sua mente.

Logo estão no pórtico da vinícola. O rigor industrial do estabelecimento já é anunciado pelas videiras, enfileiradas numa precisão milimétrica, o que é mais visível agora, sem suas folhas. A casa onde funciona a administração e a loja tem o desenho clean e indica ser construído há no máximo uns cinco anos. São recebidos por uma jovem com um sorriso comercial, vestida com um traje que lembra o Tirol. Entram num salão com recantos vazios. Maria Eduarda é atraída por uma mesa em que há uma bandeja com picadinhos de queijo. A jovem tirolesa explica a produção de cada cepa neste ano, em números de milhares de garrafas. Depois, vendo o pouco interesse de seus visitantes, ela os convida para passarem a uma sala ao fundo. É um auditório cheirando a novo, para cerca de vinte pessoas. Sentam na primeira fila. A tirolesa apaga a luz, anunciando que vão ver um pequeno vídeo sobre o empreendimento.

Antônia olha com interrogação para Julius, se ele quer, mesmo, seguir nesta coisa maluca de assistir ao vídeo. Ele faz um sinal afirmativo com a cabeça.

Aqui, no escuro, com os rostos iluminados apenas pela luz da tela, escutando a infalível trilha sonora da Primavera das *Quatro estações*, de Vivaldi, começa o vídeo, previsível desde o início, com uma mensagem do diretor da Vinícola Alberti posando de executivo. Depois de alguns efeitos gráficos, são projetadas imagens da última colheita, do processo de esmagamento, desengace, fermentação, afinamento, maturação etc.

Disperso, fechando as pálpebras, Julius se acomoda.

Na Kleiner Saal começa o solo do primeiro movimento. Sumiram os problemas interpretativos que Julius havia apontado. Com a atitude destemida de quem subjuga o concerto e seu instrumento, Constanza consegue um resultado em que a dinâmica, em geral negligenciada pelos executantes de Mozart, preocupados apenas com a clareza das notas, revela-se agora um lago de luz e transparência. Ela obtém uma fluência encantadora, ágil, um fraseado que não se perde no *tempo*, controlado com rigor e emoção. Ela conta uma história, talvez de amor. Boots acompanha-a com justeza, antecipando-se às intenções interpretativas de Constanza. Não é o Boots que ele escutou no ensaio do outro dia. Hoje surge entre ambos uma cumplicidade que vai muito além de Mozart. Há momentos em que ele acelera ou retarda o andamento, mas dentro dos propósitos de Mozart, e Constanza o segue e nada se perde. Julius então entende: de algum modo, Constanza e Miguel Ángel nunca deixaram de se amar. No momento de uma quase-*cadenza* ela então readquire toda a carga erótica das fantasias de Julius acerca das trapezistas de circo. Ela é, neste momento, uma concertista. E dois espetáculos transcorrem na Kleiner Saal: um é o belo concerto de Mozart, que os colegas escutam agradados e que, ao mesmo tempo, provoca troca de olhares de aprovação entre os membros da gangue dos velhotes, que consultam as partituras na semiobscuridade da Sala. O outro espetáculo, que apenas ele vê, é sua tragédia pessoal, que naquele momento desaba sobre seus ombros e lhe diz algo simples: é o momento de ir embora daqui. Acaba o primeiro movimento, e a plateia, como sempre, aproveita para tossir e mudar de posição nas cadeiras. Antes que se instale o silêncio para o movimento seguinte, Julius se levanta para deixar a Sala. Sua posição na plateia o favorece. Antes de sair, ainda se vira para o palco. Constanza, que esteve conferindo o ajuste da palheta do clarinete, percebe algo, gira o olhar e encontra Julius. Esse olhar que se congela, hirto de pânico, é um pedido de ajuda. Ela pede que ele permaneça. Ele se volta para a porta, põe com suavidade a mão no trinco, para não chamar atenção sobre si. Abre a porta e um último olhar diz tudo: é um adeus para sempre. É a última vez que a vê.

— Acorda, Julius – diz Antônia.

— Eu não estava dormindo.

— Nunca vi coisa mais chata, esse vídeo. Vamos embora? Primeiro te via com pressa, e agora é isso.

— Sim, vamos – ele diz, dando cobro de si.

Antônia acende a luz do auditório e, ao saírem dali com ares de que estão determinados a dar por concluída a visita, a funcionária, que conversava com Maria Eduarda junto aos pratos dos queijos, pede que fiquem mais um pouco, ainda não viram as instalações da vinícola, a cave onde armazenam os tonéis de carvalho, mais cinco mil garrafas e ainda a degustação e tem ainda o brinde, eles não querem? É uma garrafa de 350ml do melhor espumante fabricado na Fronteira, com as melhores uvas...

— Obrigado. Temos de ir – diz Julius.

Enquanto Maria Eduarda fica dando explicações à recepcionista, ele e Antônia vão em direção à camionete que, ao sol, se transformou num forno de assar pão. Maria Eduarda depois vem se juntar a eles.

— O serviço sujo ficou pra mim. – E ela volta para seu lugar. – Ao menos ponham de novo o Jorge Drexler. Já estamos viajando há mais de uma hora e não chegamos a lugar algum.

— Vamos lá – diz Antônia, fechando os vidros da camionete e ligando o ar-condicionado. Quando já retomam à estrada principal, ela pergunta: – Por quê, Julius, essa parada sem pé nem cabeça na vinícola, por que isso? Quis ir, nos fez perder um tempo precioso ali, não se interessou por nada e agora diz para irmos embora.

— Tem certeza de tudo o que me contou a respeito de Constanza Zabala?

— Como? – Antônia desvia de uma pedra enorme bem no meio da estrada. – Então eu ia inventar essa história toda? – E, pressionando a tecla, faz com que a camionete se transforme de novo num estúdio com a música de Jorge Drexler.

Escutando pela segunda vez, Julius constata que é mesmo bonita, e ele já decorou *he visto una luz al otro lado del río*. Esse refrão simples não deixa indiferente a quem o escuta, *he visto una luz al otro lado del río, he visto una luz al otro lado del río*.

Enfim se aproximam da fronteira, anunciada por um antigo marco divisório de formato fálico em que já aparecem os ferros oxidados do concreto. Não há aduana, não há controle de documentos. No alpendre de uma casinhola um homem velho toma mate, e sua diversão é ver a passagem de carros e motos.

Cinquenta metros à frente, a estrada se transforma numa descida íngreme. Ali abaixo fica a ponte. É uma antiga construção de madeira, de aspecto perigoso, que não terá mais do que vinte metros de vão. Será pouca a resistência daquela estrutura na qual as tábuas paralelas de rolamento têm falhas em que se avista o rio cruzando por debaixo.

Antônia se adianta a qualquer pergunta:

– Chamam de *el puente del contrabando*, e só serve para isso mesmo.

Assim, escutando a música que persiste em preencher todos os caminhos sonoros do cérebro de Julius, a camionete cruza a ponte em segurança. Depois de subirem ao nível da estrada, são recebidos por um pequeno armazém com um cartaz acima do telhado: *Bienvenidos, hermanos brasileños!* E numa placa ao lado: *Cerveza Norteña Mirinda tabaco em cuerda Galletas Fanta Salchichas Pomelo Tostadas*

– Estou com fome – diz Maria Eduarda. – Com aquela saída apressada da vinícola, mal pude comer uns quadradinhos de queijo. Querem sanduíche?

– Não – dizem Antônia e Julius ao mesmo tempo. Antônia acrescenta: – Obrigada. E agora, temos de pegar a estrada da esquerda.

Ele observa o movimento da bússola. Ela agora deriva para o Leste.

– Qual a distância?

– Para a vinícola? Vinte quilômetros. Olhei no mapa antes de sairmos.

Depois de alguns minutos, passam ao lado de uma grande barragem para irrigação de arroz. A água, imóvel, reflete em cheio a luz do sol, como uma gigantesca bacia metálica com a borda irregular. A boa condição da estrada, melhor do que no lado brasileiro, permite manter uma velocidade constante, sem necessidade de troca de marchas. Ele nunca dirigiu; primeiro, porque não tinha dinheiro para comprar um carro; depois, quando os lucros da estância poderiam resolver, estava mais concentrado em estudar violoncelo. Em Würzburg, não precisava. Quando se casou, Sílvia decidiu que ela sabia dirigir pelos dois. No fundo, ele pensa agora, foi uma espécie de falta de confiança em si mesmo, a que se uniu o desejo de manter essa incapacidade como uma das suas formas de dependência infantil.

Depois da barragem, são os campos ocupados com videiras regulares, como na Vinícola Alberti. Há, também, alguns olivais. O cheiro de mortadela e manteiga vem da boca de Maria Eduarda, logo ali atrás, e enche a cabine da camionete.

Antônia aponta – e Julius dirige o olhar – para uma placa roxo-bordô, em tudo igual às de sinalização rodoviária, ao lado direito da estrada, e a que faltam algumas das vogais: *Bod ga Z b l y Hnos: 4 km.*

– Nesta região as vinícolas são novas – ela diz. – Pena que algumas placas sejam tão frágeis.

– Antônia – ele diz –, podemos ir mais devagar?

– Sim – ela diz, como se já esperasse o pedido.

O ar é o mesmo dos contos das *Mil e uma noites*: azul e denso, pousando sobre o pampa como uma campânula. É interessante como a passagem da fronteira transforma as coisas. Tudo fala outra língua, inclusive a natureza. Os montes à distância são *cerros*, e o pampa se torna um acolhedor ente feminino: é *la pampa*. Ele olha para a frente. Lá está o passado, que o acompanha desde que saíram da estância. Constanza Zabala não sabe o que lhe acontecerá dentro em pouco. Se pudesse dizer de maneira insofismável a Constanza o enredamento de seu drama em Würzburg, talvez agora ela alcançasse as razões da sua conduta. Não quer ser perdoado, mas entendido naquilo que fez em Würzburg e que o perturba desde então: ele caminha para fora da Kleiner Saal escutando na imaginação o segundo movimento, o mesmo que ouviu naquele dia, na Ponte, em que encontrou Constanza Zabala. É executado com calor e simplicidade: a nota Ré profunda, essa não existe. Ele perde de vez Constanza Zabala. Aquela passagem equivocada era sua desde sempre, desde quando a escutou na Ponte. Ele já está na rua, caminhando em direção à Katzengasse, contando os minutos de Mozart. Quando, por suas contas, chega ao final do último movimento, ele está sobre a Ponte, no pequeno terraço em que viu Constanza. Senta-se no mesmo banco, ao lado da estátua de São José e seu Filho. Leva as mãos ao ouvidos, não quer escutar as imaginárias palmas. E são consagradoras, Constanza Zabala se inclina, Boots se levanta, se inclina também, eles se dão as mãos, se inclinam em simultâneo e as palmas prosseguem e prosseguem. Um sucesso, o mesmo de que ele não foi capaz. Um sucesso não com ele, mas com Boots.

— Chegamos — diz Antônia.

Ele se dá conta de onde está. O pórtico tem uma arquitrave de madeira rústica sustentada por dois falsos tonéis, onde se lê, em caracteres entalhados, *Bodega Zabala – Vinos Iglesia – desde 1985*. O estabelecimento tem o formato de uma igreja colonial com uma buganvília subindo até o topo da única torre e de lá caindo em latadas, o que deve ficar exuberante no verão. Sobre a porta central, fechada, um cartaz: *Show Room y Tasting*.

— Uma igreja antiga? — diz Antônia.
— Não. Falsa. Como em Würzburg.

Ultrapassam o pórtico e ela estaciona a camionete debaixo de uma árvore. Diz a Julius que espere, que ela vai primeiro. Depois, com a intenção de deixá-lo descontraído:

— Se eu não voltar em quinze minutos, pode chamar a polícia.

Ao vê-la se encaminhar decidida à porta da *igreja*, ele elabora seu conhecido truque de viver duas realidades paralelas e ambas aceitáveis. Contrariando sua teoria de que não houve coincidência, não será surpresa se Antônia voltar dizendo que Constanza Zabala detestou a ideia de encontrá-lo e mandou-a embora, assim como não será surpresa se Antônia voltar junto com Constanza Zabala, a qual, feliz, deseja revê-lo.

— O senhor amou essa mulher? – diz Maria Eduarda, se debruçando sobre o encosto do banco, colocando os braços sobre os ombros de Julius. – Antônia me disse que sim.

— Sim, Maria Eduarda – ele engole em seco –, como nunca amei.

— Que bonito, amar.

9.

Ele foca o olhar na porta onde Antônia aguarda que atendam ao sinal da campainha.

Sim, agora alguém abre a porta da *igreja*, forma-se um vão escuro, e Antônia é admitida lá dentro, como se transpusesse os portais do tempo nos filmes de ficção científica.

Ele busca as mãos de Maria Eduarda, segura-as. Ao contato com esta pele macia, toda juventude e viço, ele consegue recuperar algo de si mesmo.

Ao abrir a porta do apartamento, vindo da Escola, ele viu a caixa de vinhos com as quatro garrafas, e o escrito: *ein Geschenk*. Revirou os talheres da casa, achou o abridor de garrafas, abriu uma, buscou o cálice, se serviu. Bebeu o cálice, mesmo morno. E bebeu toda a garrafa, até se sentir tonto o suficiente para se jogar na cama, assim vestido como estava. Sonhou que tocavam com insistência a campainha do interfone, sonhou que fora atender ao chamado e que ninguém respondera.

No outro dia, às 8h12, pegou o trem para Frankfurt. Naquela época adiantada do ano, já amanhecia. Quando a composição saiu da Hauptbanhof, foi ainda possível ver, sobre a névoa, desaparecerem as tantas torres – as reconstruídas e as verdadeiras – das igrejas e dos prédios públicos. E no último dia ele é capaz de entender que justo essa mistura de passado e presente revela a mão humana em busca desesperada de uma ordem que sempre falha – e que isso, enfim, constitui a essência desta cidade.

No cimo de Marienberg, a fortaleza apagava as últimas luzes da iluminação cênica. A Ponte, esta já ficara para trás quando ele saíra da Katzengasse e o táxi tomara a marginal Dreikronenstrasse para atingir a Hauptbanhof. Com as torres e Marienberg nos olhos, a memória, entretanto, retinha a Ponte, com seus santos de pedra e Constanza Zabala a executar o segundo movimento do concerto de Mozart e a imperfeição de um Ré grave. Qualquer pessoa iria considerar uma insensatez, conceber um amor dependente de uma nota musical, mas ele sabia que nessa nota falha estava resumida uma vida e uma ideia de amor, pois o que dá verdade a um sentimento é o fato de ser impossível dirigi-lo a outra pessoa. Naquele dia em que deixava Würzburg, pensava que jamais veria Constanza de novo, mas foi ali que começou o sentimento da enormidade que fizera e que provocaria uma sombra em sua vida. Aprenderia que o irremediável é a pior forma de lembrar de alguém. O trem agora fazia mais uma volta para ganhar o traçado que o levaria direto a Frankfurt, ignorando as pequenas estações das linhas regionais com seus nomes pitorescos. Logo além, ele observava os vinhedos ao lado direito da via férrea. Viu pela última vez o Main, agora bem mais estreito. Procurou uma posição melhor na poltrona. O vagão ia quase vazio, e ele fez algo que via outros jovens fazerem e que sempre quis experimentar: estirou as pernas e escorou os pés na poltrona em frente. Apoiou a cabeça na pequena almofada do encosto e cruzou os braços, se preparando para a viagem de hora e meia que o deixaria no piso inferior do aeroporto de Frankfurt. Teria muito tempo e lucidez para pensar.

– Olhe – diz Maria Eduarda.

A porta da vinícola se abriu, e Antônia apareceu. Ela põe a mão em pala na testa, para enxergar em meio à claridade e faz um sinal.

– Ela está chamando – diz Maria Eduarda, vendo-o preso num travamento inquieto. – Não tenha medo.

– Antes fosse medo.

Ele tira o cinto de segurança e abre a porta da camionete. Antônia vem ao seu encontro.

– Ela está esperando. Vamos lá. Não fica com essa cara. – Ela tenta pegar sua mão, o que ele recusa. – Ao menos um sorriso.

Ele sorri, e assim entra na casa, seguido de Antônia. Logo atrás vem Maria Eduarda.

Ele acostuma as pupilas à obscuridade do ambiente. Centenas de garrafas repousam em lustrosas prateleiras de mogno. A temperatura é bem mais baixa, ali. No balcão de vidro, uma jovem funcionária se mantém no lugar, seguindo o movimento dos três visitantes.

Ao fundo, um velho Essenfelder, igual ao de tia Erna, parece pouco usado, a julgar pelo vaso com flores sobre a caixa acústica.

Tudo ali é imóvel e frio. Vem de longe e por fragmentos uma música familiar.

Aparece um homem de meia-idade usando um avental da vinícola sobre a camisa branca e a gravata-borboleta. Nem o olhar submisso desperta compaixão, nem o corpo magro sugere ascetismo, apenas revelam desinteresse pela própria felicidade. O aperto de mão frouxo e a voz sibilada não permitem escutar o nome.

– Quero te apresentar o gerente da empresa – diz Antônia.

– Já nos conhecemos – diz Julius –, só não sabia que agora é gerente. – Julius já procurou as botas texanas decoradas com pirogravuras, que agora foram substituídas por sapatos sociais. Ele lamenta que seja este homem deplorável a primeira aparição física de Würzburg em terras latino-americanas.

Antônia olha para um, para outro, sem conter um espanto embaraçado.

Boots não tem qualquer reação:

— Como está, *señor*? — E como se não houvesse acontecido nada entre eles, faz um gesto indicando a porta por onde veio: — *La señora aguarda ya*.

Antônia sussurra a Julius que ela e Maria Eduarda ficarão à espera lá fora, é melhor que ele vá sozinho.

A situação se torna irreversível. Algumas vezes ele já experimentara esta consciência de abismo, misturada à esperança e à incerteza, um sentimento múltiplo, contraditório e que, por isso mesmo — só depois ele chegará a essa conclusão, sem orgulhar-se dela —, o deixa apto a viver a maior alegria e o pior desapontamento, talvez raiva, ainda restando disposição emocional para a indiferença.

Entrando, escuta Mozart, o primeiro movimento do concerto para clarinete, tocado em algum aparelho de som; depois, é o aroma de chá de canela e umidade, é a penumbra atravessada pelo facho de luz que vem de um abajur de pé alto, ao lado de um sofá de couro em que está Constanza Zabala. Ao vê-lo, ela tira os óculos, pega uma bengala, se ergue e, surpresa com a própria agilidade, larga a bengala, que tomba com estrépito. Julius faz menção de pegá-la, mas ela o sustém com um gesto e se aproxima.

— *Das glaube ich nicht* — ela diz, se abraçando a ele. Encosta a cabeça no peito de Julius e fica em silêncio, com as pálpebras cerradas. Depois recua um passo, sem largar-lhe as mãos: — *Du kamst!*

Ao rever estes assimétricos e claros olhos, ao escutar esta voz, ainda cantante e musical, a dizer que não acredita que ele veio e que esteja aqui, ele tem consciência de que está aqui, sim, junto a ela, sentindo o apetitoso frescor da água Farina Gegenüber, e que ambos fazem parte de uma história que ainda aguarda o seu desfecho. Ele sabe, porém, que o resultado deste momento irá acompanhá-lo por toda a vida. Não quer se arrepender de nada.

— Constanza — ele diz. Na contraluz, percebe as linhas esbatidas e titubeantes que delimitam este rosto. Os cabelos são tingidos de negro, presos num coque improvisado que deixa mechas aos lados do rosto. Ele usa o espanhol para dizer: – Você não mudou nada. – E ele se referia à suave irregularidade dos olhos.

– Obrigada. Eu deveria retribuir o elogio – ela diz, também em espanhol. – Mas nunca menti para você em Würzburg, e não será agora.

Ele não queria ter escutado isso. Ele agora sabe, pela força da passagem do tempo, e por Constanza não ter nada a perder, que de fato ela jamais lhe mentiu em Würzburg; isso significa que talvez ele tenha pela frente um longo debate sobre quem pior agiu naquelas oito semanas.

Julius espera que ela diga algo a mais, e rápido.

E ela diz, permitindo que ele recupere a calma:

– Mas isso não é nenhuma acusação. – Ela aponta para as cortinas: – Por favor, abra-as um pouco. – Ele desvela a paisagem das linhas de videiras enfileiradas, secas do inverno, com algumas folhas remanescentes, amareladas. – Não abra muito. – Ela volta ao sofá. – Acho que já pedi isso no meu quartinho da pensão da Frau Wolff: estou na minha casa e posso pedir. Sente-se. – Ela olha para a bengala que Julius, enfim, apanha do chão e encosta ao lado do sofá. – Não estou inválida. É apenas uma artrose antecipada, mas muito leve. Os anti-inflamatórios ajudam, e em Montevidéu faço fisioterapia e exercícios de pilates. E sempre há o recurso à cortisona. E sempre fiz esporte. Estou muito bem. E deixei o cigarro.

É comovente a coqueteria dessas palavras que tentam subjugar a dor, e muito triste que provenham de Constanza Zabala, antes tão ardente de vida e saúde.

Constanza o observa, dando a ele a ocasião para se acostumar a ela e ao ambiente onde está.

– É Mozart que está tocando – ele diz.

– Sim. Benny Goodman. Eu coloquei em sua homenagem, logo que Antônia veio dizer que você estava aqui. Você me deu este disco. Lembra que eu considerava Benny Goodman pouco sério? Me deu também o Karl Leister.

– Constanza... – Ele engole uma sensação de tremor na garganta: – Você ainda tem esses discos?

– Claro, foram presentes seus. – Ela também não quer se entregar ao sentimentalismo. – O mais difícil é conseguir um toca-discos, hoje em dia. Mas não fique de pé.

Ele se acomoda numa poltrona à frente de Constanza. O assento cede com facilidade, transmitindo um conforto excessivo.

Ele sorri para Constanza. A mesinha ao lado do sofá tem um cinzeiro limpo, mais um livro que leva na capa um vaporoso retrato de mulher e, sobre ele, o título *Juana de Ibarbourou*.

A luz não é tanta, mas suficiente para revelar que ele está num aposento que é sala de jantar, sala de estar, estúdio de música – há uma estante com uma partitura aberta – e biblioteca, a julgar pela prateleira de livros em que ele se demora um pouco mais.

– Não repare – ela diz. – Minha biblioteca verdadeira está no meu apartamento em Montevidéu. Aqui só tenho poesia.

Então ele faz uma pergunta absurda, que mais tarde explicará a si mesmo como manifestação de sua ansiedade:

– E como foi a vida? – Esse *foi* percute em sua mente como um insulto, e por isso ele escuta com desafogo a resposta, que vem revestida apenas de uma branda censura:

– Longa.

Eles se calam, escutando os compassos finais do primeiro movimento do concerto.

– Ouça agora – ela diz, quando começa o segundo movimento de Mozart. – É o adágio. Lindo. Eu tocava naquele dia, na Ponte, vi quando você veio em minha direção e se sentou do meu lado, pensando que eu não via. Lembra?

Ele assente:

– Lembro de cada minuto. Fazia frio, Constanza, muito frio.
– Eu congelava.
Ele escuta a música de Mozart que sempre esteve em sua alma. Ouvir de novo este Mozart, porém, é mais difícil do que imaginava. Ele pede licença para desligar o som e vai a um canto obscuro da sala em que encontra o toca-discos. Ele diminui aos poucos o volume da música, numa espécie de respeito a Mozart, até o *clic*. Volta ao seu lugar.
Ela diz:
– Chegue mais perto. Aproxime a poltrona. Obrigada. Quero ver você bem de perto.
Seus joelhos quase se tocam.
A conversa que começam, com a decorrência dos minutos e depois dos quartos de hora, é marcada por silêncios mais extensos do que as próprias falas. Sabem que estão ali para recuperarem o tempo de Würzburg, quando deixaram escapar alguma coisa que talvez pudesse ter resultado na felicidade de ambos, e nessa arqueologia dos afetos há grandes vazios, que nem ele nem Constanza querem preencher, embora exista uma distância notável entre o que ele lembra, em geral coisas fixas e aleatórias – como uma aula, um livro, um casaco de inverno, mesmo um passeio pela promenade do Main –, e aquilo que ela traz para a conversa, estados de ânimo imprecisos e devaneios que separam zonas de maior nitidez combinados a momentos de pura vertigem.
Nada disso que se dizem, porém, dará qualquer significado a este encontro se não avançarem mais, mas isso só acontecerá como resultado da erupção de algum episódio crucial. É provável que tanto ele quanto ela saibam qual seja, mas nenhum quer ser o primeiro a lembrar, por medo de um erro de avaliação da importância que o mesmo episódio terá para o outro. Por vezes chegam perto, logo recuando, cada qual da sua forma: em Constanza é um movimento do rosto, espantando algum

inseto invisível; em Julius isso acontece quando ele contempla as próprias mãos.

Ele já foi lá fora, já conversou com Antônia e Maria Eduarda, pedindo mais um pouco de paciência; Antônia consultou o relógio e concordou, e Maria Eduarda disse que podia esperar todo o tempo do mundo, com a condição de ele trazer uma história de amor. "*Combinado*", ele disse, e estava sendo sincero.

Agora ele e Constanza Zabala estão a sós há mais de uma hora. Tomam chá de canela com *galletas* uruguaias e mel, num serviço de porcelana Rosenthal. Só agora ele se dá conta de que não comeu nada desde que saíram da estância, e isso explica a leve tontura. Ele já sabe que os irmãos de Constanza estão em Montevidéu, e que ela está aqui há poucos dias. Nesta época do ano não há muito o que fazer, e seis empregados fixos dão conta de tudo, mas na colheita precisam de mais cinquenta. Por sorte, a colheita coincide com o período de férias, e os estudantes vêm pedir trabalho temporário. Tem muita festa e música na vinícola.

Entremeado nessas conversas, ele fica sabendo do teor de uma trajetória que poderia imaginar em seus traços gerais, mas que os pormenores tornam mais viva. Antes de voltar para o Uruguai, Constanza perambulou por algumas orquestras secundárias da Alemanha. Não se encontrou em nenhuma. Sua experiência melhor foi em Mannheim, numa orquestra mista de erudita com popular, mas mesmo assim a experiência não foi forte o bastante para prendê-la por lá. A volta para o Uruguai era o caminho natural. Tocou na orquestra do Sodre como segundo-clarinete por alguns anos, mas quando houve a possibilidade da aposentadoria antecipada ela preferiu se retirar, pensando na reconquista de seu próprio tempo. Teve proposta para trabalhar na Orquestra Sinfônica de Porto Alegre, em que havia vários músicos uruguaios jubilados, mas não aceitou. Por outro lado, depois da morte do pai, os irmãos pediram que ela, solteira, sem nenhum compromisso de família, viesse ajudar na administração na época da colheita. E assim ela passa aqui um ou dois meses no final do verão e começo do outono. É bonito.

– Mas estamos no inverno, Constanza.

– Sim. As videiras estão adormecidas, como estavam no inverno de Würzburg. – Ela leva o olhar para o livro de Juana de Ibarbourou, atenta, como se nunca o tivesse visto. – Em situação normal, eu não estaria aqui.

– Não?

– Não.

Ele não quer perguntar, mas começa a ter as primeiras notícias de uma história que pouco a pouco se torna mais nítida.

Constanza retoma o relato no ponto em que estava. Montevidéu tem uma vida musical muito intensa. Ela toca nas peças de câmara que exigem clarinete e dá aulas avançadas a jovens que se preparam para concursos de admissão a orquestras ou para ingresso em alguma escola norte-americana. Poucos agora vão para a Europa.

– Sim – ele diz. – Também tenho observado isso.

– O que é uma pena.

Desde que chegou ele tinha esta pergunta suspensa:

– E Miguel Ángel, o que significa nisso tudo?

Pela primeira vez desde sempre, ele viu um esgar de sarcasmo em Constanza:

– Miguel Ángel... – ela disse ao final de um momento. – Não significa nada. Nem ele sabe que não é nada.

– E você vive com ele desde aquele tempo? Isso é incompreensível.

– Não *vivo com ele*, como você diz. Ele é o gerente da vinícola. Meus irmãos gostam dele, agora que se curou. – Os olhares de Julius e Constanza se encontram. Ela diz, sem nenhuma queixa: – Em Würzburg você não acreditou que tudo tinha acabado entre mim e Miguel Ángel. – Ele faz menção de dizer alguma coisa, e ela o impede: – Qualquer palavra é inútil.

Nós dois sabemos o que estamos sentindo neste momento, não é mesmo?

Foi preciso essa observação de Constanza para ele se aperceber que, desde a chegada, não recorreu nenhuma vez à âncora das frases mentais, e nem por isso deixa de viver este momento com intensa profundidade. Revê o que disse, e tudo fez sentido, e tudo veio à sua boca sem qualquer tensão prévia. Experimenta algumas frases mentais. Mas agora elas parecem ocas, falsas, ridículas. Alguma coisa aconteceu, e ele espera que seja para sempre.

Constanza prefere contar outra história. Pelo tom e pela sequência dos fatos, se anuncia, enfim, o episódio que tanto circundam.

Ela narra o que lhe aconteceu nos dias antecedentes à apresentação da Kleiner Saal, quando não recebeu resposta à última carta. São coisas miúdas, como a falta de dinheiro, mas também algumas patéticas e embaraçosas, que incluem Miguel Ángel – inclusive uma ida à chefatura da *Polizei* de madrugada –, mas que, no seu conjunto, formam uma constrangedora enormidade.

No dia da apresentação, ela acordou muito para baixo, começando a convencer-se de que ele não iria vê-la, mas sempre havia uma esperança. Passou manhã e tarde querendo convencer-se disso, da esperança e, junto, tentando preparar-se como podia para a noite. Tinha de repassar trechos do concerto de Mozart e, ao mesmo tempo, cuidar de coisas práticas e mesquinhas, como achar a roupa que iria usar. Por ela, usaria qualquer coisa sobre o corpo, mas a Escola, pelo menos naquele tempo, tinha algumas formalidades para as apresentações dos alunos. Ele escuta com atenção, imaginando os movimentos de Constanza, ela nua perante o espelho, escolhendo, dentre suas duas ou três roupas, aquela que ficaria melhor para o concerto de Mozart. Seu pensamento se aparta daquilo que ela diz para assumir um caminho próprio, em que há lugar para a lembrança daquela nudez que viu por completo na manhã seguinte à noite em que se amaram pela primeira vez na Katzengasse.

Constanza percebe algo nele:

– Não é para ficar triste.

– Não, Constanza – ele diz, retomando o fio do que escutava e sendo verdadeiro. – Apenas me pergunto o que eu fazia, enquanto você passava por tudo isso.

– Você vivia. E ninguém pode ser condenado por viver.

Quando um relógio em outra peça da casa toca as cinco da tarde, ele está na ponta da poltrona:

– Foi assim mesmo, Constanza?

– Sim, depois que você saiu da Kleiner Saal ao acabar o primeiro movimento, eu, que estava feliz com sua presença no concerto, me senti perdida, sem chão, pois esperava que você ficasse até o final, me estimulando, alegrando minha vida. Resultado: nada mais deu certo. O segundo movimento, tão bonito, de que você tanto gosta, foi um desastre. Não quero pôr a culpa em Miguel Ángel. Não quero pôr a culpa em ninguém. O clarinete já não me obedecia. O público foi muito educado no final, e até a gangue dos velhotes me aplaudiu, mas por pura misericórdia.

– Você tinha recebido minha carta com observações sobre a interpretação?

– Claro. Até hoje eu sei de cor essa carta. Procurei seguir todas as orientações. Lógico que, em poucos dias, assim do nada, nenhum músico salva um concerto. Mas o que você disse nas instruções me abriu a mente – Constanza sorri –, ou melhor, os ouvidos, me deixando evidente o que eu já sabia. Faltava alguém que me dissesse. Você deve ter percebido como foi bem o movimento inicial. Quando vi você sair da sala, eu perguntei em pensamento, na distância do palco: *É para sempre?*, e o seu olhar me confirmou: *Sim, é para sempre.* Como eu poderia prosseguir com a mesma qualidade? Eu logo percebi que você não havia entendido nada do que eu quis dizer com o meu bilhete. Eu escrevi que precisava muito ver você na plateia e que devcria me procurar depois da apresentação, na Praça, porque eu estaria livre.

– Sim, e você sublinhou o *estarei livre*.

– Acho que até hoje você não entendeu o significado disso.

– Peço que me poupe de saber só agora, trinta anos depois, quando não adianta mais nada.

– Você pensa isso mesmo, que não adianta? – Ela murmura algo inaudível. – Contudo, se você acha que não tenho responsabilidade alguma nisso, está enganado. O fato é que agi muito mal. Em nenhum momento me preocupei com o seu sofrimento, que era talvez maior do que o meu. Você me falava, e eu me recusava a escutar.

– Como naquela vez na piscina pública, em que eu quis contar para você tudo o que acontecia comigo.

– E eu, respondi o quê?

– Você olhou para o relógio e respondeu: *mas agora?*

Ela fica em silêncio. Julius percebe como seu rosto se altera à medida que ela procura se lembrar de outras situações iguais a essa.

Depois, revelando cansaço e capitulação, ela diz:

– Isso é indesculpável, meu querido, muito pior do que eu imaginava. Mas eu precisava falar tudo isso, eu precisava, hoje, com esses trinta anos aqui, na nossa frente.

O que ela conta, a seguir, é uma sucessão de fatos que, na cabeça dele, tem uma ponta surrealista. Depois da apresentação, ela foi para a Praça, esperando um milagre. Ali ficou até convencer-se de que isso não iria acontecer, e então foi até a Katzengasse, acionou o interfone uma, duas, três vezes, e então soube que ele não iria atender. Dormiu mal, e no outro dia cedo voltou à Katzengasse. Ninguém atendeu de novo. Teve uma intuição, acordou a proprietária e ela disse que o brasileiro tinha ido embora. Correu à Hauptbanhof, todos a olhavam na rua. Não o viu lá. Olhou a tabela dos trens que parariam ali em direção a Frankfurt. O próximo seria depois do meio-dia. Ela foi para o snack-bar da Hauptbanhof, sentou-se a uma mesa, pediu um café, acendeu um cigarro, chorou e ali permaneceu até estar convencida de que tudo tinha decorrido de sua própria inabilidade em lutar por um amor que era tão puro, e que ela não vira escorrer a cada dia entre seus dedos.

Ela olha para fora, e ele segue o olhar. A oblíqua luz da estação já doura o tecido das cortinas, conferindo uma cor cinza-acastanhada ao ambiente.

Julius a observa.

– Fui tão tolo, Constanza.

– Fomos ambos – ela diz, voltando-se para ele. – Nossa juventude nos impossibilitou a felicidade. – Ela vacila um instante, e readquire algo do equilíbrio. – Mas o infortúnio contínuo, entretanto, aos poucos se torna suportável. E quando assumimos essa infelicidade como uma forma de lembrar, é nosso dever aceitá-la com a possível dignidade.

Tudo que ele havia imaginado, o sucesso da apresentação do concerto de Mozart, os aplausos, nada disso aconteceu. Como ele julgara mal os fatos, na sua onipotência de amante traído.

Ao vê-la pegar um lenço amassado, até agora oculto entre as almofadas do sofá, ele precisa ultrapassar com urgência o assunto, para si e por ela:

– E você ainda estuda bastante?

Ela olha para o estojo do clarinete que está sobre a mesa, ao lado do bule do chá.

– Sim. Como você sabe, musicista que não estuda, esse deixa de merecer o nome. E tenho esses compromissos de concertos e aulas.

Ele sente que chega o momento de falar de si mesmo, antes que ela pergunte. Tal como fizera com Klarika em São Paulo, ele tenta simplificar sua vida desde que veio de Würzburg, e ainda uma vez ele constata que no final não articulou mais do que meia dúzia de frases, quase todas clichês, e muitas que se repetem com outras palavras. Ele diz:

— Como você vê, nada tem o menor interesse.

— Para mim, tem todo o interesse. — Se Julius contou esse trecho de sua existência como um desfiar de acontecimentos irremediáveis e pequenos, ela, entretanto, seguiu tudo com atenção: — Só não entendo como você pode afirmar, apenas, *depois me casei e está tudo bem*. Só nos contos de fadas.

— Sei onde você quer chegar. Mas, no meu caso, não há outra forma de dizer isso.

— Sei. Não há outra, mesmo. — Constanza sorri para si mesma.

Julius quer mudar desse assunto.

— Mas neste momento minha preocupação é outra: sou apenas um músico de fila que veio para a estância para estudar um concerto.

Ela não parece surpresa:

— Vou arriscar. É o concerto de Dvořák, aquele que você não apresentou em Würzburg.

— Esse mesmo.

— Ótimo. E eu vi você esconder o retrato de Dvořák, na Katzengasse.

— Lembra disso?

— Sim. Pena que na época eu não soube dar a importância que merecia. E onde vai ser o concerto?

— No Municipal de São Paulo.

— Um lindo teatro, tem uma ótima acústica. Assisti lá ao *Cosi fan tutte*. — E ela rompe um curto silêncio: — E dois anos depois, à Orquestra Sinfônica Municipal, e não foi a última vez.

Julius sente que algo mudou, na conversa.

— A minha orquestra — ele diz.

— Viajei por causa disso.

Ele é tomado por um poderoso constrangimento, procurando imaginar em quais apresentações isso teria acontecido.

Uma delas terá coincidido com o concerto de Schumann, em que ele foi solista? Essa revelação de Constanza abre a possibilidade, por todas as razões provável, de que ela o tenha acompanhado por todo esse tempo, e que saiba tudo a respeito dele.

Não quer perguntar. Prefere não ir além das alusões, não só porque começa a ser atraído por esse jogo de final imprevisível, mas também porque o ato de calar, nessas circunstâncias, é aceitar a latência de um sentimento que os liga desde sempre, e que não pode ser trazido à luz, como uma espécie de interdito partilhado.

Agora ele assume a melhor objetividade possível, sabendo que mais cedo ou mais tarde o assunto voltará.

— Vou tocar no último concerto da série *Primavera da Música*, mas fica cada vez mais difícil de estudar. — Não consegue concentração naquele ambiente estranho, a partitura o intimida por conta das anotações do professor Bruno Brand, faltam as gravações que estão numa mala extraviada, e ainda há o peso tirânico da promessa a Bruno Brand, reativada pelo encontro com Klarika em São Paulo ("*Conheci pouco Klarika, a gordinha simpática*", ela diz), e, pior de tudo, não consegue esquecer o fiasco da apresentação em Würzburg. Ademais, tem dormido muito mal, só pensando na data do concerto, que se aproxima.

Constanza escuta tudo em silêncio. Ao ver que ele termina o labirinto de queixas, ela diz, com uma naturalidade que chega aos limites da lógica infantil:

— Mas isso que atormenta tanto você, isso é assim tão grave?

Ele para, surpreso, olhando-a, piscando muito.

— Se não estou muito enganada — Constanza segue —, você conhece bem esse concerto, tem todas as condições para se apresentar no Municipal.

— Como sabe?

— Os gestos, a entonação da sua voz, todo o seu corpo dizem isso. E penso que posso ajudar você, o que não fiz em Würzburg. — Ela dá a si mesma um tempo. — Mas, enfim, você está aqui na minha frente, e eu posso dizer isso. Já sofri muito na vida, mas ainda tenho força suficiente para corrigir o passado, de alguma forma. Qual a data do concerto?

Ele ainda pensa no que Constanza disse.

– Ah, sim, a data?

Ela persiste:

– A data?

– Primeiro de novembro.

Ela conta nos dedos, o mesmo gesto que fez para calcular o tempo que faltava para a apresentação na Kleiner Saal. É o mesmo gesto gracioso: com o indicador direito a tocar o indicador esquerdo, depois o médio, o anular, o mínimo, depois de novo o indicador; e assim, desfiando uma série numérica em que ele vê uma sedução quase carnal, ela diz:

– Dá um bom tempo para estudar. E você deve apresentá-lo, mas não para cumprir uma promessa. Você precisa desse concerto na sua carreira, mas muito mais do que isso, na sua vida.

É como se um cortinado negro se abrisse, dando lugar à plena luz.

Essa ideia já vivia dentro dele. Mesmo a concordância com o pedido de Klarika, em São Paulo, foi algo que fazia parte de sua tentativa de achar alguma honra em sua vida.

– É um concerto muito bonito – ela diz. – E com pouco estudo você poderá tocá-lo. E você está seguro de que não entende as anotações do professor? Somos músicos, e é uma ideia difícil de aceitar. Quem sabe você tenta ler essa partitura *com* as anotações? Elas estão ali só para ajudar. – Ela sorri. – Mas agora falemos nesse concerto. Eu acho que o conheço bem, mas preciso que um violoncelista me explique.

Ele então discorre sobre os momentos fáceis, os problemáticos, os perigos de descompasso com a orquestra, as sutilezas de dinâmica e de articulação, e assim avança até o fim do primeiro movimento, e logo está no segundo. Por vezes ele cantarola a parte do violoncelo. O terceiro movimento, o mais ágil de todos, talvez por isso seja o mais complexo do ponto de vista do tempo.

– Vejo que você vai tocar todo o concerto.

– Não. Apenas o primeiro movimento.

– Pena essa amputação. Lembra quando toquei apenas o primeiro movimento de Stamitz, em Würzburg? Nunca mais toquei primeiros movimentos. – Constanza defende, com paixão, seu ponto de vista, de que os concertos não devem ser abreviados, em nome não sabe de quê, e que os músicos devem se empenhar nisso. – Mas voltando a Dvořák – ela segue –, estou cada vez mais certa de que você é capaz de realizar uma boa apresentação. Pelo que estou escutando, não lhe falta nada para isso, a não ser repassar algumas vezes. E abrir a alma para ler sem medo as anotações do professor.

– Tentarei, Constanza.

– Isso. Bom que podemos conversar a respeito.

Ele escuta essa última frase que, por alguma razão, soa como um caminho aberto para deslindar os motivos de ele estar aqui, na vinícola Zabala.

Ele já pode dizer com segurança:

– Você me fez vir aqui. – Ao ver o pensativo sorriso de consentimento de Constanza, no qual não há qualquer perturbação, ele acrescenta: – Você sabia que eu vinha para a estância, aqui perto.

Ela faz um gesto, indicando o norte:

– Sim, só um rio nos separa. Estância Júpiter – ela diz. – Nem em trinta anos alguém esquece um nome como esse.

– E, claro, não foi coincidência sua ida à agência de Antônia. E fez saber que me esperava.

Ela diz com naturalidade:

– Fiz mal?

– Não. Nunca. Apenas não sei como ficou sabendo da minha vinda...

– ...quase um mês antes, e que me fez viajar de Montevidéu e depois viajar a Pelotas, à agência de viagens.

– Mas ainda falta alguma coisa.

– Falta. Você conhece certo advogado? – e ela sorri com astúcia, igual à Constanza do tempo em que lhe explicou truques telefônicos. – Um advogado que é o administrador de metade das propriedades rurais tanto no sul do Brasil como aqui? Meus irmãos e eu não entendemos nada de administração, e, desde que nosso pai morreu, mantemos um advogado permanente, que já nos salvou de uma falência.

A lembrança é instantânea:

– Um advogado que diz ser mais conhecido do que a Coca-Cola?

Passa-se um momento de silêncio, em que apenas se olham, cada qual juntando as peças do mesmo quebra-cabeças.

Então começam a rir ao mesmo tempo. Dão-se as mãos. Ele passa para o sofá, para o lado de Constanza.

Ele ri até virem as lágrimas. E esse riso de um, de outro, traz o frescor do tempo de Würzburg, que não souberam aproveitar. Riem tudo o que não puderam rir até agora, e da tragédia infantil que armaram para si mesmos. Ele diz:

– Bem que eu tinha suspeitado...

– Sim, aquele administrador de comédia, viu como ele pinta o bigode?

– E o chapéu? E o chapéu?

– E o carro, que parece um pudim de uva com creme de leite? Meus irmãos dizem que aquele carro existe desde o começo do mundo.

Riem, mas aos poucos, sérios, se aproximaram as testas, os rostos, e as bocas agora estão próximas. Ele a abraça e ela se deixa envolver. Ele pode sentir o hálito quente de Constanza Zabala, o corpo muito próximo ao seu. Ele experimenta essa presença sem palavras como a síntese de todas as imagens de Constanza, desde aquela que o exauria de prazer nas noites frias de Würzburg, passando pela idealizada, cruel e bela Constanza de sua memória, e agora esta, em seu categórico presente e que, num gesto tão imprevisto quanto calculado, afasta o rosto e ajeita um anel do cabelo, que se desfez quando ele a abraçou.

§

Não se aperceberam, mas lá fora a tarde vai adiantada.
Ele se levanta. Abre as janelas. Junto, vem uma fragrância doce, floral.
Ele escuta Constanza:
– Com o calor dos últimos dias, os jasmineiros floresceram mais cedo.
– Se já floresceram agora, o que virá depois do inverno?
Constanza se aproxima da janela. Julius sente que ela o enlaça pela cintura, tal como fizera naquela noite de Würzburg quando viam cair a neve, a primeira vez em que se amaram na Katzengasse.
Ela diz:
– Depois do inverno, meu querido... Não sei. Dependendo de você, algo virá, e não apenas a primavera.
– O que virá, Constanza? – e sua pergunta, de que ele não suportaria a resposta, se perde no ar perfumado.
Ficam ali, à janela, vendo como o céu adquire uma tonalidade alvacenta. As poucas nuvens, iluminadas pelo poente, adquirem uma cor de nácar irisado de rosa, azul-pálido, laranja e violeta.
Não se falam. Apenas escutam a respiração um do outro e os vagos rumores corporais e sentem o fluir latejante do sangue nas artérias.
Constanza diz:

– Vamos tocar?

– Tocar?

– O segundo movimento de Mozart. Você desligou o toca-discos. Ficou faltando o segundo movimento. – O sorriso dela expressa mais que o convite. – Você me acompanha?

Ele não controla um impulso. Segura o rosto de Constanza com as duas mãos. Beija-a nos lábios com delicadeza.

– Sim, Constanza, o que não aconteceu em Würzburg. Querida Constanza.

– Vamos?

Ela busca a partitura e a entrega para Julius. Dirigem-se ao salão da frente. Ela acende as luzes.

O piano não está tão fora de uso. Ele levanta a tampa, retira a faixa de feltro verde de sobre as teclas, põe a partitura no suporte, regula a altura do banco, senta-se, experimenta alguns acordes. Há evidentes desafinações em algumas notas, suportáveis a quem neste momento não está interessado na exatidão musical. Ele se reconhece sem treino, mas a parte do piano não apresenta dificuldades maiores.

– Preciso rever alguns pontos. E acostumar o ouvido com certas notas desafinadas.

– Fingindo que estão afinadas.

– Sim. E vou me desempenhar bem. Você sabe, *sobald Pianist...*

– *...immer Pianist.* Vou buscar o clarinete. Também devo saber, mesmo que nunca mais tenha tocado esse Mozart, nesses trinta anos.

– Nunca?

– Toquei outras músicas de Mozart, o quinteto para clarinete, o trio, o duo, um ou outro *divertimento*. Já o concerto, não. Sempre me pediram para tocar. Mas só hoje é que chegou o dia.

Ele se decide a fazer o seu melhor, sem se levar pela emoção de saber que não merece tudo isso. Ele a vê caminhar sem a bengala e com desembaraço, embora seja apenas um eco daquele andar que o deixou siderado na piscina pública de Würzburg. Vestindo um blusão de lã artesanal sobre calças de malha que descem até os práticos slippers marrons, ela agora, na aparência, deseja ocultar seu corpo. Ou deixar que ele imagine.

Julius experimenta o começo do concerto. Ao escutarem os primeiros sons, Antônia e Maria Eduarda vieram de fora e buscam cadeiras para se acomodar. A recepcionista já foi embora. Ele percebe que uma sombra se aproxima de suas costas. É apenas Boots, que traz uma cadeira. Coloca-a na posição das pessoas que voltam as páginas das partituras, à esquerda do executante. Julius já não estranha aquela presença, nem se incomoda quando ele se senta a seu lado nesta posição subalterna.

Constanza retorna com o clarinete e se coloca à direita, voltada para Julius. Como não usará partitura, não precisa de óculos. Ele nota: ela soltou os cabelos, que agora caem com naturalidade pelos ombros.

– Devo estar um pouco pálida, mas é estranho usar batom quando se vai tocar algum instrumento de sopro.

Ele sorri, pressiona a tecla lá, e Constanza afina o clarinete. Ambos sorriem pela precariedade do resultado artístico que resultará da audição.

Agora é este momento de silêncio, que é delícia para os espectadores e preocupação para os executantes.

Estão prontos.

Ela faz um leve sinal com a cabeça.

Começam.

Enquanto a mão direita de Julius executa o singelo movimento de colcheias que estabelecem uma ondulação sonora, orgânica, a mão esquerda executa notas de sustentação do que importa: o tema do clarinete que, acima das contingências materiais do piano, se desenvolve, doce, pungente, aflito e logo sereno. Tudo está ali, previsto por Mozart. Nem um compasso a mais, nem um compasso a menos. Ele observa Constanza pela visão lateral: as notas saem com facilidade e ternura. Ganhando corpo, o tema leva-o àquele dia em que o frio assolava Würzburg e ele subiu à Ponte para ver os patinadores furtivos e então percebeu, por uma nota fora de tom, que alguém tocava Mozart. Agora, em outra geografia e noutro tempo, o concerto de Mozart soa com maturidade musical e refinada elegância – mas não é isso que ele aguarda. Ele está à espera de certa passagem.

Ele pressiona de leve as teclas. Quando o piano assume um curto protagonismo, num *tutti* imponente que repete a frase do clarinete, Constanza olha para Julius. Ela o contempla. Ele nunca viu aquele olhar em ninguém, e é o mesmo de quem mira desolado uma paisagem que lhe foi interdita por muitos anos.

Agora é o segundo tema, que exige, depois de um cantante sublime, a sucessão de fusas. Ele já sabe quais são as notas problemáticas do piano, e sabe que uma delas irá coincidir com o Ré grave do clarinete, o mesmo que identifica Constanza entre todas as mulheres, musicistas ou não. Ele errará, ela errará. Deixando as mãos correrem numa direção previsível, ele percebe um ponto de luz nos olhos de Constanza: ela entendeu o que se passa. É uma silenciosa conivência. Ela errará de propósito.

Desta vez, ele não diminui a intensidade da pressão e quando chega o momento, ele e ela coincidirão no erro.

Estão no compasso anterior.

Soam as notas. Esse acorde do piano e clarinete forma a cacofonia que ambos já esperavam. Constanza finge desagrado, mas logo relaxa o rosto, e sorri.

O movimento conclui com a mesma serenidade deste anoitecer que aos poucos envolve a casa e os campos. A pequena plateia está em suspenso.

Tudo é calmo e harmonioso.

Ninguém fala. E ele sabe, por inteiro, por que ela o quis hoje, aqui.

– Uma foto, uma foto – diz Maria Eduarda. Ela vem para a frente e pede que todos se juntem, assim, todos devem aparecer. – Cuidado para não piscar no flash.

Antônia e Boots se aproximam e ficam em frente ao piano. Julius e Constanza estão com as mãos dadas. Não olham para a câmera. Olham-se, e o tremeluzir da lágrima que ele vê em Constanza acompanha o que ela diz, algo que só ele consegue escutar:

– Enfim, tocamos juntos.

– Erramos juntos. E foi o erro que nos uniu de novo. – Só depois de pronunciada esta frase é que ele confirma, de uma vez para sempre, que está livre da odiosa máquina da elaboração mental.

Mais tarde, na frente da casa, eles se despedem. É quase noite, e começa a soprar um inesperado e frio vento do Sul. Ela diz:

– Boa sorte no concerto. De alguma forma estarei contigo.

– Obrigado. – Ele segura as mãos dela, leva aos lábios uma, a outra. Lembrando do primeiro encontro na Ponte, aquece-as com o hálito. – Cuide da sua saúde. Constanza...

Boots se aproxima e pergunta se Julius aceita o seu abraço.

– Por que não?

Abraçam-se. Julius não o perdoou, mas compreende que esse homem cumpre uma vida que termina assim: inútil e, de certo modo, imprescindível.

Já na cabine da camionete, enquanto Antônia liga os faróis e manobra para saírem da vinícola, ele acena para Constanza, e se dá conta de que não lhe perguntou sobre o concerto que ela assistiu em São Paulo. Melhor assim.

– Que bonito – diz Antônia. – Nunca mais vou assistir a uma coisa tão bonita em minha vida.

— Nem eu – diz Maria Eduarda. – Uma verdadeira história de amor. Pena que terminou tão mal. Se é que terminou.

Antônia guardava algo para dizer:

— Sabe? A Constanza ainda é apaixonada por ti.

A camionete logo entra na rodovia principal. Já é noite sobre os campos. Passam poucos automóveis no sentido contrário, iluminando a cabine com fachos moventes e ornamentais. Ante o silêncio de Julius, ela diz:

— Só uma pessoa apaixonada faz o que ela fez para te reencontrar. É bonito. Mas preciso te dizer uma coisa. – Agora é Antônia quem abre um curto silêncio. – Me sinto muito tranquila pelo que eu fiz, porque isso iria acontecer, mais dia, menos dia, comigo ou sem mim. Mas daqui por diante eu devo sair dessa história. Um homem da tua idade deve saber o que faz.

Ele sorri da cômica e reiterada preocupação de Antônia.

— Sei bem o que faço, descanse.

— O que mais me deixa feliz é ver que, de alguma forma, te deixei feliz, ainda que não tenha escutado isso de ti. Mas eu sei, e isso é o que importa.

A estrada os deixará dentro em pouco em território brasileiro, onde pegarão a estrada federal. Decidiram não regressar pelas estradas vicinais que, de dia, ainda podem ser percorridas sem muito susto, mas que, à noite, se transformam numa viagem às cegas.

Ele já contou a história de amor que prometera a Maria Eduarda, acontecida com ele e Constanza na Alemanha, há tanto tempo. As duas ficam em silêncio por um longo trecho da estrada. Logo, Maria Eduarda vai pendendo a cabeça e aos poucos todo o corpo se entrega ao sono.

— E agora é a estância, Julius – diz Antônia. – Hora de estudar em paz. Quem sabe chegou a mala?

Começam a sentir o frio, não tanto como o de outro dia, mas o suficiente para fecharem os vidros da camionete. Ali, escutando o rumorejar do motor a diesel, os passageiros vêm abstraídos. Ele vê Antônia dirigindo apenas com a mão esquerda, o cotovelo apoiado no vidro da janela, com a mesma displicência automobilística de Sílvia.

Agora acompanham a Vésper, com seu brilho parado e cintilante, logo acima do horizonte.

– Bonita essa estrela, Julius. Enorme.

Julius vai corrigir, *é um planeta, Vênus*, e vai repetir o que disse a Klarika, uma vez, *Afinal, o que há num nome? Isso a que chamamos de rosa...*, mas:

– Sabe de uma coisa? – ele diz. – Aconteceu algo extraordinário: desde que entrei na sala de Constanza, consegui dizer tudo a partir de dentro de mim mesmo.

Antônia se volta para ele:

– Do que está falando?

– Antônia, olhe a estrada. Não vou conseguir explicar. O importante é que você saiba disso – e Julius pressiona com delicadeza a mão dela que se apoia na alavanca de câmbio. Vencendo um tabu, ele se vê dizendo: – Preciso te pedir que me perdoe.

Antônia volta a olhar para a estrada. Soltando a mão, se prende ao volante.

– Do quê? – ela parece estar alerta à frente, mas é visível a compressão dos lábios e o acelerar da respiração. – Por quê?

– Por todos esses anos de perseverança – ele diz. – Você nunca desistiu. Você veio à minha procura. Você achou um motivo.

– Esse reencontro com a Constanza, como eu disse, aconteceria de qualquer forma.

– Ou não.

São surpreendidos pelo voo rasante de uma coruja de grandes asas que atravessa os faróis da camionete. Por um momento perdida, logo retoma a trajetória alada que a leva à densa escuridão dos campos.

– Ainda bem, coitadinha – diz Antônia. E, já com outro timbre de voz: – Desde que tive consciência de quem eu era, tentei te procurar. Eu precisava de um chão neste mundo. Te mandei várias fotos, mesmo aquelas em que eu aparecia criança e que descobri numa caixa. A última foi do colégio das freiras, em que eu fiz uma bobagem, abri uns botões da blusa e segurei um cigarro emprestado de uma colega, tudo isso para parecer mais velha, para conseguir um pouco da tua atenção. Quando eu tinha dezessete anos, bem que tentei, escrevi de novo para a tia Erna que queria ir a São Paulo, e ela me respondeu que, se eu não quisesse sofrer, que não te procurasse. Mais tarde, a Sílvia me disse a mesma coisa. – Agora uma lágrima desce pela face direita de Antônia. – Mas nunca perdi a esperança de que um dia, muito no futuro – ela gagueja –, nós nos encontraríamos.

– Este é o dia, Antônia. – Ele põe o braço sobre os ombros dela, e a traz junto a si.

– Cuidado o acidente – ela diz. Mas se entrega àquele abraço até o limite do perigo e, ao voltar ao controle da camionete: – E que nada mais nos separe.

Embora seja a vazia fórmula dos casamentos, ele sabe a dimensão desse desejo de Antônia.

– Nada.

Ultrapassam a fronteira por uma ponte internacional que merece esse nome, apresentam suas cédulas de identidade para um funcionário que nem as olha e logo estão na rodovia federal brasileira.

No banco de trás Maria Eduarda dorme, agarrada ao celular. Julius tira o casaco e o põe sobre os ombros dela. Ao fazer isso, ela acorda. Do bolso de Julius desliza o *Tous les matins du monde*. Maria Eduarda o pega:

– Quem sabe me lê um pouco? Só uma frasezinha.
Antônia acende a luz de teto da cabine.
– Sabia que me pediriam isso.
Julius pega o livro, abrindo-o onde pôs o marcador. Ali está um dos trechos sublinhados por Sílvia.
Começa a ler, traduzindo – e alterando o nome do protagonista:
– *...ele era incapaz de manter uma conversação com alguém... ...era um desajeitado na expressão de suas emoções; Julius não sabia fazer gestos carinhosos...*
As duas, juntas:
– Julius?
– E a frase termina assim: *...mas Julius não era tão frio como diziam... não era...*
– Que incrível – diz Antônia. – O mesmo nome. Não deve ser fácil viver sempre se contendo, sempre representando, e parecer para os outros que é frio.
– Um inferno.
Ele olha para o lado e, com a escuridão, o vidro da janela da camionete se transformou num espelho em que ele se enxerga. Acha-se velho. Mais sábio?
– Você não imagina, Antônia, como é difícil representar. Pode-se dizer que é toda uma vida perdida, se a gente não se dá conta a tempo.
– Sim, diz bem, se a gente não se dá conta a tempo. Tenha bem presentes essas palavras. Isso vale para qualquer situação da vida. – A voz de Antônia agora é um murmúrio. – Mas que história, essa. E agora tenho de apagar a luz, antes que me confunda na estrada.
Ela parece que vai dizer algo mais. Mas apenas apaga a luz.
Já estão na via secundária que leva à estância. Não há mais postes com luz, e a estrada se ilumina apenas pelos faróis

da camionete. Pequenos animais cortam a estrada. Às vezes petrificam-se ante o esplendor dos faróis.

Logo ao abrir a porteira da estância é possível ver que a eletricidade já voltou.

Baldomero Sánchez vem explicar que repuseram os fios naquela tarde. Foi uma tarde movimentada. Mas não adianta nada, porque vão roubar de novo.

Depois de ver que Antônia e Maria Eduarda vão entrar na casa, ele chega mais perto, confidencial.

– E, seu Júlio, uma coisa estranha. – Ergue as sobrancelhas. – O fogo do galpão apareceu aceso de novo. Algum peão acendeu. O que eu faço? Apago?

– Não, Baldomero. Era o destino dele, mesmo, ficar para sempre aceso.

– Ainda bem. O pessoal da casa gostou e eu gostei também. Muito obrigado. – E: – Mas vamos entrar, que eu quero mostrar uma coisa. – Entram. – Olhe o que chegou. O Administrador veio trazer no carro dele.

No meio da sala, pousada sobre o tapete de pelegos, ereta como um monumento high-tech, está a Rimowa.

– Enfim – diz Antônia. – Parabéns.

Ele pede a Baldomero para subir à coxilha e fazer uma ligação para a locadora, pedindo para amanhã um carro com motorista, mas um carro com porta-malas grande, porque aumentou a bagagem.

Seguindo uma inspiração instantânea, ele retira o violoncelo do estojo, afina-o. Experimenta algumas escalas e, depois de se assegurar de que soa como ele quer, diz:

– Escutem. Este é o concerto que vou tocar em São Paulo.

Ele toca a frase inicial do concerto de Dvořák, depois as passagens mais importantes do primeiro, segundo e terceiro movimentos, voltando à frase inicial.

– Imaginem uma grande orquestra me acompanhando.

— É demais para o meu conhecimento de música — diz Antônia. — Só ao vivo, com a orquestra. Mas só assim já é bonito. E não te vi olhar o livro com a música.
— Não preciso.

§

Na tarde seguinte, estão sentados à frente da casa, à espera do motorista. Julius já arrumou a mala, acomodando entre as roupas, com muito cuidado, o violino branco e seu arco. Já sabe que não virá Mickey Rooney, o que é uma pequena decepção.
Estão em silêncio há quinze minutos.
Ninguém quer ser o primeiro a falar alguma coisa sobre esta partida.
— Olhem — diz Maria Eduarda —, já está chegando o carro.
— Também é nossa hora de ir — diz Antônia para Maria Eduarda. — Detesto despedidas.
Baldomero Sánchez, desta vez com o boné Kangol na mão, à frente dos peões e mulheres da casa, vem desejar boa viagem:
— E o senhor não precisa esperar mais quarenta anos para visitar a estância Júpiter.
— Nunca se sabe — Julius ri e lhe estende a mão. Acha pouco, e o abraça. — Muito obrigado por tudo. Muito obrigado, Baldomero, por tudo o que fez agora, mas também pelo que fez há muito, muito tempo.
Antônia se aproxima e dá um beijo em cada face de Baldomero Sánchez, que se contrai, envergonhado.
— E não se esqueça, como sempre, de pôr de volta o retrato do visconde. — E, para Maria Eduarda: — Enquanto Julius vai para São Paulo, nós vamos para Pelotas. E nossa despedida será por pouco tempo. Uma agente de viagens está sempre viajando.

Quinze minutos depois, ao olhar pelo vidro traseiro do carro – o motorista, pelo rosto hirto e vertical e pelo áspero laconismo, é igual a Max von Sydow de *Il deserto dei Tartari* – ele vê a camionete manobrando para pegar a mesma trilha por onde ele seguirá, enquanto Maria Eduarda abana e manda beijinhos.

Ele tem na borda dos lábios a elegíaca melodia de Sainte Colombe, mas esse luto de ciprestes tumulares já não reflete o que ele sente, que ele sabe sentir sem palavras, e seu pensamento transita para Bach, para a quinta suíte, reflexiva e nobre – esta sim, capaz de sublinhar o cenário que ele observa transformar-se: para trás fica Julius-criança, mas mais do que isso, fica a estância Júpiter, com seu fogo imortal, com o antepassado ilustre a assombrar os moradores, com suas janelas retilíneas e seus plátanos secos, com seu telhado de arremates alados prestes a alçar voo, cada vez menor e menor, confundindo-se com a paisagem e as nuvens, submergindo de modo inexorável e doce no leito em que adormece, e que é, em toda sua força ancestral, o Outrora.

10. [O CONCERTO]

EM SEU CAMARIM EXCLUSIVO – regalia dos solistas, ainda que acidentais –, repetindo algumas passagens de Dvořák, ele não se apercebe por inteiro da agitação em que se transformou o Teatro Municipal de São Paulo. Ao descer do táxi na praça das alegorias a Carlos Gomes, já vira as vans e os ônibus escolares estacionados em volta. A casa deve estar cheia de estudantes. O que não pode adivinhar é que eles já tomaram a plateia, os camarotes, os balcões, as frisas e até as galerias, nesta tarde de domingo de bom tempo, temperatura amena e ingresso *free* para todos os setores. Aos estudantes somam-se os devotados sócios da Orquestra e os aficionados, e foi preciso reservar várias filas de poltronas para acomodá-los.

Hoje se encerra o projeto *Primavera da Música*, e os professores quiseram aproveitar a última chance de trazer seus alunos. Para alguns destes, poderá ser o único concerto de suas vidas. Já entre a assistência regular perpassa um compreensível interesse pelo programa, mas, ao mesmo tempo, uma sensação geral de bom cansaço e de coisa bem realizada. Até o final do ano ainda haverá dois ou três concertos noturnos da temporada oficial, mas todos já começam a pensar nas férias.

Dentro desse clima, a pessoa mais serena é Julius. Conquistou, mediante uma batalha tenaz e impositiva, o direito de executar a integralidade do concerto de Dvořák, e não apenas o primeiro movimento. Houve um tempo em se considerou destinado a executar apenas os primeiros movimentos. Isso agora teria um fim. Houve resistência por parte da Administração.

Alegavam que ele passaria pelo dissabor de escutar aplausos no final do primeiro movimento, além de contar como certos os bocejos da plateia jovem no segundo movimento; ademais, o tamanho total da apresentação excederia o tempo normal das apresentações do Projeto e, por fim, não fora esse o teor do acerto com a Administração e do contrato da Orquestra com o Teatro.

A campanha pessoal de Julius, entretanto, encontrou apoio nos colegas de todos os naipes e no jovem maestro desta tarde, que entenderam como certa e defenderam a ideia de que deveriam acabar com a prática de executarem apenas os primeiros movimentos. *Assim não se educam as plateias* – alguém disse. Houve, inclusive, uma ameaça de paralisação branca. *Se Dvořák escreveu seu concerto para violoncelo em três movimentos, é porque assim imaginou que deveria ser*. Esse costume de *esquecerem* os outros dois movimentos, ainda que usual, era uma *amputação* – essa foi a palavra que Julius usou, e que decidiu a polêmica a favor dele. Os superiores se impressionaram com a *amputação*, concordaram e – o melhor de tudo – no íntimo pareciam convencidos de que era o mais certo, embora alguém tenha dito no final do encontro: *mas preparem-se para os bocejos*, e outro emendou: *e nós para uma multa da direção do teatro*. Uma coisa, contudo, era certa: não haveria mais tempo para alterar o programa impresso, exceto no site da orquestra. No impresso, constava apenas o primeiro movimento. "*Melhor*", disse Julius, "*será interessante ver a reação do público.*" Ele se achou com muita naturalidade na polêmica. Afinal, era algo justo, algo que lhe deviam, que a música lhe devia – a vida também: uma vida sem amputações.

Estudou com entusiasmo. Os CDs e DVDs foram da mala para a prateleira. Irá escutá-los, sim, mas *depois* de hoje.

Já repassou o concerto com o pianista-acompanhador tendo à frente a partitura de Würzburg, com as anotações de Bruno Brand. Aquilo que na estância era um caótico labirinto agora faz sentido. Ele consegue ler as anotações, sem pânico, uma a uma, destacando-as das demais. E o que aparece é a mão afetuosa de Bruno Brand conversando com Julius desde o *país do qual nenhum viajante retornou*. Julius precisava mesmo reatar a paz com Würzburg para entender de novo essas anotações. Até aquele *Nein!*, o *não!* ele conseguiu decifrar com uma lente de aumento e com a memória: ali ele havia escrito, em sua vacilação juvenil: *devo desistir do concerto?*

Na véspera à tarde ocorrera o ensaio-geral com a orquestra. Já no retorno do Sul, sua amazonense e apaixonada colega de estante, a mesma que tentou dissuadi-lo de ir para a estância, se admirava de como ele havia aproveitado a estada lá na *fazenda* e queria saber pormenores de como fora o estudo.

– Bem – ele respondeu –, estudei todos os dias, nunca foi tão fácil.

– Mas você não se sentiu muito só? – E quis confirmar, para sua própria felicidade: – Sílvia não acompanhou você, não é mesmo?

– Não, ela tem o trabalho dela. Além disso, Dvořák me fez companhia todo o tempo. – E ele logo atentou para a reação da colega, à busca de qualquer sinal de desconfiança, mas encontrou apenas satisfação.

Ao término do ensaio-geral, o jovem maestro, há pouco vindo de seu doutorado na Boston School of Music, cumprimentou-o, mas depois, e não fez isso em público – afinal, Julius estava perante seus pares –, indicou na partitura o início do solo no primeiro movimento.

– Veja, está marcado *risoluto*. Será que você poderia dar ênfase nessa entrada?

Julius disse-lhe que ficasse tranquilo, no concerto sairia tudo muito bem.

– Ok – disse o maestro –, confio em você. Mas, se me permite, vou marcar aqui. – E com um lápis vermelho fez um círculo em torno da palavra. – É só um aviso, não leve a mal.

Julius sorriu com segurança, polidez e uma quase imperceptível ironia:

– Deixe comigo, maestro. Conheço esse *risoluto* há trinta anos.

Do programa consta a Alvorada, da ópera *Lo schiavo*, de Carlos Gomes, música descritiva e tolerável para um público sem muitas exigências. Dvořák vem a seguir, antes do intervalo. Julius está dispensado de tocar na segunda parte da apresentação que, para encerrar o concerto de modo alegre, prevê as valsas mais famosas de Johann Strauss Sênior, terminando com a *Marcha Radetzky*, que sempre levanta auditórios em qualquer lugar do mundo.

Ele agora precisa se concentrar nas instruções do sobrinho-gênio, que, ao fundo da plateia, junto ao local dos cadeirantes, instalou seu laptop sobre uma mesinha, acoplando-o a uma pequena câmera filmadora. Conseguiu, com muita dificuldade e papel assinado, uma licença especial para disponibilizar on-line o concerto de Dvořák, utilizando uma filmadora fixa, restringindo o link de acesso a apenas uma pessoa. Findo o concerto, deverá desativar o link. Essa pessoa é Klarika Király. Foi seu desejo assistir ao concerto de Julius. O sobrinho já se entendeu com Bruno, o filho de Klarika, o qual, em Budapeste, fará a conexão. A pedido dela, Julius olhará em algum momento para a filmadora. Ele decidiu que fará isso ao fim da introdução orquestral, pouco antes de começar o solo. O sobrinho aplicará o zoom no rosto de Julius nesse momento, por três segundos. Para ser identificado, o sobrinho usará um boné cor de laranja e, abaixo do boné, estará piscando a luzinha vermelha que indica o *on* da filmadora. Ele também explicou um método para ser localizado: Julius deverá observar uma linha imaginária que parte da terceira poltrona da primeira fila à esquerda do corredor central e sobe, sempre reta. No fim da reta, ele verá o boné e a luzinha. Se a iluminação geral for apagada, ele poderá se orientar apenas pela luzinha.

Julius sabe que é uma manobra arriscada, porque implicará desviar a concentração num momento crucial de Dvořák, em que ele deve estar atento à *entrada* do maestro. Mas não, ele não quer deixar para os aplausos, porque aí o concerto já será passado. É importante que Klarika o veja no instante em que o caráter do concerto se define e que Julius considera uma vitória, mas que ela imagina apenas como cumprimento de uma promessa.

Neste momento chegam até o camarim as palmas que acolhem o maestro. Logo, o silêncio. O maestro estará já voltado para a orquestra. Julius então escuta a trompa que, em *pianissimo*, dá início à descritiva e quase wagneriana peça orquestral de Carlos Gomes. No palco, a paisagem aos poucos se ilumina, vencendo as trevas das tubas e trombones; os clarins dialogam com esfuziantes toques de alvorada e cantam passarinhos nos trinados dos violinos – o que Wagner detestaria pela grosseira obviedade.

Julius pensa em Dvořák. Não na peça musical, porque a domina, mas nas circunstâncias articuladas que o trouxeram até aqui, a esta tarde, a este camarim, num caminho que se inicia em Würzburg, quando escutou Bruno Brand tocá-la, solitário, na sala de aula da Escola. Depois foi o encantamento pela récita vienense de Janos Stárker, depois o estudo obstinado de Dvořák até a morte de Bruno Brand e, para terminar, o fiasco de sua apresentação, quando se viu preso na armadilha de Peter Ustinov e Boots. Seu instinto de homem esclarecido detesta pensar em predestinações, mas é inegável que, observando sua existência em retrospectiva sob o olhar deste momento, tudo faz sentido, como se não houvesse outra possibilidade senão esta, este camarim, este concerto no Municipal, esta expectativa de logo subir ao palco.

Nesta hora ele estaria formulando sofisticadas frases mentais, capazes de dizer a si mesmo o que sente, mas esse hábito impiedoso é agora substituído por uma sensação de plenitude densa, próxima ao repouso sexual, e que nenhuma frase pode dizer. Na verdade, as frases mentais eram sua forma de estilizar as emoções. Desde que superou essa *doença*, é como se lhe fosse dada uma outra vida.

Outra vida – foi o que pareceu ter acontecido a Sílvia, quando ele retornou da Fronteira. Os advogados da Prisão de Mármore autorizaram-lhe a mudança da decoração de sua sala. Ela se dedicou a isso, nesses dias. No decorrer dos anos, ela havia enjoado de ver *A grande onda*; tirou-a da parede e encomendou a reprodução de uma tela de Frida Kahlo, agora na moda; já os quadros dos artistas brasileiros contemporâneos ficaram onde estavam. Porque havia para pronta-entrega, ela teve êxito na troca imediata do lustre belga por outro menos extravagante, retangular, com três linhas paralelas de pingentes de cristal retilíneos; mas também substituiu a mesa por uma maior, com tampo de vidro, que permite visão total do Tabriz, mas, também das suas pernas.

– Está escutando? – ela perguntou.

– O quê?

– Isso da mudança no escritório.

– Ah, sim, estou. Interessante.

Sílvia olhou-o com desânimo e alguma impaciência – mas a que não faltava uma visível disposição para entender:

– Mais uma vez você não escutou nada do que eu falei. Você já é desligado, mas desde que voltou da estância saiu do ar. Mas só uma pergunta: você leu o livro do Pascal Quignard que eu coloquei na sua mala? Leu ao menos as passagens sublinhadas?

– Sim – ele respondeu, já atento. – E, se era essa a intenção, me reconheço por inteiro na figura de Sainte Colombe. Suporto isso há muitos anos.

– E eu – ela disse – há vinte e cinco anos e três meses.

Foi um abalo que o fez perder o sono. Dois dias depois, quando ele colocava o violoncelo no estojo para seguir a mais um ensaio da Orquestra, Sílvia chegou à porta da sala de estudos. Ela segurava uma xícara de chá:

– Não pense que eu estava recriminando você, quando eu disse aquilo. Nem recriminando a mim, por estar nesse casamento há tantos anos.

– Nem eu entendi isso – ele disse, demorando-se em acomodar o arco em seu lugar. Fez uma carícia no gato, Bemol. O pelo de Bemol era tépido e suave. Julius se voltou para ela.

Olharam-se.

Ele foi tocado por uma conhecida sensação, a mesma de quando estava na sala de desembarque do aeroporto de Porto Alegre, de que a relação que os une é algo que se obstina em pairar num nível superior ao entendimento de ambos; só que agora sabem fazer jus ao que construíram, ainda que contenha, ao final, uma despedida – ou uma consonância.

Em silêncio, se abraçaram, e ele a sentiu como nunca a sua mulher de todos esses anos, ela que deseja o seu bem dando-lhe Pascal Quignard a ler.

– Preciso ir – ele disse. Desde então não se falaram sobre esse tema que, contudo, é forte o suficiente para que o evitem.

Os dias passaram nessa suspensão. Ele se ocupava com o concerto, dedicando um cuidado particular ao segundo movimento, agora que redescobria a força íntima do seu tema principal, um *adagio* que havia negligenciado e que, agora, ele entendia por inteiro em suas intenções melódicas. Não havia complexidade, apenas o que Bruno Brand ali escrevera com lápis vermelho: *traurig*, triste. Sílvia por sua vez, trazia outras ideias acerca da decoração da sua sala na Prisão de Mármore; mas houve uma tarde de domingo, quando ele repassava o *adagio*, que ela disse, da sala:

– Bonita e triste, essa parte. Você nunca tinha tocado antes.

Ele sorriu ao responder:

– Você é que não tinha escutado dessa forma.

Poucas semanas depois ele recebeu um telefonema de Antônia, anunciando sua presença no concerto e mais, que aconteceria uma surpresa. Isso ele já imaginava que pudesse acontecer, a vinda de Antônia, mas ela anunciava uma surpresa.
– Vou te esperar com muita alegria – ele disse –, com surpresa ou sem surpresa.

§

O estardalhaço da orquestra, ora transformada numa banda colossal, faz soar em *fortissimo* os címbalos, os tímpanos, o triângulo, a *gran cassa*, e isso significa que não apenas o sol já saiu, como esmaga a natureza com seu fulgor. Junto aos aplausos da plateia, que superam o fragor da música de Carlos Gomes, vem o inspetor da orquestra. Entusiasmado pelo estrondo geral, abre de chofre a porta do camarim e grita: "Está na hora!".

Julius se levanta e se olha de corpo inteiro no espelho articulado que multiplica sua imagem noutro espelho, e noutro e noutro. Nessa visão poliédrica de si mesmo, ele forma a imagem de um homem que, agora, entende melhor.

Bem: esse homem agora irá tocar Dvořák, e sem amputações.

Vai pegar a partitura que está sobre a bancada, mas suspende o gesto.

Ela pode ficar ali.

Essa foi uma decisão que tomou na última semana: tocar de cor, como os concertistas de verdade. Afinal, ele conhece essa partitura há três décadas. Ela saiu da área do assustador desconhecido para se transformar numa substância dócil a seus dedos. Para cada nota ele tem uma solução, que não se confunde com qualquer outra, e ele agradece a Bruno Brand por tudo isso. Ele tocará a partir de Bruno Brand, mas o concerto será seu, pois um homem, em trinta anos, é outro.

Com a recente reforma do Municipal, o acesso por escadas e corredores que ligam o camarim ao palco tornou-se bem confortável. Já parado atrás dos bastidores, mas visível para os colegas, ele vê recair sobre si os olhares. Embora o tenham apoiado na questão dos três movimentos do concerto, nem todos acreditam que ele possa ter uma performance brilhante; alguns, entretanto, fazem um sinal de positivo com o polegar.

Como o burburinho dos estudantes ainda persiste, Julius tem tempo de avançar um pouco o rosto e olhar para a plateia.

A circulação entre as filas H e I tem a largura duplicada, e ali ficam os melhores lugares do teatro. Chamam a essa fila, à falta de designação mais específica, de fila especial. Hoje ela também está assinalada para uso dos espectadores avulsos, e ainda há alguns lugares vagos, que serão liberados aos estudantes logo que começar o concerto.

Ali, na fila especial, ao lado direito da plateia na perspectiva de Julius, estão Antônia e Maria Eduarda, uma de cada lado de Sílvia. Ele já entendeu qual era a surpresa anunciada por Antônia: Maria Eduarda. Chegaram ontem do Sul, e Sílvia foi buscá-las no aeroporto de Congonhas. Maria Eduarda desembarcou encantada com a viagem de avião, a primeira de sua vida. Sílvia hoje pediu a Julius que fosse de táxi para o concerto, porque ela iria buscá-las no hotel.

Maria Eduarda tira uma foto com o celular apontado para o palco. Ela fala com um rapaz ao seu lado, e agora juntam as cabeças para uma selfie. É possível que ela já tenha esquecido o seu bancário de um metro e oitenta, mas é melhor que guarde logo o celular se não quiser problemas com os funcionários do teatro.

Julius atenta para Sílvia. Neste momento em que as coisas se tornam mais puras e verdadeiras, ele decide: irá propor a Sílvia uma viagem a Würzburg nas férias que se aproximam. Percorrerá com ela a Ponte, a Escola, mostrará sua sala de aula, inclusive o palco onde aconteceu o seu *fiasco*. Plena temporada, poderão assistir a um recital da classe de violoncelo. E não há por que mais esconder Constanza Zabala; falará sobre ela, junto a um vinho Domina na paisagem gelada do Main e de Marienberg. Ele terá à vista os olhos de Sílvia. Se ela imergir nesse passado, no frio, na solidão, se conceber o que foi aquele amor, será um caminho para que ela saiba por que ele se tornou um novo Sainte Colombe, um gauche – o que sempre foi.

– Vamos? – é o maestro, a seu lado. – Se vamos esperar pelo silêncio, não começamos nunca.

E entram pelo corredor natural entre as estantes em direção à frente da orquestra. No pódio do solista já estão a cadeira e a estante metálica. A plateia aplaude e, ao chegarem junto à ribalta, eles se curvam de maneira rápida. Julius sobe ao pódio, senta-se e faz um sinal ao inspetor da orquestra para que retire a estante metálica. O maestro fixa-o, interrogativo, mas Julius o tranquiliza com um sorriso.

Ele confere a afinação do violoncelo com o som do oboé. Está tudo certo.

As luzes ainda não foram apagadas, para que os professores, de sentinela nas extremidades das filas, possam acalmar seus alunos que, agora, já se comportam de maneira mais colaborativa, persistindo, entretanto, alguns ruidosos focos de agitação nas últimas filas.

O maestro, contrariado, põe de modo ostensivo a batuta na estante e cruza os braços, à espera de silêncio.

Com todas as luzes acesas, com tantas cores na plateia, não é fácil, para Julius, achar a câmera do sobrinho-gênio ao primeiro golpe de vista, ainda que o sobrinho esteja no destacado lugar dos cadeirantes. É preciso não esquecer o método: Julius localiza a terceira poltrona à esquerda, na primeira fila a contar do corredor central, e então seu olhar sobe pela linha imaginária e retilínea, passando pelos sucessivos rostos de estudantes, subindo, ultrapassando a fila especial, seguindo por mais rostos, até que enfim descobre o boné cor de laranja e a luzinha vermelha piscante. É lá que deve fixar. Prepara-se para isso, mas é tomado por uma súbita estranheza, algo que ficou para trás em sua retina, o movimento de uma pessoa que veio pelo corredor com uma écharpe floral sobre os ombros e agora senta-se num lugar da fila especial – e ele pensa ver Constanza Zabala.

Mas os professores afinal conseguiram silêncio, e um acelerado *fading out* deixa a plateia às escuras. Apenas a luzinha da câmera fica piscando. Constanza, ou alguém como Constanza, desaparece na sombra. Os fachos dos *spotlights* dirigidos ao palco impedem qualquer tentativa de enxergar melhor.

O maestro retoma a batuta, os músicos põem seus instrumentos em posição e o concerto tem início.

Julius precisa esquecer de todo o resto e concentrar-se na complexa introdução. Agora é apenas Dvořák. As notas correm por seu cérebro, pode vê-las. A orquestra está inspirada. Nunca esse trecho preparatório lhe pareceu tão longo. Mas chega o momento em que a introdução se encaminha para o fim, e ele já escuta o *diminuendo*, que se transforma no longo acorde de quatro tempos, cordas em *tremolo*, que prepara a entrada do violoncelo. É um instante pressuroso e mágico. É o momento de Julius olhar para a câmera.

E então, por três segundos, ele leva o olhar para a luzinha. Klarika recebe de Julius o melhor de seu olhar, o que resume tudo o que viveram em Würzburg.

Pela visão periférica, ele vê que o maestro lhe dá o sinal de entrada. Numa resolução desconhecida de si mesmo, ele irrompe com vigor os oito compassos da frase musical, a que ele acrescenta a liberdade que Dvořák deu ao solista: *quasi improvisando*. É um som que sai do Baldantoni e preenche todo o teatro, tal como aconteceu com Janos Stárker em Viena. A qualquer dos músicos foi possível ver o maestro impressionado com a performance de seu solista.

E assim, quase improvisando, Julius se sente no pleno domínio deste concerto, que progride com uma facilidade inédita. E tocará os três movimentos com qualidade artística suportável por seu talento; e ele confirma a ideia de que sempre soube esse concerto de cor, desde que o aprendera em Würzburg. Ele sustenta esse pensamento em Würzburg, em Bruno Brand, em Constanza Zabala, que talvez esteja – está, ele sabe – na obscuridade da plateia, até o momento em que a orquestra executa um *grandioso* com o tema do principal e o violoncelo emudece por alguns compassos. Avesso a premonições, ele *sabe*, sim, que Constanza está lá, escutando-o, e seu desempenho musical chega a um nível superior a tudo o que já tocou antes. Agora, Julius toca para Constanza.

Em poucos minutos, depois de várias passagens virtuosísticas do solista, a orquestra conclui o primeiro movimento com feéricos trompetes e tímpanos.

Seguem-se os aplausos. Como é a praxe nos casos de palmas fora de hora, nem o solista nem o maestro agradecem, apenas ficam em silêncio até que se esgotem, a fim de que possam dar sequência à música.

Desconhecendo a alteração do programa, os funcionários acendem todas as luzes, e Julius olha para a fila especial, com receio de que Constanza Zabala tenha sido produto da sua fantasia. E então, sim, ele vê Constanza. Ela também aplaude.

Ela lhe sorri.

E ela permanece. Ela não age como ele, há trinta anos. Ela permanece.

O maestro faz um novo sinal, e começam o segundo movimento, de uma paz etérea. Os funcionários, dando-se conta do equívoco, correm para apagar a luz. Julius toca com emoção e drama o belo *adagio* que tanto o ocupou nos últimos dias e que, em certo ponto, tem a indicação de *molto appassionato*. Se é verdade o que dizia Paul Tortelier, e que Bruno lhe ensinou, que um violoncelista não executa um concerto, mas conta uma história, agora sim Julius, que se julgava tão sem histórias, conta a sua própria, que começou a construir há trinta anos junto a uma ponte sobre um rio da Europa Central, junto a santos barrocos, e que ainda não acabou.

Quando termina o movimento, os assistentes se observam: desta vez ninguém quer cometer outra impropriedade, e não aplaudem. O terceiro movimento é alegre, rápido, vivaz. Depois de 31 compassos entra o solo, que é quase uma dança, em que se exige uma extrema vivacidade do violoncelista. Julius consegue executar quase tudo o que vem na partitura, e confirma que a agilidade desse movimento ele já dominava. A uma arcada menos feliz, porém, duas notas lhe escapam. Longe de deixá-lo mal, o que poderia levá-lo a outro erro, e a outro, ele se lembra, com um sorriso, da traição do talento, que tanto impressionou os alunos que escutaram Janos Stárker em Viena e que, mais do que nunca, aqui se confirma.

Ao concluir, acendem-se as luzes e começam os aplausos, todos se erguem, num movimento excessivo, em que se confunde o gosto de haver escutado algo bonito com a alegria pelo término do concerto.

Ele se levanta e se inclina. O maestro se inclina, indica Julius e o aplaude.

Uma frase mental lhe ocorre, a última de sua vida, ele que não precisa mais delas.

É dirigida a Bruno, mas também a Constanza: "Enfim, o meu Dvořák".

E procura por Constanza. Ela ainda está lá. Ela também aplaude, e como fazem todos, ela se ergue. Mas eis que acontece algo: Julius vira-se para a agradecer aos colegas que também o aplaudem e, quando se volta, perdeu Constanza de vista. Procurando a echarpe floral, agora a descobre pelas costas, em meio à massa de estudantes que, numa algazarra, se encaminha em direção às placas de EXIT para o intervalo.

Julius é cercado pelos colegas, que querem comentar, cumprimentar, e ele pedindo licença e não conseguindo sair dali, e nesse conjunto de forças de todos os lados a colega amazonense, julgando-se a legítima proprietária do solista da tarde, puxa-o pela mão até o camarim, onde alguns já esperam.

Vêm atrás Sílvia com Maria Eduarda, que o beija e apresenta o rapaz que estava com ela: tinha conhecido no avião e convidado para o concerto. Por último é Antônia, toda efusiva.

– Parabéns, meu irmão querido. Te vejo feliz e fico feliz.

Ele a leva para um canto e pergunta por Constanza, viu-a na plateia, então era essa a surpresa? Sim, era essa a verdadeira surpresa. Constanza pediu para Antônia organizar sua vinda, mas para outro voo, partindo do aeroporto de Carrasco um dia antes. Quanto à hospedagem, nada sabe, Constanza disse que conhecia bem São Paulo, já viera aqui outras vezes.

– Conhece mesmo – diz Julius.

Naquela manhã, Antônia encontrara na recepção do hotel uma carta de Constanza.

– Aqui está. Pegue. Tem o teu nome e, olhe, o nome dela no verso.

Julius põe a carta no bolso.

– Como? Assim, sem ler?

– Não agora, Antônia.

– Mas pode ser alguma coisa muito importante.

– É importante.

O fato é que Julius não suportará lê-la antes de se encontrar com Constanza. Em Würzburg houve uma carta que ele não soube ler, e isso foi o motivo de um desencontro com resultados atrozes. Seja o que estiver ali escrito, para o bem ou para o mal, ele não aceita que outra carta venha a se interpor entre ele e Constanza. Ele precisa de uma conversa com ela.

Pergunta a Antônia se sabe para onde ela foi, e por que ela não o procurou.

– Não sei dizer para onde ela foi, Julius. E acho que seria muito difícil ela vir aqui, dizendo, *olá, Sílvia, tudo bem? muito prazer, sou a Constanza, uma ex-namorada de seu marido na Alemanha.*

– Estão de segredinhos? – diz Sílvia, que se aproxima. – Temos que voltar para a segunda parte do concerto. – E, para Julius: – Você nos acompanha? Sempre vai gente embora no intervalo, e vai sobrar lugar.

Ele responde que sim, que podem ir antes.

– Talvez ele precise de alguns ares da Amazônia – ela diz com um sorriso, dando o braço a Antônia, que faz um gesto de quem não entendeu nada.

Vencendo o grupo que lota o camarim, ele sai pela porta de serviço do Municipal apressado para a frente do teatro. Escuta passos que também correm atrás de si, para, volta-se, é o sobrinho-gênio, dizendo que o filho de Klarika mandou uma mensagem de que ela adorou o concerto, adorou o olhar para a câmera, e mandou um beijo.

– Ah, sim, obrigado, obrigado – e segue para a frente do teatro.

Os passantes devem estar espantados por ver aquele senhor de óculos amarelos, que procura algo, olha para os lados, se apressa para a esquerda, vai em direção ao Viaduto do Chá, olha lá de cima para a praça das alegorias, volta para a frente do teatro, olha para a direita, segue até a esquina, observa com demora a rua lateral, volta pelo mesmo caminho e, por fim, senta-se na escadaria principal do teatro.

Passam-se dez minutos, em que Julius olha para a frente, os cotovelos fincados nos joelhos, as mãos amparando o rosto.

O que ele vê, num misto de fascínio e repulsa, é o desastre arquitetônico da banca de jornais, fechada, recoberta de pichações obscenas. Ao lado, numa placa promocional do Teatro, ele lê: *Primavera da Música*. Sim, a primavera é o que vem depois do inverno – mas não pode se reduzir apenas a isso.

A carta, ainda no bolso.

Ele irá lê-la – se encontrar Constanza. Ele pensa nas alternativas para que isso aconteça, e cada qual parece mais aviltante para este momento.

Desistindo, desce para a praça lateral. Senta-se num banco ao lado da sofrível alegoria ao índio guarani, a mesma de que explicara o sentido para Klarika Király.

Acomoda-se para a tarde que finda. Há, por tudo, o perfume denso e mesclado dos manacás e jasmineiros. Seu olhar deixa a escultura e repousa nas copas das palmeiras que se movimentam à delicada aragem.

Ele começa a se acalmar.

Atravessando um dédalo de argumentos e cenas repetidas e cruzadas, chega à conclusão de que tudo está bem.

De onde está, por essas complexas leis da acústica, ele escuta alguns fragmentos do *Danúbio Azul* e tem diante de si uma cena do início de *2001*, de Stanley Kubrick, em que a estação espacial, dois grandes círculos branco-azulados girando em seu eixo, flutua na leveza do espaço sem fim e sem tempo, tal como ele se sente agora.

Se todos cumprimos, sem o querer, pelo menos uma grande história neste mundo, aquela que nos dignificará e dará sentido a nossa vida, talvez a sua termine desta forma poética, meia hora depois de ter apresentado o concerto para violoncelo de Dvořák, sentado num banco da praça ao lado do teatro, num entardecer de domingo, pensando no *2001* e, no entanto, para sempre saudoso, solitário e incompleto, tal como os personagens dos romances.

A carta. Sente-a no bolso.

Mas então, atraído pelo movimento das flores coloridas de uma echarpe, Julius enxerga Constanza Zabala. Ela vem do outro lado da praça, apoiando-se sem muita necessidade na bengala.

Ela vai para um banco a vinte metros dali. Senta-se, esconde a bengala debaixo do banco. Pega um livro da bolsa, Gabriela Mistral ou Juana de Ibarbourou?, lê pelo tempo de uma poesia, e depois o deixa pousar nos joelhos. Ergue o olhar para cima, como fazia em Würzburg. Talvez escute Strauss e, quem sabe, também se lembre do majestoso giro da estação espacial.

Agora Julius pode fazer o que não podia antes: pausando os movimentos, leva a mão ao bolso, tira o envelope, abre-o, lê e tem um arrepio: por muito pouco deixava escapar uma nova oportunidade dada pelo acaso, talvez a última.

Na letra redonda e calma de Constanza Zabala, no meio da página, está:

Me procure depois do concerto, na Praça.
Estarei livre.

FIM.

Escrito em Porto Alegre e Gramado,
de maio de 2012 a maio de 2016.

Agradecimentos

Muitas pessoas me auxiliaram durante a escrita e mesmo após a conclusão deste romance, e que aqui agradeço. Até seus silêncios foram criativos. Pela ordem menos injusta, a alfabética: a Arthur Telló, professor, meu aluno e escritor, pela atenção aos originais; a Cíntia Moscovich, escritora, pela sempre bem-vinda presença intelectual; a Diego Grendene, professor e clarinetista da Orquestra Sinfônica de Porto Alegre, que me impediu de errar no que se refere a seu instrumento de expressão musical, principalmente quanto à execução do *Concerto para clarinete* de Mozart; a Elaine Maritza, professora, por uma acurada revisão textual, mas que foi além disso; a Franklin Cunha, médico e escritor, por suas colaborações no que toca sua especialidade; a Juarez Freitas, jurista, filósofo e professor, pelas palavras oportuníssimas; a Marcelo Canossa, professor da Universidade de Buenos Aires, amigo, pelo auxílio quanto à versão do poema de Walther von der Vogelweide; a Maria Eunice Moreira, colega da PUCRS, que leu com o rigor de mestra e o afeto de amiga, sempre disposta a discutir aspectos do livro; a Mariana Sirena, jornalista, que me esclareceu as circunstâncias da apresentação de Janos Stárker em Porto Alegre; a Milene Aliverti, violoncelista e professora da UFRGS, pela revisão técnica que me ajudou a escrever certo acerca da execução violoncelística, em especial do *Concerto* de Dvořák que assombra este livro; a Moema Vilela, escritora, aluna, pelo entusiasmo; a Regina Kohlrausch, colega e diretora da Faculdade de Letras, e Glória di Fanti, coordenadora do Programa de Pós-Graduação em Letras da PUCRS que, com largueza de conhecimento e compreensão humana, incentivam e abrem espaços para a produção literária no ambiente acadêmico; a Sergio Faraco, escritor completo, amigo há décadas, pela interlocução constante nas minhas dúvidas; a Tiago Germano, meu aluno e escritor, pelas anotações pontuais e – gerais.

Em particular, agradeço ao meu querido irmão nos Açores, jornalista e escritor Carlos Tomé, pelas pertinentes observações; a meu primo Leonardo Brasiliense, alma sensível de novelista premiado, pela leitura atenta dos originais e pelos exatos comentários, e a Douglas Machado, cineasta de primeira linha, artista sem limites territoriais, por tudo o que tem feito pela divulgação da literatura brasileira e pela reflexão sobre o meu trabalho.

Por último, mas com destaque de primeiro, à professora e doutora Débora Mutter, que acompanhou a escrita deste livro em todos seus momentos, e foi fundamental para que ele chegasse à forma que ora é publicada. Qualquer agradecimento será insuficiente.

§

E, como sempre, à Valesca, companheira deste já longo percurso, escritora, invariável ternura, que sabe distinguir o amor da mais aguda e isenta consciência crítica. E à Lúcia, que me apresentou a Jorge Drexler – mas não apenas por isso.

IMPRESSÃO:

Santa Maria - RS - Fone/Fax: (55) 3220.4500
www.pallotti.com.br